科幻文学馆
Science Fiction Museum

ENDER IN EXILE

安德的游戏 3
安德的流亡

【美】奥森·斯科特·卡德 著
王阁炜 译

天津出版传媒集团
百花文艺出版社

图书在版编目（CIP）数据

安德的游戏. 安德的流亡 / (美) 卡德著；王阁炜译. -- 天津：百花文艺出版社, 2013.4(2017.1 重印)
(科幻文学馆)
ISBN 978-7-5306-6271-7

Ⅰ. ①安… Ⅱ. ①卡… ②王… Ⅲ. ①儿童文学-科学幻想小说-美国-现代 Ⅳ. ①I712.84

中国版本图书馆 CIP 数据核字(2013)第 048068 号

选题策划: 成　全　　**版式设计:** 郭亚红
责任编辑: 成　全　刘　勇　　**封面设计:** 王　烨

出版人: 李勃洋
出版发行: 百花文艺出版社
地址: 天津市和平区西康路 35 号　**邮编:** 300051
电话传真: +86-22-23332651（发行部）
+86-22-23332656（总编室）
+86-22-23332478（邮购部）
主页: http://www.baihuawenyi.com
印刷: 天津市永源印刷有限公司
开本: 880×1230 毫米　1/32
字数: 249 千字　**插页:** 2 页
印张: 15.125
版次: 2013 年4 月第1 版
印次: 2017 年1 月第3 次印刷
定价: 39.00 元

本作献给拜登·希尔顿、乔丹·希尔顿和
雷奇·芬顿三人。

罗密欧、茂丘西奥和班伏里奥[1]都在说：
在羁绊的人生中你还在赚取我的信任和钦佩！

---

① 罗密欧、茂丘西奥和班伏里奥都是莎士比亚著名剧作《罗密欧与朱丽叶》中的主要人物。其中茂丘西奥是亲王的亲戚，班伏里奥是罗密欧父亲蒙太古的侄子、罗密欧的好兄弟。

目录

第一章

收件人:jpwiggin@gso.nc.pub,twigging@uncg.edu

发件人:hgraff%educadimn@ifcom.gov

主　题:安德的归来

亲爱的约翰·保罗及特丽萨·维京:

如您所知,华约最近在试图取得IF(联合舰队)的控制权。在冲突中,我们教育部唯一关心的是孩子们的安全。现在我们的运输系统终于可以正常工作了,孩子们也可以回家了。

我们向您保证,我们将继续对安德的情况进行监控。在将他从IF转交至美国政府控制的过程中,我们会派专人保护他的安全。移交完成之后,我们还会继续与美国政府协商,为安德提供一定程度的保护。

教育部将尽其所能,努力让安德回到一个正常孩子的生活当中。然而有件事我还要征求下你们的意见。教育部在战争中的行为正在接受调查,在结果出来之前,我们是不是应该继续把他留在太空站?据目前看来,有人可能会提供对安德不利的证词,通过他(和其他孩子)来攻击教育部。如果让他留在IF的指挥所,至少可以不用让他听到最恶劣的那些供词。如果让他回到地球,我们也就无法对他提供保护了,而且他很有可能也会被传讯去"作证"。

海勒姆·格拉夫

特丽萨·维京坐在床上,读着格拉夫的邮件打印稿。"……传讯

‘做证’,这就是说他们要把安德带到大家面前,像……像什么呢,英雄?或者更像一个怪物?已经有好几个参议员谴责IF虐待儿童的行为了。”

“那是为了教他如何拯救人类。”她的丈夫约翰·保罗说。

“现在可不是要嘴皮子的时候。”

“特丽萨,冷静点。我也希望让安德回家,一点都不比你少。”

“不,你没有。你不像我这样,每天都想念他想得心痛。”虽然嘴上这样说着,但特丽萨知道这对保罗是不公平的。她闭上眼睛,摇了摇头。

保罗知道妻子的想法,也就没有再就自己的感情问题争论下去。“被掠去的日子一去不复还了,特丽萨。安德再也不是我们所知道的那个孩子了。”

“那我们就去了解他现在是个什么样的孩子,等他回到家里以后。”

“在一群警卫中间。”

“我不能接受的就是这个。有谁会要伤害他?”

约翰·保罗不再假装看书了:“特丽萨,你是我所知道的最聪明的人。”

“安德不过是个孩子。”

“他在战争中打败了强大到无法想象的敌人。”

“他只是使用了一种武器,而且那武器不是他设计的,也不是他部署的。”

“但却是他把那武器带到了射程以内。”

“虫族已经不在了!安德是英雄,而且他也没有什么危险了。”

“好吧,特丽萨,他是个英雄。但他还能去上中学吗?八年级的老师还能教他什么?难道他还能像其他孩子一样参加学校的舞会?”

“只要花上些时间，和家人一起……”

“是吗，你觉得我们温暖的家里的每个人都会欢迎他回来？他会很快习惯这个充满了爱的小窝？”

“我们爱他，他也是爱我们的！”

“特丽萨，格拉夫上校只是在警告我们，安德并不仅仅是我们的孩子。”

“他又不是别人的孩子。”

“你知道是谁想害死我们的孩子？”

“不，我不知道。”

“不管哪个政府，只要认为美国的军事力量会成为他们的阻碍，都会希望安德去死的。”

“但安德又不会加入军队，他会……”

“也许他不会在回家的头一周参军，但他在十二岁上就打赢了一场战争，特丽萨。你觉得我们那自由民主的政府会怎么样？他只要一回到地球，马上就会被征募入伍，或者被军方保护性监控起来。我们也许可以陪他一起去军队，但也不好说。”

泪水流过特丽萨的脸颊。“你是说，当他们把安德带走时，我们就永远失去他了。”

“我想说的是，一旦你的孩子出发去打仗，就再也不会回来了。他再也不是以前那个孩子了。就算有一天他能回来，也和以前不同了。所以我要问你的是，你是要让他到最危险的地方去，还是待在相对安全些的地方？”

“你觉得格拉夫希望我们告诉他，让他把安德留在他身边，留在太空里？”

“我只是觉得格拉夫关心安德的安危，而且他要让我们知道，安德面临着极大的危险。当然他在信里不会这么说，他写的每一封信都有可能在法庭上被用作对他不利的证据。安德在战争中获胜之后仅仅十分钟，俄罗斯就采取了粗暴的行动，试图接管IF。在他们被制服之前，俄军的士兵已经杀死了数以千计的IF军官。如果他们得手又会怎样？他们会把安德送回家里，给他发一枚大大的勋章吗？”

特丽萨当然知道这些。自打读到格拉夫的信那一刻起，她就明白了这些。事实上她明白得远比这要早，从得知安德打赢了和虫族的战争那一刻起，她就对事态心知肚明，开始担心安德会永远回不了家了。

特丽萨感觉到约翰·保罗把手放在了自己肩膀上。她耸了耸肩膀挣开了丈夫的手。保罗又伸出手来，抚摸着她的肩膀和手臂。特丽萨背对着丈夫躺着，泪水不断滚落，她知道自己是争不赢丈夫的，知道自己甚至根本没有站在自己这一边。

“从他出生的那一刻起，我们就知道他并不属于我们了。”

“他是属于我们的！”

“如果安德回到地球，他的生命将属于能够保护他、利用他的那个政府，不管是哪一个；或者属于将他杀掉的人。他将是这场战争中人类所保留下来的最重要的财产，最强大的武器。这就是安德的未来。他已经在战争中扬名了，无论如何都不可能过上一个普通孩子的生活。我们能做什么呢，特丽萨？对过去七年中他的生活，我们了解多少？对这个孩子，这个男人来说，我们又会是怎样的父母？”

“我们会是很好的父母的。”

“是啊，看看留在家里的两个孩子，我们就知道自己是多么完美的爸爸妈妈了。”

特丽萨转过身来，平躺在床上：“噢，亲爱的。可怜的彼得，要是知道安德会回来，他会觉得像死了一样的。”

“是啊，他肯定会恨安德抢了自己的风头。”

“哦，这倒真不一定。我打赌，彼得已经想好了怎么利用安德回家这件事。”

“但他早晚会明白，安德很聪明，不会任他利用的。”

“在政治方面安德可没有做任何准备。他受的教育全是军事方面的。”

约翰·保罗轻轻地笑了。

“好吧，你是对的。军队里的政治成分一点都不比政府里少。”

“不过你说得也对。安德在那边是有人保护的。的确，人们都在想着如何利用他，但至少他不需要自己投身到官僚斗争中去。在官场上，他就像被丢在森林里的婴儿一样。”

“也就是说彼得的确能够利用他了？”

“我担心的不是这个。我担心的是如果有一天，彼得发现自己没法利用安德了会怎样？”

特丽萨坐了起来，看着丈夫：“你不会以为彼得会对安德下手吧？”

“彼得从不会亲自下手去做任何艰难或危险的事。你知道他是怎么利用华伦蒂的？”

“那是因为华伦蒂自己让他这样做的。”

“我也是这个意思。”约翰·保罗说。

“安德在自己家是不会有危险的！”

“特丽萨，这是我们要决定的事：对安德来说，怎样才是最好的？对彼得，还有华伦蒂呢？对世界的未来呢？”

“我们俩这样大半夜里坐在自己的床上，就把人类世界的命运决定了？”

“亲爱的，从你怀上安德的那一刻起，我们就已经在决定世界的命运了。”

"啊，那一次感觉还真不错……"

"对安德来说，回家真的好吗？会让他感到幸福吗？"

"你真的觉得他已经忘记我们了？"她问，"你以为安德不在乎回不回家？"

"回家只是一两天的事，接下来他需要过的是地球的生活。外国军队会让他觉得危险，学校生活会让他过得不自在，他的隐私会不断被侵犯，更别忘了还有彼得无穷无尽的野心与嫉妒。我再问你一次，到底是哪里会让安德觉得更幸福？回到这里，还是……"

"还是待在太空里？那又将会是怎样的生活啊？"

"IF已经发布了宣言，无论地球上发生什么，IF将保持绝对中立。如果安德在他们那边，那全世界的每个政府都会明白，他们最好不要与IF有什么冲突。"

"所以只要安德不回家来，他就可以继续拯救世界了。他的生活还真是有意义啊。"

"重要的是，他也不会被任何人利用了。"

特丽萨用最甜美的声音说道："也就是说，我们应该给格拉夫写信，告诉他我们不希望安德回家来。"

"不行。我们要回信告诉他，我们急着要见到我们的孩子，而且不需要他们派任何警卫保护。"

丈夫看上去是要推翻自己刚刚说的一切，特丽萨想了一下，立刻明白过来是怎么回事。"我们给格拉夫的每一封信都会被看到，他写给我们的也一样。所以我们的信也一样什么都不能说。我们什么事都不能做，只能听任事态发展了。"

"不，亲爱的。别忘了，恰恰在我们的家里，就住着两位对民意最有影响力的作家呢。"

"但在外人看来，我们还没发现孩子们在偷偷上网，更不知道他们正靠着彼得的消息网络、华伦蒂独一无二的煽情天才影响着国家大事的决策啊。”

“他们也不知道我们其实还是长着脑子的。孩子们似乎仍然觉得他们是神仙送到我们家里来的，从没有想到他们那小身板恰恰是我们的基因材料组成的呢。对他们来说我们只是方便的渠道，用来了解无知民众的看法，所以……我们要做的就是给他们看看所谓的民意，引导他们去做对他们来说最好的事情。”

“对他们最好，”特丽萨说，“我们都不知道怎么才是对他们最好的。”

“没错，我们只知道什么看上去对他们最好。但有一件事是肯定的，我们知道的比任何一个孩子都要多。”

华伦蒂从学校回到家，憋着一肚子的闷气。那些老师都是白痴。她在课上假装自己有些地方没有听懂，向老师提出了问题，让老师去耐心地给她解释，其实分明是老师自己没有讲明白。每次都是这样，有时她简直要发疯了。但华伦蒂还是端坐在那里，和其他人一起看着课桌上的全息显示屏，等着老师把方程组一步一步地解出来。

华伦蒂伸出手指，在方程组某处画一个圈——那正是老师之前没能讲明白的地方，也正是她给出错误答案的缘由。她所画的圈自然不会显示在其他人的桌面上，只有老师的电脑终端才有这个功能。

这时，老师也会在同样的位置画一个圈，然后说：“看，华伦蒂，这就是你没注意到的地方。就算你掌握了刚才那些，如果不注意这些细节，也是没办法把题目做对的。”

很明显这不过是找回面子的漂亮话，不过也只有华伦蒂能看出来这点。对其他那些勉强刚刚掌握所学到的东西的同学来说(更不用说给他们讲解的人也是一知半解漫不经心)，是华伦蒂粗心大意，忽视了圈出的那个数字;但那数字恰恰是华伦蒂提出问题的原因。

老师脸上那炫耀的笑容分明是在告诉华伦蒂,想打败我,想让我在全班学生面前丢人,你做不到。

但华伦蒂并没打算让他在学生面前丢人。她根本不在乎这个人。她在乎的是老师把要教的东西讲懂讲透。如果万一有一天老天不开眼,班上哪个人去做了工程师,造出来的桥不至于莫名其妙地塌掉,闹出人命来。

这就是她和世界上那些白痴们的区别。白痴们总想方设法让自己看起来聪明,竭力维护着自己的社会地位。而华伦蒂根本不在乎社会地位。她在乎的只是把事情做好,以及在可能的范围里尽全力追求真相。

她没有对老师说什么,也没对同学说,甚至在家里也一样无法获得任何安慰。彼得会嘲笑她,说她不该这么把学校的事放在心上,不该介意像老师那样的小丑;爸爸会拿过题目看一眼,把正确答案告诉她,然后回去忙自己的事情,他根本不会注意华伦蒂所需要的并不是帮助,而是理解。

妈妈会做什么呢?她一定会冲到学校,要校方采取措施,谴责那位犯错误的教员。妈妈根本不会听华伦蒂解释,不会理解华伦蒂要的并不是让老师蒙羞。华伦蒂只是想听人说一句"真好笑,在给最聪明的孩子开设的学校里,还有这么不称职的老师在",只要自己能回一句"说的就是嘛",心情也会好上很多。至少有人和自己站在一起,有人理解她,这让她不再孤独。

我要的东西就是这么简单,华伦蒂想。有饭吃,有衣服穿,有个舒服的地方睡觉,身边没有白痴就行了。

但一个没有白痴存在的世界必将是孤独的。更何况她也未必有资格来到这样的世界。她自己也并非没有犯过错误。

让彼得操纵自己假扮德摩斯梯尼[1],就是一个错误。彼得到现在还觉得，华伦蒂需要自己告诉她应该写些什么。已经过去了这么多年,德摩斯梯尼已经成了她内在的一部分,就算是打着瞌睡她也知道应该如何写用这个名字发表的文章了。

就算她需要帮助，也只需要听听爸爸关于世界局势那高高在上的评论就可以了。爸爸声称自己从不看报纸上的专栏,但德摩斯梯尼那强硬的外交姿态、充满煽动性的辞令却深得他同感。

如果他知道写下这些文章的正是他那可爱的小女儿，还不知会吓成什么样子。

她带着一肚子火回到家里,径直来到电脑跟前,浏览完新闻,开始动手写彼得一定会让她写的文章:抨击IF,谴责他们不该在俄罗斯交出所有核武器之前停止对华约的敌对行为。难道作为发动赤裸裸的侵略战争的一方,就不该付出些代价吗?她已经完全习惯了德摩斯梯尼这个反面化身的形象,文章轻车熟路地喷涌而出。

只是习惯了吗？或者,作为德摩斯梯尼的我,已经成了彼得真正的化身？他是不是已经成了真实的存在?

叮的一声响,华伦蒂有了一封新的邮件。随便什么事情,总要比我正在做得要好。

是妈妈寄来的。她转来了格拉夫的一封邮件,讨论安德回家时的警卫问题。

“你肯定会想看到这个的,”妈妈写道,“真是太棒了！安德很快就能回家了！”

别喊了,妈妈。写邮件干吗还要用黑体字做强调？简直……简直

---

① 德摩斯梯尼(前384—前322),古雅典雄辩家、民主派政治家,早年从伊萨学习修辞,后教授辞学。积极从事政治活动,极力反对马其顿入侵希腊。后在雅典组织反马其顿运动,失败后自杀身亡。此处名为德摩斯梯尼有隐喻。

像中学生一样。华伦蒂心想，我和彼得说过好多次了，妈妈就像学校里的啦啦队队长一样。

后半封信也是同样的语气:“安德的房间还和以前一样，根本用不着花时间去打扫，一秒钟都不用。不过也许还有别的什么方案，你觉得呢？彼得会不会想和弟弟住一个房间？这样他们兄弟俩可以培养感情啊……另外，安德回来的第一顿吃什么好呢？什么才能……”

吃饭，妈妈。不管吃什么都会“让他觉得非常特别，让他感觉到有人爱他，有人想念他的”。

不管怎么说，妈妈都太幼稚了。她只是在从字面上读格拉夫的信。华伦蒂回过头去又读了一遍转发的信件。监控。警卫。格拉夫写信的目的不是让她高兴，而是在给她发警告。安德有危险。妈妈难道看不出这些吗？

格拉夫问是否可以在调查期间把安德留在太空站，妈妈怎么会理解成安德马上就可以回家了呢，还打算开始给他收拾屋子？格拉夫是希望她来提出要求，不要让安德回家，因为安德回来可能会遇到危险。

华伦蒂马上就明白过来。安德所面临的危险仿佛在朝她扑面而来。俄国人认为安德会是美国用来对付他们最强大的武器。东方的政客们也会有同样的想法。只要有了安德，美国就会成为世界上最强大的国家，对他们的势力范围形成威胁。如果安德死了，他们都会觉得如释重负。当然了，不管是谁来下手，都会伪装成恐怖主义袭击的刺杀行动。也就是说，他们不会派狙击手来抹除安德的存在，而是会炸掉安德所在的整个学校。

不，不，不。华伦蒂对自己说，这是德摩斯梯尼会说的话，而不是你该说的！

但她还是忍不住去想。安德被炸死，被枪杀，还有许多被害的方式，一幕幕涌入她的脑海。刺杀一个拯救了全人类的人，听起来如此讽刺，但这不恰恰是人类的行为方式吗？就像亚伯拉罕·林肯，还有穆汉达·甘地所遇到的一样。有些人根本不知道到底是谁拯救了自己。就算安德是个小孩子，也不会让他们停下手来的。

安德不能回家，华伦蒂想。妈妈看不到这一点，我也不能对她说，但……就算安德没有被刺杀，又会过一种什么样的生活？他不会去追求名声，但哪怕他去剪个头发都会上电视的（短信投票，你觉得安德喜欢自己的新发型吗），更别提在学校上课了（我们的英雄长大后会选择什么职业？请发送您心目中安德·维京的选择到10086）。

这是怎样的噩梦啊。那根本算不上是回家。他们不会让安德回家的。家不存在了，从家中带走的那个孩子也不存在了。华伦蒂上次与安德见面的时候（那还是不到一年之前），在湖边陪着他度过了几个小时。那时安德看起来仿佛已经老了。虽然有时还是个爱玩的孩子，但他明显感觉到整个世界的重担已经压在了他的肩上。现在这份担子已经不在了，但后续的影响仍然会困扰着他，约束着他，毁灭着他的生活。

童年的岁月就这样画上了句号。安德不会再有机会作为孩子，在父母的身边迎来自己的青春期了。不管是从年纪还是身体上说，他都已经到了青春期；而从他所担负过的责任上看，他已经是个成年人了。

如果连华伦蒂都觉得学校太过无聊，那安德又会怎样？

华伦蒂一边写关于俄国核武器和军费的专栏文章，一边开始构思另一篇时论。在新的文章中，她会告诉人们，不该把安德·维京送回地球来，否则他会成为众矢之的：狗仔队、心理扭曲的追星族、军事间谍甚至刺客。安德不可能有正常人的生活。

她并没有把这篇文章写出来。她知道最大的问题是什么：彼得会讨厌这样的。

彼得一定已经有了他自己的计划。他在网络上的化身,洛克,已经开始为安德回家做准备了。华伦蒂很清楚,安德一回到地球,彼得就会站出来,声明是自己在用洛克的名字发表文章,自己就是那个促成了华约与IF签订停战协议的人。彼得一定会借安德的名声给自己作势的。安德将人类从虫族的威胁中解救了出来,在他获胜之后,又是他的哥哥让人类免于遭受一场内战。兄弟英雄啊!

安德讨厌名声,但彼得对名声充满了渴望,不管安德有什么,他都会不择手段地抢去的。

华伦蒂想,噢,他自己是不会承认这些的。彼得会有无数的理由辩解,说这是为了安德的利益着想。也许正是我之前所想到的那些。

而在安德回家这件事上,我所做的难道不是和彼得一样吗?我找了好多不要安德回来的理由,最根本的原因也许正是我不希望安德回来。

想到这点,华伦蒂心里一阵翻江倒海,不觉间坐在桌前哭了起来。她希望安德回家。虽然明知道这是不可能的,知道格拉夫上校说的没错,但她还是无法抑制地思念当年那个从她身边被带走的孩子。在我痛恨的哥哥身边过了这么多年,现在,为了保护我所深爱的弟弟,我却要阻止他回到……

阻止他回到我身边?不,我不必让他离开我身边。我痛恨这学校,痛恨地球上的生活,而最让我痛恨的是生活在彼得的掌控之下。我为什么要留在这里?为什么我不能到太空去,和安德在一起?至少在曾经的日子里,我是他最亲近的人。我是在过去七年中他唯一见过的家人。如果他不能回到家庭里,至少家庭的一部分,也就是我,可以到他的身边去!

需要做的事很简单,只要说服彼得,让他认为安德回到地球并不符合他的利益，而又不让他发觉是我在控制着他。

这可真是够累人的。彼得不是那么容易控制的人，他可以看穿一切。华伦蒂必须用坦率直白的方式讲出自己的目的，还要非常微妙地加入许多话外之音，低调，坚定，或者加上心有不甘，这样才能让彼得靠自己的意志接受她所说的一切，把她的话当成是自己由来已久的想法，然后……

离开地球难道才是我真正的动机？我所在意的到底是安德，还是自己的自由？

或许是两样都有。我会告诉安德这一切，我并不是为了和他在一起而放弃了一切，而是真的想和他一起到宇宙中去，而不愿待在地球上，不管有没有他在身边。如果他不在，我会一直生活在痛苦的空虚中；如果他在地球上，我又要忍痛眼看他面对未来那悲惨而绝望的生活。

华伦蒂开始给格拉夫上校写信。妈妈太大意了，把格拉夫的地址一起转发给了我。这是安全工作的一个漏洞。有时候妈妈实在是太天真了。如果她在IF，恐怕很久之前就已经被解职了。

那天吃晚饭的时候，妈妈不停地谈着安德回家的事。彼得有一搭没一搭地听着，他知道妈妈没法超越她个人的情感，只是把安德回家看成是“离家多年的小男孩终于回到温暖的家里”，而彼得非常清楚一切远非这么简单。要做的准备工作太多了，傻乎乎地准备一间卧室是远远不够的。要让彼得说，安德哪怕占了他的床都无所谓，重要的是会有那么一段时间，安德将成为举世瞩目的焦点，而那正是洛克先生从匿名的伪装中走出来的时刻。人们不用再去猜想，这位“伟大的作家，人类最后的良心”的身份到底是什么。“由于他谦逊地保持着匿名的身份，我们无法将诺贝尔奖颁发给他。这个奖项对他来说是实至名归的，正是他带领我们结束了人类历史上最后一场战争。”以上评论出自一位洛克的忠实粉丝，而此人正担任着大不列颠反对党的领袖。

将新华约试图攫取IF控制权的冲突称为“人类最后一场战争”实在是有些幼稚，唯一能够终结人类所有战争的办法，是把全世界都置于一位强大、高效而专断的霸主的统治之下。

想想看这位领导者将如何出现在镜头里吧。他将站在伟大的安德·维京身边，搂着这位英雄的肩膀。“代表着战争的男孩”和“代表着和平的男子”竟然是兄弟，谁会对这感到惊讶呢？

这时爸爸又开始念叨了。他直接点了彼得的名字，彼得不得不尽到为人子的责任，表现出一副专注听讲的样子来。

“我真的觉得你应该在安德回家之前选择好将来从事的职业，彼得。”

“为什么呢？”彼得问道。

“噢，别假装你什么都不懂。你难道不知道，作为安德·维京的哥哥，你可以进入任何你想上的大学？”

爸爸说得那么兴高采烈，好像除了被罗马参议院或是教皇封圣的人，世界上再没人比他聪明了一样。他根本不知道，只靠自己的成绩单和升学考试里完美的分数，彼得就可以进入任何一座他所希望的大学了。彼得根本不需要仰赖弟弟的名声。不仅如此，对爸爸来说，彼得的每一丝优点仿佛都是向安德学习的结果。安德安德安德安德，这是多么令人讨厌的名字啊。

如果爸爸会这么想，那么其他人一定也会这么想了。至少在某个智力水平之下的人是会这样的。

彼得之前所看到的，只是安德回来会带给他的政治资本。但爸爸让他注意到了其他的一些事情。在其他人看来，正因为他是伟大的安德的哥哥,他所做的任何事情的价值都要打个折扣才行。人们会看到他和安德并肩站在一起,但他们会猜想:为什么安德的哥哥没有进入战斗学校?这会让彼得显得弱小、低劣,让人觉得有机可乘。

站在一起时,人们会注意到彼得比他弟弟更高大。为什么他留在家里什么都没做呢?“噢,是我写下了洛克那些文章,是我阻止了俄罗斯的行为,才没有演变成一场世界大战!”如果你真有那么聪明,为什么在你的弟弟为了阻止人类的彻底毁灭而战斗的时候,你什么忙都没帮上呢?

安德回家是自己发展公共关系的良机,但也会是一场噩梦。

应该如何利用安德的胜利所提供的机会,又不会让自己看起来像是个奉迎拍马的人像吸盘鱼一样依附在弟弟的名望上?如果他发表的声明让人感觉像是酸溜溜的“我也能怎样怎样”,岂不是再糟糕不过?噢,你觉得我的弟弟很伟大?好吧,我得告诉你我“一样”拯救了世界,不过是靠着我那些无足轻重的小把戏?

“你还好吧,彼得?”华伦蒂问道。

“噢,有什么不对吗?”妈妈说,“来让我看看,亲爱的。”

“别,妈妈,用不着给我拿体温计。华伦蒂肯定看花眼了,我什么事都没有。”

“我要是看花了眼,肯定也不会是你那一脸恶心的样子。”

“噢,这倒是个不错的广告嘛。”彼得几乎完全靠着条件反射说,“我的幻觉我做主什么的。不过等等,这东西已经有了,大家好像管它叫‘毒品’哎。”

“可怜虫,轮到你来笑话我了?你对自己的崇拜已经让你上瘾了,用不着毒品。”

“孩子们,等安德回来的时候,你们就打算让他看到你们这样?”妈妈说。

“没错！”华伦蒂和彼得异口同声。

爸爸说话了:“我希望让他看到你们成熟一点的样子。”

华伦蒂和彼得毫无顾忌得大笑个不停，最后爸爸把他们从桌子旁赶走了。

彼得扫了一眼华伦蒂那篇关于俄罗斯核武器的文章。“太没劲了。”

“我不觉得没劲。”华伦蒂说,“俄国人有核武器,所以不管他们做什么,其他国家都不敢谴责他们,但他们做的需要被谴责的事太多了。”

“你跟俄罗斯有什么过不去的？”

“是德摩斯梯尼跟俄罗斯过不去的。”华伦蒂假装毫不在意地说。

“很好,所以德摩斯梯尼需要担心的不是俄罗斯的核武器,而是俄罗斯会染指这个世界上最强大的武器。”

“你是说分子裂变装置？IF是不可能把它带到地球的射程之内的。”

“不是MD(分子裂变装置),你这个天然呆。我是说你的弟弟,咱家那个能毁灭文明的小天才。”

“你怎么敢这么说他！”

彼得脸上挂上了嘲讽的笑容。但在他的面具后面,却是愤怒与痛苦。她还是有能力影响彼得的内心世界,只需要告诉彼得,她爱安德有多么深。

“德摩斯梯尼需要写一篇文章,指出美国必须立刻把安德·维京带回地球,不能再有任何延误。对美国来讲,如果人类最伟大的军事领袖不直接为他们效力,世界格局将变得危机四伏。”

对彼得的恨意又一次占据了华伦蒂的心。或许是因为她明白彼得所提出的方法比她原先打算要写的更好。她还没有像自己以为的那样，真正进入德摩斯梯尼的角色。毫无疑问，德摩斯梯尼一定会全力呼吁安德立即返回地球，并加入美国的军队。而这一呼吁本身便会造成局面的不稳定，其程度绝不在核扩张之下。美国的对手和敌人都在仔细研究德摩斯梯尼的文章，如果他呼吁立刻将安德带回地球，这些人一定会开始行动，努力把安德留在太空中。其中也必将有一些人会公开指责美国有意发起侵略。

接下来就到了洛克出场的时间了。几天，或者是几周之内，洛克就会以调解者的身份出现在大家面前，提出更有大国风度的解决方案：将这个孩子留在太空中。

华伦蒂当然明白，彼得改变想法的原因，是因为爸爸在吃饭时那不动脑子的评论。是爸爸提醒了彼得，无论将来做什么，他都会生活在安德的阴影下。

就算是愚者千虑必有一得好了。现在华伦蒂甚至用不着去说服彼得，他也会觉得安德最好还是不要回到地球了。不过这次完全是彼得自己的想法，和华伦蒂无关。

特丽萨又一次坐在床上低声哭泣。她面前放着德摩斯梯尼和洛克的文章，而她知道，这些文章就要让安德永远回不了家了。

“我实在是忍不住。”她对丈夫说。“我知道这是对的，格拉夫要告诉我们的也是这个。但我之前还想至少能再见他一面。我真的……”

约翰·保罗坐在她身边，搂着她的肩膀：“这是我们所做的最艰难的决定。”

“最艰难的决定不是当时我们放弃他的时候吗？”

“那次是很难，”约翰·保罗说，“但当时我们别无选择。他们无论如何都会把安德带走。这次不一样了。你知道，如果我们到网上、电视上去呼吁，让大家看到我们多么希望自己的儿子回家，我们还是有机会让他回来的。”

“我们可怜的孩子一定会奇怪我们为什么没有这样做的。”

“不,他不会的。”

“你真觉得他有那么聪明,能猜出我们在做什么?或者说,我们为什么什么都不做?”

“他为什么会猜不到?”

“因为他并不了解我们,他不知道我们怎么想的,不知道我们的感觉。他只知道我们已经把他忘掉了。”

“发生了这么多事之后,唯一让我感到欣慰的,就是我们还是能够影响我们这两个天才的孩子。”

“噢,他们啊。”特丽萨带着点嘲笑说,“只要孩子们完全把你当傻瓜看,控制他们就再容易不过了。”

“而最让我痛心的是,这么一来,洛克就可以让大家相信,他比任何人都关心安德的安危。到最后他展现出自己的真实身份时,人们会觉得他介入这件事是为了保护自己的兄弟。”

“彼得是我们的孩子啊。噢,天哪,看他成了什么样的人吧。”

“我在思考一个哲学上的问题。我在想,我们所谓的‘善良’,实际上可能是一种不利于生存的特质。当大多数人都拥有这种特质,而社会规则将它视为一种美德时,真正的统治者才有施展手脚的舞台。正是因为安德的善良,才让他流亡太空,而彼得却能留在地球上。”

“噢,彼得也是善良的。”特丽萨愤愤地说。

“是啊,我差点忘了。正是为了全人类的利益,他才要成为世界的统治者。这还真是毫不利己专门利人的牺牲啊。”

“不过看到他写的文章的时候,我真想把他的眼睛挖出来。”

“他是我们的孩子,和安德、和华伦蒂一样,也是我们基因的产物。更何况,是我们一再激他这样干的。”

特丽萨明白丈夫是对的,但这并没让她觉得好受些。“但他也不应该干得这么兴高采烈吧。”

第二章

收件人：hgraff%educadmin@ifcom.gov

发件人：demosthenes@LastBestHopeOfEarth.pol

主　题：你知道真相

您知道那些文章的内容是由谁决定的。毫无疑问，您也应该能猜出他为什么要我这样写。当然我并非要为自己的文章辩护，更不是为其他利用了我的文章的人而辩护。

您曾经利用过安德·维京的姐姐，让她劝说安德回到太空，为你们争取那场小小的战争的胜利。她照办了，对吧？她是个很好的姑娘，完成了她所有的任务。

现在，我也有个任务要交给她。您曾经把她送去弟弟身边，去安慰他，陪伴他。而现在，又到了安德需要她的时候，比以往任何时候都需要。这次他没法到姐姐的身边去了，没办法回到湖边的那座房子里。但没有任何理由阻止姐姐到太空去陪伴他。希望您能以IF的名义征召她，聘她做顾问——不管这需要花费多大的工夫。无论是她还是她的弟弟，都需要彼此的陪伴。对他们来说，这份陪伴比地面上的生活要重要得多。

不要因此猜疑她的身份。要记得，她比您聪明，更比您关心她的弟弟。此外，您是一位高尚的人，您知道什么是正确的、正义的。您不是一直在努力促成这样的事情吗？

为了我们双方的利益考虑，读完这封信后最好把它撕掉，埋在太阳永远照不到的地方。

您忠诚而谦卑的仆人

所有人忠诚而谦卑的仆人
真实与崇高的爱国主义忠诚而谦卑的仆人
德摩斯梯尼敬上

十三岁的将军过着怎样的日子?

他手下没有任何的战舰。安德接到任命之后的第一天,切瑞纳格将军就直截了当地告诉他:“你会拥有与你的功绩相符的军衔,而你的权限将与你所受的训练相符。”

他所受的训练又是什么呢?不过是在模拟器上玩虚拟的战争游戏而已。而现在,已经没有仗给他打了。所以他所受的训练就是……什么都不做。

其实他也并非一无是处。他曾经被训练着领导一群孩子参加战争,把孩子们身上每一份勤劳、专注、聪慧与天才都压榨出来。但现在孩子们也没有必要再待在这里了,他们一个接一个踏上了回家的道路。

每个人临走前都曾来找安德道别。“你很快也会回家的。”绰号“热汤”的韩楚说,“他们肯定会给你准备一场英雄的凯旋式。”他将前往战斗学校,在那里完成一些收尾工作,好拿到高中的毕业证。“这样我就可以直接去大学了。”

“十五岁上大学的人都很棒。”安德说。

“我要专心学业了,”韩楚说,“完成大学学业,搞明白我这辈子应该干什么,然后再找个人结婚成家。”

“这就准备好加入生命循环圈里了?”

“夫无妻无子者,国之患矣。”韩楚说,“一个单身汉是种痛苦,千万个单身汉则是场战争。”

“我真喜欢你讲的那些东方古谚。”

“我是个地道的唐人,编这些话还不信手拈来?”韩楚朝他笑了笑。“安德,来看我吧。我的故乡是个美丽的国家,她所包容的多样性比世界上其他所有地方的都要多。”

“我要是能去就好了。”他不忍心当面告诉韩楚,东方的芸芸众生,那里的善良与邪恶,坚强与脆弱,勇敢与怯懦和世界上任何国家、任何文化、任何文明中的都一样多,甚至和任何一个村庄、一个家庭,或者一个心灵所包含的一样多。

“你当然能来了!”韩楚说,“是你领导人类取得了胜利,这事大家都知道!你可以想干什么就干什么!”

但我就是不能回家,安德心里想着,嘴上却说:“你是不知道我爸爸妈妈什么样。”

安德本想像韩楚一样用轻松搞笑的口吻谈话,但这几天来这一套一直行不通。也许是心中的抑郁太重,言语间都带上了不快的色彩;或者是韩楚从不曾听安德说过笑话;又或者是他和其他孩子在战争中最后一段时间的记忆过于深刻,孩子们都害怕安德的精神会错乱。

但安德明白,他的精神没有错乱,而是在逐渐恢复正常。他找回了自己深藏的意识,最原本的灵魂;他明白了自己是如何善于同情人,又是多么残忍无情。他可以深切地爱上别人,了解别人;又可以变得毫不关心对方,只有这样,才能利用自己对对方的了解将其毁灭。

“提到父母,”韩楚丝毫没有高兴的意思,“你知道,我的家庭就像监狱一样。也许我父亲已经不在了。他让我在测试里作了弊,好保证我能来到这里。”

“你没必要作弊的。你的能力在那摆着呢。”

“但我父亲要亲自把这一切赐予我。如果我是靠着自己赢得的这份权利,对他来说就完全没有意义了。他需要用这种方式来表明自己的重要性。现在我能理解他了。我要做个比他更好的父亲。我要在孩子心里做个好人！”

安德笑了笑，和韩楚拥抱道别。但这段交谈在他心里挥之不去。他知道韩楚会完成学业，也会成为一个完美的父亲。他在战斗学校和指挥学校里学到的东西都会派上用场的。耐心、完美的自我控制、不耻下问，同时在训练中弥补自己的缺陷。

而我受的训练又是什么呢？

我是一个为部落而存在的人。部落的酋长。我的人民会完全信任我，相信我会做出对部落最有利的决定。但这份信任意味着我需要决定谁活着、谁死去。做法官、刽子手、将军，甚至上帝。这就是我受到的训练。我的训练很完美，而且完成得也很好。但现在，我寻遍网上所有的招聘信息，也找不到任何我能够胜任的工作。没有哪个部落在招聘酋长，没有哪个村庄在寻找国王，也没有哪个宗教需要一名士兵出身的先知。

按官方说法，安德不该获悉前上校海勒姆·格拉夫的庭审情况。官方说法是，安德年纪太小，与庭审案件的牵涉又过多。几位儿童心理学家在对他进行了漫长而枯燥的检查之后，声称安德的心理太过脆弱，不应将他自己的行为导致的后果告诉他。

噢，好吧，现在你们开始担心我了。

但那也正是这场审判的内容，不是吗？他们要裁定格拉夫和其他官员（主要是格拉夫）在处理交付给他们培养的孩子的过程中采取的措施是否得当。大家把这次审判看得很重。每当安德走进一间屋子，屋里的大人们要么缄默不语，要么就开始四处张望。安德有足够的理由相信，自己的所作所为一定引起了非常严重的后果。

他在审判开始前找到马泽，说出了自己的猜想。“我觉得格拉夫被推上法庭,是因为他们觉得上校对我的所作所为负有责任。但我不觉得那是因为我摧毁了虫族的世界，毁灭了整个智慧种族——这件事是经过他们批准的。”

马泽点了点头,但什么都没说——这正是他一贯的回答方式。自从他不再做安德的教官那天起就是这样了。

“所以一定是我做的其他什么事。到底我做了什么,会让他们把人推上法庭?我只能想起两件事来。其中之一是在战斗学校时我曾经打过一架，一个比我大的孩子把我堵在澡堂的角落里。他曾经吹嘘过,说要把我打得不再那么聪明。而且那时他带着一群同伙。我羞辱了他,逼他和我单打独斗,然后只用了一招就把他打倒了。”

“真有你的。”马泽说。

“邦佐·马利德。马德里的波尼多。我猜他已经死了。”

“你猜？”

“第二天他们就把我从战斗学校带走了，然后再也没人提到过他。我觉得那是因为我对他造成了严重的伤害。我想他应该是死了。军事法庭就是为这种事情成立的,不是吗?他们需要给邦佐的父母一个说法,告诉他们他们的儿子因何而死。”

“很好,思路很清晰。”马泽说。但他并没有告诉安德他的猜测到底对不对。安德也没尝试去解读。“就这些了？”马泽问道。

“有许多政府和政治家都会希望诋毁我的声誉。还有人希望让我不要回到地球。我在网上都读到了。我知道人们在说什么,说我会成为政治家们玩弄的足球,或是刺杀行动的目标,或者是我所在的国家用来征服世界的工具,总之都是些废话。所以我想有人会利用格拉夫的军事法庭,告诉大家需要对我严加监管。这样会让大家觉得我是个怪物。”

“要知道,你的这些话会让人觉得你得了多疑症。这等于说是格拉夫在为了你而受到审判。”

“这也恰恰解释了我为什么被关在这么一间精神病房里。”安德说。

“你也应该知道,我什么都不能告诉你。”马泽说。

“你没必要告诉我。”安德说,“我还想起了另一个孩子。那是很多年前的事了。我那时还小,不过他也不比我大多少。但他也带着一群同伙。我激得他甩开了同伙跟我单挑,一对一,就跟邦佐一样。那时我还不怎么会打架,我所能做的就是发了疯一样地打他,狠狠地揍他,直到他不敢再来找我,他的同伙也不敢来找我的麻烦。我必须发疯,疯到让他们看到我就害怕。我想那场事故也是格拉夫受审的原因。”

“自我中心还真是够严重的,你觉得整个宇宙都是围着你转的吗?”

“我觉得这个军事法庭是围着我转的。”安德说,“那肯定和我有关,否则人们不会这么紧张,生怕我知道有关它的任何事情。没有任何信息本身就是一种信息。”

“你真是个聪明孩子。”马泽说道,话里那恰如其分的讽刺让安德也露出了笑容。

“史蒂生也死了,是吗?”安德说。这其实并不算是个问题。

“安德,并不是你打了谁谁就要死的。”但马泽说完这话之后,却略略犹豫了一下。和他打过架的人,真正战斗过的人,都死了。邦佐、史蒂生,还有所有的虫族,包括虫族女王在内,每一个虫族,每一粒卵,不管它们是如何孵化的,都已经死去了。

“你知道,我一直在想着他们。他们永远不会有孩子了。而那正是生命的意义,不是吗?繁殖的能力。每个还没有生育的人,身体都在不停地产生新的细胞。这就是繁衍。但对邦佐和史蒂生来说,一切都结束了。他们不会再活下去,活到能够繁衍后代的时候。他们的生命线被切断了。对他们来说，我就代表着自然，爪牙上带着血迹。是我决定了他们不适合环境。”

安德嘴上这么说着，心里却明白自己这样做是错的。马泽肯定接到了命令，不准与安德讨论这些事情，就算安德猜到了真相，也不能给予证实。但如果马泽现在就结束交谈，那就等于在证明安德说的是对的，甚至否认安德的说法一样也是一种证明。而安德正在逼着马泽说话，逼着他证明自己，逼着他回答自己先前提出的问题。“你不用回答我的。”安德说，“我还没到那么绝望的时候。你知道，我没自责。”

马泽眨了眨眼睛。

“不，我没发疯。我只是为他们的死感到遗憾。我知道我对史蒂生和邦佐的死负有责任，对整个虫族的灭亡负有责任。但我不会责怪自己。并不是我找上史蒂生和邦佐的，是他们找上我的，而且他们的确给我带来了威胁。确确实实的威胁。告诉那些在军事法庭上的人，或者在你的报告里写上这样一笔。我知道和我说完话后你肯定要写报告的。我的本意并不是杀死他们，而是阻止他们对我造成的伤害，而唯一的办法就是让自己变得凶狠起来。我没有学会格斗技巧，不知道怎样才能在不杀死他们的前提下造成足够严重的伤害，让他们没法再来找我的麻烦，否则我一定会这样做的。如果他们只是精神上受到了伤害，或是有了残疾，我会尽一切可能帮助他们，前提是他们的家人能够允许我再和他们接触。无论如何，我不希望再让任何人受到伤害了。

“但是，马泽·雷汉，我真正要说的是，我非常清楚当时自己做了什么。让海勒姆·格拉夫因此接受审讯是没有道理的。他并不知道出史蒂生那事时我的想法。只有我自己知道。我是蓄意伤害他，故意要让他受重伤的。那不是格拉夫的错，而是史蒂生自己的错。他不该来找我，而且我给了他不止一次机会离开。我求过他走开，不要再来找我。如果他当时那么做了，现在肯定还活着。那是他自己的选择。他以为我太弱小了，以为我没办法保护自己，但那全是他自己的错。他选择攻击我，以为不会付出任何代价。但那的确是有代价的。”

马泽清了清嗓子，说：“行了，够了。”

“而在邦佐那件事上，格拉夫冒了很大的风险。如果邦佐和他的朋友们真的伤到了我呢？如果我死了，或者被打伤了大脑呢？又或者，如果我因为那事变得胆小怕事了呢？那样他就会失去他正在打造的武器了。也许没有我，豆子也能自己打赢那场战争，但格拉夫也没有把握。那是场非常可怕的赌博。格拉夫想的是，如果我能够在和邦佐的冲突下活下来，能够胜过他，那么我将会对自己充满自信，相信自己能在任何环境下获胜。战争游戏是给不了我这些的，那不过是游戏而已。而邦佐告诉我，在现实生活中我也是能赢的。只要我足够了解我的敌人。你知道我的意思，马泽。”

“就算你说的是真的……”

“把这段录像拿去给他们做证据吧。如果真的没人在记录我们的谈话，那我希望你去做证。让军事法庭的那些人知道，格拉夫没做错什么。虽然我对他做的事很生气，到现在也是如此，但如果我在他的位置上，我想我也会做出同样的事来。那是为了赢得战争所做的部分努力。战争总是要死人的。在把士兵派上战场的时候，你知道他们中有些人会没法活着回来。但不是格拉夫把邦佐送来的，是邦佐自己给自己安排了这样的任务：来攻击我。去让所有人都知道，我是不会让自己输掉的，永远不会。邦佐做的一切都是出于自己的意愿。就像虫族来到地球，想要消灭人类一样。如果它们没有找上我们，我们也不会去伤害它们。军事法庭必须明白这一点。建立战斗学校就是为了教出我这样的学生，这也是全世界对它的期待。是格拉夫制造了我这把武器，是格拉夫把我变得锋利无比，这并不是他的错。邦佐找到了一把刀，用它划伤了自己，事情就是这样。”

“你说完了吗？”马泽说。

“怎么，录音带要用完了？”

马泽站起身走出了房间。

回到房间之后，马泽没有把他和法庭讨论的结果告诉安德。但已经没有人限制安德的行动了，他想去哪里都可以。他们不再试着对安德隐藏什么。安德甚至可以读格拉夫的审讯笔录。

安德知道自己是对的。

他也知道，军事法庭并不是真的要治格拉夫的罪，也不会把他送到监狱里。法庭存在的意义只是为了损害安德的形象，为了不让他成为美国的军事领袖。安德是个英雄，没错，但现在他的官方形象已经成了一个可怕的孩子。这样一副形象正是军事法庭要在民众心中为安德塑造的。人们会对全人类的救星顶礼膜拜，但对一个杀害其他孩子的小孩会怎样？就算他是出于自卫，在大众眼里也太过恐怖了。安德在地球上的政治生涯已经提前结束了。

安德开始读德摩斯梯尼对军事法庭审讯结果的评论。几个月以来，虽然安德显然已经没法很快回到地球了，但那位全美国最著名的好战分子却一直在网上慷慨陈词，呼吁“让英雄回家”。哪怕军事法庭用安德曾经杀过人作为证据起诉格拉夫的时候，他仍然不止一次地宣称，安德是“属于美国人民的武器”。

到头来的结果是，无论哪个国家都不会允许美国拥有这样的武器。

起初安德觉得德摩斯梯尼是个彻头彻尾的白痴，完全不知道该怎么达到自己的目的；后来却觉得他可能是在刻意为之，有意助长与自己立场相反的人的气焰。毕竟德摩斯梯尼最不希望看到的，就是有人能够在政治领导权上与美国相抗衡。

这人真有这么狡猾吗?安德把他之前的文章都找了出来细读(反正也没其他什么事可做),发现这人经常犯言过其实反为他人所利用的错误。他的文笔的确了得,但有时有些偏激过火。这已经足够让他在美国内外的对手获益了。他越是努力地宣扬什么论点,越是降低了这一方论点的可信度。

他是有意这样做的吗?

也许不是。安德读过不少历史书,也知道真正的德摩斯梯尼是什么样的。雄辩的口才并不代表超人的智力或是深刻的思考。言过其实是对某个观念深信不疑的人常犯的错误,他们认为只要把自己的看法统统讲明白,其他人自然就会看出自己有多么正确。就像在牌局中摊开自己的手牌给大家看,同时还很奇怪其他人为什么要合伙与自己作对。

安德在网上读着人们的讨论,发现对立的阵营已经形成,德摩斯梯尼那激烈的言论恰恰被以洛克为首的"温和派"所利用。

而现在,德摩斯梯尼仍然在为支持安德大声疾呼,但他却恰恰是对安德造成伤害最大的人。在每一个对德摩斯梯尼心怀畏惧的人(也就是除了美国以外的其他所有国家)眼里,安德已经不再是英雄,而是怪物。难道能让他就这样回到地球,领导美国成为新的帝国主义霸主?难道让他成为美国的亚历山大、成吉思汗或者阿道夫·希特勒去征服世界?或是要逼迫世界各国联合起来,与他恶战一场?

幸运的是,安德并不希望征服世界,失去这样的机会也没有什么可惋惜的。

他还是希望能有机会亲自给德摩斯梯尼解释自己的想法。不过前提是德摩斯梯尼能允许一个杀人凶手兼人类英雄和自己单独待在一间屋子里。

马泽从不与安德谈论关于军事法庭的事，不过有时两人会交流一下关于格拉夫的看法。

“海勒姆·格拉夫是最能够适应官僚系统的人。”马泽告诉安德，“他比其他人多想至少十步。他身处哪个部门其实并不重要。只要他认为对人类利益有好处，格拉夫可以利用任何一个人，不管官阶在他之下还是之上，甚至素不相识的人也一样。”

“我很庆幸他把自己的能力用在了善良的方向上。”

“我可不这么想。”马泽说，“他是把能力用在了自认为善良的方向上。不过我觉得他在分辨什么是‘善良’这事上并不怎么擅长。”

“按哲学课上的讲法，‘善良’本身就是一个无限递归的概念，要给它下定义就必须用到它本身。‘善之所为是善，是因为它较之恶更为善。’而至于什么是‘更加善良’，完全取决于你如何定义善良，如此这般。”

“这就是现在IF教将军的东西？”

“你自己也是个将军，到头来又怎样？”

“到头来我还是要给一个目无尊长的小孩上课，他能拯救人类，但自己的内务却搞得一塌糊涂。”

“有时候真希望自己能目无尊长一下。”安德说，“但我也只能在梦里去反抗权威了。就算我下定了决心，还是放不下自己的责任。有人把希望寄托在我身上，这才是真正让我无法脱身的。”

“就是说你没有野心，有的只是责任感了？”

“而现在我已经没有任何责任了。”安德说，“所以有时候我有些嫉妒格拉夫上校……现在已经是格拉夫部长了。他总是有他的计划，有自己的目标。我在想，现在他计划拿我怎么样？”

“你确定他会想到这些？我是说为你计划以后的事？”

“也许没有吧。之前他为了把我打造成一台工具可是费了好大工夫的。不过现在已经完全用不上了。也许他已经可以把这工具扔到一旁生锈了,完全不用再想起它。”

“也许吧。不过这话还是别说出来好，格拉夫并不是个和善的人。”

“需要的时候他还是很和善的。”

“需要的时候他可以表现得很和善。他总是有办法从你的角度解释事情,让你心甘情愿地做他要你去做的事。”

“他就是这么把你弄来给我当战时教官的？“

“是啊。”马泽叹了口气。

“那你现在是准备回家了？我知道你是有家人的。”

“都是我曾孙辈的了。”马泽说,“还有曾曾孙。我妻子早就死了,唯一还在世的儿子也都老糊涂了,被送到养老院让人看着,这都是我孙子孙女告诉我的。他们说起来不觉得什么,因为他们的爸爸已经活了一辈子了,老了也是正常的。但我怎么去接受这些?至于孙子们,我压根就不认识。”

“英雄回家的欢迎也补不回失去的五十年时光了,是吗？”

“英雄的欢迎,”马泽嘟囔道,“你知道他们是怎么欢迎英雄的?他们现在还在讨论是不是应该把我和格拉夫一样送上军事法庭呢。我想早晚会的。”

“如果那样的话,最后不应该也判决你无罪释放吗？”

“无罪释放?”马泽恨恨地说,“我们是不用蹲监狱,但还是会被给予警告,档案里会记上这么一笔。格拉夫可能会被解除军职。那些成立军事法庭的人当然不愿意被当成傻子。他们必须搞出什么名堂来,证明自己是正确的。”

安德叹了口气。“为了他们的面子,就要打肿你们的脸么。格拉夫的职业生涯都可能要结束了。”

马泽笑了。“倒没那么严重。早在第二次虫族战争之前，我的档案里就已经记满警告了。我的整个职业生涯就是由警告和严重警告铸成的。而格拉夫，他从没把军队当成自己的职业生涯。他有更高的计划要去完成，军队只是获得必需的影响与权力的途径。现在他已经不再需要军队了，就算要离开，他也是心甘情愿的。”

安德点了点头，也轻笑了起来。“我猜你是对的。也许格拉夫已经计划好了如何利用这件事。他离开军队会让某些人获利，而他会利用这些人的负罪感，得到自己真正想要的东西。那些人给他的安慰奖，恰恰是他真正的目标所在。”

“当然了，他们总不能为把他送上军事法庭的行为发给他勋章吧。”

“他们会让格拉夫执行他的殖民计划的。”

“噢，我可不敢保证那些人会有这么深的负罪感。”马泽说，“要把舰队改装成殖民飞船，需要花上几十亿美元，而且谁也没法保证会有人自愿永远离开地球，更不用说飞船上的船员了。”

“但他们总得想办法处理这支庞大的舰队，包括在役的官兵。这支舰队必须有个目标，而那些在战争中存活下来的士兵和他们征服的世界正是最合适的目标。我想格拉夫会成功的。我们不会派船把他们接回地球，而是派新的殖民者加入他们。”

“你倒是很会替格拉夫说话。”

“你也一样。”安德说，“而且我敢打赌，你一定会和他们一起去的。”

“我？作为殖民者我还是太老了些。”

“你可以驾驶飞船，一艘殖民飞船。你可以再一次离开这个地方，和上一次一样。为什么不再来一次呢？光速旅行，驾驶这艘飞船到以前虫族的世界去。”

"没准吧。"

"你已经失去了所有的亲人,还有什么可以失去的?而且你是相信格拉夫的,这也是你一直以来真正的计划,不是吗?把人类的疆域扩展到太阳系以外,这样我们就不必在唯一的一颗行星上被命运当作人质。在群星之间播撒人类的种子,让我们成为无法被消灭的种族。这是格拉夫最宏伟的计划,而你也认为这是值得为之奋斗的目标。"

"我从来没有对这计划做过任何评论。"

"只有在谈到殖民计划时,你才不会对格拉夫的发言摆出一副干柠檬一样的表情。"

"什么时候你觉得能从表情看透我的?我是毛利人①,毛利人不会把事情摆在脸上的。"

"你只有一半毛利血统,而且我已经观察你好几个月了。"

"你根本看不透我的想法,只是自欺欺人地以为你能读懂我的脸色罢了。"

"但殖民计划是整个太空里唯一值得为之付出努力的事了。"

"我可不会去申请做飞行员的,你知道,年纪不饶人了。"

"你不会做飞行员,你会做一艘飞船的船长。"

"他们现在还允许我自己撒尿我已经该谢天谢地了。他们不会信任我的,这就是为什么我早晚会上法庭。"

"而当审判结束时,你就对他们没有任何用处了,我也一样。他们会希望把你送到越远越好的地方,省得你再对军队制度搞什么破坏。"

马泽一言不发地看着别处,但安德看得出,他一定有什么重要的话要讲。

---

① 新西兰的少数民族。属蒙古人种和澳大利亚人种的混合类型,使用毛利语。习俗上多文面。

“安德,那你呢？你会去吗？”

“去殖民星球？”安德笑了,“我只有十三岁耶。到了殖民地我能干什么？种田？你知道我最擅长的是什么,而那在殖民地一点用处都没有。”

马泽哑着嗓子笑了。“噢,你把我派过去,自己倒不想去了。”

“我不会派任何人过去,更不会把自己派到那去。”

“但你这辈子总还要做点什么吧。”马泽说。

两人都心照不宣的是,安德是没法回家的。他永远无法在地球过上正常的生活了。

其他孩子一个又一个接到命令离开了，每个人走前都来向安德道别。对他们来说,道别这件事变得越来越令人难受了:安德逐渐变得像一个陌生人。他再也没有留出与其他人相处的时间。就算他凑巧加入了大家的谈话,也不会待得很久,而且总是显得心不在焉。

安德并不是有意如此,他只是对这一切都毫无兴趣。他不想知道孩子们在做什么,在讨论什么。每个人心里想的都是他们的学业,他们回到地球之后的生活:该做些什么,在各自家里待一段时间之后又该如何彼此相聚;他们在军队里服役这段时间能赚到多少津贴,将来要从事什么事业,他们的家人又会变成什么样子。

这些对安德来说都毫无意义。他也不想假装自己在意这些,假装自己还拥有未来。他更不愿和别人讨论是什么在真正折磨他的意志,那是其他孩子一定无法理解的东西。

甚至连他自己都无法理解自己。他居然可以放开一切,放开这么多年来他为之专注为之奋斗的一切。战术兵法？军略研究？这些现在都无法让他提起兴趣。能不能在一开始就想办法避开邦佐或是史蒂生？这的确能够牵动他的感情,但不会有什么理性的想法,他也不愿在上面花费什么时间。他放开了这些，同样也放下了自己对战斗小队里其他队员的理解——他领导着这支由最聪明的孩子组成的军队参加了所有的训练，而最后却发现这些训练都是真正的战争。

曾几何时，了解这些孩子是他工作的一部分，也是他在战争中获胜的法宝。那段时间里，他曾把这些孩子当成自己的朋友。但他永远不曾成为他们的一员。毕竟他们之间的关系太不平等了。他必须真心去爱他们，这样才能理解他们；而只有理解了他们，才能最好地利用他们的力量。现在，他已经不再需要他们了——这并非他自己的选择，仅仅是因为已经没有任何理由把他们都维系在一起了。他们已经不再作为一个团队而存在了。在安德眼里，他们已经变成了一群小孩子，一群一起经历了长期而艰苦的宿营训练的孩子。为了拯救人类文明，他们曾经被迫结成一体；而现在，他们都将回到自己的家中。除了回忆，他们之间不再会有任何的羁绊。

带着这样的想法，安德把他们也放在了一旁。即使仍然留在艾洛斯的孩子也一样。安德知道这会伤害他们，知道他们希望与自己更加接近些，不仅仅作为战友；而他却不愿改变这层关系，不愿让孩子们接触到自己的思维。他没办法对他们解释，自己并不是想要拒他们于千里之外，只是其他人根本无法理解，有一件事始终占据着他的思维，让他没办法去思考其他任何事情，那就是——

虫族女王。

虫族所做的一切完全没有道理。它们并不愚蠢，但却犯了最严重的战略错误。它们把自己全部的女王（事实上这种说法并不正确，虫族就是女王，女王就是虫族本身）都集中在母星上，让安德有机会用MD把它们一网打尽，而安德也的确是这样做的。

马泽的解释是虫族并不知道人类拥有MD技术，所以在多年之前就已经将女王集中了起来。但在之前远征太阳系时，马泽就曾打败过虫族；也就是在那时，虫族就了解了人类的作战方式。与人类作战时，虫族最大的弱点就是：一旦人类找到并杀死虫族的女王，就等于杀死了一整支虫族的军队。所以它们将女王从之前所在的地方撤回，集中在母星上，来保护自己所拥有的一切。

没错，这些安德当然明白。

但安德在攻击虫族世界的过程中已经使用过MD设备，摧毁了虫族排列密集的舰队。虫族女王也马上明白了这种武器的能力，在此后的战争中再也没有让自己的飞船彼此靠近到MD设备能够起作用的程度。

问题就在这里：既然它们已经知道了这样一种武器的存在，也明白人类一定会使用它，为什么还待在那颗母星上？它们一定知道人类迟早会来到这里。随着安德一场又一场的胜利，它们一定明白自己是有可能会失败的。乘上飞船离开母星对它们来说并不是什么难事。在最后的那场战役之前，它们也是有机会离开MD的爆炸范围的。

如果是这样，人类就必须不断地追击它们，去剿清一艘艘飞船、一只只女王。虫族仍然会在各个星球上居住着，而人类每到达一个新的世界，都必须经历血淋淋的冲突。同时它们还会建造新的飞船和舰队反击。

但它们并没有这样，而是集中在同一颗星球上，然后死在了那里。

是因为恐惧吗？也许如此，但安德并不这么想。虫族女王是在战争中长大的。人类的科学家对第二次人虫战争中留下的虫族尸体进行了研究，解剖层面和分子层面的分析结果都表明，这些虫族生下来的唯一目的就是战斗与杀戮。这表明在它们生活的世界里，战斗总是必不可少的。

最合理的猜测，或者说对安德来说最有意义的猜测是：虫族战斗的对象并非其母星上的食肉动物。和人类一样，在自己的星球上，任何对它们真正有威胁的食肉动物都已经被消灭了。它们进化的目的是彼此战斗。女王与女王之间的战斗方式，就是产下大批的虫族军队，并为它们制造出工具和武器。所有虫族战士诞生的目的，就是为自己的女王而战，让她来统治整个星球，或者成为最后一个幸存下来的女王。

然而不知为什么，它们终于结束了彼此的战争，不再自相残杀了。

那是在它们研究出宇航技术，开始在其他星球上殖民之前的事情吗？或是某一个女王发明了光速航行的飞船，开拓了殖民地，然后用自己研究出的力量战胜了其他同类？

这些都已经不重要了。她的女儿肯定背叛了她。这一幕在不断地重演，每一代新生的女王都会努力去杀死前一代。地球上的蜂后就是这样做的。无论如何，蜂后的竞争者都必须被驱逐出蜂巢，或者被杀死。只有那些无法繁衍后代的工蜂才能留下，因为它们并不是蜂后的竞争对手，而是奴仆。

这就像人体里的免疫系统一样。每只虫族女王都必须保证，工人们生产出的食物都只能用于喂养她的工人、她的后代和她本人。任何敢于闯入自己领地、盗用自己资源的女王都必须被驱逐或者杀死。

但最后它们还是停止了彼此的杀戮，团结起来了。

如果它们能够停止彼此间的恩怨，能与亘古以来便推动着自身进化直至智能生物的、无可替代的敌人达成和解，那么为什么却无法与我们共存呢？为什么它们根本没有试着与我们交流？为什么它们不像对待其他族群一样，为我们划出居留区，重新划分两个世界间的星系？为什么不能给我们一条活路，也给自己一条活路？

只要在任何一场战斗中，对方有任何试图与自己通讯的迹象，安德马上就会明白那并非一场游戏。教官所模拟的敌人是断然不会有尝试和谈的理由的。在他们看来,这不是安德的任务,也不是他们对安德的培养目标。如果虫族真的试图和他们通讯,大人们会马上让安德停手,告诉他“训练”已经完成了,然后开始自行接手与虫族的谈判。

但虫族的女王们并没有尝试过谈判,也没有采取任何疏散措施来挽救自己的生命。它们就在母星上坐等安德的到来。安德胜利了,而他能够借以取胜的唯一手段,就是毁灭一切的能量。

这是安德一贯的战斗方式。他要保证不再有进一步的战争,要用他的胜利确保不再存在任何危险。

就算我知道那场战争是真的,也会做同样的事情。

所以现在,虽然明知虫族女王早已逝去,无法回答他的问题,他还是在脑海中一遍遍地追问:为什么?

为什么你们要让我来杀死你们?

他的理智告诉他还有许多其他的可能,比如虫族真的愚蠢到了如此的地步;或者它们并没有建设平等社会的经验,进而无法达成理性而一致的结论;或者这样,或者那样,安德总在试着寻找可能的解释。

而现在,已经没有人给安德安排什么课业了(负责这工作的还是格拉夫吗?或者已经换成了格拉夫的对头们),安德有了大把的时间。他开始研究士兵们发回的报告。这些士兵都曾在他的指挥下战斗,而他自己却一无所知。人类的足迹已经遍布了每一个虫族曾经生存过的星球,所有考察小队所发回的报告都大同小异:所有虫族都已经死了,尸体都开始腐烂了,士兵们轻松占领了大片大片的农场和工厂。这些士兵已经变成了探索者。他们时刻警惕着可能出现的伏击,但几个月已经过去了,没有发生任何战事。近期报告的主题已经变成了随军外星生物学家的研究结果:人类可以呼吸虫族世界的空气,甚至可以直接食用那里的大部分食物。

如此一来,所有虫族的世界都变成了人类的殖民地,士兵们开始在那里定居下来,在敌人的遗址上安了家。军队里并没有多少女人,他们不得不重新设计社会结构,一方面最大化提高繁殖能力,另一方面又保证不会让太多的男性失去找到配偶的希望。如果婴儿的性别比例接近正常的一比一,在一两代之内便可以恢复正常的一夫一妻制的社会了。

但安德对人类在新世界的生活并没有太大兴趣。他所研究的是虫族留下的遗物。从虫族定居地的结构可以看出,最拥挤的地方是女王的孵化室,那里到处都是幼虫,幼虫们都长着坚硬的牙齿,足以啮穿岩石,挖掘出一条条隧道。它们必须在星球表面耕种,但生产和抚育后代却是在地下进行的。而虫族的幼体便是和成年虫族一样强悍有力的武器了。探索者们在岩石之间找到了幼虫的尸体,虽然那之后尸体迅速腐烂了,但也足够他们拍下照片,甚至进行解剖研究。

"这就是每天你干的事了,"佩特拉说,"盯着虫族的隧道看个没完,这是一种返子宫情结吗?"

安德笑着把手里的照片放在一旁。"我以为你已经回到亚美尼亚的家里了呢。"

"我要看到那场傻兮兮的军事法庭的结果再走。更何况亚美尼亚的政府还没准备好他们所谓的高规格接待,到底要不要把我留下,在接待仪式上他们就要做决定了。"

"他们当然想把你留下了。"

"那些政治家们自己也不知道自己想要什么。把我接回国对他们到底有没有好处?是让我留在太空站好,还是回到家里好?对那些除了权力欲之外没有任何底线的人们来说,这可是非常、非常艰难的抉择。我们不用涉及政治是多么让人高兴的事啊,对吧?”

安德叹了口气:“是啊。好在我不用再担任任何职务了。飞龙战队的指挥官这担子对我来说已经太重, 而那不过是场孩子的游戏罢了。”

“我就是想和他们说这个。我不想抢任何人的位子,也不想在任何人手下干活。我只想回去和我的家人住在一起,想看看他们到底是不是还记得我。”

“他们肯定会喜欢你的。”安德说。

“噢,你怎么这么肯定?”

“因为我喜欢你。”

佩特拉盯着安德看了半天:“我应该怎么回答这样的表白呢?”

“噢,那么我应该说什么?”

“我哪知道,难道还要我给你写台词吗?”

“好吧,也许我应该换种说法?‘他们会喜欢你的,因为总会有人喜欢你的,但这地方又没有其他这样的人’,或者开个带点种族色彩的笑话,‘他们喜欢你是因为你是个姑娘,而你们都是亚美尼亚人’?”

“那又是什么意思?”

“在战斗学校的时候我认识一个阿塞拜疆来的孩子,他总是担心过不好圣诞节。在他们看来,只有亚美尼亚人才觉得……算了,这种地图炮是解释不清楚的,佩特拉。总是有些东西没法翻译的,对吧。”

“他们到底什么时候让你回家?”佩特拉问。

安德没有像以前一样回避问题,或者给一个模棱两可的答案,而是非常诚实地说:“我觉得可能永远不会了。”

“你是什么意思?你觉得军事法庭最后会判你有罪?”

“我才是真正的被告,对吧?”

“当然不是！”

“我还是个孩子，不用承担刑事责任，但那改变不了我是个邪恶的小怪物这样的事实。”

“你不是！”

“我已经在网上看到了那些消息。全世界的人都已经知道了，人类的拯救者犯过个小错误，他杀死了其他的孩子。”

“你是被逼那样做的，每个人都会明白的。”

“有些人不明白，他们在评论里把我比成了希特勒，大屠杀的刽子手。你觉得我会想回到家里面对这些吗？”

佩特拉不想再开玩笑了。她坐在安德身旁，握住了他的手。“安德，你是有一个家的。”

“以前有过。”

“噢，别这么说！你有一个家。就算你离开家八年，家里的人一样会爱他们的孩子的。”

“我只离开了七年。不到七年。是的，我知道他们还爱着我，至少他们中还有人爱着我。但他们爱的是我之前的样子。一个可爱的六岁大的小孩子。他们可以把我抱在怀里，至少在我没忙着杀死其他孩子的时候是这样的。”

“所以你就这么着迷地研究虫族的黄色照片？”

“黄色照片？”

“你研究它们的方式就是在看黄片。标准的成瘾症状，每次都想要再多来一点。那些裸露的幼虫照片、解剖图片、分子结构的切片都在让你上瘾。它们已经死了，安德。杀死他们的不是你。就算是你，也是我们一起干的。但我们并没有杀死它们，我们只是在玩游戏！我们受训练的目的就是参加战争，而这就是战争。”

“如果那真是游戏又怎么样？那样的话，等我们毕业以后，他们就会把我们派到舰队去，让我们驾驶军舰，或者指挥作战中队？我们会不会真的做出这样的事情？”

“我们会的，但我们没有做。事情不是这样发生的。”

“但事情已经发生了。虫族都死了。”

“就算是吧，但你去研究它们的尸体、研究它们的细胞生物结构又不会让它们活过来。”

“我并不是要让它们活过来。那会是多么可怕的噩梦啊。”

“确实不是，你只是在说服自己，让自己相信他们在军事法庭上说你的那些事是真的，是你罪有应得的。这样你就不配回到地球上去了。”

安德摇了摇头：“我想回家，佩特拉。就算是我不能一直待在家里也一样。我也没有因为那场战争感到内疚。我很高兴我们去参加了那场战争，也很高兴我们赢了，战争结束了。”

“但你还是把自己和大家都隔开了。我们能理解你，或者说同情你，或者说我们假装是这样。但是是你把我们推开了。每次我们来找你聊天，你都扔下手里的所有事情，假装专心听我们说话，但正是这些表现出你不想理我们。”

这说法也太不近情理了。“这不是基本的礼貌吗！”

“你从来没有说过比如‘再等一下’这样的话。你会放下手里所有事。你做得太……过于明显了。你在告诉我们：‘我实在是非常忙，但我还是觉得有责任和你说话。所以我把手头的事情都放下了，因为你需要我的时间。’”

“哇哦，”安德说，“你还真是了解我啊。你很聪明，佩特拉，真不愧是从战斗学校出来的女孩啊。”

“这才是你真正想说的吧。”

“之前的话也是我真正想说的。”

“你喜欢我那些话吗？你不是我的心理治疗师，安德，也不是我的牧师。我用不着你宠，你也不用拣你以为我喜欢听的话说。”

“你是对的。”安德说，“没必要谁一来找我就放下手里的事情。”他拿起桌上的论文，开始继续往下读。

“把那东西放下。”

“好吧，既然是你让我这样做的就没问题了。”

“安德。”佩特拉说，“我们都从战争里走出来了，只有你还没有。你还是沉浸在战争里，你在和……某些东西作战。我们一直在讨论你的事情，一直在奇怪你为什么没有和我们一样走出来。大家都希望你能和什么人讲一讲心里话。”

“我和每个人都在说话，都快成话匣子了。”

“那是你在自己身边垒起的一堵石头墙壁。你说的每一个词都是用来筑墙的砖头。”

“石头墙壁怎么是用砖筑的？”

“这么说你还是在听我说话的了！”佩特拉仿佛在宣告自己的胜利，“安德，我不是想侵犯你的隐私。不管那是什么，你自己保留着就好。”

“我没有任何可以隐藏的东西。我没有任何秘密。我一辈子经历的事都在网络上，现在它已经属于全人类了，我也一点都不在乎。我感觉现在根本就没在自己的身体里活，只活在自己的脑子里。我的生活的唯一目的就是解答那个放不下的问题。”

“什么问题？”

“我一直在问虫族女王的那个问题，但它们从没有回答过。”

“到底是什么问题？”

“我一直在问它们，‘你们为什么要死？’”

佩特拉盯着安德的脸看了半天，却没有发现一点开玩笑的迹象。

“安德,它们死掉是因为我们……”

“为什么它们还在那座星球上？为什么它们没有登上飞船,加速离开？它们知道我们有MD,知道这种武器的原理,但还是选择了留下来。留在那里等待那场战斗,等待着我们的到来。”

“它们在尽全力和我们作战。它们不想去死,安德。它们是不会利用人类军队来自杀的。”

“但它们知道我们一次又一次地打败了它们。它们一定明白,我们是有可能再打一场胜仗的。但它们还是留在了那里。”

“那又怎么样呢？”

“它们并不需要证明自己的忠诚,也不需要用这种方式鼓舞士兵的士气。虫族的工人和士兵就像是它们身体的一部分一样,这种行为就像在说,‘我一定要这样做,我要让我的双手知道我有多么勇敢。’”

“看得出来你已经想了很多了。你沉迷了,甚至到了发疯的边缘。但无论如何这让你感到幸福。你真的很幸福,你知道的。整个艾洛斯上的人都在说,那个维京家的男孩一直都这么开心。但你不能这样下去了,这会让人发疯的。”

“佩特拉,我这辈子的工作都已经完成了。我知道他们不会让我回到地球,哪怕只是回去看看也不行。我恨,我愤怒,但我也能理解他们。从某种意义上来讲,这对我也是件好事。我已经尽到了自己的责任,一切都做完了。我可以退休了,不用再对任何人承担任何责任。所以现在,我可以去思考那些真正困扰我的事情,去解决那个我必须解决的问题。”

他把文件夹里的照片倒了出来摆在桌上，问道:“这些人到底是谁？”

佩特拉看着那些死掉的幼虫和虫族工人的照片，说:“它们不是人,安德。它们是虫族,而且它们已经死了。”

“这么多年来，我用尽了全力去了解它们，佩特拉。我对它们的理解胜过了对生命中任何一个人类。我必须去爱它们。这样我才能运用从它们身上学到的知识去打败它们，毁灭它们。现在，它们已经被毁灭了，但这不意味着我可以就这样把注意力从它们身上转移开来。”

佩特拉的脸色明亮了起来。“我明白了，我终于明白了！”

“明白什么了？”

“我明白你为什么这么古怪了，安德·维京。其实你根本就算不上奇怪。”

“如果你觉得这还不奇怪的话，佩特拉，那证明你根本就不了解我。”

“我们其他人一样经历了战争，但我们打赢了，然后准备回家。而你，安德，你已经嫁给了虫族。当战争结束之时，你也就失去了自己的爱人。”

安德叹了口气，靠在椅子上离开了桌子。

“我不是在开玩笑，”佩特拉说，“我的太爷爷死后就是这样的。我太奶奶照顾了他一辈子，每当看到太爷爷朝她吆喝我都觉得心疼，但她从来都只有照做。我妈妈总是跟我说，‘千万不要嫁给一个这样对你的人。’太爷爷死了以后，我觉得太奶奶也就解放了，自由了。但她没有，反倒完全不知道该去做什么了。她一直在寻找着太爷爷的踪影，在和两人一起生活时用过的东西说话。不能这样做，不能那样做，巴布一定会生气的。直到有一天，我的爷爷，也就是她的儿子告诉她，‘他已经走了。’”

“我知道虫族已经走了，佩特拉。”

“太奶奶也知道。她当时是这么说的：‘我知道。我只是不明白我为什么还没有走。’”

安德拍了一下自己的脑门：“谢谢你，医生！你终于找到了我最深层的动机，现在我可以继续我的生活了！”

佩特拉根本没有理会安德的挖苦：“它们没有给你答案就死去了。这就是为什么你对身边的一切都不闻不问，为什么你没法真正像朋友一样对待其他的人，为什么你不在意地球上有些人想让你永远回不了家。你为他们打了胜仗，但他们想让你一辈子流亡在太空中，而你根本不在乎。因为你心里只有一件事：你已经失去了虫族。它们是你的亡妻，是你放不下的牵挂。”

“我才没有和它们结婚。”

“但你还爱着它们。”

“佩特拉，我对跨物种的恋情根本没兴趣。”

“是你自己说的，你必须通过爱它们来打败它们。你没必要现在就同意我的话，但你以后会明白的。你会在夜里醒来，浑身冒着冷汗，高声喊：‘尤里卡[①]！佩特拉是对的！’然后你会开始为自己而战，为回到自己所拯救的那颗星球的权力而战。到那时，你才会真正关心别的什么事情。”

“我是关心你的，佩特拉。”安德说。但他没有说的是，我也在意了解虫族女王这件事，但你根本不会把这算在里面，你根本不理解这件事的意义。

她摇了摇头。“你还是没从那堵墙后面出来。但我想最后尝试一下还是值得的。我是对的，你会明白的。你不能让那些虫族女王就这样扭曲了你的人生，它们已经死了，就这样让它们去吧。”

安德笑了。“佩特拉，我希望你能在家乡找到幸福，找到爱情。等你有了孩子那一天，希望你能让他的生活充满意义与成就。你是个有追求的人，我想你追求的东西都会能够实现。真诚的爱情，美满的家

① 尤里卡，相传阿基米德在浴缸里发现浮体定律时，喊着这句话跑到了街上。

庭，伟大的成就。”

佩特拉站了起来。“你为什么觉得我会要孩子？”她说。

“我了解你。”

“你只是自以为了解我罢了。”

“和你自以为了解我一样？”

“我可没犯什么相思病，就算我犯，也绝对不会是因为你！”

“啊哦，所以有人推测你的深层次动机的时候，你就开始烦躁了。”

“让我烦躁的是你这么个讨厌鬼！”

“好吧，而你让我特别的开心，阿卡尼亚小姐。你能屈尊来拜访我这样的讨厌鬼我真是应该备感荣幸才对。”

佩特拉的声音充斥着愤怒与蔑视。“安德·维京，我是真的爱着你，关心着你的。”接着她转身走开了。

“我也爱你，也关心你，但我说这话的时候你相信过我吗？”

佩特拉走到门口，才回过头来对他说：“安德·维京，我这样说不是在讽刺你，也不是在施舍什么。”

“我也不是！”

但佩特拉已经走了。

“也许我应该换一种外星生物研究才对。”安德小声道。

他看了看显示在自己桌面上的视频。影像还在播放中，但已经没有了声音。播放的内容是马泽的一段证词。马泽看起来无比的平静与冷漠，对整场庭审都表现得不屑一顾。当他们问到安德的暴力行为是否影响到了他的训练时，马泽转身面对着法官，说道：“非常抱歉，我似乎搞错了。我们这里到底还是‘军事’法庭吗？在场的有哪位不是军人，又有哪位不是被训练出来执行暴力行为的？”

法官重重地敲了下木槌，斥责了马泽。但马泽的观点已经很明确了。暴力正是军队所存在的目的。受到严格控制的暴力，精确地指向恰当的目标。马泽并没有为安德做一个字的辩护，但却让大家明白，暴力并非缺点，而是安德受训的目标。

这让安德感觉好了一些。他可以关掉新闻频道，去进行自己的工作了。

他站了起来，把桌子另一边佩特拉动过的照片恢复原位。从遥远星球上传来的一张死去的虫族农夫的面孔正对着他，躯干已经剖开，器官在尸体旁边整齐地排列着。

我没法相信你就这样放弃了。安德默默地对着照片说，我不相信一个种族会放弃生存下去的意志。为什么你让我杀了你？

“不把你搞明白我是不会罢休的。”安德低低地说。

但虫族已经全部死去了，而安德的追问将永远永远无法停息。

第三章

收件人：mazerrackham%nonexistent@unguessable.com/imaginary.heroes

发件人：hgraff%educadmin@ifcom.gov

｛自动粉碎协议｝

主　题：想去旅行吗

亲爱的马泽：

和其他人一样，我也知道您在上一次宇航时险些拒绝回到地球。而今，我当然也不会任他们把你派往其他地方了。但您冒着巨大的危险挺身为我作证（或者为了安德，或者为了正义与真理——我并不打算妄自猜测您的想法），导致事情的热度又提高了。我认为应当让您暂时远离他们的视线，这样就可以尽量避免卷进事局，而要这样做，最好的方案就是让您担任殖民飞船的指挥官，以保证安全地将安德送走。

一旦踏上这条长达四十年的航程，您就会彻底被他们遗忘，到时候我就可以在飞船起飞之前的最后时刻改变任命，将您调任到另一艘不会在短期内启程的飞船上。而这件事不会为大众所知，您只是“恰巧”没有出发。

而对安德来说，我们从头到尾都不会让他知道这件事情。他不需要也不应该再经受更多的惊讶了。更何况他已经不需要你我去保护他了，他已经不止一次地向我们证明了这一点。

海勒姆

另：您用真名在Unguessable.com上注册ID实在是非常巧妙的一招。谁能想到您还有这份幽默感呢。

爸爸和妈妈都不在家里，这可不是什么好事。这意味着彼得只要愿意，随时都可以进入掀桌模式，而按事态发展来看这已经是不可避免的了。

“我真不敢相信自己会犯这种错误。”

“犯什么错误了？”

“我居然让洛克和德摩斯梯尼呼吁不让安德回家。”

“你没仔细看吧，”华伦蒂说，“德摩斯梯尼可是全力主张安德回家的，还要求重现美国的伟大时代。而洛克才是温和派，是那个可怜的调解人，和以往一样给出折中的方案。”

“噢，闭嘴。你现在再开始装傻已经太晚了。但我怎么知道他们会用那场愚蠢的军事法庭闹剧来给维京这个名字抹黑？”

“我明白了。你恼火的不是安德，而是你自己。你本打算表明自己是洛克，也是安德的哥哥，靠这个来捞取资本，现在已经不可能了。现在再这样做的话，你得不到任何的好处。”

“除非能到更有影响力的位置上去，否则我什么都做不了；而现在更加困难了，因为安德杀了人。”

“他那是自卫。”

“他还是小孩子的时候就杀了人。”

“我可还清楚地记得你曾经发誓要杀了安德的。”

“我不是那么想的。”

华伦蒂心里也有着疑惑。几年前的一个圣诞节，彼得好像被圣诞老人（或者乌里亚）施了洗礼一样，性格突然变好了，而她是唯一一个仍然对他存有怀疑的人。“我想说的是，安德并没有杀死每一个威胁过他的人。”

又是这样，彼得的老脾气又显露了出来，却仅仅是一闪而过。华伦蒂眼看着彼得把怒火强压下去，控制住自己的情绪，不禁感到好笑。

“现在再在安德回家这件事上改变立场已经太晚了。”彼得的口气仿佛是在指责华伦蒂，好像这是她的主意似的。

从某种意义上说的确如此。但她并非直接的实施者——是彼得自己定下的剧本。

“但是在我们揭示洛克的身份之前，必须恢复安德的名誉。这可不是很容易的事。我还没有决定到底让我们中的哪一个来做这件事。这符合德摩斯梯尼的设定，但人们会怀疑他的出发点。另一方面，如果洛克公开为安德正名，到大家发现我的身份时又会觉得我会有不可为人知的动机。”

华伦蒂忍着没笑出来。早在几年之前她就知道，格拉夫上校，甚至可能是IF一半的军官，都已经知道了洛克和德摩斯梯尼的真实身份。出于安德的安全考虑，他们一直对此保密。但总有一天，会有人将这消息泄露出去，而不会依照彼得自己所安排的时间。

“不，我知道我们该做什么了。我们还是应该把安德接回地球来，但不让他待在美国，至少不应该在美国政府的控制之下。洛克应该对这位少年英雄的功绩表示肯定。”彼得换成了洛克的声音，如果让公众听到他刚才这种带着哀怨与息事宁人口气的声调，洛克的声望恐怕就要完蛋了。“我们应该让他回家来，让他成为自己所拯救的世界的一位普通公民。应该让霸主委员会保护他。如果没有人威胁到他的生命，这孩子是不会对其他人构成威胁的。”彼得得意地看了华伦蒂，回到了自己正常的声音：“看，就这样，我们可以把他接回家来。而到揭示我的身份的时候，我的形象将是一位忠实的兄长，同时也在为全世界的利益服务，而不仅仅是为了美国。”

“你还是忽略了几个问题。”华伦蒂说。

彼得瞪着她。每次她说彼得犯了错误时，彼得都恨她恨得要死，但还是不得不听她讲。因为多数情况下，即使彼得总是摆出一副“你的反对意见也在我意料之中”的样子，他也知道华伦蒂是对的。

“首先，你的假设是安德自己愿意回家。”

“他当然愿意回家了。”

“你不知道他是怎么样想的。我们都不知道。第二，你假设的是他回到家以后，会被当作是一个惹人怜爱的小孩，让人觉得他并不是杀死其他孩子的怪物。”

“我们在视频里看到了军事法庭上的情况了，那些大人是爱着安德的。从他们的每个举动每句话都能看出来。对他们来说最重要的是保护安德，就像安德住在这里的时候一样。”

“安德根本就没在这里住过，他走以后我们就搬家了，你忘了？”

彼得又瞥了妹妹一眼。“安德可以让人们心甘情愿地为他去死。”

“或者让人想杀了他。”华伦蒂笑着说。

“大人们都会喜欢安德的。”

“所以我们又回到第一个问题了。”

“他当然想回家了。他毕竟是个人类，人类总是想回家的。”

“但安德的家又在哪呢？”华伦蒂说，“他生命里的一半是在战斗学校度过的，和我们生活在一起的日子他又能记得些什么？一个总是欺负他的哥哥，还威胁说要杀了他……”

“我会道歉的。我真的很抱歉自己曾经那样对他。”

“但如果他不愿意回来，你也就没法向他道歉了，彼得。别忘了，他是个聪明的孩子，比你和我都要聪明。这就是为什么他去了战斗学校，而我们没有。他一眼就能看出是你在利用他，而霸主委员会不过是个幌子罢了。他是不会生活在你的控制下的。”

“他受的训练都是军事方面的,不是政治方面的。”彼得说。

彼得脸上露出了一副志得意满的微笑,华伦蒂恨不得拿根球棒朝他挥过去。“那并不重要。不管洛克写什么,都没办法把安德带回来的。”

“这又是为什么?”

“因为让人们对安德产生恐惧、害怕他回来的力量并不是你所创造的,你只是利用了这股力量而已。你没法改变他们的看法,就算是洛克也不行。何况,德摩斯梯尼也不会让你这样做。”

彼得轻蔑地看着她:“噢,你觉得自己可以单干了是吗?”

“我可以在公众之间制造恐慌,让他们不敢让安德回来,这比你让他们同情安德、带安德回家要方便得多吧?”

“我还以为你是最爱他的人。我以为你会希望他回来。”

“在过去的七年里我一直希望着他能回家,彼得。会因为他离开感到高兴的只有你。但现在,把他带回家就等于把他置于霸主委员会的保护之下,也就等于让你控制他,你的那些追随者肯定会……”

“那些是洛克的追随者。”彼得更正道。

“我不会帮助你把安德带回家,让你把他当工具来帮助自己往上爬的。”

“也就是说你要把自己深爱的弟弟永远流放到太空里,好为难你讨厌的哥哥?哇哦,我真应该庆幸,兄弟俩里我不是你喜欢的那个。”

“是你让我不得不这样做的,彼得。这么多年来我一直生活在你的掌控下,我知道那是一种什么感觉。安德一定会恨透这种生活的,因为我已经恨透了。”

“你难道不喜欢这样吗?当了德摩斯梯尼,你才尝到了权力的滋味。”

“我尝到的是权力通过我流到你手上的滋味。”华伦蒂说。

“原来是这样，你突然开始渴望权力了？”

“彼得，对那些你本该是最了解的人，你却显得像是个白痴。我不是想要你的那份权力，而是告诉你我不会再在你的控制下生活了。”

“好吧，那我自己来写德摩斯梯尼的文章好了。”

“你不能，人们会发现破绽的。你当不了德摩斯梯尼。”

“你能做的事……”

“而且我已经把密码都改了。我隐藏了德摩斯梯尼的账户和资金，你什么都拿不到。”

彼得带着一丝怜悯看着她。“只要我想找，肯定能找到的。”

“没有用的。德摩斯梯尼马上就会从政坛退出了，彼得。他会声称因身体原因不再参与政治活动，并将从此坚定地支持……洛克。”

彼得好像被吓坏了：“你不能这样做！德摩斯梯尼如果支持洛克，洛克就完了！”

“看到了吧？我还是有你害怕的武器的。”

“你为什么要这样做？我们合作了这么多年，现在你突然决定收拾起你的娃娃和餐具，不玩过家家了？”

“我从来没玩过洋娃娃，彼得。玩过家家的人是你。”

“行了，我说真的，这一点都不好玩。我们把安德接回来吧，我保证不会像你说的那样去控制他。”

“你是说你控制我的这种方式吗？”

“够了，华伦蒂。再过上几年，我就可以亮明我的身份了，我是洛克，也是安德的哥哥。当然了，挽回他的名誉会对我有好处，但那对安德也会有好处的。”

“那是你应该做的，彼得，挽回安德的名誉。但我不觉得安德应该回来。正相反，我会去他那里。我猜爸爸和妈妈也会和我一起去的。”

“他们才不会付钱让你去太空旅游呢,更不用说去艾洛斯了。那要花上几个月的时间,现在艾洛斯可是在太阳的那一边。”

“我不是去旅游,我是要离开地球,和安德一起去流亡。”

有那么一阵彼得信以为真了。看到他脸上流露出发自内心的恐慌是多么令人欣慰的事啊。但马上他就又平静了下来:“爸爸妈妈不会让你去的。”

“十五岁的女性不需要获得父母的允许就可以成为志愿殖民者。我们正处在最适合生育的年纪,而且当局觉得这个年龄段最容易热血上头去参加殖民行动。”

“殖民地和这又有什么关系?安德又不会参加殖民。”

“他们还能拿安德怎么办?IF现在的第一任务就是殖民计划,而处置安德也是他们的职责。我这几天一直在安排,保证我们会前往同一个殖民行星。”

“你这Imasen的主意是从哪来的?”不知她能否听懂战斗学校里流行的词汇,“殖民地,自愿流亡,这简直是疯了。未来是在这里,在地球上,不是在银河系的那一边。”

“虫族的世界和我们在银河系的同一旋臂里,并没有那么远。”华伦蒂不动声色地挑拨着彼得的情绪,“彼得,你的未来已经是注定的了,你要为成为世界的统治者奋斗终生,但这不意味着我要用一生的时间来当你的拐棍。你已经耗尽了我的青春,我希望你不会再出现在我日渐衰老的生命里。”

“太肉麻了吧,说起来就跟我们结了婚似的。”

“这只是老电影里常用的台词而已。”

“我从来不看电影,又怎么会知道这些。”

“你不知道的事情太多了。”华伦蒂说。有那么一瞬间,她想告诉彼得安德曾经回过地球,告诉他是格拉夫让自己说服心灰意冷的安德重新回去工作，告诉他格拉夫知道两人在网络上的秘密身份。如果告诉他这些，不知他是否还笑得出来。

但有什么用呢？让彼得继续这样什么都不知道地过下去，岂不是对大家都好？

他们说话的时候，彼得一直在自己的桌面上断断续续地打字，此时他在全息屏幕上看到了什么，突然变得怒气冲冲。华伦蒂从来没见过彼得气成这个样子，还以为他看到了什么可怕的新闻："怎么了？"

"你把我的后门改掉了！"

华伦蒂愣了一下，才明白过来他的意思。彼得一定以为妹妹没注意到自己设下的秘密接入方式，通往德摩斯梯尼所有重要的网站和注册ID。这小白痴。当时他那么大张旗鼓地为自己创建虚拟的身份和形象，费了那么大工夫建立账号，华伦蒂当然会想到他在所有这些账号里都留下了后门，一旦有必要，他一定会自己接手，改变她所做的一切。他为什么会觉得华伦蒂不会理睬这些呢？她只用了几个星期时间就找到了所有这些后门，彼得在网络上对德摩斯梯尼做的任何手脚，她都可以改回原样。所以改掉密码和登录口令的时候，她当然就顺手把这些后门清除掉了。他以为会怎么样呢？

"彼得，我要是到处都给你留下钥匙的话，还要锁干什么？"

彼得站起身来，脸涨得通红，紧握着拳头喊："你这个忘恩负义的小贱人！"

"你想干什么呢，彼得？要打我吗？你现在恐怕打不过我了吧。"

彼得又坐了回去。"走吧。到宇宙里去吧。把德摩斯梯尼关掉好了。我不需要你，也不需要任何人。"

"这就是为什么你会一事无成。"华伦蒂说，"要统治世界，就必须得到所有人的合作，不明白这一点是永远做不到的。你不可能愚弄所有人，强迫所有人。他们必须自愿跟随你，就像亚历山大的士兵跟随他、为他而战一样。一旦他们不再愿意了，亚历山大的权力也就随之消失了。你需要所有人，但你的自我陶醉让你看不到这一点。”

“我需要地球上那些关键人物自愿和我合作，但你不会是他们中的一个的，不是吗？所以随你去吧，告诉爸爸妈妈你的计划，哪怕这会伤他们的心呢，你不在乎，反正你就要见到你的宝贝弟弟了。”

“你还是在恨他。”华伦蒂说。

“我从没有恨过他。但现在，我真的开始恨你了。不是特别恨，但还是恨到想在你床上撒尿。”

这是他们两个从小开到大的玩笑了。华伦蒂忍不住笑了起来。“彼得，你这个孩子啊……”

爸爸妈妈很支持华伦蒂的决定，这让她非常惊讶。但他们却不打算和她一起去见安德。

“华伦蒂，”爸爸说，“我想你是对的。安德是不会回家来的，我们知道这事的时候心都要碎了。不管你们最后会不会去殖民地，你能去陪他真是太好了。就算只陪他在那边待上几个月，或者几年，只要能让他和你在一块，总归是一件好事。”

“你们如果也在那就更好了。”

爸爸摇了摇头。妈妈用手指擦了擦眼角，那姿势仿佛在说：我不会哭出来的。

“我们是不能去的，这里有我们的工作。”爸爸说。

“请上一两年假又不是不可以。”

“你说起来倒容易。你还是年轻人，一两年对你来说算不了什么。但我们已经老了。虽然还算不上真的老，但至少比你们年纪大得多。对我们来说，时间的意义是不一样的。我们深爱着安德，但不能只为了去见他就花上几个月甚至几年的时间。留给我们的时间已经没有那么多了。”

“那正是我要说的。”华伦蒂说，“你们的时间已经没那么多了，有机会见安德的时间就更少了。”

“小华，”妈妈用发颤的声音说，“现在不管做什么，都没法挽回我们失去的那几年日子了。”

她是对的，华伦蒂也早就知道。但她看不出这有什么关系。

“所以你们就情愿当他已经死了吗？”

爸爸说：“华伦蒂，我们知道他没有死。但我们也知道，他并不希望我们去找他。战争结束之后，我们是给他写过信的。但回信的是格拉夫，那个被送上法庭的人。安德不想给我们写信。他读了我们给他的信，但告诉格拉夫他没有什么要说的。”

“格拉夫是个骗子，”华伦蒂说，“他可能什么都没给安德看。”

“也不是没有可能。但安德并不需要我们了。他已经十三岁了，开始成为一个男人了。他离开我们之后做得非常好，但也经历了非常可怕的事情，而我们不在他身边。我甚至不知道他能不能原谅我们放他离开。”

“你们没有其他选择的，不管你们愿意不愿意，他们都会把安德带到战斗学校的。”

“我肯定安德的脑子里明白这些，但他的心里呢？”妈妈说。

“所以我只能一个人去了。”华伦蒂根本没有想过爸爸妈妈会不愿和自己一起出发。

“你们早晚会把我们留在身后的。”爸爸说，“孩子们都是这样，总有一天会离开他们的家，然后从此不再回来。就算他们再回家来看看父母，就算他们搬回家里来住，也和原先不再一样了。也许你觉得没什么区别，但事情还是改变了。安德是这样的，总有一天你也会这样。”

“好处是，”妈妈的眼里已经有了泪花，“你们再也不用和彼得在一起了。”

华伦蒂没法相信这是妈妈说出的话。

“他和你在一起待的时间太久了，已经对你造成了太多不好的影响。彼得让你感到不幸福。是他把你卷进了他的生活，让你没法为自己而活。”

“而现在，轮到我们为他工作了。”爸爸说。

“祝你们好运吧。”华伦蒂只能这样说。爸爸妈妈会不会真正了解彼得呢？如果他们真的了解，这么多年来为什么还让他为所欲为？

“你看，华伦蒂，如果我们现在到安德身边去，还是要尽父母的责任的。但我们对他已经没有任何权威可言了，也没有什么可以给予他的。他已经不再需要父母了。”

“他现在需要的是姐姐，一个可以依赖的姐姐。”妈妈抬起华伦蒂的手，仿佛在请求着什么。

华伦蒂唯一能想到的，是允诺。“我会一直陪着他的。”她说，“只要他还需要我。”

“我们知道你一定会的，亲爱的。”妈妈说。她紧紧握了握华伦蒂的手，然后松开了。看得出这正是她想要的。

“善良，关爱他人，这正是你一贯的性格。而安德一直是你亲爱的小弟弟。”

这个儿时熟悉的称呼让华伦蒂像被刺了一下似的缩了缩肩膀。“我肯定会这么叫他的。”

“那太好了。安德喜欢这些美好的回忆。”

妈妈真的觉得她对记忆里那个六岁的安德的了解还能用在现在，用在十三岁的他身上？

妈妈仿佛看到了华伦蒂在想什么：“人是不会变的，小华，至少人的本性是不会变的。如果你真的了解一个人的话,从他出生时就可以看出他长大之后的样子。”

华伦蒂笑了。“那样的话……你们为什么还让彼得活到现在?”

三人都笑了,但笑得并不开心。“华伦蒂,”爸爸说,“我们不指望你能理解这些,但那些让彼得……难以相处的东西,总有一天会让他变得伟大的。”

“那我呢?”华伦蒂问道,“既然你们能预知命运,我的未来又怎么样?”

“噢,华伦蒂,你需要做的就是过你的生活,你身边的每个人都会感到幸福的。”

“也就是说我不会变得伟大了。”

“小华,”妈妈说,“善良比伟大更重要。”

“历史书上可不是这么说的。”

“那只能说历史是由错误的人书写的,不是吗?”爸爸说。

第四章

收件人：qmorgan%rearadmiral@ifcom.gov/fleetcom
发件人：chamrajnagar%polemarch@ifcom.gov/centcom
{自动粉碎协议}
主　题：干还是不干

亲爱的昆西：

我很清楚，指挥一艘战舰和驾驶一艘航向几十光年外的殖民飞船是完全不同的。如果你认为你已经完成了在太空中的使命，那么你完全可以带着全额退休金离开部队。而如果你继续待在IF，在近地空间混着，个人认为你获得升迁的机会已经不大了。

你看，和平到来的时候，我们却觉得在遭受折磨。对我们这些还没有达到职业生涯巅峰的人来说，和平无异于一场灾难。

你已经说过太多次了，殖民舰队是一条通向遗忘的道路（偶尔谨言慎行一下吧，昆西，这也许对你有好处），但事实并非如此。解甲归田才意味着遗忘。而四十到五十年的光速航程，则意味着你会比我们这些留下的人都活得更加长久。到那时，你的朋友早已不在人世了。但你会活下去，有新的朋友陪在身边。你还会有新的飞船，一艘又大又快的新船。

殖民舰队所要面对的是这样的世界。我们的英雄们都生活在那里，他们刚刚经历过一场战争，而这场战争的胜利都归功于某个男孩。这些人难道被我们遗忘了吗？IF所有的重大使命都需要经历几十年的航行，而我们必须派最好的官员去带领这些舰队。在今后的军队里，指挥中心里最好的军官都将是些陌生的面孔，他们一半的生命都是在宇宙飞行中度过的。

久而久之，所有的核心军官都会由有星际航行经验的人担任。对那些没有经历过数十年飞行的人，他们会嗤之以鼻。这批人将完全切断自己与地球在时间线上的联系。他们之间主要的交流方法，将是通过安塞波传输航行日志。

而我为你提供的，正是唯一一条走上这样职业生涯的道路：殖民飞船。

这艘殖民船的特别之处在于，它的总督将是一个十三岁的男孩。不要告诉我你不明白你的任务。我不是要你做他的保姆，而是将非常重要的任务托付给你。你需要保证这个孩子尽可能地远离地球，需要协助他完成他的使命。我不希望我们的子孙后代因为我们没有照顾好他而责怪我们。

当然了，我并没有给你写这封信，你也没有收到过。这封信里没有包含任何秘密指令，只是我的一些个人见解。作为一名IF的官员，我相信你有潜力跻身于IF最伟大的船长之列，因此为你提供这样的机会。

到底是干，还是不干？无论如何，我都必须在本周之内完成所有任命的文案工作。

你的朋友，切瑞

安德知道，任命他做殖民地总督这件事是一个笑话。他们到达目的地时，殖民世界已经独立运行很久了，那里的人民也有了自己选举出的领袖；而他还是个十三岁的孩子，抵达时也不过十五岁。唯一能证明他权力的是，四十年前他曾经领导过当地人的祖父辈（或是父辈）参加过一场战争；而到了那时，那场战争恐怕已经写进古代史课本了。

那时的殖民地肯定已经形成了一个紧密团结的社会,IF向他们派遣总督这件事足以激起当地人的怒火，更不用说他们派去的居然是个十几岁的小孩子。

但他们很快就会发现,如果没有人希望他行使总督的权力,正是安德求之不得的事情。他所在意的只是到虫族的行星上去,探查虫族所留下的一切。

到那时,虫族的尸体一定已经全都腐烂殆尽了;但殖民者定居的地方，或者他们所探索的范围内或多或少肯定留下了虫族的建筑和遗迹。如果要他去处理殖民地的事务,安德才会感到不胜厌烦。他只希望能够找到新的途径,去理解那些他深爱过又毁灭过的敌人。

当然了,他还是要为做总督进行一些准备工作。比如法律课,参加法学专家为所有殖民地起草宪章的研讨会。虽然安德并不怎么关心,但从那些化身为殖民者的士兵们发回的报告来看,他们正在为建设殖民地进行艰苦的努力。格拉夫的工作,或者说在格拉夫的领导下进行的工作,正在有序地开展着。

还有一些和他的工作更不沾边的课程，比如星际飞船的工作原理。安德为什么要理会这些？他永远不会参与舰队的管理,对指挥任何型号的舰船他都没有丝毫的兴趣。

现在他来到这艘将载着自己飞往殖民地星球的船上已经三天了，被那些船员用的术语折磨得疲惫不堪，不禁默默在心里开始吐槽。不过好在他没把那些话说出来,只是想想而已。“老大,我们需要擦甲板吗？”“水手长会不会带我们上船？”“长官,抢风角度是多少？”

“您知道,”今天负责给安德讲解的船长说道,“真正阻碍我们进行星际间航行的不仅仅是加速到光速,还要解决碰撞问题。”

“你是说在工作区域的……”看到船长脸上浮现出一丝笑容,安德明白自己被绕进去了。“啊,你指的是和太空碎片的碰撞。”

“在老式电影里经常可以看到太空船在小行星丛中躲闪穿行,其实也不算太夸张。当你在接近光速的时候只要撞上一颗氢分子,就会产生巨大的能量,和在低速航行时撞上岩石的结果一样,你会被撕个粉碎。以前人们所提出的解决方案无非是携带庞大的防护装置,或者用海量能量制造护盾,不管哪样都需要消耗大量的燃料,因此也就不可能付诸实用。飞船的质量越大,需要携带的燃料越多,最后哪里都去不了了。”

“最后我们是怎么解决这个问题的?”安德问。

“我们没解决这个问题。”

安德看得出这又是老兵捉弄新兵用的段子,干脆顺着对方说话,让他享受一下炫耀知识产生的优越感:“那我们又是如何进行星际航行的呢?”而没有说,啊,原来是虫族的技术。

“虫族替我们解决了这个问题。”船长兴高采烈地说,“它们来到地球时,把东方大陆上的大片土地烧了个干净,在前两场战役里几乎让我们全军覆没,但我们也从它们身上学到了东西。它们来到地球这件事本身就告诉我们,星际航行是可能实现的。后来它们还留下了几十艘能够正常运作的飞船让我们研究,还真是贴心的服务啊。”

船长带着安德通过了几道需要最高安全权限的封闭门,一路来到了飞船的最前端。“不是每个人都有机会看到这些,但给我的命令是让你看船上所有的东西。”

那是一个几乎透明的蛋形设备,细的一头缩成尖尖的一点。“别告诉我这是个鸡蛋。”安德说。

船长轻轻一笑。“别告诉其他人,但这艘船的引擎和燃料只是为了在行星或者卫星附近航行用的,不可能满足光速航行的需求。在我们达到百分之一的光速之后,就把这宝贝打开,接下来需要做的就只是控制强度和方向而已了。”

“什么的强度和方向？”

“驱动力场。”船长说，“这办法太简洁了，但我们甚至根本没有触及它的理论基础所依赖的科学领域。”

“那又是什么领域呢？”

“强核子作用场力学。”船长说，“在普通人的观念里，强相互作用力场会把分子撕碎，事实并非如此。这个力场的真正作用是改变强相互作用力的方向。分子所包含的每个单体原子核都在进行共向性很强的近光速运动时，其整体性便无法维系。”

安德知道船长又在用术语唬人了，但他已经厌倦了这种游戏。“你是说这个装置所产生的力场让其中所有的粒子向同一个方向运动，然后通过强相互作用力将它们统一加速到光速？”

船长咧嘴笑了：“说得没错。不过您既然是将军，我总是要把您和其他将级军官一样对待的。”他眨了眨眼睛：“大部分军官完全弄不明白我在说什么，但又拉不下脸来让我解释，那就等于承认他们没听懂。”

“那么在分子分解成原子的过程中释放出来的能量又如何了？”

“这正是我们这艘船的能量来源。准确地说，那是我们这艘船航行的动力。这简直是太漂亮了。我们先用火箭航行到近地轨道，然后关掉引擎——总不能把我们自己身上的分子也拆了，然后把这个蛋打开。嗯，我们就把它叫作蛋。这时力场就产生了，形状和这个水晶球一模一样，然后它的前端开始接触外部的分子，并把它们撕碎成原子。撕碎的原子沿着力场运动，最后从尾部的尖端发射出去，这样我们就获得了巨大的推动力。我曾和物理学家们讨论过，他们也完全弄不明白这东西的作用原理。他们说分子里所储存的能量并不足以提供这么大的推动力，现在正忙着建立各种理论解释其中的能量到底是从哪里来的。”

“而我们是从虫族手里搞到这东西的。”

“没错。我们第一次操作这样的系统时还发生了严重的事故。当然了,我们不会在地球上实验这种东西,但第一次启动虫族留下的飞船里的力场时,船的正前方停着一艘我们的巡洋舰。噗的一声,这艘巡洋舰上的所有分子,包括那些历史上最悲剧的船员,都被吸到了力场里,然后从尾部喷了出去,那艘虫族飞船则像子弹一样横穿了整个太阳系。”

“那艘虫族飞船上的人又怎么样了?没有被这么大的加速度杀死?”

“没有。因为虫族飞船上的反重力系统——严格说是反惯性系统——开着。当然了,这套系统也是由这个蛋驱动的。这枚蛋可以把空间里的每个分子都当成是飞船的燃料,顺便给飞船里的机器提供能量。不管怎么说,反重力系统保护了那艘船,真正的问题是如何和IF的司令部取得联系。没有了那艘巡洋舰,唯一的通讯手段就是短距离电磁波了。”

船长继续讲述着虫族飞船上的人如何想出了聪明的办法和救援人员联系,但安德的注意力却被其他事情吸引了。突如其来的想法让他烦躁不已,甚至开始头晕作呕。

这个蛋,强作用力场发生器,显然是分子干扰设备的原型。船长刚才的描述正是MD设备工作原理,而那正是安德用来摧毁虫族的母星、杀死所有虫族女王的武器。

安德原以为那是人类自己研究出来的武器,但很明显它也是基于虫族科技的。只要去掉用来控制力场形状的部分,就可以得到一个能将四周一切都撕碎成原子的强大武器,并依靠这一过程中产生的能量维持自身的存在。这便是星球的吞噬者。

安德第一次使用这种武器时，虫族一定就已经认出了它，对它们来说这并不是什么神秘的东西，只是把虫族飞船的驱动部分变成了武器而已。

从那场战斗以后到最后的决战之前，虫族一定有时间去做同样的事，可以将自己的强作用力场发生器改装成武器，在人类接近母星之前就投放使用。它们完全清楚这武器的原理，只要愿意，任何时候都可以把它投入战场。但它们没有。它们在坐等安德的到来。

人类自认为聪明无比，善于创造，但连虫族的边都摸不到。我们造出了带全息显示功能的桌面来玩游戏，发明了在超距离上传递信件的通讯手段，但却根本不知道如何正确地杀戮。

而它们知道，但却不愿意这样使用自己的技术。

“好吧，这部分课程是够无聊的。”船长说。

“不，我不是感到无聊，真的。我只是在想事情。”

“想什么？”

“一些机密级别极高的事，除了心灵感应之外不能用任何方式告诉你。”安德说。事实上也没错，MD装置的存在本身便是一项机密，军方的工作做得密不透风。哪怕那些负责部署和发射这种武器的人也不知道它的功能和运作方式。那些亲眼看到小医生吞噬掉星球的士兵都已经丧生于链式反应中，而在之前的战役中看到它爆发的士兵则会把它当成是一枚当量极大的炸弹。只有那些身处要位的人才知道它的存在——当然包括安德，因为马泽·雷汉坚持要让他知道自己到底掌握着什么样的武器，以及这武器的工作原理。正如马泽后来所说的那样——“我告诉格拉夫：‘你不能给人一包工具，又不告诉他这包工具到底是什么，怎么用，用不好又会怎么样。’”

现在，又是格拉夫决定听从马泽的意见，允许这些船员告诉安德飞船的工作原理。

我对虫族的屠杀工具就在这枚蛋里。

“你又走神了。”

“我在想,星际航行是多么伟大的奇迹。不管在其他方面我们怎么看待虫族,是它们指给了我们通向群星的道路。”

“我知道。”船长说,“以前我也这么想过。如果它们只是掠过太阳系，没有冲过来想扫清地球上的生命，我们甚至不会知道虫族的存在。以我们的技术水平,要航行到其他星系不知还要多久;而到那时我们会发现,附近的行星已经全部被虫族占领了。”

“船长,这是我上过的最有收获的一堂课。”

“当然了。否则你怎么能在每层甲板上找到方向呢。”

这个笑话把安德逗乐了。也因为船长说的是真话,在航行中他有时会一天好几次找不到船上的卫生间在哪里。

“我猜你会醒着度过这段航程的。”船长说。

“我不想错过路上的风景。”

“噢,不会有什么风景看的。在光速航行的时候你……噢,对不起,长官,您只是在说笑话。”

“我得检查一下自己的幽默感了,给别人讲个笑话人家都要朝我道歉。”

“请您原谅,长官,您说话真不像个小孩子的样子。”

“那么我说话像将军的样子吗？”

“您既然是将军，您说话的样子自然就是将军说话的样子,长官。”船长说。

“很聪明的回答,船长。那么能不能告诉我,你会不会和我一起参加这次航行？”

“我的家人都还在地球上,长官,而且我妻子不愿意到另一个世界上去殖民。我想我是没有那种开拓精神的。”

“你有你的生活。这理由已经足够了。”

“但您还是要去。”船长说。

“我得去看看虫族的星球。既然它们的母星已经不存在了,退而求其次,也要看看它们生活过的地方。”

“长官,我很高兴它真的不存在了。如果您没有在那一战中把它们全部消灭,在人类历史未来的一万年里,都必须时刻小心它们的反击。”

安德心里又是一阵刺痛,虫族女王到底是怎么想的?它们为什么要让安德杀掉自己?但他立即把思路岔开了。

只能希望乐观的想法是正确的。

所有课程和训练都完成之后,安德终于有机会和殖民部部长见面了。

“别再叫我上校了。”格拉夫说。

“我总是不习惯用部长称呼您。”

“按照官方规定,称呼霸主属下的官员时应该用‘阁下’。”

“当面也这么叫?”

“有时候是的,不过我们毕竟是同事,安德。我用你的名字称呼你,你对我也应该一样。”

“我是一定不会的。对我来说,你就是格拉夫上校,这一点永远不会改变。”

“这倒没关系。等你到达目的地的时候我应该已经不在人世了。”

“这不公平。你可以和我们一起飞的。”

“我要在这里完成我的使命。”

“这么说我的使命已经完成了?”

“这个我可不知道。我们为你设置的任务是已经完成了,但你自己也许都不知道自己的真正使命是什么。”

“我只知道肯定不是当殖民地的总督,长官。”

“但你还是接受了这份工作。”

安德摇了摇头:“我接受的只是这个头衔。等到了殖民地之后,才能知道我到底是个怎样的总督。你带来的《殖民地宪章》是不错,但真正的宪法的核心都是一样的:人民给领袖多少权力,领袖就有多少权力。”

“你选择在清醒状态下度过航程,不接受冬眠?”

“只是两年而已。而且这样的话到殖民地时我就有十五岁了,希望我到时候能长高些。”

“希望你带够了路上读的书。”

“他们在船上的图书馆里存了几千本书。不过对我来说,最重要的是在飞行途中您可以用安塞波把最新的虫族研究信息发送给我。”

“当然了。每艘船都会收到的。”

安德微微一笑。

“好吧,没问题,我会把同样的报告直接发给你一份。怎么,你觉得船长会试着控制你的信息通道?”

“如果你坐在他的位置上,你会这么做吗?”

“安德,我永远不会把自己放到这种位置上,更不会违背你的意愿去控制你。”

“你过去的六年不一直在这样做吗?”

“你看到了,结果就是上了军事法庭。”

“我看到的是,军事法庭给你的惩罚就是交给你一份你一直期待的工作。殖民部不需要到地球上接受霸主的控制,而是待在太空里,和IF共进退。所以就算霸主的人选有什么变动,你也不会受到影响。如果他们开除你的话……”

“他们不会的。”

“你这么肯定？”

“我不是在预测，而是表达意向。”

“长官，你可真是有一套。”

“提到这个，你有没有听说德摩斯梯尼宣布退休了？”

“网上的那个？”

“当然不是写《抨击集》的希腊人了。”

“我并不怎么在乎，不过是网上的人罢了。”

“真正的战场就在网络上，准确地说在这场鼓动暴民意愿的竞争里。在那场战争里你输了，安德。”

“谁说我输了的？”

“说得好。我要说的是，那个隐藏在网络后面的人比大部分人想象的要年轻得多。所以所谓的退休其实和年龄无关，那个人只是要离开家。离开地球。”

“德摩斯梯尼要去殖民地？”

“这选择挺奇怪的，对吧？”格拉夫说，但听起来他一点都不感到奇怪。

“千万别告诉我他要来我的船上。”

“原则上讲，这是昆西·摩甘将军的船。在你的双脚踏上殖民星球的土地之前，是无权接管这艘船的。这是法律。”

“你又在逃避问题。”

“好吧，德摩斯梯尼会和你乘同一艘船。但不会有人叫这个名字。”

“你在避免使用阳性代词，或者说任何代词。”安德说，“也就是说德摩斯梯尼是个女人？”

“而且她很想见你。”

安德跌坐在椅子里。“长官,求你了。”

“和你平时见到的那些有英雄崇拜情结的人不一样,安德。而且她也选择了在清醒状态下度过航程,我想你一定需要准备好和她长期相处的。”

“她什么时候来?”

“她已经在这里了。”

“在艾洛斯上?”

“在我那间舒适的小会客室里。”格拉夫说。

“你是说要我现在就去见她?格拉夫上校,我不喜欢她写的任何东西,更不喜欢她的作品带来的后果。”

“相信她吧。她警告了世界华约会企图控制IF,那时其他人根本就没把这当回事呢。”

“也是她宣扬美国有了我就可以征服世界。”

“这事你该自己问她。”

“我可没这打算。”

“我需要告诉你一些非常简单的事实。不管她写了什么关于你的东西,她的目的都是为了保护你。一旦你回到地球,为了利用你——或者除掉你,有些人一定会干出可怕的事来的。”

“这种事我自己能应付得来。”

“我们肯定是没机会知道了,不是吗?”

“如果我对你的了解没错的话,长官,你是要告诉我这一切都是你计划的。是你让我不能再回到地球的。”

“并非如此。”格拉夫说,“不过的确,我也的确是这么打算的。”

安德几乎哭了出来。

“因为你觉得你知道什么才是我最需要的。”

“我相信你可以对付任何针对你的威胁,但在这件事上,安德,有一个人你对付不了。你的哥哥彼得。他已经决心要统治世界,而你要么做他的工具,要么做他的敌人。你要如何选择呢?”

“彼得?你真的觉得他有这样的机会?”

“目前看来,作为一个十多岁的孩子,他的所作所为超乎了人们的想象。”

“他现在不应该已经二十岁了吗?不对,应该是十七,或者十八岁。”

“我可不负责给你们家的小孩过生日。”

“如果他已经做了什么了不起的事,为什么我还没有听说过他的消息?”

“哦,你是听说过他的。”

也就是说彼得正在使用其他的笔名。安德在脑子里迅速把网上的当红政治人物过了一遍,最想要统治世界的是哪一个……然后马上就明白了。“彼得就是洛克。”

“聪明的孩子,那么你知道德摩斯梯尼是谁了?”

安德站了起来,泪水不争气地滚落。起初他并没有发现自己已经哭了出来,直到眼泪打湿了脸颊、模糊了视线。

“我要离开办公室一会,你们两个慢慢聊吧。”

格拉夫说完便离开了,但门没有关上。她走了进来。

第五章

收件人:imo%testadmin@colmin.gov

发件人:hgraff%mincol@heg.gov

主　题:我们到底要筛选什么样的人

亲爱的伊莫:

上次谈话之后我想了很久,觉得你应该是正确的。我之前计划通过测试寻找性格合适并有一技之长的人,组成理想而均衡的队伍派往殖民地——这的确是个愚蠢的主意。事实是并没有那么多志愿者可供我们严格筛选。历史告诉我们,在由志愿者组成的殖民队伍中,人们的自发选择往往比任何测试系统都有效。

历史上的美国移民管理部门曾经试图挑选他们所需要的品质来控制移民人口,事后一样证明这是愚蠢的行为。从历史角度看,塑造了美国精神的唯一品质就是"甘愿放弃在其他地方的一切,在美国生活"。当然我们更不会像当时向澳大利亚移民一样进行选择。[①]

唯一重要的检测是他们是否自愿前往殖民地,而这意味着其他的检测多少都有些……该怎么说呢。

并不像你说的那样完全无用。相反,我认为检测的结果是非常有价值的资源。即使殖民者都是些疯子,作为殖民地的总督,能拥有一份关于每个人发疯的具体情况的档案总归是一件

① 澳大利亚最初是作为大英帝国流放地关押罪犯的。

好事。

我知道，你不会任由一个需要药物来维持头脑清醒的人前往殖民地，也不会允许酗酒、具有反社会倾向或基因缺陷的人上船。我们都清楚不该为殖民地制造额外的负担。也许几代人之后他们会有自己的基因问题，或是精神上的怪癖，但现在，还是给拓荒者一些喘息之机的好。

不过你所质疑的那几家人，那些计划把家里的女儿嫁给总督的人，我不觉得有什么。在长期的殖民历史里你会看到，在加入前往遥远地区殖民的所有动机中，婚姻其实是最高尚、最有利于社会生产力发展的。

海勒姆

“知道我今天干什么了吗，阿莱桑德拉？”

“不知道，妈妈。”十四岁的阿莱桑德拉把书包扔在门口的地板上，从妈妈身边走过，来到水槽前倒了一杯水。

“猜猜看。”

“你把家里的电路修好了？”

“小精灵不愿意跟我说话。”妈妈说。放在以前这是个不错的笑话，妈妈总爱告诉她电是小精灵带来的。但现在一点都不好笑了。亚德里亚海畔的夏天闷得要死，没有电就没有冰箱储存食物，没有空调，也没有立体电视能把她的注意力从酷热的天气上分散开。

“那我就不知道你还能干什么了，妈妈。”

“我改变了我们的生活，我为我们创造了未来！”

阿莱桑德拉站在原地默默地祈祷。她的祈祷从来未曾得到过回应，对这个她早就放弃了希望。但她把每一条没有得到回应的祈祷都默默地记了下来，如果有一天能有机会面对上帝的话，会有一条长长的单子和他老人家抱怨的。

“什么未来,妈妈?”

妈妈热情洋溢地说:“我们要成为殖民者了。”

阿莱桑德拉如释重负地叹了一口气。她在学校里已经听说了所谓的疏散计划。虫族已经灭亡了,有人提出了建议,让人类去在虫族曾经占据的星球上殖民,这样人类的命运就不会被束缚在小小的一颗行星上。然而对殖民者的要求很是严格,像妈妈这样精神状态不稳定又没有责任感——噢,对不起,我是想说“拥有不为常人理解的魔法潜力”——的人是一定不会被接受的。

“好吧,妈妈,那真是太棒了。”

“你听上去并不激动嘛。”

“申请被批下来还要很久吗。他们为什么会带我们去殖民地?我们又能做什么?”

“你真是个悲观主义者,阿莱桑德拉。如果对每一件新鲜东西都要皱眉头想上半天,你是不会有未来的。”妈妈踏着舞步转来转去,在她脸前挥舞着一张打印纸,“我在好几个月之前就交了申请啦,亲爱的阿莱桑德拉。今天他们告诉我,我们被选中了!”

“你一直在对我保密?”

“我不能保密吗?我的秘密可多了。但这不是什么秘密,这张纸上写了,我们可以去新世界了。在那里你不会再是一个多余的人了,大家会注意到你的天才,为你的魅力倾倒。”

她的天才和魅力。在学校里没人注意到这些。她不过是个笨手笨脚的女孩,坐在教室后排,安分地完成每天的作业,从不惹是生非。只有妈妈觉得阿莱桑德拉是个非同寻常充满魔力的孩子。

“妈妈,我能看看那张纸吗?”阿莱桑德拉问。

“为什么,你不相信我?”妈妈握着那张纸,跳着舞步躲开了。

阿莱桑德拉热得要死,不想玩这一套了。她没去追妈妈。

“当然不相信。”

“你今天可一点都不好玩,阿莱桑德拉。”

“就算是真的,那也不是什么好事。你应该先问问我的。你知道殖民者怎么过活吗?他们要在田里种地,每天都过着汗流浃背的日子。”

“别傻了,他们会用机器种田的。”

“而且现在还不知道我们到底能不能吃当地种出来的蔬菜。虫族第一次打到地球的时候在遥远的东方大地着陆，把那里所有的庄稼都毁掉了。它们没打算吃任何在地球上生长出来的东西。我们也不知道地球的植物能不能在它们的星球上生长，可能所有的移民都会死呢。”

“等我们到那里的时候,打败了虫族的那些舰队的幸存者们肯定已经把这些问题解决了。”

“妈妈,”阿莱桑德拉耐心地说,“我不想走。”

“那是因为学校里那些死气沉沉的灵魂让你相信,你不过是个普通的孩子。但你不是。你是个有魔法的孩子,你注定要离开这个充满着尘埃和苦难的地方到新世界去。那里的大地是绿色的,充满着古老的魔力。我们会在死去的巨魔的洞穴里安家,在它们的土地上收获!每一个凉爽的夜晚,绿色的微风带着甘甜的味道拂过你的裙角,你会和小伙子们跳舞,用你的美丽和优雅征服他们。”

“上哪找这样的小伙子去?”

“你会看到的。”妈妈唱了起来,“你相不相信,你相不相信,翩翩的少年啊会让你带走他的心……”

阿莱桑德拉终于有机会抓过妈妈手里那张纸,读了起来;妈妈在一旁弯腰致意,脸上还是带着那副仙女般的笑容。的确是真的:“朵拉贝拉·托斯卡诺及其女儿阿莱桑德拉·托斯卡诺获准前往一号殖民地。”

“显然他们还是没有设心理检查这一项。”阿莱桑德拉说。

“你想要伤害我，但你没法伤害我。妈妈知道怎么做对你最好。妈妈不会让你犯我曾经犯过的错误。”

“我是不会犯，但我还是要为你的错误付出代价。”阿莱桑德拉说道。

“我亲爱的、美丽的、聪明的、优雅的、善良的、宽容的、撅着嘴的姑娘，想想吧：我们为什么要在莫诺波利这地方待着，住在路加·因德利大街尽头这座难看的板房？”

“路加·因德利就没一个好看的地方。”

“你都替我说出来了。”

“妈妈，我可没想过要嫁给个王子，和他骑着白马向着夕阳奔跑什么的。”

“没想过就好，我亲爱的，因为世界上已经没有王子了，只有人，还有假装成人的禽兽。我就嫁给了第二种家伙，不过还好他给了你漂亮的颧骨和迷人的微笑。你爸爸的牙齿可漂亮了。”

“如果他骑车的时候能再小心点就更好了。”

“那不是他的错，亲爱的。”

“街车是有轨道的，妈妈。如果他不跑到轨道上去怎么会被撞到？”

“你爸爸不是个天才，不过还好我是。所以你身上也流着仙女的血呢。”

“原来仙女也是会出汗的。”阿莱桑德拉把妈妈的头发从脸上拂开，“妈妈，我们到殖民地也不会过得好的。别这样。”

“飞船要走上四十年——我到邻居家上网查过了。”

“这次你和他们打招呼了吗？”

“当然了。他们现在都把窗户锁着呢。听说我们要去殖民他们都高兴坏了。”

“这我一点都不怀疑。”

“但是因为魔法,对我们来说那只要两年。”

“是因为准光速运动下的相对论效应。”

“我家姑娘真是天才。而且这两年我们可以一直睡过去,我们根本不会变老。”

“不会老很多。”

“就好像你的身体沉睡了一个星期,然后醒过来就已经是四十年之后了。”

“就是说地球上的每个人都比我们老了四十岁。”

“大部分人都已经死了啊。”妈妈又带上了唱腔。“包括我那个老巫婆一样的妈,在年轻时把我赶出了家,只因为我要和自己爱的人谈婚论嫁，现在我们的宝贝女儿已经长大，我不会让老巫婆再能碰到她。”曲调很好听,妈妈经常这么哼哼。阿莱桑德拉从没见过外婆。但现在,她突然想到:也许外婆是自己能不去外星殖民地的唯一希望。

“我不会走的。”

“你还是个小孩子,我去哪里你当然也要去哪里。”

“你是个疯女人,我宁可离开家门也不会跟你走的。”

“一开始你当然会这么想,因为不管你去不去我都会走的。如果你觉得和我一起生活很难受，那你最好想想没了我你会过成什么样。”

“我会的。”阿莱桑德拉说,“让我去见我的姥姥。”

妈妈脸上的惊讶一闪即逝,但阿莱桑德拉还是抓住了。“我要和她住在一起,你去殖民地吧。”

“但那样的话我去还有什么意义?亲爱的,我做这些都是为了你,没有你我是不会自己去的。”

“那就告诉他们,我们不去了。”

“我们要去的,而且要高高兴兴地去。”

这种车轱辘话可以一直说下去,妈妈肯定不介意的。但阿莱桑德拉实在受不了了。“你到底说了什么谎才让他们选上你的?”

“我没有说谎。”妈妈装出一副很受伤的样子,“我只是证明了自己的身份。其他的材料他们自己都能查到,所以如果有什么信息不对的话只能是他们的错。你知道他们为什么要让我们去殖民地吗?”

“你知道?他们告诉你了?”阿莱桑德拉问。

“就算不是天才也能想到,更别说仙女了。”妈妈说,“他们需要我们,因为我们还在能生孩子的年龄。”

阿莱桑德拉发出了呕吐的声音,妈妈却摆出一副对镜整容妆的姿势,对她视而不见。

“我还很年轻,而你马上也就要成为一个女人了。军队里有很多男人,很年轻,而且还没结过婚。他们会急不可待地等着我们过去的。所以我会嫁给一个六十来岁的老头子,在他死前给他生上几个孩子,就这样凑合过一辈子。但你不一样,年轻人会把和你结婚当成是最高的奖赏,你会成为全殖民地的宝贝的。”

“宝贝的是我的子宫吧。”阿莱桑德拉说,“你说得对,他们一定是那么想的。我敢打赌,每个健康的女人只要交了申请肯定就能通过。”

“仙女永远都是健康的。”

这倒是真话,阿莱桑德拉从不记得自己曾生过病,除了有一次妈妈坚持要在大热天吃街上小贩卖的东西导致的食物中毒之外。

“所以他们会把一群女人像母牛一样送到殖民地去。”

“你要把自己当成是母牛,你就是头母牛。对我来说只剩下一个问题了,我们到底是要在冬眠里度过整个航程,在着陆时再醒过来呢，还是醒着度过这两年时间，趁这时候接受职业培训——这样第一拨殖民者一到地方就可以干活了。”

阿莱桑德拉被惊到了。“你居然还会读文件？”

“这是我们生命里最重要的一次决定，我亲爱的阿丽莎，我当然要格外小心了。”

“你要是能认真读读电力公司寄来的账单就好了。”

“那又没什么意思，只能证明我们的贫穷。现在我看到了，上帝为我们准备了一个新的世界，没有空调没有电视也没有网络。一个自然的世界。我们这些仙女的后代是为自然而生的。你会用你那仙女般的舞蹈征服国王的儿子，国王的儿子会和你跳舞，爱上你，为你心碎。至于他是不是你喜欢的人，就要由你决定了。”

“我不相信那里会有国王。”

“不会有国王，但总会有总督的。还有高级官员。总会有个前程远大的年轻人。我会帮你挑选的。”

“我肯定你不会的。”

“爱上富人并不比爱上穷人更难。”

“你当然知道了。”

“我知道的肯定比你多，因为我做过错误的选择。我被黑魔法困住了，一阵热血上头，就跟了那么个男人。在选中值得自己付出爱的男人之前一定不能这样，我会帮你把关的。”

多说无益。阿莱桑德拉早就明白，和妈妈作对是没有任何结果的，最好的办法就是根本不去理她。

但这次不一样——要去殖民地这件事。是时候了，一定要找到外婆。阿莱桑德拉只知道她住在马尔省的波利纳诺，另一座亚德里亚海边的小城。但妈妈的妈妈一定不姓托斯卡诺，阿莱桑德拉还要做认真的调查。

一周时间过去了，妈妈还是拿不定主意到底要不要冬眠。而阿莱桑德拉这时才知道，很多信息是未成年人无权了解的。她偷偷地在家里找到了自己的出生证明，不过那也没什么用处，只列出了她父母的名字。她需要找到妈妈的出生证，但翻遍了整间屋子都不见踪影。

政府官员的态度仅限于承认她的存在；而当听到她的要求的时候，马上把她请出了门外。最后她想起了天主教堂，才算取得了一点进展。当时阿莱桑德拉年纪太小，没有在自己出生的教区参加过弥撒，但神父帮她找到了她受洗时的档案。教堂保留着阿莱桑德拉·托斯卡诺的父母和教父教母的文件，根据当地的习惯，孩子的教父母一般由外公外婆担任，或者是他们的熟人。

她用学校的网络查询了列奥普尔多·桑坦格罗和伊莎贝拉·桑坦格罗的住址：波利纳诺。这是个好消息，她知道外婆就住在那里。

放学之后她没有回家。她爬上了去波利纳诺的火车，在那座城市里花了四十五分钟时间寻找她查到的地址。让她失望的是，最后找到的是一条破旧的小街，就在安东尼奥·阿迪托大道旁边。外婆的房子后面就是火车道。楼底下没有门铃，阿莱桑德拉爬上四楼，敲了敲门。

"敲敲敲，敲你个头啊！"屋里的女人喊道。

"您是伊莎贝拉·桑坦格罗吗？"

"我是圣母玛丽亚！我正忙着回答祈祷呢，走开！"

阿莱桑德拉首先想到的是：妈妈还是对我说了谎。她不是仙女的孩子，而是耶稣的亲妹妹。

不过她知道今天不该这么轻率无礼。没经妈妈允许离开莫诺波利肯定已经惹上了麻烦，她一定要弄明白这位圣母玛丽亚到底是不是自己的外婆。

"很抱歉打扰您，我是朵拉贝拉·托斯卡诺的女儿，我……"

屋里的女人一定就站在门边等着，阿莱桑德拉话还没说完，门就猛地打开了。

“朵拉贝拉·托斯卡诺已经死了！死人怎么会有女儿？”

“我妈妈没有死。”阿莱桑德拉有点发蒙。“您是我接受洗礼时登记的教母。”

“那是我这辈子犯的最大错误，让她嫁给了那个猪一样的男人，那个骑自行车送信的。她才十五岁，为什么要急着嫁人？她的肚子已经大了，那里面就是你——这就是为什么！她觉得只要结了婚自己就还是干净的！然后她那个傻瓜丈夫把自己搞死了，上帝有眼！现在下地狱去吧！”

门在阿莱桑德拉面前砰地关上。

她跑了这么远的路来到这里，外婆怎么能这样对她？两人甚至都没工夫仔细看对方一眼。

“但我是您的外孙女啊。”阿莱桑德拉说。

“我连女儿都没有了，还哪来的外孙女？她当时抱着那小杂种来求我的时候我就是这么说的，现在也是。她最好自己过来，真心实意地向我道歉。”

“她打算去外星殖民地了。”阿莱桑德拉说。

门又被猛然拉开了。“她比以前还要疯。”外婆说。“进来坐下吧，告诉我她到底干了什么蠢事。”

这间屋子异常地整洁。每件东西都是最便宜的货色，质量差到了极点，但数量却多得吓人，还有陶器和小幅的艺术品。每件东西都一尘不染，甚至还抛了光。沙发上和椅子上堆满了被子、头巾、刺绣枕头之类的东西，连坐的地方都没有了。伊莎贝拉外婆没有给她腾地方的意思，阿莱桑德拉只好在一堆枕头上坐了下来。

她突然有种感觉，觉得自己在像是学校里打小报告的孩子一样说妈妈的坏话，于是想找点话头来平息一下外婆的怒气。“我知道她有自己的理由，她一定觉得自己是为了我好才……”

“行了行了，她说对你好的时候肯定是在干什么你不希望她做的事！有话快说，我可没一整天工夫听你念叨！”

往这些枕头上缝刺绣的女人肯定有一整天工夫，每天都有。但阿莱桑德拉忍住了没说出来。“她给我们报了名，要乘飞船去外星殖民地，上面也接受了。”

“殖民地？再也没有什么殖民地了，殖民地都有自己的国家了。意大利本来就没什么殖民地，从罗马帝国以后就没有了。从那以后意大利的男人们都变得没种了，一个比一个没用。你外公，上帝保佑他安息，就是个没用的人，从来不敢站出来说点什么，总是随着大流走。不过他至少还知道努力干活养家，直到我那个浑蛋女儿给了我一个耳光，嫁给了那个骑自行车的小子。你爸爸就更没用了，一分钱都没给家里赚到。”

“他人都死了当然赚不到钱。”阿莱桑德拉说出这话，终于感觉好了点。

“我说的就是他活着的时候！能偷懒就偷懒，一个钟头的活都不想多干！他肯定是个毒虫，你没准就是个可卡因过量的孩子。”

“我觉得不是这样的。”

“你知道什么？你那时候还不会说话呢。”

阿莱桑德拉坐在那里等着。

“然后呢？告诉我。”

“我告诉你了，但你不相信我。”

“你告诉我什么了？”

“殖民飞船。星际飞船，飞到虫族的星球去，在那开拓殖民地。”

“虫族不管他们？”

“已经没有了虫族，外婆。它们都死了。”

“啊，真是让人恶心的活，不过总是要有人干的。如果我能见到那个叫安德·维京的孩子，我会给他开个名单，还有好多人需要他去修理呢。话说回来，你到底是来干什么的？”

“我不想跟妈妈到太空去，但我还没有成年。如果您能签字做我的监护人，我就可以留在家里了。法律上是这么说的。”

“你的监护人？”

“是的，监管我的行为，照顾我的生活。我会住在您这里。”

“滚。”

“什么？”

“站起来，滚出去。你以为这是旅馆吗？你想睡在地板上，让我半夜起来绊倒在你身上摔断腿吗？这屋里没你的地方！我早该知道你会要我做什么。出去！”

没有任何商量的余地。阿莱桑德拉跑出门去冲下楼梯，一肚子的愤怒和委屈。这个女人比妈妈还要疯。

我没地方可去了。阿莱桑德拉心想。法律肯定不会允许妈妈强迫我到太空去的，不是吗？我又不是婴儿，也不是小孩了。我已经十四岁了，会读书，会写字，也会做理性的决定了。

火车到达莫诺波利之后，阿莱桑德拉没有直接回家。她得编个过得去的谎话，告诉妈妈自己放学去了哪里，解释为什么用了这么久才回到家。希望殖民工程的办事处还开着门。

事实让她失望了。她连本小册子都没领到。就算领到了又有什么用呢？所有材料网上都能查到，放学后在学校留久一会就足够了。但她没有，她去了外婆家。

我的选择是多么正确啊。

妈妈正在餐桌旁坐着，面前放着一杯巧克力。她抬头看着阿莱桑德拉关上门放下书包，却一个字也没有说。

“妈妈，我很抱歉，我……”

“在你朝我撒谎之前，”妈妈平静地说，“那个老巫婆给我打了电话，大喊大叫地问我为什么让你过去。我直接把电话挂了，反正之前每次到最后都是一样，然后我把电话线拔了。”

“对不起。”阿莱桑德拉说。

“你不觉得我不让她出现在你生活里是有理由的吗？”

有理由。这话触动了阿莱桑德拉心里的什么东西。她终于忍不住了：“你有没有理由有什么关系？就算你有一千万个理由，但你从来没跟我说过哪怕一个！你要我什么都听你的话，但你根本没有听过你妈妈的话！”

“你妈妈又不是个老妖怪！”

“妖怪也有很多种，你这种就像蝴蝶一样在我身边绕来绕去，却从来不停下来看看我到底是什么样的人。”

“我做的每一件事都是为了你！”

“你不是为了我，是为了你想象里的那个孩子，那个根本就不存在的孩子。只要你什么事都和自己的妈妈反着来，结果就会让她开心——但我不是她。而且在你妈妈的房子里还是有电的！”

“那就去她那里住啊！”

“是她不让我去！”

“你会讨厌那里的。她永远不会让你碰任何东西。每件事都必须按她的方式做。”

“比如报名去坐殖民飞船？”

“我是为了你才报名去参加殖民的！”

“就像你是为了我才买的那套大得没法穿的内衣一样。为什么你不能仔细看看我，了解一下我到底是谁，到底需要什么？”

“我来告诉你你到底是谁，你是一个小姑娘，太年轻，太不经世事，根本不知道一个女人到底需要什么。在做女人这条路上，我领先了你十公里那么远。我知道你前面会遇上什么，我要把你需要的一切准备好，让你的路尽量平坦些，好走些。你知道吗？如果不是因为你，我已经成功了。我每走一步你都要和我做对，但我还是做得非常了不起。你根本不知道我做得有多么好，因为你不知道如果没有我你会变成什么样子。”

“那么我会变成什么样呢？和你一样？”

“我永远不会让你变得和我一样的。”妈妈说。

“那你又想说什么？我会变成她那个样子？”

“我们永远不可能知道你会变成什么样了，不是吗？因为我已经让你变成现在这个样子了。”

“不对。我只是让你看上去觉得我成了现在这个样子，这样才能在你的这个家里活下来。而实际上，我对你来说根本是一个陌生人。你要把一个陌生人拉到太空里，而你根本就没有问过她愿意不愿意去。你知道人们管受到这种待遇的人叫什么吗？有个词叫‘奴隶’！”

人生中第一次，阿莱桑德拉想冲到卧室里重重地把门摔上——但她连卧室都没有。她在客厅的沙发上睡觉，同时客厅还当厨房和饭厅用。

“我明白了。”妈妈说，“我会到我的卧室去，然后你就可以摔那扇门了。”

最让阿莱桑德拉生气的是，妈妈完全明白她在想什么。但她没有喊叫，没有伸手去挠她的脸，没有坐在地板上发脾气，甚至没有躺在沙发上，把脸埋到枕头里。她在桌子另一头，妈妈的正对面坐了下来。

“晚饭吃什么？”

徒有其表的电视。她回想起这些年的每一天,自己是怎么从学校跑回家来,只看到妈妈在屋子里转来转去,说着些关于仙女和魔法之类的疯话,给她讲自己这一天做了些什么美妙的事情——而事实上,她每天所做的事就是和一个怪物战斗,不让它来到这个家里,不让它触碰到小阿莱桑德拉。

这就是她们挨饿的原因,是她们没有电用的原因,是一切的原因。

这不能证明妈妈并没有疯,但现在发疯也有了它的意义。而殖民地意味着妈妈终于可以自由了。追求解放的并不是阿莱桑德拉自己。

她站起来走到门前,轻轻地敲了敲。“要我说,我们在船上睡觉好了。”

过了好久,从门的另一边传来了声音:“我也是这么想的。”过了一会,妈妈说:“殖民地肯定会有个年轻人在等着你的。一个有着远大前程的年轻人。”

“我相信会有的。”阿莱桑德拉说,“而且他肯定会羡慕我有这么一个又漂亮又疯狂的妈妈。我妈妈也一定会喜欢他的。”

接下来是沉默。

屋子里热得让人没法忍受。就算打开了窗子,仍然一丝风都没有,一点都不能减轻这闷热。阿莱桑德拉只穿着内衣躺在沙发上,只希望沙发上的皮子不要这么软、这么粘人。最后她躺到了地板上,觉得这里能稍稍凉快一些,毕竟热空气是在往上走的。然而一点用都没有——或许是因为楼下人家屋里的热气都在上升,地板又太硬了。

也未必是一点用都没有。第二天早上醒来,她感到一丝凉风从亚德里亚海的方向吹了过来。抬起头,发现妈妈正在厨房里煎着什么东西。

"你上哪弄的鸡蛋？"阿莱桑德拉从洗手间出来后问。

"我去要的。"

"找我们的邻居？"

"找邻居家的母鸡。"

"没人看到你吗？"

"不管有没有人看到，反正没人管我就是了。"

阿莱桑德拉笑着抱住了妈妈。她又去了学校，但这次她放下了自己的骄傲，去吃了慈善食堂的午餐，心里想着：这是妈妈买给我吃的。

那天晚上，桌上有了吃的——不光是食物，还有鱼，有果酱，有新鲜的蔬菜。妈妈一定是把表格交了上去，拿到了签字费。她们终于要离开了。

妈妈是个细心的人。她领着阿莱桑德拉到那几家养鸡的邻居家，感谢他们没有叫警察来抓她，并把拿走的鸡蛋的钱还给了他们。邻居开始不要她的钱，但她说自己不能欠着这笔债离开这座城市，还说就算自己还上了钱，他们的善行仍然会被天堂记住。邻居都哭着吻了妈妈。阿莱桑德拉注意到了妈妈的脚步，不再是平日里装成仙女的那种舞步，而是真正轻松的步伐，一个终于卸下了肩上重担的女人的步伐。

两周之后，阿莱桑德拉在学校的网络上查着资料，突然看到了一条消息。她不禁在图书馆里惊叫起来，惹得几个人跑过来看。在这些人来到跟前之前，她用鼠标乱点了一气，结果让大家都以为她在看黄色网站。不过她已经不在乎了。她急不可待地跑回家，把这消息告诉了妈妈。

"你知道我们那颗殖民星球的总督是谁吗？"

妈妈不知道。"管他呢，无非是个胖老头子。要不就是个勇敢的冒险者。”

“有没有想过总督可能不是大人？可能是个男孩，十三四岁大的男孩？是个聪明得能够拯救全人类的男孩？”

“你在说什么？”

“他们已经宣布了我们这艘殖民飞船的人员任命，殖民地的总督是安德·维京。”

现在变成妈妈吃惊了：“一个男孩？他们让一个小孩做总督？”

“他能在战争中指挥舰队，当然也能做殖民地的总督了。”阿莱桑德拉说。

“一个男孩，小男孩。”

“不算小了，和我差不多大。”

妈妈转过身来：“啊，你已经不算小了吗？”

“足够大了，就像你说的，到了能生孩子的年纪了。”

妈妈一脸的沉思：“这么说安德·维京也是！”

阿莱桑德拉自己都感觉到脸红了：“妈妈！我知道你在想什么，别想了！”

“为什么不想？在那个遥远世界上他总要结婚的，为什么不能是你？”妈妈的脸也开始发红，她拍着女儿的脸蛋：“噢，噢，阿莱桑德拉，之前我还不敢告诉你，但现在我真高兴我这么做了，你也肯定会高兴的。”

“告诉我什么？”

“我们之前不是说要在旅行期间冬眠吗？我今天去局里交表格，发现我不小心钩错了格子，选成了醒着坐船那一项。我想，如果他们不让我改怎么办？当时我就下决心，一定要让他们改过来！但后来坐在那里的时候，那个收表格的女人把我吓到了，我根本没敢提这事，像个胆小鬼一样就把表交上去了。但我现在明白了，我不是什么胆小鬼，是上帝握着我的手填的表格，一定是的。因为现在你在整个航程里都不会冬眠了。船上又能有几个十四岁大的孩子醒着呢？我想不会有别人的，只有你和安德，就你们两个！”

“他一定不会爱上我这么傻的一个女孩的。”

“你在学校里的分数不是不错吗。再说，聪明的男孩要找的又不是比自己更聪明的女孩，聪明男孩要找的是一个爱自己的人。他是一个永远没办法回家的军人，而你可以去做他的朋友，好朋友。你们离谈婚论嫁还有年头，但到该谈这个的时候，他应该已经了解你了。”

“没准你还能嫁给马泽·雷汉呢。”

“那要看他有没有这福气了。”妈妈说，“不过我会尽量满足那个老头子，只要能看你过上好日子就行了。”

“我不会嫁给安德·维京的，妈妈！别净想这些没可能的事了。”

“你都敢指挥我想什么了！不过你只要能和他做朋友我就满意了。”

“只要见了他不尿裤子我就满意了。他是全世界最有名的人，人类历史上最伟大的英雄。”

“不尿裤子，嗯，作为第一步这挺好的。裤子要是湿了就太糟糕了。”

学年结束了。母女二人接到了宇航指南和机票。她们会在那不勒斯接受训练，然后飞往肯尼亚，跟其他欧洲和非洲的殖民者会合，然后飞向太空。两人用最后的几天时间把在莫诺波利喜欢做的事都做了一遍：在码头散步，在阿莱桑德拉小时候去过的公园玩，在图书馆看书，向城市里每一件她们喜欢的东西说再见。她们去看了爸爸的坟墓，在坟头上献上了最后一束花。“真希望你能和我们一起去。”妈妈低声说。阿莱桑德拉不禁想，如果爸爸还活着，她们还需要到太空里寻找幸福吗？

最后一天夜里，她们很晚才回到家。转过街口，就看到了外婆站在屋子的台阶上。一看到两人回来，外婆就跳起来开始大喊——但两人还是离得太远，不知道她在喊些什么。

“我们还是别回去了，”阿莱桑德拉说，“家里又没什么需要拿的东西。”

“去肯尼亚路上穿的衣服还在家呢。”妈妈说，“再说，我已经不怕她了。”

两人拖着沉重的脚步朝家走去，邻居们也都探出头来看到底是怎么回事。老太太的声音越来越清楚了：“你这个忘恩负义的闺女啊！你要把我最心爱的孙女偷走，带到太空去吗！我再也见不到她了，你都不让我跟她说声再见啊！这是哪门子当妈的啊！你从来就没有关心过我！你把我这么一把老骨头扔在这里，这又是哪门子当闺女的啊！街坊邻居们你们都来评评理，你们见过这样的闺女吗？你们中间就住着这么个妖怪，一个没良心的妖怪啊！”如此这般如此这般。

阿莱桑德拉一点都不感到难为情。到明天，这些人都不再是她的邻居了。她完全不必再在乎这些。再说，只要有点眼色的都能看出来，这就是为什么朵拉贝拉·托斯卡诺要把女儿从这个可怕的巫婆身边带走。要逃离这个老巫婆，到太空还不一定够远呢。

外婆直冲着妈妈冲过来，冲着她大声嚷嚷着。妈妈什么都没说，只是往旁边让了一步，绕开外婆朝门口走去。她来到门前，却没有打开门，而是转过身抓住了外婆的手，想让她停下来。

但老太太并没有停下来的意思。

妈妈一言不发地握着她的手，最后老太太终于停下了她滔滔不绝的咒骂：“现在你想跟我说话了！你打算上天已经好几周了，一直都没跟我说过，直到现在我带着破碎的心带着受伤的脸来找你，你才舍得跟我说话？你到底在等什么啊？说啊！我听着呢！谁不让你说话啊？”

阿莱桑德拉终于忍不住了，冲到两人中间，朝外婆喊道：“你这么嚷下去谁能说话啊？”

外婆抽了阿莱桑德拉一个耳光，手劲很大，打得阿莱桑德拉朝一边歪去。

妈妈拿出一个信封：“这里是签字费剩下的钱，除了要路上穿的衣服，这是我在这个世界上的最后一点东西了。把这钱给你，我们两清了。我不会再给你任何东西了，除了这个。”

她抬起手重重地朝外婆脸上掴了过去。

老太太很是吃了一惊，正准备大喊大叫，妈妈——无忧无虑的仙女朵拉贝拉·托斯卡诺——站在她的面前喊道：“我不会让任何人，任、何、人碰我的女儿！”她把信封塞进外婆外衣的胸口，抓住肩膀转过她的身子，把她推到了街上。

阿莱桑德拉伸出手去抱住妈妈，啜泣着。“妈妈，我到现在才知道。我终于明白了。”

妈妈紧紧抱着她，从她肩膀上抬起头，发现邻居们都在惊讶地看着这一幕。“没错，我不是个好女儿，但我是一个非常、非常好的妈妈！”

几个邻居笑着鼓起掌来，其他人吐了吐舌头，转身回去了。阿莱桑德拉根本没有抬头。

“让我看看你。”妈妈说。

阿莱桑德拉退后一步，妈妈看着她的脸。“有点擦伤，不过应该不要紧。很快就能好了。等到你见到那个前程远大的年轻人时，肯定不会留下什么痕迹了。”

第六章

收件人:GovNom%Colony1@colmin.gov
发件人:GovAct%Colony1@colmin.gov
主　题:殖民地的命名

我同意您的说法,一直管这地方叫“一号殖民地”实在是件令人生厌的事,现在给它起个名字比五十年后您到达时再重新取名要好得多。

但您建议的名字“普洛斯彼罗”现在恐怕不大会被接受。几乎每隔一天,我们就要埋葬一位战争中存活下来的战士。这星球上生活着一种靠空气传播的寄生虫,随着呼吸进入人体。它们会在人类的血管里打洞,导致寄主的血管穿孔,内出血而死。外星生物学家们正在努力研究药物或是治疗手段,想法控制甚至消灭这些寄生虫。

我们的外星生物学家塞尔向我保证,他新研究出来的药物能减缓病人的死亡,为我们赢得更多的时间。这样到您到达的时候,我们的殖民地还仍然存在。如果您想更多地了解这种沙虫(灰尘大的虫子),可以通过这个邮件地址和他联系:%Colony1@colmin.gov\xbdiv。

发件的地址是我的职务,而我的全名是维塔利·科尔莫戈罗夫。能否告诉我您的名字?我在和谁通信?

收件人:GovAct%Colony1@colmin.gov
发件人:GovNom%Colony1@colmin.gov

主　题:Re:殖民地的命名

亲爱的科尔莫戈罗夫司令:

在最近的报告中我了解到,您手下的外星生物学家塞尔·摩纳奇研制出的鸡尾酒药物能够有效地控制沙虫，我深感欣慰。我们将用塞尔起的名字称呼这种寄生虫,而最后的学名就留给委员会的专家们讨论吧，他们正在为外星生物学中是否应当使用林奈命名法争个没完。有人称每个殖民地都应当用它们自己的语言进行命名，有人认为应当在所有的殖民地采用统一的命名标准，还有人认为应当从语言学角度区分各星球本土生长的生物和虫族从母星带过去的生物。在你们努力建设外星生态圈中的桥头堡的时候，总得给那些实干家们点事情去忙。

从这点上来说我也不能免俗,关于殖民地的名字,我也许有点小题大做了,原谅我在这事上浪费了您的时间。但这又是项必须完成的工作,多亏您的帮助,我才没有在这上显得失礼,否则难免破坏殖民者与殖民部的属下(包括我在内)的关系。您说得对,普洛斯彼罗这个名字是行不通的,但我仍然非常希望能够用威廉·莎士比亚的《暴风雨》①中的人物为它命名。也许直

---

①《暴风雨》是莎士比亚创作的倾向于妥协和幻想的悲喜剧或传奇剧。描写了米兰公爵普洛斯彼罗被弟弟安东尼奥夺去爵位，带着女儿米兰达和魔术书流亡到一座荒岛,岛上曾经生活过一名叫西考拉克斯的巫师。普洛斯彼罗在精灵爱丽尔的帮助下奴役了巫师之子凯列班，操纵暴风雨将篡权的弟弟和那不勒斯国王与王子乘的航船刮上荒岛,他惩治了恶人,又宽大地将恶人们赦免,结果普洛斯彼罗恢复爵位,米兰达与王子结婚,一同回到意大利,一场类似《哈姆雷特》的政治风暴在宽恕感化中终于风平浪静……后文中的贡柴罗是他手下正直的大臣。这部戏剧的剧情偏重于描写失散、团聚、诬陷、昭雪。尽管仍然坚持人文主义理想,对黑暗现实有所揭露,但矛盾的解决主要靠魔法、幻想、机缘巧合和偶然事件,并以宣扬宽恕、容忍、妥协、和解告终。

接叫“暴风雨”就不错?或者米兰达,或者爱丽尔?我怀疑凯列班并不是个很好的选择。贡柴罗? 西考拉克斯?

关于我的名字,我曾经和人讨论过是否应该把我的身份告诉您那边的殖民者。我被严令禁止告诉任何人,包括“代理”总督您在内。但我的名字在网上已经传得到处都是了,我被指定为一号殖民地的总督也不是什么大秘密。但他们却没有把这些消息通过安塞波传到您那里,这说明把什么事瞒过殖民地总督还是很容易的。既然四十年后我会被指派成为总督,我想我会记住这事的,除非能在出发前改变他们那愚蠢的习惯。

我想是高层中有人认为, 任命一个十三岁大的孩子做殖民地的总督会有损殖民者的士气——虽然我到达的时间将在四十年之后。而与此同时,也有人觉得让在战争中获胜的指挥官出任总督会受到欢迎。在他们还没有做出决定之前,我决定相信您慎重的决断力。

收件人:GovNom%Colony1@colmin.gov

发件人:GovAct%Colony1@colmin.gov

主　题:Re:Re:殖民地的命名

亲爱的维京总督:

我很惊讶殖民部也会审时度势,允许您不受监控地使用安塞波与殖民地网络进行通讯。

我的第一反应是向全殖民地宣布即将到任的总督的身份。安德·维京这个名字在这里极受爱戴。在我们打赢了战争之后,我们研究了您的所有战役。大家都在讨论您的军事天才达到了何等登峰造极的地步。但与此同时,我也看到了格拉夫上校和雷汉将军接受军事法庭审判的报道。这些报道损害了您的名声。倘若这里的人有闲暇与人类社会取得联络，我不想给他们制造话题，让他们去辩论您到底是人类的救星，还是反人类的罪犯。这里的每一位战士和飞行员都毫无疑问地认为您是前者，但在您未来的五十年航程中，会有新一代人出生在这里，而他们未曾在您的指挥下战斗过。

不得不承认，在读到您列出的那些名字之后，我又重读了一遍《暴风雨》。西考拉克斯是个好名字！考虑到她在全剧中那不显山露水的地位，恰恰符合我们现在的情况。凯列班的母亲，无名小岛上的巫师，用自己的魔力使得那个不曾在地图上出现的小岛变得富饶而美丽。如果要给曾经统治这颗星球的虫族女王命名的话，西考拉克斯再合适不过了；而现在它已经不在了，留下了如此多的遗迹——以及陷阱。

我们的外星生物学家塞尔是个非常了不起的年轻人，他拯救了大家的生命，但却不愿听到对他的赞美。他告诉我虫族的尸体也同样受到了这些沙虫的侵害。显然虫族的每一个个体都被当成了消耗品，女王们根本没有试着控制这种疾病。这是对生命的浪费啊！幸运的是，塞尔发现在沙虫的生命循环中某一个阶段需要吃一种特殊的植物，他正在努力想法将这种植物彻底除掉。他说这是种族灭绝行为，在生物学角度看是可怕的犯罪，因此满怀负罪感。但如果不这样，在这里生活的人类就要一直接受注射，或者对所有新生儿的基因进行改写，改变我们的血液成分，让沙虫无法在其中生活。

简单地说，塞尔就是普洛斯彼罗。虫族女王生前是西考拉克斯，而虫族则是凯列班。虽然每个育龄妇女在这里都得到了足够的尊敬，但爱丽尔至今还没有出现。在婚姻制度中我们不得不引入了摇号机制，我自己则不参与其中，以免有人指责我做了手脚，保证自己能得到婚配的机会。没人喜欢这种既不浪漫又不自由的制度，但我们必须合理分配为数不多的生育机会。我们曾经进行过投票，塞尔说服了大多数人，告诉他们这才是我们唯一的出路。我们没时间在这里搞儿女情长的那一套，更没时间应对受伤的感情和惨遭拒绝的结局。

我在这里和您谈这些，是因为身边没有任何人可以倾诉，即使是塞尔也不行。他肩上的担子已经太沉重了，我不能再让他帮我分担什么。

顺便说一句，您那艘船上的船长一直在给我写邮件。他似乎认为他有权给我下命令，指导我管理一号殖民地。显然他没有和您沟通过。我觉得应该提醒您一下。您是不是应该采取一些适当的措施，以免等来到这里之后还要处理权力斗争的问题？他给我的感觉是标准的“为和平而生的人”，在没有战争的时期军队里常见的官僚。他真正的敌人是那些坐在自己想要的位置上的同事。你正是他所痛恨的那种为战争而生的人。小心你的背后：为和平而生的人总出现在那里，手里握着刀子。

维塔利·丹尼索维奇

收件人：GovAct%Colony1@colmin.gov

发件人：GovNom%Colony1@colmin.gov

主　题：我想到名字了

亲爱的维塔利·丹尼索维奇：

我想到名字了：莎士比亚。行星的名字，也是第一个殖民定居点的名字。之后的居住点可以用《暴风雨》或者其他剧里的名字来命名。与此同时,我们可以把某位将军称为科多王[①],提醒我们高傲自大的野心会带来什么样的后果。

你觉得莎士比亚这个名字怎么样?我觉得用这位代表了人类伟大灵魂的作家来命名一个新世界是个不错的主意。不过如果你们认为这名字太英国了,太突出某个特定文明的地位,我会换一个思路重新去想的。

非常感谢您的信任。我希望在航程中能够保持通讯,虽然考虑时胀效应,收发信件可能会花上几周时间。当然了,我是不会在航行过程中冬眠的。在十五岁的年纪到达殖民地总比十三岁要好。

也许您还不知道,这次航程花不了五十年时间,大约四十年左右——科学家改进了船上的蛋引擎,加速和减速的时间段可以缩短,我们会有更多的时间在相对论速度下度过。我们是从虫族手里拿到的这些技术,但这不证明人类无法将其加以改进。

安德

收件人:GovNom%Colony1@colmin.gov

发件人:GovAct%Colony1@colmin.gov

主　题:Re:我想到名字了

亲爱的安德:

莎翁是属于所有人的,在我们这个小殖民地也是如此。我问了几个殖民者,对那些在意殖民地名字的人而言,这名字都还算不错。

---

① 科多王是莎士比亚四大悲剧之一的《麦克白》中傲慢自大的蛮族国王。

在你们的飞船到达，扩充本地人口之前，我们会努力活下去。然而根据我自己参加战争时的航行经验来看，这两年的感觉会比四十年还要长。在船上当然有事可干，但你还是会觉得疲惫，觉得厌倦。那些选择冬眠的人会好过很多。以十五岁的年纪来到殖民地的想法的确很智慧，但我比你本人更清楚，你做出了多么大的牺牲。

今后我会每隔几个月时间给你发送一份报告，在你看来是每隔几天时间。你可以对殖民地的情况有些了解，也能知道我们的小村庄运行的情况——包括社会、农业和技术，你可以看到我们面对的问题和做出的选择。我会尽我所能帮助你，让你学会如何领导这里的人民。但我不会告诉他们，否则他们会感觉自己生活在监视之下。等你到这里之后，最好也不要告诉大家我告诉了你些什么。这样你的很多决定会显得更加深刻和长远。对总督来说这是很高的荣誉。

同样的报告也会发送给摩甘将军，毕竟他最终掌权的可能性也是存在的。那艘运输船上的士兵都会听从他的命令，而不是你；而一旦他决定违背法律，派军队在我们的星球表面驻扎，最近的执法机构也将在四十光年之外。到那时的殖民者将手无寸铁，而且没有经历过任何军事训练。在这种情况下，摩甘将军将不会面对任何的抵抗。

不过摩甘将军仍然在向我发布命令，而不曾询问过这里的任何情况，不知他是否曾经读过我的正式报告。而当无法从我这里获得满意的回复时，他变得越来越缺乏耐性——虽然我对他所有合法的询问和要求都做出了回复。我怀疑将来如果他掌握了这里的权力，第一件事就是把我从办公室赶出去。幸运的是根据人口统计资料，到时候我应该已经不在人世，所以也就不用面对这样的问题了。

你的确只有十三岁，但至少你已经明白了，对自己完全不了解的人是无法领导的，只能选择压迫或是顺从。

维塔利

塞尔·摩纳奇的后背和脖子都隐隐作痛。他已经在显微镜前盯着外星霉菌的样本看了几个小时了。这样下去，用不了三十五岁，我的背就会驼得像个老巫婆的。

但那些在田里做活的人也一样，他们每天都在锄草，努力不让新长出来的藤蔓缠上种下的玉米挡住阳光。就算到那里干活，他的脊背也会断掉的，而且皮肤会被晒得棕黑。在这颗行星猛烈的阳光下，已经很难区分出人的肤色。他仿佛已经看到了殖民地的未来。他们是从地球上各个种族的人中选拔出的精英们，外科医生、地质学家、外星生物学家、气候学家，还有战斗机飞行员。选拔他们的目的是杀死原本占据着这颗星球的敌人，而现在战争结束了，他们间也将实现彻底的通婚，在三代或者两代人之内，种族或国家这样的概念将会完全消失。

今后每个殖民世界都会有自己的样子，IF的通用语也会带上各自口音。说到底，所谓通用语无非是对英语进行了一点拼写上的修正。随着殖民者在各个世界之间的交流，将会出现新的分化。同时，地球仍将会保留原先所有的种族、国家和大部分语言，而这将使殖民者和地球出生的人之间的区别越来越明显。

这都不是我的问题了。塞尔想，我能预见到未来，其他人一样也能；但除非我能想法除掉这种霉菌，不让它去感染地球上来的庄稼，否则这颗现在名叫莎士比亚的星球就不会再有未来了。他怎么也想不通，为什么早在地球上的植物（包括庄稼）来到这颗星球之前，这里就已经产生了能适应它的霉菌？两者之间可是没有任何基因上的共同性的。

阿芙莱玛走了进来，手里拿着温室实验园里取来的新样本。多么讽刺啊，所有这些高科技农业设备都是和战斗机一起从宇航运输船上带来的，而一旦这些设备出了问题，五十年之内没有任何可以替换的东西。如果新研制的星际发动机能早些把下一批殖民者带来，也许只需要四十年。但到那时，我们也许已经没有任何技术设备可用，在丛林里过着靠草根充饥的日子了。

而如果我能改进农作物的基因，让它们在这块土地上繁衍生长，我们就可以有大量的食物储备，能够省下些时间去研究基础层面的技术了。

“看看这个。”阿芙莱玛说。

出于责任，塞尔从自己的显微镜前站了起来，走到她的工作桌旁。“嗯，你想让我看什么？”

“您看到了些什么？”她反问。

“我没工夫跟你开玩笑。”

“我需要独立的鉴定结果，不会和你说任何情况的。”

也就是说这是非常重要的样本。他仔细看了一会。“玉米叶的标本。从无菌区采集的，完全没有受到侵害。”

“不，这不是。是我从D-4疫苗的实验田里采样的。”

塞尔感到如释重负，险些泪流满面；但同时又感到怒气上涌。一时间愤怒占了上风。“不可能。”他尖刻地说，“你肯定是把样本弄混了。”

“我一开始也是这么想的，”她说，“所以我专门回到D-4实验田里去采了新的样本，然后又采了一次。你可以看到我这有三次复查的结果。”

“D-4是很容易用本地材料制造的疫苗，我们成功了，阿芙莱玛！”

“我还没试过在苋菜上有没有用。”

“我们太幸运了。”

“我宁可相信我们是被祝福的。您不觉得是上帝希望我们成功的吗？”

“他老人家本可以在我们刚来到这里的时候就把这些霉菌干掉的。”塞尔说。

“这么说虽然没错，也许是我们太急着来取上帝给我们的礼物，把他惹火了。”

阿芙莱玛虽然带着戏谑的口吻，但也是诚心诚意的。她是个忠实的犹太教徒，在举行生育制度的投票前她把自己的名字改成了希伯来语，意思是“多产的”。当时她希望上帝能给她选择一个犹太教的丈夫，但未能如愿。于是总督安排她与殖民地唯一一位正统犹太人一起工作。科尔莫戈夫总督对宗教有着足够的尊重。塞尔也是。

他只是不大确定上帝是否知道这个地方。假使《圣经》上所写非虚，我们之前所拥有的太阳、月亮和地球都确实是上帝的造物，但也许那就是上帝全部的作品。而像这样的星球也许是另一个上帝的造物。这个上帝也许会长着六条腿，三套循环系统，或者别的什么东西，就像塞尔发现这里的原生种族一样。

两人又去同一块实验田里去采了苋叶样本，结果也是一样。“就是这样了，不管怎么说，对拓荒来说已经足够好了。”

“不过要批量生产还需要很长时间吧。”阿芙莱玛说。

“那就不是我们的问题了。化学家会想法迅速大量生产的，我们只需要搞清哪一种疫苗好用就行了。这种疫苗看起来不会伤害农作物，对吧？”

“你是个天才，摩纳奇博士。”

“我可没读过博士。”

“对我来说，‘博士’的意思是‘知道如何做出拯救种族的发现的人’。”

“我会把这条写到我简历上的。”

“不止是简历。”她说。

“不止？”

她把手放到了塞尔的胳膊上。“我的排卵期就要到了，博士。我希望在这块土地里种上你的种子。”

塞尔试着开个玩笑绕过去：“下次你是不是就要背《所罗门歌》[①]了？”

“我不是在和你玩暧昧，摩纳奇博士。那之后我们还是会在一起工作，而我马上就要和伊凡内泽结婚了，他不会知道孩子不是他的。”

听起来她真的仔细考虑过这事。塞尔开始真正感到窘迫与苦恼。“我们还要一起工作的，阿芙莱玛。”

“我希望给我的孩子最好的基因。”

“那好，”他说，“你在这里继续研究改进基因，我到田里去上工。”

“这是什么意思？田里的活有的是人能干。”

“要么把你开除，要么我不干了。我们以后不能再一起工作了。”

“但不会有人知道的！”

“‘汝不可奸淫’[②]，”塞尔说道，“我原以为你是信教的人。”

“但在米甸女儿们[③]——”

“女儿们和自己的父亲睡觉，因为生养婴儿比异种通婚更重要。”塞尔说，“但同样重要的是对一夫一妻制的绝对尊重，否则光是为了

① 《所罗门歌》又名《雅歌》，出自《圣经·旧约》，主题是歌颂爱情。

② 摩西十诫中的第七诫，见《圣经·旧约·出埃及记》。

③ 所多玛毁灭时，亚当的曾孙罗得带着两个已婚的女儿逃出城外，两位女婿死在城中。为了延续血脉，两个女儿灌醉父亲与之同寝，后各自产下一子，成为米甸地区民族的祖先。见《圣经·旧约·创世记》。

争抢女人整个殖民地就会被撕成碎块的。”

“好吧,就当我没说过好了。”阿芙莱玛说。

“我忘不掉这些。”

“那么你为什么……”

“我在摇号时输掉了,阿芙莱玛。现在对我来说生养后代是不合法的事情,更别说和另一个男人的配偶通奸。我也没精力去控制利比多造成的冲动,我必须时刻保持清醒,保持充足的精力去完成我对这个世界生命形态的研究。发生了这样的事情之后,我不能让你在这干下去了。”

“我只是想想而已。你会需要我帮忙的。”

“我需要有人来帮忙,但并不一定是你。”

“但人们会猜测你为什么开除了我。伊凡内泽会觉得我们之间有什么关系。”

“那是你的问题。”

“如果我告诉他们你让我怀上了呢?”

“你已经被开除了。现在。没有商量余地。”

“我只是在开玩笑!”

“收起你那些胡思乱想吧。我可以去做亲子鉴定,DNA检测。这样一搞你的丈夫会被大家当笑话看,而其他男人都会开始怀疑自己的妻子,猜测她有没有把身子交给别人,而让自己来埋单。我必须开除你,哪怕是为大家考虑也是。”

“如果你把事情搞得这么明显,就好像我们已经有了什么似的,难道不会损害别人对婚姻的信任?”

塞尔坐在温室顶上,把脸埋在手掌中。

“对不起,我只是有这个想法而已。”

“你是说就算我答应了,你也会告诉我你不过是开玩笑,然后让我为同意犯下罪行而羞耻？”

“不，当然不会。我会照做的，塞尔。你是最聪明的人，每个人都知道。你不该一个孩子都不留下，这是不对的。殖民地的基因库需要你。”

“那是从基因层面的考虑，但更重要的是社会层面。一夫一妻制已经被证明，一次又一次证明，是最适宜的社会形态。这不是从基因出发，而是从我们的孩子们出发。我们希望他们长大之后愿意维持他们生活的那个社会。这是大家投票决定的。”

“而我的投票就是我要为你养一个孩子。就一个。”

“请你出去。”

“理论上讲我是最好的对象，不是吗？我是犹太人，你也是。”

“请你出去。记得关上门，我还有工作要做。”

“你不能把我赶走，这会对整个殖民地有坏处的。”

“杀了你也会。但你在这里待得越久，折磨我的时间越长，我越想这样做。”

“你感到折磨只是因为你也想要我。”

“我有正常人的身体，男人的身体。”塞尔说，“我当然希望能够不顾后果地进行交配行为。这已经阻碍了我正常的逻辑思维，所幸我已经说了我的决定是不可改变的。最好别让我改变主意选择最痛苦的解决方式，把那碍事的东西割掉。”

“原来是这样，不管怎么说，你都已经把自己阉割掉了。这么说我也有正常女人的身体，我希望有那样的行为，希望对方能供给我最好的基因。”

“要是真想搞通奸，就去找个身高体壮的。还有，别让我抓到你，我肯定会上报的。”

“脑子。我看上的是你的脑子。”

“那样的话，孩子没准会长着你的脑子和我的脸。现在把D–4的报告整出来，送到化工那边去。”

“你不打算开除我了？”

“不，我会辞职的。我会到田里去干活，把你留在这。”

“我只是候补生物学家，我干不了这份工作。”

“在你弄得我们没法共事之前，你就应该考虑过这些。”

“谁听说过哪个男人不想找个女人上床的？”

“殖民地就是我的生活，阿芙莱玛，也是你的生活。你不能往自己的汤里吐痰。我这样说够明白了吗？”

她哭了起来。

“我做了什么让上帝这样惩罚我？”塞尔说，“下面还会有什么？是不是要我去为法老的酒政和膳长解梦[①]？”

“我很抱歉。你应该留在这里，你是这方面的天才。我甚至不知道应该怎么开始工作。我把一切都毁了。”

“是的，一点没错。不过你刚才说得也对，我这种解决方法不行，造成的结果不比你最初的想法要好。我们不能这样做。”

她抬头听着，泪水仍然不停地从眼里流出来。

“我们什么都不做。”他说，“不准你再提起这件事情，永远不要。不准你再碰我。在我身边工作时你要穿上最正式的衣服，和我的交谈也仅限于工作话题。科学语言，越正式越好，最好让大家会觉得我们两个互相看不顺眼。因为我没法用药物控制自己的利比多，同时还能保持正常的工作状态。你明白了吗？”

“是的。”

---

① 约瑟在埃及做奴隶时，主人的妻子勾引他，未果，便向丈夫诬陷。约瑟下狱，在狱中为酒政与膳长解梦，二人将此事告诉法老，法老将约瑟放出为自己解梦。见《圣经·旧约·创世记》。

“四十年之后,新的殖民飞船会带来另一个外星生物学家,这样我就可以辞掉这个恶心的工作了。”

“我并不是想让你难堪。我是想让你过得快乐。”

“你是让我的荷尔蒙激动了。它们觉得这是世界上最好的主意了。”

“好吧,这样我觉得好受点。”

“让我在地狱里度过以后的四十年你就好受了?”

“别傻了。只要我怀上了孩子,就不会有任何吸引力了,而且会忙着照顾孩子没空来这里帮忙。生孩子是殖民地最重要的事,不是吗?你可以在下一代里训练学生。这件事不过会让你烦上几个月,最多一年。”

“你说起来倒是容易。”

“摩纳奇博士,我实在抱歉。我们都是科学家,在我看来人类的繁殖行为和动物的没什么区别。我并不是打算对伊凡内泽不忠,也不是想让你难看。我只是有这样的渴望而已。我只知道如果我一定要有个孩子,那么就应该是你的孩子,是一个值得我拥有的孩子。不过我到底还是个理性的人。科学家。我会完全按照你的要求去干,做出我们彼此讨厌、对彼此完全没有吸引力的样子。等有了孩子我就会辞掉这份工作。”

“好了。现在你的任务是把这些表格拿到化工部门去,让我自己来解决下一项工作。”

“下一项工作又是什么?沙虫和霉菌都已经解决了,我们下面要做什么?”

“下一项工作,就是找出一个足够繁琐乏味的课题,一件和你完全没有关系的课题,然后把自己完全埋到里面。现在能请你出去吗?”

她走了。

塞尔写完了报告，然后把它发到了总督的机器上，排进了安塞波通讯队列。如果在其他殖民星球上也发现了这种霉菌，他的解放方案也许会起到作用。更何况，这正是科学的意义所在：信息的分享，知识的汇聚。

这就是我的基因库，阿芙莱玛。他想。记忆汇聚的地方，科学知识的大集合。我在这里发现的东西，学到的东西，解决的问题，这些就是我的孩子。这个星球上每一代人的生活中，都会有它们的存在。

报告发送完毕之后，阿芙莱玛还没有回来。很好，塞尔想。她估计要在化工厂待上一整天了。

塞尔往村里走去，来到公耕田里。费内罗·麦克菲正在当班。“给我些活干吧。”

“你不是在研究霉菌问题吗？”

“我想应该已经算解决了。至于怎么给庄稼打疫苗就是化工部门的事了。”

“我们这里的活都有人干啦，你的时间这么宝贵，怎么能浪费在这种体力活上。”

“每个人都要做体力活，总督不也在做么。”

“我这人手已经满了，再说你又不会干这里的活，你会的工作比这里的重要得多。去干你自己的事吧，别在这烦我啦。”

麦克菲的口气是开玩笑的，但也很认真。塞尔又能怎么说呢？我需要你给我一份工作，让我热出一身汗来，这样就可以不去琢磨我那漂亮的女助手要把身子交给我，要给我生孩子这回事？

“你一点都帮不上我的忙。”塞尔说。

“那我们不就扯平了吗。”

塞尔走了很长的路。穿过田野，钻进树林去收集样本。当没有紧急情况需要应对的时候，就可以投身于科学了。收集、归类、分析、观察。总会有工作去做。

不再去幻想她，幻想可能发生的事情。性幻想是未来行为的剧本。如果今天拒绝了她,以后的半年脑子里一直回想着这样的行为,之后实在熬不下去了答应她,又有什么用呢?

如果我不那么决意要去为每个人的利益服务,就简单得太多了。善行本身便是对善良的奖赏,这话是谁说的?

第七章

收件人:jpwiggin@gso.nc.pub,twiggin@uncg.edu

发件人:vwiggin%Colony1@colmin.gov/citizen

主　题:安德很好

我说“很好”的意思,是他的身体和头脑都还能正常工作。他看到我很高兴。我们谈起话来很轻松。他似乎对任何事都泰然处之,对任何人都不抱有敌意。他总是带着深情提到你们两个。我们有许多的回忆可以分享。

但只要我们的交谈一结束,他马上就会缩到壳子里——我可以清楚地看出来。他还在为虫族而沉迷。我想他还是背负着毁灭了一个种族的负罪感。他自己也知道这是不对的,当时他并不明白自己在做什么,虫族想要消灭我们,所有这些都是出于自卫。然而人的意识是不可捉摸的。人类进化出了意识,是为了用社会价值观进行自我监督的需要;而有些意识过于活跃的人,则为自己制订了其他人根本无从知晓的规则,又进而因为自己违反了这些规则去惩罚自己。这又该怎么办呢?

名义上说他是总督,但至少有两个人已经警告过我,昆西·摩甘将军没有让安德去管理任何事务的意思。如果彼得处在这个位置,在起航之前他一定已经开始策划如何除掉摩甘了。但安德只是微微一笑说:“让我想想。”如果我再追问他,他就会说:“如果我不参与,他的竞争也就毫无意义了。”若是再逼得紧些,安德就会不厌其烦地说:“我出生的目的是打赢一场战争,我打赢了,任务已经完成了。”

现在我真不知道该怎么办了。是该帮他做些事情,还是像他说的那样什么都不去管?他觉得我应该在船上冬眠,这样到殖民地时我们的年龄就差不多一样都是十五岁了。或者如果不想冬眠的话,可以写一部关于战斗学校的历史。格拉夫已经答应提供给我所有有关战斗学校的文档,不过事实上,由于这些材料在军事审判期间已经公开,我都可以在公共网络上找到。

这使我开始考虑一个哲学问题:到底什么是爱?我对安德的爱是意味着应该做所有我认为对他有利的事而不顾他的反对呢,还是意味着应该对他言听计从、虽然明知被当作傀儡总督对他来说会像身处地狱一样?

亲爱的爸爸妈妈,这就像钢琴课一样:许多大人都对小时候被逼着一遍遍练琴的经历抱怨不已,而另外一些人则对父母说:"你们当时为什么不监督我练琴呢?要是当时多练练,现在就能把琴弹好了。"

爱你们的,华伦蒂

收件人:vwiggin%Colony1@colmin.gov/citizen
发件人:Twiggin@uncg.edu
主　题:Re:安德很好

亲爱的华伦蒂:

你爸爸说我这么写一定会让你生气的,但我还是要说,我们的孩子居然会有什么不知道的事,而且承认自己不知道,甚至还来问爸爸妈妈该怎么办,这太让我惊讶了。在过去的五年里,你和彼得之间的关系越来越近,就像用自己的语言交流的双胞胎一样。而现在,刚刚从他的影响中走出来几个星期,你就又想到了自己的父母。我真的很高兴。在此我宣布，你是我最爱的孩子。

我们觉得失望的是安德仍然不愿给我们写信。这种失望来得不疾不徐，但仍然在侵蚀着我们的心。你还说他没有对我们发火。我们真的不能理解。他难道不明白当时我们是不能给他写信的吗？现在为什么不读我们的信了呢？或者他是读了信的，但连点一下回复键，随便写上几个字都不愿意？哪怕只是告诉我们"来信收到"也好啊。

至于你的问题，答案其实挺简单的。你不是他的爸爸妈妈。干涉孩子的行为、不顾他喜欢与否去做对他有利的事，这是为人父母的专权。而你是他的姐姐。你是他的同伴，他的朋友，他的知己。你的责任是接受他给予的东西，在你觉得他需要时，给他他想要的。至于其他的事情，你没有权力，也没有责任。他没有向你要求的东西，对他来说就不是礼物，这也不是朋友或姐妹所该做的。

父母是非常特别的存在。战斗学校曾在安德身边筑起了一堵墙，而现在他在同样的地方又建了一堵墙。他觉得他已经不需要我们了，但是他错了。我想我们正是他所真正需要的。只有母亲才能够真正抚慰一颗受伤的心，只有父亲能够告诉他"赦汝之罪"[1]，或是"好，你这又良善又忠心的仆人"[2]——能够让他从内心最深处相信这话的人，只有他的父亲。

如果你不是在这样一个无神论的环境中长大，又受到了规范化的教育，你就会理解这段话的意思。我知道你会去查它的

---

① Ego te Absolvo，来自拉丁语的《赦罪经》。

① 引自《圣经·新约·马太福音》。接下来的句子是"可以进来享受你主人的快乐"。

出处，不过要记得，这些话都记在我心里。

爱你的

尖酸刻薄的

痛并快乐着的

妈妈

收件人：jpwiggin@gso.nc.pub,twiggin@uncg.edu

发件人：vwiggin%Colony1@colmin.gov/citizen

主　题：Re：Re：安德很好

我知道爸爸的《赦罪经》，也知道你的钦定版《圣经》。我不用去查那些话的出处。你真的以为你和爸爸的信仰对你们的孩子来说是个秘密？连安德都知道这些，而他离开家的时候不过六岁而已。

我会接受你的建议的——明智的建议，更何况我也没有更好的办法。安德和格拉夫都建议我写一部关于战斗学校的历史。我的目标很简单，尽快把这部书交付出版，至少可以在一定程度上中和军事法庭带来的丑闻，给那些为我们打赢了战争的孩子们，还有那些训练了他们的大人们恢复名誉。但这不意味着我不恨他们了。是他们把安德从我们身边带走的。但我现在却发现，在恨着一个人的同时也可以从他的角度出发进行思考——这也许是彼得给我的唯一有价值的礼物。

彼得还没给我写过信，我也没给他写过。如果他问起我来，就告诉他：我经常记起他来，也知道我再也不会见到他了。如果这就算“想他”的话，那就算我想过好了。

另外，我在客运空间站遇上了佩特拉，和很多安德的同学聊过——当然是在网上——包括豆子、丁·米克、韩楚,还给其他几个孩子写过信。从他们身上,我知道了安德所经历过的事情,但安德自己不愿意告诉我。了解得越多,我就越明白现在自己应该做什么,但却什么都没有干。正像你说的那样,我不是他的妈妈,而他自己告诉过我不要做。为新书准备材料也给了我应付安德的理由。

说起来我写作的速度实在是令人惊讶。你确定我们家没有温斯顿·丘吉尔[①]的基因吗?比如二战期间没哪位祖上和他有过点什么小故事?我真的能感觉到某些地方和他有相通之处,不过不包括政治野心、长期的血液酒精含量超标以及在屋里裸奔的习惯。当然了,以上这些都是他的习惯,和我没关系。

爱你的

同样尖酸刻薄的

不痛并快乐着的

华伦蒂

军事审判一结束就从艾洛斯上消失掉的格拉夫又回来了。第一艘驶向殖民地的飞船即将起航,身为殖民部部长的他,绝不会错过这样一个宣传机会。

"扩张计划需要宣传。"马泽嘲笑他时,格拉夫辩白道。

"难道说你不喜欢上镜头?"

"看看我这样子。我比原先瘦了有五十斤了,看上去就像以前的

---

① 温斯顿·丘吉尔不仅是一位著名政客,同时他是一名优秀的作家和历史学家,他最著名的作品是《第一次世界大战回忆录》,六卷本的《第二次世界大战回忆录》,还创作了《伦道夫·丘吉尔勋爵传》《英语民族史》等多部小说与回忆录。一九五三年获诺贝尔文学奖。丘吉尔有严重的烟瘾和酗酒癖;曾经在洗过澡后裸体会见朋友,并称他对朋友是多么坦荡。

自己的一个影子。”

“在战争期间你一直在长肉，体重越来越重，到军事审判的时候简直像个气球了。但现在你又开始减肥，是因为地球引力的缘故吗？”

“我没回地球去。”格拉夫说，“我忙了这么久，终于把战斗学校设成了殖民者的集结点。当年大家不理解为什么我坚持把学校里所有的宿舍床铺都按成人标准设计，现在都开始夸奖我的先见之明了。”

“跟我说瞎话有什么用？建立战斗学校的时候你又没在管事。”

格拉夫摇了摇头。“马泽，我被派去说服你回地球的时候也没有任何权力，不是吗？”

“你当时负责一个叫作‘把雷汉搞回家训练安德·维京’的项目。”

“但没有人知道这个项目的存在。”

“除了你。”

“所以说，我当时还负责另一个名叫‘确保战斗学校适用于人类基因扩张计划’的项目。”

“这就是你为什么在减肥了。你终于得到了财力和权力的支持，可以用来实现你一直以来计划的真正目标了。”

“在当时打赢战争是最重要的。训练孩子们的时候我是全心全意投入工作的。当时谁能想到我们能在这种情况下赢得战争，还能得到这些已经经过完全改造、适合人类生存的星球？我当时期待安德能为我们获得胜利，如果他不能的话，就要指望豆子了。但我以为在决战之后我们还要一个接一个地从虫族手中夺取星球，同时向相反的方向进发寻找殖民地，这样在虫族发动反击时我们会有更好的防御方案。”

“所以说你就是来和殖民者拍照片的了。”

“严格地说是和你、安德以及其他殖民者一起微笑着合影。”

“啊哈，军事法庭三人组是吗？”

“军事法庭最残忍的地方就是它毁坏了安德的声誉。不过还好，大部分人记住的是胜利，而不是军事法庭上的材料。而现在，我们要给他们看一幅新的图像了。”

“这么说就跟你真心关心安德似的。”

格拉夫看上去很受伤。“我一直爱着那个孩子。除了白痴之外有谁不爱他呢？我是懂得珍惜善良这种品性的。我不喜欢听到人们把他的名字和杀害未成年人联系在一起。”

“但是他的确杀了那些孩子。”

“他不知道他自己都做了些什么。”

“他打赢了战争，还觉得自己是在玩游戏——但杀人这事不一样。”马泽说，“他知道自己是在生活中，是在进行真正的战斗。而且他也坚定不移地知道自己必须打赢。他一定知道对手是有可能死掉的。”

“你的意思是他像我们的敌人说的那样罪孽深重了？”

“我是说他杀了那些孩子，而且他知道他在做什么。虽然他不知道确切的结果，但他知道自己的行为会造成确实的、永久的伤害。”

“那些人要杀了他！”

“邦佐是的，但史蒂生不过是在吹牛罢了。”

“但安德没有受过正规的格斗训练，他不知道他的动作会造成多大伤害，也不知道他的鞋子有铁质的尖头。说起来坚持让他穿这种鞋子的不也是我们吗？”

“海勒姆，我知道安德做的事是完全正当的。他并没有选择去和那些孩子打架，他唯一能选择的就是如何获得胜利。”

“或者失败。”

“安德从来没有失败的选择，海勒姆。他的精神里根本没有这个选项，哪怕他不知道这一点。”

“说到底，他答应把和你我一起拍照片这事排进他的时间表了。”

马泽点了点头。“你觉得这就表示他一定会这么做了。”

“他根本没有什么时间表。我觉得他一定是在讽刺我。除了和华伦蒂待在一起之外,他还有什么事情要做吗?”

马泽笑了。“他这几年不一直在做同一件事么。他沉迷地研究着虫族,弄得我们都开始担心他的精神健康问题了。我只能说在殖民者来到这里之后,他已经开始准备做总督了,而且不止是名义上的。”

“摩甘将军估计会失望的。”

“摩甘将军有他自己的期待,因为他根本没意识到安德是真心想去管理殖民地。安德现在正在读殖民者的资料,他们的测试成绩和其他殖民者,还有他们留在地球上的家人的关系,他们来自哪个城市哪个国家,那里是什么样子,他们过去这一年中,报名参加殖民计划后都做了些什么,所有这些。”

“而摩甘将军根本不知道他在做什么?”

“摩甘将军是一位领导,”马泽说,“他下达命令,然后把命令沿着流水线传递下去。这些鸡毛蒜皮对他来说是小家子气的东西。”

格拉夫笑了:“就这样还有人质疑我们为什么在最终之战里让孩子当指挥官。”

“每个官员都需要了解的事,就是如何在体系里生存,才能获得提升。”马泽说,“我们的体系是有问题的,从来如此,而且将一直如此。但安德已经学会了如何去做一名真正的领导。”

“或者生来就知道。”

“这样他和每个殖民者打招呼的时候就可以叫出他们的名字,而且可以找出他们感兴趣的东西,和每个人都至少能谈上半小时。”

“这些事不能等船起航之后再做吗?”

“他现在见的人都是准备冬眠的。等上路之后他会有机会和那些醒着度过航程的人见面的。所以说,他告诉你他会把拍照安排在时间表里,不是为了讽刺你。大多数殖民者都选择了冬眠,找出时间和每个人都谈话可不容易。”

“难道他不用睡觉吗?”格拉夫叹了口气。

“我想他觉得自己在飞船发射之后会有时间睡觉的,到时候摩甘将军负责指挥飞船,安德也就不再有任何职责了——除了他安排给自己的。至少我和华伦蒂是这么觉得的。”

“他不跟姐姐说话?”

“当然说了。他只是不承认自己现在做的事有任何的计划,或是理由。”

“安德为什么要对她保密呢?”

“我不知道这算不算秘密。有可能他并不知道自己有什么计划。在他心里,接见殖民者只是因为他们需要他,或者期待着与他见面。这对殖民者来说非常有意义,所以安德就把这当成了自己的责任。”

“不可能。安德做所有事情都是有打算的,而且计划得很深远。”

“你是在说你自己吧。”

“这方面安德可是比我要强的。”

“我表示怀疑。”马泽说,“和平时代的为官之道?这一点上你是第二就没有人是第一了。”

“我真希望自己能和他们一起走。”

“那你就去呗。”马泽大笑,“不过你肯定不会的。”

“为什么不会?我可以通过安塞波去管理殖民局。我可以第一时间看到首批殖民军人在等待我们这些年中所取得的成就。而相对论效应的好处是,我能在有生之年看到我那伟大设想的成果。”

“好处?”

“对你来说那是可怕的牺牲。但你知道,我是没有结婚的,马泽。我并不是有什么难言之隐,和任何正常男人一样,我会有冲动,也会渴望有个家庭，但许多年以前我就已经决定，将我的一生都奉献给夏娃母亲，将她所有的后代都视为己出。现在，她的子孙都挤在同一间拥挤的房子里，一点火星就可以将他们全部烧成灰烬。我的任务就是将他们迁移到其他分散的房子去，这样才能让大家永远生存下去——至少作为一个整体是如此。所以不管我去哪里，不管我和谁在一起，我都会觉得身边到处都是我所收养的子孙。”

“你在假扮上帝。”

“我绝对没有‘假扮’什么。”

“你这个老戏子，觉得身边都是观众，而你在扮演自己所追求的角色。”

“我只是个预备演员，主演如果忘了哪场戏份，就只能由我来补上。”

“你打算什么时候和安德合影？”

“这倒简单。决定飞船什么时候出发的人是我。出发前的最后时刻，会出现一点‘技术故障’，而安德已经完成了自己的任务，所以我会让他去小睡一会。等他醒了之后我们拍照，然后技术问题就奇迹般地解决了，点火升帆。”

“而到时你不会在船上。”

“我必须留在这里，为这项计划而战。”格拉夫说，“如果我不在每一步行动上都拖住我的对手，不出几个月，殖民计划就会流产。这世界上有不少权贵是不愿看到任何他们所没有设想到的景象的。”

华伦蒂看到格拉夫和雷汉对待安德的态度很是欣慰。格拉夫是当今世界上最有权势的人，雷汉在人们的心目中是传奇英雄。但两人对安德却是毕恭毕敬。他们从不对安德下任何命令，总是对他用这样的口气说话：“拍照时你站在这里可以吗？”“早上八点你看怎么样？”

“随便你穿什么都行，维京将军。”

华伦蒂当然知道，“维京将军”这个称呼是给其他人听的：其他的各级军官，还有那些围观的政客们——这些人大都因为自己没能赶上拍照而抓耳挠腮。不过她还看到了许多细节，每当安德表达出自己的意愿时，甚至哪怕是对某件事有所犹豫时，格拉夫总会按着安德的意思来，要么就是雷汉笑着替安德说出他的想法，并要求格拉夫照做。

这两个人在照顾着安德。

看得出他们是在发自真心地关爱与尊重安德。是他们一次次的锤打与磨炼，把安德铸成了他们需要的利刃，刺入了敌人的心脏。但现在，他们深爱着这件武器——他们在关怀着安德。

他们认为安德受到了伤害，在经历了那么多事之后留下了刻痕。他们把安德这些被动的姿态当成是心理创伤造成的反应，而这创伤是安德终于发觉自己做出的事情之后所造成的：是他杀死了那些孩子，杀死了虫子；当他以为自己在玩一场游戏时，数以万计的人类士兵葬身于最后的那场战斗。

他们并不像我这么理解安德。华伦蒂想。

她当然知道这种想法的危险。她一直在警告着自己，以免因自己的空想而掉入陷阱。她不能假定自己了解安德。她是作为陌生人来到安德身边的。她观察着他的一举一动，一言一行，思考着安德借这些行为传递出的想法。

然而最终，她还是在这个年轻人身上找到了自己所熟识的那个孩子。她曾看见安德乖乖地服从父母，然而许多时候他完全可以争辩，或是找出理由拒绝父母的要求，但他每次都一言不发地照父母的要求行事。安德接受了所有加诸于他的责任，同时接受的还有“你的责任并非由你自己决定，什么时候履行这些责任更不是你说了算”这样的想法。正因如此，他一向不假思索地服从着父母。

但这并不是全部。两位大人想得没错，安德的确是受了伤害的。安德这种服从的态度并不是一个幸福的孩子在遵从父母的要求，而是带着许多其他的色彩。看起来甚至有几分像他对待彼得的态度：尽量屈从对方的意志，以防引发冲突。

安德的态度正在这两者之间，带着几分渴望，几分顺从，甚至还有几分恐惧。

他渴望的是这次航行，是需要他去完成的工作。但他明白，担任总督是他必须为此付出的代价。所以他在扮演着自己的角色，履行着自己的义务，包括拍照，正式的告别，耐心地听着那些军官的演讲——正是这些人在审讯格拉夫和雷汉时肆意地践踏着安德的名誉。

切瑞纳格将军向安德颁发IF的最高勋章时，安德微笑着站在那里。他的微笑如此真诚，仿佛他真心喜欢着眼前这个人。华伦蒂冷眼看着这一切。为什么不在军事审判时发这枚勋章，不在安德的名誉受到损害的时候公开表示支持？为什么要公开军事审判的过程？切瑞纳格是有足够的权威禁止这一切的。进一步讲，为什么要举行这场军事审判？没有任何法律上的依据与要求。切瑞纳格从来也没有将安德视为朋友，虽然没有安德也就没有他的胜利与功勋。

和格拉夫、雷汉不同，切瑞纳格没有对安德表现出任何的尊重。他也管安德叫将军，但有那么一两次，他脱口而出的是“我的孩子”。每次被雷汉当场纠正时，大家都看得出他有多恼火。当然了，切瑞纳格也没法对雷汉做什么。每一张照片都少不了雷汉，“在两位英雄辅佐下的最高长官”，这是多么有纪念意义的合影啊。

华伦蒂能明白切瑞纳格高兴的原因，安德马上就要登船离开了，他巴不得越快越好。

切瑞纳格让人把照片都洗印出来，三人都在上面签了名。雷汉和安德都得到了一张装潢精美的签名照，将军大人一定把这当成是对两人最高的嘉奖了。

最后，切瑞纳格离开颁奖台，“去参观一下空间站，我要亲眼看一看那些飞船，这次它们的任务是新生而非毁灭。”换言之，他要用飞船做背景拍上几张照片。华伦蒂暗想，不知哪家出版社胆敢刊发一张没有最高长官大人笑脸的照片。

这么想来，能让格拉夫、雷汉和安德一起拍张照片，已经是极大的恩惠了。也许切瑞纳格根本不知道这张照片的存在。拍照的是舰队的官方摄影师，不过看来他也不是那么忠诚，明知自己的上司不喜欢还是拍下了这张合影。

华伦蒂太了解格拉夫了。她知道将来在地球上，切瑞的照片出现的次数绝比不上格拉夫、雷汉和安德的合影。后者将被张贴在一切可能的地方：海报，电视，以及网络。格拉夫的目的就是让地球人都记得，IF有两个存在的目的，一是支持殖民计划，二是从太空对地球上任何一个敢于使用（或威胁使用）核武器的国家发动打击。

现如今，IF所有基地和站点的资金都要由格拉夫从殖民部争取了。切瑞纳格显然还没有适应这一点。与此同时，格拉夫也明白，他的计划之所以能够筹集到资金，正是因为各国对IF的恐惧。一旦令IF不满，他们就能剥夺世界范围内任何政治家的权力——华约组织的遭遇正是如此。

而切瑞纳格永远不会明白，为什么自己在这场争斗中沦为了附庸，为什么他的一切努力都是徒劳，唯一的成就是在军事审判中毁坏了安德的名声。

华伦蒂不禁猜想，如果格拉夫当时愿意，是否也能够阻止庭审的发生？也许这正是他为了在其他方面获取优势付出的代价。格拉夫也许只是为了“证明”,并非一切都在按照他的计划发展,这可以让他的敌人和对手获得足够的满足感。而华伦蒂知道,让对手获得满足感正是对你最有利的事情。

格拉夫对安德的关爱和尊敬，并不足以让他出手阻止降临在安德身上的厄运,只因为他心中有更高的目标。格拉夫已经一次次证明了这一点。

好吧,亲爱的殖民部长,等到我们到达莎士比亚殖民地时,你应该已经去世了，要不也会年老体迈了。到那时你还能够掌握这一切吗?

可怜的彼得。你立志要统治世界,但格拉夫已经做到了这一点。唯一的不同是彼得需要大家知道是他在统治世界，需要大家看到外在的政府形式,以及他登上王座的身影。而格拉夫需要的只是控制一切他所需要控制的东西,以达到他心中独一无二、高于一切的目标。

除此之外,两人又有什么区别呢?他们都是善于操控的人,为了达到目的不惜让其他人付出必需的代价。对格拉夫来说,他的目的是高尚的,能够让华伦蒂赞同、信任,甚至合作。然而彼得的目的不也是好的吗?所有战争都将结束，整个世界将统一在良好的政治管理之下。如果他能够实现自己的梦想,对人类来说其意义甚至不亚于格拉夫的成就。

华伦蒂相信,不管是彼得还是格拉夫都不是坏人。他们并没有把实现自己的目标所必需的代价都扔到别人身上,自己坐享其成。他们做出了事业所需的一切牺牲，而他们最终的追求更是远大于个人的利益。

然而,曾经的希特勒不也是这样吗?与让别人承担一切工作和牺牲,自己安心享乐的政客们不同,希特勒一直过着朴素的生活,而且真心相信他的生命有着更重大的目标——恰恰是这些使他成为怪物。华伦蒂不知道彼得和格拉夫的自我牺牲是否真的能够让他们避免成为这种人。

好吧，这已经是别人的问题了。让雷汉去看着格拉夫好了，如果他有什么不轨图谋就把他干掉，虽然这可能性并不大。而彼得，就让爸爸妈妈尽他们的努力吧。他们是否真的意识到了，彼得那套乖孩子的面孔只是装出来的把戏？很明显，几年前彼得就下定决心，要假扮成安德长大后的样子，但他们是不是知道？所有的一切都是表演啊，爸爸妈妈——你们看出来了吗？有时候我觉得你们真的明白，但有时候你们又做得太过于明显了。

等我到达目的地的时候，你们都已经成为我所失去的过去。而我的现在将和安德在一起，和安德所做的事业在一起。他是我全部的羊群，我不但要指引他、保护他，还必须不能让他发觉我在这样做。

我在想什么？是不是太狂妄自大了？我觉得我比安德更明白怎样做才对他好，明白他应该往哪里去、做什么，知道应该怎样保护他？

是的，我就是这样想的，因为这就是事实。

安德太困了，感觉简直有些站不住。但在整个拍照过程中他都勉力站直了身子，尽量摆出温暖而真诚的微笑。爸爸妈妈会看到我的照片。彼得的孩子们——如果他将来有孩子——也会看到，他们会知道自己有个叫安德的叔叔，在十来岁的时候就已经做出了了不起的功绩，之后就离开了他们。这将是在他走后人们看到的他的样子。看到了吗？我很开心。看到了吗，爸爸妈妈？你们让他们把我带走，这并没有伤害我。没有东西能伤害我。我很好。看我的笑脸。我不会让任何人看到我有多么疲惫，不会让地球上任何人知道，离开地球我有多么高兴——而正是他们让我离开的。

照片终于拍完了。安德和马泽·雷汉握了握手。此时安德想对他说,多希望你能和我一起来——但这话是不能说出口的。他知道马泽并不想走,这愿望太自私了些。他只能说:“谢谢你教给我的一切,谢谢你站在我这边。”他没有提到军事法庭,明白不知哪里会有台麦克风录下他的话。

他和海勒姆·格拉夫握了握手,说:“我希望你的新工作适合你。”这勉强算是个笑话,至少让两人都微笑了一下。也许格拉夫脸上的笑容比较淡,是因为他看到了安德向马泽道谢,还在想为什么没有来谢他。但他并不是安德的老师,而是安德的校长,两者间的意义是不同的。格拉夫也未曾在任何一次冲突中站在安德身边。他的整个计划都要求让安德在灵魂最深处坚定地相信,没有任何人会站在他身边的。

“谢谢你让我睡了一会。”最后安德说。

“希望你以后想睡多久就能睡多久。”格拉夫笑着说。

安德停了一下,朝房间一角看去,眼神里却空无一物。再见,妈妈。再见,爸爸。再见,彼得。再见了,地球上所有的男人、女人和孩子们。我能为你们做的都已经做完了,而你们能给予我的我也都已经得到。现在是别人为你们负责的时候了。

安德走上通往登陆艇的舷梯,华伦蒂紧跟在他身后。

登陆艇最后一次载着他们从艾洛斯起航。再见了,艾洛斯,还有在她上面的士兵们。你们为我战斗过,也为其他孩子战斗过;是你们操控着我们,为了人类向我们撒了大谎;你们污辱了我的名誉,让我无法回到地球——无论是好或坏,是善良或自私,都到了说再见的时候。我不再是你们中的一员了,不再是你们的棋子,也不再是你们的救星。在此我放弃我所有的权力。

航行期间,安德和华伦蒂不痛不痒地聊着些飞行的事情。只过了半个小时,登陆艇就来到了殖民飞船的接驳口。飞船的设计目的是将士兵和他们的武器送上战场。而今,它上面装载着设备和给养,以满足莎士比亚殖民地的农业和制造业需求，还有人，这些人会加入殖民地，扩充他们的基因库，为他们提供足够的生产力，从而让他们有足够的闲暇去进行科学研究和创造性工作，以及享受奢侈的生活。未来的生活也许会和地球社会所提供的没有什么两样。

所有上船的人中，安德是最后一个。安德和华伦蒂。

在飞船的舷梯底下，安德停了下来，对华伦蒂说："你现在还能回去。你已经看到了，我过得不错。我已经见过了殖民地的人，他们对我也很好。我不会再孤独了。"

"你是不敢先爬上梯子吗？"华伦蒂问道，"所以要停下来先发表一通演说？"

于是安德往舷梯上爬去，华伦蒂跟在他身后。作为最后登船的人，是她切断了联系着殖民者与地球的缆绳。

登陆艇的舱门在二人身下合拢，接着是飞船的接驳口。二人在空气阀中站了一会，通往飞船的门打开时，出现的是昆西·摩甘将军。摩甘脸上挂着微笑，早早地伸出手来。门开之前他一直保持这个姿势站着吗？安德不禁想，他在这像模特一样站了多久？几个小时吗？

"欢迎，维京总督。"摩甘说。

"摩甘将军，"安德说，"在我的双脚踏上殖民行星之前，我还不是什么总督。在这趟航行中，在您的船上，我的身份只是一名学生，研究的方向是外星生物学和莎士比亚殖民地的农作物基因改良工程。但我希望在您有空闲的时候能够有机会和您聊一聊，您的军旅生涯一定能给我许多教导。"

"你才是真正见过战场的人。"

"我只是在玩一场游戏，"安德说，"真正的战争我并没有见到。但在莎士比亚殖民地上的殖民者们，他们在多年前也曾经走过这条航线，却从来不曾有过一线希望回到地球。我希望知道他们曾经经历过怎样的训练，怎样的生活。”

“那你得从书上去读了。这也是我的第一次星际航行。”摩甘脸上仍然挂着微笑，“事实上，就我所知，还没有人进行过两次这样的航行。哪怕是马泽·雷汉也只进行了一次——不过他的终点仍然是他出发的地方。”

“我想你是对的，摩甘将军。这就是说在您的船上，我们都是开拓者了。”安德心想：说了这么多次“您的船”，是不是已经可以让摩甘确信，他的确知道这里谁说了算了？

摩甘的笑容没有变化：“不过我还是非常愿意和您聊天，在任何时间。很高兴您能来到我的船上，长官。”

“千万别叫我‘长官’，长官。大家都知道，我的将军头衔只是个空名。我也不希望殖民者们听到除了‘维京先生’之外的任何称呼。其实这个称呼也不合适，您还是叫我安德吧，或者正式一点，就叫安德鲁。这样做没问题吧？会不会违反船上的规章？”

“不会的，我相信不会。那么就按你说的办吧。现在，让阿克巴少尉带你和你姐姐去你们的房间吧。只有很少的乘客准备醒着度过航程，所以大多数船舱都是一样大小的——因为你的备忘录上写着，你不希望安排比别人更大的舱位，在这特别跟你说一下。”

“您的家人在船上吗，长官？”安德问。

“我表白的对象是军队，生出的孩子就是我的职业。”摩甘说，“IF是我唯一的新娘。和你一样，我也是作为单身汉踏上征程的。”

安德咧开了嘴：“用不了多久，你我的单身汉生活就会告一段落了。”

“我们的任务就是在地球范围之外进行人类种族的繁衍。不过如果想平平安安走完这段路，我们还是守身如玉的好。”

“我的年龄就是最好的保护，而您则是权威造成的距离。感谢您在这里接待我们，我们深表荣幸。但在过去几天里我一直睡得不太好，如果我纵容自己一觉睡上十八个小时，希望您不会介意。恐怕我会错过加速期的。”

“所有人都会错过加速期的，维京先生。”摩甘说，“这艘船里的惯性抑制系统性能非常好。事实上，我们现在正以大概两个g的加速度进行加速，而我们所感受到的重力则完全来自于飞船本身的自转产生的离心力。”

“这真奇怪，”华伦蒂说，“离心力不也是惯性产生的吗？难道不会被惯性抑制抵消？”

“惯性抑制系统具有很强的方向性，而舰上的这套系统设置的方向是平行于航行的。”摩甘说，“很抱歉之前完全没有注意到你，维京小姐。恐怕是你弟弟的军阶和名望太盛，让我忘记了礼节。”

“礼节什么的就算了，我不过是来搭便车的。”华伦蒂微微一笑。

说到这里，摩甘告辞了，阿克巴少尉带着安德和华伦蒂来到两人的房间。房间不算很大，但各类设施一应俱全，少尉花了几分钟时间把衣柜、供给和书桌等设备都给他们看了一遍，并给他们演示了船上的通讯系统。他坚持要把两人的床铺都放下来又折上去检查了一遍，然后把它们固定在墙上。安德和华伦蒂只好由他去做讲解。最后，少尉教会二人使用房间中间的升降式屏风，可以把屋子隔成两个独立的私人空间。

“谢谢你。”安德说，“现在可不可以把床铺放下来？我打算睡一会了。”

阿克巴少尉连忙道歉，不顾两人坚持自己来做，把两人的床铺都降了下来。在离开屋子前，少尉在门口停了一下。“长官，我知道我也许不该问，不过，我能和您握手吗，长官？”

安德伸出手去，热情地微笑着：“谢谢你帮助我们，少尉。”

“您在这艘船上是我们的荣幸，长官。”阿克巴敬了个军礼。安德回了礼，少尉转身离开，门在他身后关上了。

安德回到床边坐下，华伦蒂坐在房间正对面的床上。安德看了她一眼，然后开始大笑，华伦蒂也笑了起来。

两人笑了半天，最后安德撑不住倒在床上，眼泪滚了下来。

“容我问一句，”华伦蒂说，“我们是在笑同一件事吗？”

“为什么这么问？你笑的是什么？”

“所有一切。比如起航前拍照片的那些人。摩甘这么热情地来接我们，装得好像他不是随时打算在我们背后来一刀似的。还有那个少尉，你说你只是维京先生，但他却把你当英雄来崇拜。当然了，你的谦虚也是让他崇拜你的原因。这些都太好笑了。”

“这么看来，也是够好笑的。我实在是太忙了，根本没顾上注意这些。我尽了最大努力才没有睡着，也没说出什么不得体的话来。”

“那你又在笑什么？”

“什么也没有。只是纯粹的高兴罢了。高兴，还有轻松。我终于不用负责任何事了。至少在这次航行期间，这都是摩甘的船，而我是这辈子头一次当一个自由的男人。”

“男人？你比我还矮呢。”

“但是小华，我开始每周都刮脸了耶，不然就要让人看到胡子了！”

两人又笑了一阵，华伦蒂下指令垂下两人床铺之间的屏障。安德脱掉外套，钻到薄毯里。飞船里的气候环境控制得很好，一条薄毯已经足够。不一会，他便沉沉睡去。

第八章

收件人:GovDes%ShakespeareCol@ColMin.gov/voy

发件人:MinCol@ColMin.gov

转　信:行星形成的报告

亲爱的安德:

要不要把这份报告发给你,我很是矛盾。一方面来说,这份报告的内容是令人鼓舞的;而另一方面,我深知你因为虫族母星的毁灭而自责不已,再提起这件事会徒增你的痛苦。不过我还是愿意冒这个危险(无论如何,冒险的都不是我本人),毕竟你是最应当读到它的人。

海勒姆

转发信息:

收件人:MinCol@ColMin.gov

发件人:LPo%formcent@IFCom.gov/bda

主　题:行星形成的报告

亲爱的海勒姆:

我不知道你是否应该知道这件事情,毕竟目标行星还要很久才能够满足殖民条件,但毕竟此地已经没有敌人的存在,我觉得您可能对官方"破坏程度报告"的后续有兴趣(也许您注意到了,在这份报告中,我并没有使用标准的军事用语缩写BDA,而是用的"破报告"。用战斗学校的孩子们的话说,这算是种恶搞吧)。

/保密代码:SecureLinka7977@rTTu7&!abdA.gov/

此后一周之内，我将用您的全名拼写作为系统的临时密码。

也许您没有时间阅读报告的全文,谨在此摘要如下:虫族以前的母星去年遭受了分子裂变攻击,然而现在,星球正处于重组过程中。后续舰队原本的任务是在不利的战事局面下提供支援,而现在它们的使命却变成了天文学观测:目睹一颗行星是怎样从星际尘埃(这种说法算是名副其实)中逐渐演化成型的。

由于MD力场将行星上所有的一切都分解成了基本粒子，现在它的聚合也相当迅速。我们的观察船刚刚到达观测位置，恒星的光线正来自于尘埃云之后。在进行了一系列光谱分析和质量测试之后,我们可以肯定,绝大多数粒子都已经重新形成了正常状态下的分子,尘埃云的引力已经足以保持大多数分子都聚集在其固态核心附近。有少数物质达到了逃逸速度,还有一些因为恒星的引力及太阳风等作用失散了,但根据最可靠的测量结果，新的行星至少能够保有原有行星八成以上的物质。这样尺度的行星足可以形成大气层,其厚度有可能能供生物呼吸。新的行星一样会有熔岩态的核心,有地幔和海洋,较厚的地幔凸起处还会有板块运动,大陆将随之成型。

简而言之,虽然无法寻找之前的虫族文明遗迹,但它们的母星将在接下来的一千年之内在原先的轨道上重生。也许再过一万年,便可以冷却到可以让人类登陆探索的程度;也许十万年后人类可以向此处派出殖民。当然,我们需要在行星成型之后及时培养产氧的微生物,以及其他生命形式。人类可以破坏星球，然而宇宙对创造的渴望却更胜一筹。

李

华伦蒂管他们坐的这艘船叫"大棒棒糖"。官方名称（漆在舰艏的名字，以及灯塔通讯时的称呼）是"IF殖运一号"，而船员们背着船长时则管它叫"摩甘夫人"。

船上的公共空间是有限的。有公共食堂，不过很少有人在那里逗留，因为几乎每个小时都会有新一批用餐的人潮拥入。图书馆是供船上的工作人员进行专题研究用的，乘客虽然可以在自己船舱的桌面电脑上访问所有馆藏内容，但亲自到图书馆借书却是不受欢迎的。

舰载官兵的休息室不对未经邀请的乘客开放，而邀请乘客到这些地方去的情况少之又少。船上有剧场，可以供大家观看全息电影或是电视节目，或者集合乘客开会，宣布通知，但这些场合下如果要私下聊天，又难免遭人白眼。

最后留给大家用作交际的只剩下瞭望台一处。在飞船抵达行星附近、结束光速航行之后，瞭望台周围的墙壁才会变得透明。此外，随着航行的延续，补给品也在不断地消耗，货舱里也会留下一些空间供人逗留。

安德每天早饭之后都要在瞭望台上待上一会，和人聊聊天。看到他这么热心交际，华伦蒂吃惊不小。在艾洛斯上，安德是个很内向的人，和人说话都很勉强，一心沉迷于自己的研究。而现在，他会和每一个来到瞭望台的人打招呼，只要有人愿意和他说话，他很乐意跟对方聊上一阵。

"你干吗要让这些人分你的心？"一天晚上两人回到自己的舱室后，华伦蒂问道。

"他们没打扰我，"安德说，"我是有意和他们谈话的。没人需要和我说话的时候，再去做我自己的事就是了。”

“原来你已经开始做他们的总督了。”

“我没有。我还不是他们的总督，这是摩甘将军的船，在这里我没有任何权力。”

这是安德的标准回答。每当乘客们要他解决什么问题，比如裁决纠纷，或是向他询问船上的规则，要求进行修订或是请求特权，他总是这样讲：“很抱歉，飞船在莎士比亚星着陆之前，我没有任何的权力。不过我保证，摩甘将军指派来处理我们乘客事务的长官一定会让你满意的。”

“但你也是将军啊。”有些人会这样说。还有人知道安德的军衔甚至比其他将级军官都要高上一级，当然也包括摩甘在内。“你可以命令他的。”

“他才是船长，”安德总是微笑地答道，“这艘船上没人有权命令他。”

华伦蒂才不会被这种回答糊弄过去，更别提两人独处的时候。“天啊，我的兄弟[1]，如果你没有任何职责，又不打算做总督，干吗花那么多时间用来……应酬？”

“可以预料的是，”安德说，“我们会在将来某天到达目的地。到那时，我需要了解每一个留在殖民地的人。需要非常了解他们的为人，他们如何与家人相处，在船上又结下了哪些朋友。我需要知道他们谁的通用语说得已经不错，又有谁离了自己的母语就没法交谈。我需要知道谁性子火爆，谁喜欢引人注意，谁的点子多知识广；需要知道他们受过什么教育，对与自己不同的想法接受程度如何。对那些已经进入冬眠的人，每一批都只有半个小时的时间让我去接触；但

① 原文使用了西班牙语。

对像我们这样醒着坐船的人而言,我的时间就很多了。有这些时间,我也许就能搞明白他们为什么不愿意在冬眠状态下度过航程。是对冬眠技术的恐惧?还是希望能在到达目的地之后获得什么好处?你看,华伦蒂,就算在那聊天我也是一直在工作的。有时候真觉得挺累人。”

“我在考虑开个英语班,给大家上课。”

“不是英语,”安德说,“是通用语。至少拼写比英语要简单些了,没有那么多不发音的字母,加入了一些新词汇,去掉了虚拟语态和宾格疑问代词,of也简写成了一个字母 v 。当然区别也不算特别大。”

“那好吧,我打算开课教通用语。你觉得怎么样?”

“我想恐怕要比你想象得要难些。不过至少对来上课的人是件好事——的确有些人的通用语是要学学的。”

“那好,我去查查图书馆里有什么语言教学用的软件。”

“不过你最好还是先和摩甘将军打个招呼。”

“干吗要和他说?”

“毕竟这是他的船。你要讲课,也应该先征得他同意。”

“他为什么会在意这个?”

“我不知道他是不是在意,我只知道我们是在他的船上。安排课程等于是正式而定期的集会,要做这种事最后还是先问问他是否关心的好。”

华伦蒂和负责乘客联络的官员贾尔科·基图南上校联系之后,才知道原来上校也已经在计划组织通用语课了。他很高兴华伦蒂能自愿来担任导师。上校用他带着芬兰口音的英语对华伦蒂大方的举止赞赏不已,华伦蒂也觉得和上校在一起挺开心的。安德总是忙着和别人聊天,或是读着通过安塞波传送来的报告,要不就是在图书馆查阅资料。这时找个愉快的方式打发时间总是不错的。她也在研究战斗学校的历史，但每次只能坚持几个小时，在剩下的时间有人相伴，的确是一件让人开心的事。

她参加这次远航只是为了和安德在一起，然而安德似乎却不愿完全信任她。又何苦在一旁郁郁寡欢，期待安德将灵魂深处的感受与她分享？如果最终证明，安德并不愿让她加入自己的生活，不愿恢复二人多年前结下的羁绊的话，到那时她毕竟还有自己的生活要过，不是吗？

贾尔科当然并不是她的未来。一来他比华伦蒂大了至少十岁，二来他是驻舰工作人员。殖运一号还会从莎士比亚星起航，把当地的商品与作物运往地球或艾洛斯星。到时候他也要随舰离开，而她将留在殖民行星。到那时，两人之间的任何关系都会画上句号。也许贾尔科对此并不在意，但华伦蒂却无法释怀。

爸爸一直说："长期而言，在任何社会里，一夫一妻制都是最适合的制度。这就是为什么人类中一半是男人一半是女人，也正是为了保持平衡。"

华伦蒂不再总和安德待在一起了，她有自己的事情要忙，有自己的生活要过。这次她的生活不再是在彼得的操纵之下了，至少这对她是件好事。

一天，姐弟两人一起来到了瞭望台。华伦蒂在读着一本书，一位意大利妇人和她十几岁的女儿朝安德走来，站在他跟前，却什么都没说。她们在等着安德注意到自己。华伦蒂认出了这两人，她们是自己课上的学生。

安德也立即注意到了她们，微笑上前："朵拉贝拉·桑坦格罗女士，阿莱桑德拉小姐，很高兴终于见到你们了。"

"我们还没准备好见您。"朵拉贝拉的通用语还不熟练，带着浓厚的意大利口音。“您姐姐在教我们英语,但我们学得还不够好。”她笑了笑,“啊,我是说通用语。”

“真希望我会说意大利语。那是门非常美丽的语言。”

“意大利语是爱的语言,”朵拉贝拉说,“法语不是。法语说起来就像一直在亲嘴和吐口水,烦死了。”

“法语也很美的。”安德笑了,他看出朵拉贝拉最后一句在刻意模仿法语的口音。

“只有法国人和聋子才这么想。”

“妈妈!”阿莱桑德拉说。她讲话没有什么意大利口音,而是像受过教育的英国人。“殖民者里也有说法语的人,这样说会让他们不高兴的。”

“有什么不高兴的?他们说起话就像在亲嘴一样,我们还要假装没听到?”

华伦蒂笑了。朵拉贝拉确实是个有趣的人,有着很多想法,充满活力。虽然她的年龄已经够当安德的妈妈了(考虑到她的女儿和安德年龄差不多),但还是可以看出她在跟安德眉来眼去。有种女人确实是见谁都要玩玩暧昧的,因为她们实在想不出有别的什么方法和别人交流。

“我们已经准备好了。”朵拉贝拉说,“你姐姐教会了我们说通用语,现在我们可以和你谈话了。”

安德眨了眨眼。“噢,你是觉得……起飞前我和那些要冬眠的殖民者每人谈了半个小时,因为在能和他们谈话的时候我只有那么点时间。在飞船上的殖民者就不一样了,我们要飞上一两年,时间有的是,不需要专门安排。我一直都在这里。”

“但你是那么重要的人,拯救了整个世界呢。”

安德摇了摇头。“那是我上一份工作了。而现在我只是个孩子,被指派了一份太过重要的工作。大家坐吧，我们来聊聊。你们的通用语学得很好，华伦蒂提到过你们，告诉我你们学习很努力。你的女儿已经一点口音都没有了，非常流利。”

“我的阿莱桑德拉是个聪明姑娘，而且很漂亮，对吧？你也这么想是吧？她才十四岁，身材已经这么好了。”

“妈妈！”阿莱桑德拉坐到了椅子里，“你是在卖二手车吗？还是街边小贩卖的三明治？”

“街边小贩，”朵拉贝拉说，“我已经开始想念他们了。”

“是已经。”华伦蒂纠正道。

“我已经开始想念他们了。”朵拉贝拉很自豪地纠正了自己的错误。“莎士比亚星球那么小，连城市都没有！你是怎么说的，阿莱桑德拉？告诉他。”

阿莱桑德拉看上去有些惊慌，但妈妈在用眼神催促她。“我只是说，莎士比亚剧里的角色比用他的名字命名的行星上的人口还多。”

安德笑了。“这想法不错。你说得对，如果我们要在殖民地把莎剧都排一遍，肯定要让不少人多演几个角色的。我还没想过要排莎剧呢，不过这也许是个不错的主意。你们觉得怎么样？我们排一出戏给已经在那边的人看？”

“我们还不知道他们喜欢不喜欢这个名字呢。”华伦蒂说。她心想，安德到底明白不明白，排一出戏要花多少工夫？

“新的殖民地名字已经告诉他们了。”安德说。

“但你怎么知道他们喜欢不喜欢？”

“这倒没什么，”阿莱桑德拉说，“但剧里的女性——那个什么——恐怕不够多吧。那个字怎么念的？”她一脸无助地看着华伦蒂。

“角色。”

“噢！”阿莱桑德拉笑了，她的笑容别有一番魅力，一点都不显得愚笨，反倒很可爱。“我就说是这个词。”

“她是对的。船上的殖民者男女大概各占一半，莎士比亚的剧里恐怕只有百分之五的人物是女的吧。”

“噢，这倒是个新课题。”安德说。

“我也希望我们能排戏，不过至少我们可以一起读剧本吧？”阿莱桑德拉说。

“在剧场里读，”朵拉贝拉说，“就在放全息电影的地方，我们一起去读。不过我还是听着好了，我的英语还不够好。”

“这倒是个好主意，”安德说，“你来组织如何，桑坦格罗女士？”

“叫我用朵拉贝拉吧。”

“没有‘用’字，妈妈。意大利语这里也不加用啊。”

“英语里到处都是‘用’，偏偏我用的时候就不对了！”朵拉贝拉笑着碰了碰安德的胳膊。她一定没看出安德多么努力才没有本能地避开。安德从不喜欢被陌生人触碰，从来都是如此。不过华伦蒂看到了。他还是安德，一直没变。

“我还没看过人演剧。”安德说，“我读过那些剧本，看过全息电影，但从没亲眼看到人们在一间屋子大声朗读台词，从来没有过。如果有人搞这样的活动的话，我一定会去看的。”

“那就是你了！你是总督，这事当然要你来做。”

“我真的不行，说真的。这事交给你了，女士。”

“不不不，我干不了。”朵拉贝拉说，“我英语不好，再说演戏这事是年轻人的，我在一边听着就是了。你和阿莱桑德拉来演吧，你们都是孩子，你们是罗密欧和朱丽叶。”

你还能做得再明显点吗？华伦蒂想。

“妈妈觉得要是你和我在一起多待一会，我们就会陷入爱河，然后就可以结婚了。”阿莱桑德拉说。

华伦蒂差点笑出声来。看来女儿不是共犯，她是被强迫入伙的。

朵拉贝拉装出副吃惊的样子："我可没这么想过！"

"得了，妈妈，你从一开始就是这么打算的。在我们以前住的地方……"

"莫诺波利。"安德说。

"她管你叫'前途无量的年轻人'，她把你当作自己女婿的候选人了。我的意见是我还太年轻了，你也一样。"

安德赶忙回头去安慰妈妈。"朵拉贝拉，拜托，我没有任何冒犯的意思。当然了，我知道你不会有什么图谋的，阿莱桑德拉只是拿我开玩笑的。嗯，拿我们开玩笑。"

"我没在开玩笑，不过你要是想讨她喜欢的话，想怎么说就怎么说吧。我们在一起的生活就是在演一出长长的戏。她让我……她从没有让我做自己生活的主角。不过妈妈总是能从这场戏的一开头就看到最后的美满结局。"

华伦蒂实在不明白这母女间到底是怎样的关系。女儿的话实在是伤人，甚至有些敌意。然而就在说这话的时候，她还是拥抱了妈妈，而且看上去也是真心实意的。她的这些话仿佛是两人之间某种长期以来习惯的仪式，而不是为了刺痛彼此。

安德和阿莱桑德拉之间微妙的进展让朵拉贝拉很是欣慰。"我一直喜欢美满的结局。"

"我们应该演一场希腊戏，"阿莱桑德拉说，"《美狄亚》[①]吧，妈妈

---

① 《美狄亚》是古希腊悲剧作家欧里庇得斯的剧作。剧中的女主角美狄亚是古往今来最著名的复仇女性，也是所有受背叛、嫉妒所苦的女性的守护神。美狄亚为了爱上一个外邦人杰森，她抛却公主地位、窃走国宝金羊毛、杀死弟弟，甘愿随夫远走他乡、流离失所。然而她的勇敢爱情和伟大牺牲最终却变成一则笑话：丈夫决定另娶柯林斯公主，换取稳定名位。走投无路之下，美狄亚展开恐怖报复：先是献毒衣焚杀丈夫的新欢，继而手刃两个小孩，乘太阳神的华车远飏，留下一无所有的负心丈夫。

手刃孩子的故事。”

华伦蒂吃惊不小,在自己妈妈面前说出这话也太残忍了。但从朵拉贝拉的反应可以看出,阿莱桑德拉并不是在指她。朵拉贝拉笑着点了点头,说:“好啊,《美狄亚》! 那个讨厌的妈妈!”

“不过我们要把名字改上一改,”阿莱桑德拉说,“叫她……”

“伊莎贝拉!”两人几乎是同时喊了出来,然后一起大笑,仿佛要把眼泪都笑出来似的。安德也笑了。

两个女人笑得上气不接下气时,安德转过身来朝华伦蒂解释道:“伊莎贝拉是朵拉贝拉的妈妈。她们……相处得很不愉快。”

阿莱桑德拉不笑了,开始打量着安德。不过朵拉贝拉并没有对安德如此了解他们的过去表现出任何惊讶:“我们来殖民地, 就是为了躲开我那个完美的妈妈。圣·伊莎贝拉,我们不会再向你祈祷了!”

朵拉贝拉从椅子上跳了起来,跳起一支舞来。一只手握着并不存在的长裙裙角,另一只手则在空中划出美妙的弧线,看上去有些像华尔兹。“我总能找到一个魔法的王国,让人能幸福生活的地方,然后我会把我的女儿带在身旁,让她也能永远幸福,像我一样……”她扭头向安德说:“莎士比亚殖民地就是我们的魔法王国了。而你是国王,是……弗莱蒂[①]的国王?”她转头看着女儿。

“金灵。”阿莱桑德拉说。

“是精灵。”华伦蒂纠正道。

“精灵,金灵,金灵,精灵!”朵拉贝拉高兴地喊道,“都一样啦,金灵国王万岁!”

“是精灵啦。”华伦蒂和阿莱桑德拉一起说道。

“精灵国王,我应该拿这个当我的邮件地址吗? Elfking@faerie.gov?”

---

① 意大利语音译,意为精灵。

安德笑了，扭头对华伦蒂说："或者这是彼得小时候希望得到的头衔？"

"他还没想好是当霸主，还是当上帝。"华伦蒂微笑道。

朵拉贝拉不知道他们说的彼得是谁。她继续跳着自己的舞，嘴里哼着一首没有歌词却百转千回的旋律。阿莱桑德拉一边摇头，一边陪着她一起唱。她以前一定听过，还和妈妈一起唱过这首歌。两人的和声天衣无缝。

华伦蒂看着朵拉贝拉的舞蹈，着迷不已。她的舞起初看上去有些孩子气，甚至带着点疯狂，但仔细看来就会发现，朵拉贝拉其实是知道别人怎么看她的，知道自己的举动带着点傻气，却还是全心全意地融入其中。她的动作和表情都带着一丝自嘲，让人很容易就原谅了她的傻气，继而被舞蹈本身迷住了，她的真诚与投入更是让人赞叹不已。

她还没有老，华伦蒂心想。她还很年轻，很漂亮，跳起这支精灵般的舞蹈时尤显美丽。

一曲终了，朵拉贝拉仍在不停地跳着。

"妈妈，别飞了。"阿莱桑德拉轻声说。

"为什么不飞，我们就在飞行的船上，要飞上五十年呢。"朵拉贝拉的声音里满是欢笑。

"四十年。"安德说。

"只是两年而已。"

显然安德对读戏剧非常感兴趣，他又把话头转到这上来："《罗密欧与朱丽叶》[1]肯定是不行的。不能演悲剧，喜剧才好。"

---

① 《罗密欧与朱丽叶》是莎士比亚创作的著名戏剧作品之一。故事讲述了罗密欧与朱丽叶二人于舞会一见钟情后，方知身份互为仇敌，最后二人为了在一起，朱丽叶先服假毒，醒来发现罗密欧自尽，也继而自尽。

“《温莎的风流娘们》[1]好了，”华伦蒂说，“里面女性角色不少的。”

“《驯悍记》[2]！”阿莱桑德拉喊道，朵拉贝拉险些笑翻过去，很明显她又是指的伊莎贝拉。笑完之后，她也站在女儿一边，说《驯悍记》是个好主意。“我读疯女人的台词好了。”朵拉贝拉说。华伦蒂注意到，阿莱桑德拉好像想说什么，又生生把话咽了回去。

计划就这样传开了，大家都知道三天后在剧院有莎剧的朗读表演。当然用的是船上的时间，虽然在华伦蒂看来地球上的时间概念已经完全没用了。四十年的航程在船上看来只有两年，而她的生日又是哪一天？到达殖民地之后她的年龄又该怎么算，按飞船时间，还是按殖民地的标准时间？地球上的历法在莎士比亚星上又有什么用处？

排剧期间，母女俩与安德之间的接触也自然而然地多了起来。她们总是向他抛出各种问题。安德已经说了不少次，演出的事情完全由她们两人拿主意就好，他并不愿负责此事，但也不曾对两人表现出任何的不耐烦。他似乎很喜欢和母女俩做伴——虽然华伦蒂觉得并非是朵拉贝拉所希望的原因。安德不会爱上阿莱桑德拉的，如果说他真动了情，和朵拉贝拉之间的可能性还要大些。安德所迷恋的只是和一家人在一起的感觉。她们母女之间的亲密，是他和华伦蒂之间曾经有过的，而现在她们把安德也接纳入其中了。

我为什么没能为他做这些呢？华伦蒂有些嫉妒，而更多的是出于

---

① 《温莎的风流娘们》是莎士比亚创作的喜剧，主要表现了古代的英国市井风情。主角福斯塔夫在莎士比亚的《亨利四世》等历史剧中是重要角色，但到了《温莎的风流娘们》里就变成了被市井女人挑弄的蠢猪。

② 《驯悍记》是莎士比亚最著名的喜剧，探索了两性关系以及爱情和金钱的价值等主题，热闹的故事情节背后带有浓厚的文艺复兴时期关怀人的命运以及人与人之间的关系的色彩。戏剧描写悍妇凯瑟丽娜因为性格暴躁、脾气倔强，找不到任何一个敢娶她的男人，在心不甘情不愿的情况下，她嫁给了高大结实的大胡子男人皮图丘。皮图丘一心要把凯瑟丽娜训练成百依百顺的好妻子，所以他采取了“以暴制暴”的方式，最后终于驯服了凯瑟丽娜的一身傲骨。

对自己的气恼。她并不想剥夺安德和意大利母女相处所带来的乐趣。

很自然，安德也被安排进了剧中，负责扮演卢森修——向比恩卡求婚的英俊青年。比恩卡的戏份自然是由阿莱桑德拉扮演，而朵拉贝拉则扮演“悍妇”凯瑟丽娜。大家请华伦蒂扮演剧中的寡妇角色，华伦蒂也并没有反对，毕竟这是在航程中最有趣的事件了，干吗不参与一下呢。她是安德的姐姐，让人们听到她的声音也好，饰演这个卑下而夸张的喜剧角色又有什么呢。

华伦蒂饶有兴致地看着朵拉贝拉牢牢地吸引住了其他参演的男人和小伙子的目光。这个女人有着非同寻常的笑声，声音丰满而略带沙哑，充满着感染力。在剧中博她一笑成了大家争相努力的目标，男人们更是乐此不疲。华伦蒂不禁猜想，朵拉贝拉的计划到底是不是真的想把阿莱桑德拉和安德凑成一对？也许她本来的目的是如此，但事实上她已经占据了舞台的核心，而且也很高兴成为大家目光的焦点。她向每个人都卖弄风情，对每个人都含情脉脉，同时似乎又始终生活在自己单独的世界里。

之前有人这样演过《驯悍记》里的凯瑟丽娜吗？

是不是每个女人其实都有这样的一面？华伦蒂也不由得扪心自问，她心底是否也藏着这样洋溢的热情。我知道怎么过有趣的生活，她坚信，我也知道怎样做个有趣的人。

但她也知道，自己的机智总是带着一丝讽刺，戏谑中又难免有些刻薄。阿莱桑德拉的羞怯掩饰了她做的一切，她虽然口不择言，但每每总在事后惊讶于自己所说出的一切，还显得有些惭愧。而朵拉贝拉则不同，她从不会讽刺别人，也不会显露胆怯。她已经面对了自己命运中最残酷的敌人，干掉了生命中的恶龙。而现在，她是在面对胜利之后的欢颜，面对对她顶礼膜拜的人群。凯瑟丽娜的台词正是从她心底发出的呐喊，是她的愤怒，她的激情，她的任性，她的绝望，而最终则是她的真爱。剧尾凯瑟丽娜向丈夫倾诉真心的一段独白太美妙了，华伦蒂都不禁为之动容。华伦蒂不禁心想，像凯瑟丽娜这样真心地爱一个男人，信任他，愿意为他而降低自己，到底是什么样的感觉？是不是每个女人性格里都有这样的一部分，才让她们一直如此谦逊低调？或者这是人类本能中的一部分，当被他人征服时，便转而喜欢上这种服从的感觉？历史上许多事情其实都可以这样解释。

每个喜欢演戏的人几乎都加入了其中，并出席了每一次排练，实地的演出也不会让任何人感到惊讶了。最后一次排练时，华伦蒂差点忍不住问大家："干吗还非要上台表演不可呢？我们都已经参与过了，这不是很美妙的事吗？"

但大家还是对即将到来的演出兴奋不已。华伦蒂也明白，排练哪怕再顺利，与演出也是不同的。更何况毕竟还是有其他对演出充满了兴趣的人，他们都没能来看最后的彩排。朵拉贝拉甚至邀请了随船军官中的不少人，他们也大多表示愿意来看演出。那些没能参加排练的乘客更是期待着演出，有些人在开始排剧时不愿加入，现在也后悔不已。"下次我一定要参加。"他们说。

当大家在预定的时间来到剧场时，却发现贾尔科站在门口，脸上带着刻板而正式的表情。"不，剧场今天不开放。奉将军的命令，演出取消了。"

"啊，维京总督。"贾尔科突然说道。

他又开始用这个称呼了，这不是好兆头。华伦蒂心想。

"摩甘将军希望您能立即去见他，如果您愿意的话。"

安德点点头，微微一笑。"当然了。"

这一切都在安德的预料之中？还是他在强作镇定，做出一副波澜不惊的样子？

华伦蒂正打算和安德一起动身，贾尔科却碰了碰她的肩膀，低声说："抱歉，小华，将军要他一个人去。"

安德朝华伦蒂挤了挤眼，兴致勃勃地站了起来，仿佛要去见将军让他很激动似的。

"这到底是怎么回事？"

"我也说不清。真的。我只是服从命令。演出取消，剧场在晚间关闭，要总督立即去见将军。"

华伦蒂和贾尔科一起留在剧场门口，安抚演员和其他殖民者。他们的反应各不相同，有人失望，有人愤然，有人则嚷嚷着要搞革命。有的演员甚至在走廊上高声背起台词来，华伦蒂不得不上前制止："如果再这样搞下去，会给基图南上校惹出麻烦的。上校心又软，肯定不好意思自己来制止你的。"

到最后，大家都对摩甘将军愤愤不已。他居然如此独断地禁止了一次毫无危害的活动。华伦蒂自己也不禁奇怪：这人到底在想什么？他没听说过民心这回事吗？还是故意反其道而行？

一定有什么事发生了。华伦蒂开始怀疑这是不是安德一手安排的。在内心深处，安德难道也和彼得一样阴险，一样诡计多端？

不，这不可能。华伦蒂每一次都能看穿彼得的把戏，但安德从来不搞小动作。他一向想到什么说什么，说什么就是什么。

这孩子到底在搞什么名堂？

第九章

收件人：demosthenes@LastBestHopeOfEarth.pol

发件人：PeterWiggin@hegemony.gov/hegemon

主　题：你不在的时候

我找人算了一下，从踏上通向未来的光速旅程至今，在你看来过去了多久。主观时间的长度不大好准确测定，不过他们至少给了我一个大致范围。在你看来，离开地球只是几周时间；而对我来说已经过去了几年。这样一来，说我想念你的时间比你想我更多，应该是没什么问题了。现在你应该还觉得永远也不会想念我吧。世界上许多人的看法可能也和你差不多。他们可能还勉强记得是他们把我选为霸主，但已经不记得这个官职是做什么的了。想到我的时候，他们只记得我的另一个名字：洛克。

战争已经开始了。我的军队数量很少，而指挥军队的人恰恰是安德的老朋友：豆子。安德战队（战斗学校里的话，实际上指的是军队，但这里他们都这样说）的其他孩子都被俄国人挟持了，而在这背后策划的是一个叫作阿喀琉斯的小浑蛋——他曾经被战斗学校除名。在选择敌人这一项上，他至少比波尼多·德·马德里要做得好：他在黑暗的通风管道里遇到的是豆子。豆子没有杀死他，而是把他交给了学校。你听过这段故事吗？安德知道这件事吗？阿喀琉斯阴险机敏，蛇一般狡猾——随便你想出哪个可怕的敌人，他们最可怕的品质都能在阿喀琉斯身上找到。要阻止他是很困难的事，更别提杀死他了。豆子发誓他会做到的，但他之前有过这样的机会，却没有把握住。这誓言究竟有多少可信，我还有着几分怀疑。

多么希望你在这里啊。

甚至，我希望安德也在这里。我正在进行一场战争，而站在我这边的只有区区数百人。他们忠心耿耿，训练有素，但只有两百人！豆子并不是最可靠的指挥官。他总是能打赢战斗，但并不总是按照指令行事。他会在收到的指令中挑挑拣拣，找出自己喜欢的加以执行。不过我得说，至少他还没有在自己的手下（本来应该是“我的”手下）面前和我争论过什么。

最麻烦的事是战斗学校里出来的孩子们都太愤世嫉俗了。他们从来不相信任何事，更不用说相信我了。他们在一起战斗，只是因为他们知道阿喀琉斯要杀死豆子，这让他们感到害怕；但他们从不觉得，作为安德的哥哥，我应该得到他们毕生的遵从——当然了，这只是玩笑而已。孩子们又不欠我什么。

战争在世界各地相继爆发，国家之间的同盟也不断变化。我早就预言过，战斗学校的孩子们回到地球之后会发生这样的事情。他们都是太优秀的武器，蕴含着无与伦比的破坏力，又不会造成辐射尘与蘑菇云。在此前，无论如何，我都成功地凌驾于时代的浪涛之上；而现在，我却被波浪打沉了。在水底我没办法区别哪边是上哪边是下，而肺里又没有空气可以为继。每次当我翻身爬上波峰，都要担心会被一波更高的海浪打倒。

不过在这个位置上还有一点好处。殖民部长格拉夫告诉我，我拥有不受限制的安塞波通讯权，可以在任何时候和你通信。你应该很高兴，我还没有滥用这一权力。我知道，你正在写一部关于战斗学校的历史，这些优秀毕业生的职业生涯应该对你有所裨益。我给你找来了一些有关的信息，也许你可以把这些写到书的后记中去。安德的小队和虫族作战并取得了胜利，但如今，其他的学生们都以自己的方式卷进了这场战争。有些身为俘虏，为人所迫；有些是军队的领导，或是傀儡领袖；有些则成为战争的受害者。每一个有幸拥有战斗学校毕业生的国家，如果有能力保住自己的天才，都会被卷进全球军事格局中。

你要做的就是坐稳椅子，接收我送过去的海量信息。格拉夫说，从他的办公室把这些发送给你们要花上好几周的时间（顺便，他办公的地方就是以前的战斗学校太空站），但在你们那看来也就是几分钟的事，希望这不会给你们的船长带来太大的麻烦。我知道那船长不过是个无名小卒，至少和雷汉相比如此。这些邮件是以霸主的权限发送的，他看不到里面任何的内容，而他要传输的信息都要推迟到这些邮件之后了。代我向他说声抱歉，如果你觉得有必要的话——当然不说也行。

在我的一生中，还从没有像现在这样孤独过。我每天都在想念着你。幸运的是，我最终发现原来爸爸和妈妈对我是如此有用——我本来应该说“有帮助”，但还是写了“有用”，这样你就可以说“彼得还是没有变嘛”。他们也同样想念着你。我的邮件里附有他们写给你的信。还有给安德的信。我希望他已经不再怄气，赶快给他们写封回信。对你的想念让我多少有些能够理解他们对安德的感情（还有现在对你的感情）了：安德的回信对他们来说和整个世界一样重要。写封信又能花他多少工夫？

不，我是不会给他写信的。在这件事上并没有我的份。可怜的妈妈和爸爸只有我在身边，作为他们繁衍生息的证明。而你们才是他们生命的光彩所在。我能想象你们以光速远去，船上有人为你献上冰镇的水杯，殖民者会围拢在安德身边，听从他的领导，让虫族的世界再度繁荣起来。

写这封信的时候，我总感觉仿佛回到了从前，正在同你这样说话。但此刻，这样的回忆却令我痛苦。没有什么能和与你交谈那样让我幸福的了。

作为家中公认的怪物，希望你能把我和真正的怪物比上一比，例如阿喀琉斯。其实比我更可怕的人也还是有的，而我没有变成那个样子，这不该为我赢回一点分数吗？我还要告诉你的是，当你没有其他任何人可以信任的时候(我是说任何人)，唯有家人可以相信。而最终，我却一手将我所能相信的四个人中的两个送走了。多么愚蠢的一步棋，不是吗？

我爱你，华伦蒂。多么希望从儿时开始我就能对你好一点啊。还有安德。只有祝你们一切平安了。地球上已经乱作了一团，你们应该庆幸自己能抽身事外。但我保证，我会尽我所能让世界恢复秩序与和平。在这期间，我希望不需要燃起太多的战火。

真心祝福你的

你惹人厌的哥哥

彼得

摩甘将军让安德在办公室外面等了整整两个小时。不过这也没有出乎安德的意料，他闭上眼睛，趁这段时间安安稳稳地打了个盹，醒来时精神百倍。最后他听到有人在门后高喊：“行了，把他给我叫醒，让他进来！我准备好了！”

安德立即坐正了身子，条件反射地观察了下四周的情况。虽然他从来没有参加过正式战斗，但仍然养成了军人的习惯，就算在睡梦中也保持着警惕。当值的警卫员走出来要叫醒他时，安德已经站在那里，微笑着说：“我明白了，到了摩甘将军见我的时候了。”

“是的，长官。如果您愿意，长官。”这可怜的孩子生怕安德有什么不满（实际上他比安德要大着那么六七岁，但还是太年轻了，禁不住一位将军整天朝他大声怒吼），安德也很配合地摆出一副愉快的样子。“将军现在心情不太好。”警卫员低声对安德说。

“那就让我试试看能不能让他稍稍开心一些吧。”

“恐怕没人有这本事。”警卫员小声说，然后打开了房门，“安德鲁·维京将军来了，长官。”安德应声而入，警卫员忙不迭地退了出去，在他身后把门关上。

“你他妈到底在搞什么？”摩甘将军铁青着脸问道。安德已经小睡了有两个钟头了，摩甘可能在这期间一直是这副脸色，或者是刚刚做出这样子来。安德觉得后者可能性更大一些。

“我在与这艘船的船长会面，应他的要求。”

“是‘长官’！”摩甘将军提醒道。

“噢，您不必叫我长官。”安德说，“叫我安德鲁就好。我说过，军衔在飞船上是不适用的。”他在办公桌旁边找了张舒服的椅子坐下，而没坐在摩甘正对面的椅子上。

“在我的船上你没有任何军衔可言。”

“我没有任何权力，但军衔一直没有变过。”

“你正在我的船上挑起叛乱，占据了重要的资源，妨碍我们执行使命，而我们的使命恰恰是要把你送到殖民地，去担任总督的职务。”

“叛乱？我们要演出的是《驯悍记》，又不是《理查二世》[①]。”

“我的话还没说完呢，小子！你觉得跟你那帮小崽子们一起玩了

---

① 《理查二世》是莎士比亚创作的历史剧。剧中描写的理查二世是黑太子爱德华之子，继承祖父王位，但是实权被叔父兰开斯特公爵约翰·冈特把持。由于这个原因理查二世记恨兰开斯特家，其亲政后便驱逐了堂弟兰开斯特公爵亨利，并没收其领地。一三九九年，亨利在理查二世远征爱尔兰时发动叛乱，拘捕了理查二世，并让国会同意将理查二世废黜，由亨利即位，即是亨利四世。兰开斯特王朝由此开始。

个游戏，就成了英雄了？告诉你，在我的船上绝对不允许有这样颠三倒四的事情！不管你干了什么出名的事，不管你怎么得到的这个扯淡军衔，那些都是过去了。你现在活在现实世界里了，除了你那妄想出来的军衔，你只不过是个鼻涕都没擤干净的小孩子！”

安德一言不发地坐在那里，平静地看着他。

“现在你可以回答我了。”

“我不明白你到底在说什么。”安德说。

摩甘脱口而出这些不入流的人身攻击简直像在舰队里搜集来的谣言大集合。之前他的脸色通红，现在已经变得发紫了。安德完全弄不明白，为什么朗读一出莎剧就能让他气得失去理智。

摩甘停下来歇了口气，整个人仿佛都摊在了椅子上。安德站起身来：“摩甘将军，您是不是已经打算好用这些罪名对我用军法审判了？”

“去他的军事法庭！我才没准备用军法审判你，小子！我不需要！我只要签个字，就可以让你在冬眠状态度过整个航程！”

“恐怕对将军级别的人你没这个权力，”安德说，“也许只有在军事法庭上做正式起诉的时候，我才能听到您条理清楚地阐述，您到底认为我做了些什么冒犯到您的尊严的事，以致造成了现在这种紧急事态。”

“噢，你想要正式的说法？那么这种说法怎么样：你强行控制了飞船的安塞波通讯，长达三个小时，我们与已知宇宙的其他地方进行有效通讯的途径都被切断了——听起来如何？飞船上的三个小时，在真实时间里是两天多的时间！我怎么知道到底发生了什么？爆发了革命？我的任务取消了？还是其他什么事？我甚至连发封询问邮件都做不到！”

“一定是出了什么问题。”安德说，“但您为什么认为这事和我有关？”

“因为安塞波通讯上全是你的名字！”摩甘说，“通讯带宽全被占了，消息都是发给你的，到现在还没发完！”

“您难道没有发现，”安德温和地说，“这消息是发给我的，而不是我发出的？”

“发件人：维京；收件人：维京。仅供收件人查看。加密的等级高得连飞船的舰载电脑都解不开！”

“您试图解密一封写给和您平级的军官的邮件，而事先没有征得他的允许？”

“这是破坏通讯，小子！否则我为什么要解密它！”

“因为您没法解密，才把它当成了破坏性邮件；而破坏性邮件又是您解密的理由——”安德的声音一直轻柔，不带一点怒意。他并不是要用自己从容不迫的态度激怒摩甘，这不过是附带的效果罢了。他只是知道，两人对话的情景一定被录了下来，今后可能会被当作证据。如果将来会因为这个走上法庭，他不希望任何言语或是表情被当作对自己不利的证据。摩甘可以随着性子骂人，但安德却不愿表现出任何怒意或是敌意。

“我没必要对你解释我的行为。”摩甘说，“我把你带到这里来，取消你预订的演出，就是为了要你当着我的面打开这些邮件。”

“仅供收件人阅览，加密通讯——我不知道在您面前打开这些信件是否合适。”

“要么你现在打开它，要么你现在就去冬眠舱，等这艘船飞回艾洛斯星再上军事法庭！”

会有人上军事法庭，安德心想，但那人可未必是我。

“让我看看，但我不保证会不会在这里打开它。我都不知道这信是谁发来的。”

“是‘你’发来的！”摩甘尖刻地说，“你在离开房间前就安排好了这一切。”

“我可没干这事，摩甘将军。您这间办公室里有安全终端吧。”

“来我这，就在这打开它。”摩甘说。

“希望您能把终端转过来，摩甘将军。”

“我说了，来我这里！”

“我无意冒犯，将军，但我不希望录像里有我坐在您的位子上的镜头。”

摩甘盯着安德看了一阵，脸色更加难看。最后他伸出手去，把桌上的全息显示屏转了个个，朝着安德的方向。

安德俯身向前，在菜单上点了几下，摩甘转过桌子在他身后看着。“动作慢点，让我看清楚你在做什么。”

“我什么都没打算干。”

“那你就等着去冬眠吧，小子。你永远做不了任何人的总督。不过是个被夸得太多冲昏了头脑的小孩罢了，在殖民地不会有任何人注意你的。如果要在总督的位子上待下去，唯一的办法就是让我支持你——在这件事之后，我保证不会这样做了。我们还是不要再玩这种过家家的游戏了。”

“您可以这样做，将军。但我实在做不了什么。这些信不是发给我的，而且是加密通讯，我打不开的。”

“你以为我是傻瓜吗？每一封信都写着你的名字！”

“外部协议是这样写的。事实上写的是‘维京将军’，因为这信是从IF总部通过秘密军事频道发过来的，但事实上真正的接收者并不在舰队成员名单中。外部协议你的技术人员应该很容易就能解开，打开外部协议之后，里面还有一层密码，你会看到收件人的地址不是A.维京也不是E.维京，而是V.维京。那是我的姐姐，华伦蒂。”

“你姐姐？”

“您的技术人员没告诉您吗？而且，虽然这封信是从殖民部的电脑上发出，但真正的发信人是P.维京，他的头衔是‘霸主’。这实在是有点意思，我认识的P.维京只有一个，那就是我的哥哥彼得。这么看来我哥哥现在已经是霸主了。您知道这事吗？我肯定是不知道的，至少我离开地球的时候他还不是。”

摩甘将军站在安德背后，一言不发。安德还是忍不住转过身来看着他，尽力不在脸上露出一点胜利的表情。“在我看来，是我哥哥，霸主，写了一封私人信件发给我姐姐。他们两人之前在一起生活了很长时间，也许彼得有什么事要征求她的意见。整件事应该是和我无关的。您知道，自从我六岁时进入战斗学校至今，已经很久没和他见过面了，也没和他通讯过。而我和姐姐也只是在飞船起飞之前几个星期才见的面。很抱歉这阻碍了您的正常通讯，但如我之前所说，我对此一无所知，也没有任何关系。”

摩甘回到自己的位置上坐下。“我很吃惊。”

安德一言不发地等待着。

“我很抱歉，”摩甘说，“在我看来是飞船的通讯系统受到了攻击，而就我所能掌握的消息来看，这攻击是由维京将军发起的。在这样的情况下，你在和殖民者中的一部分人反复会晤，甚至还邀请了一部分船员，这看起来非常敏感而可疑。我把它当作了策划谋反对待，而最后发现我最初的设想是不正确的。”

“谋反是很严肃的问题，”安德说，“您这么警惕也在所难免。”

“似乎你的哥哥现在的确是霸主了。几周之前就有这样的谣传。飞船时间是两周之前，在地球上应该是一年左右。”

“我理解您没有把这事告诉我。我知道，您一定认为我会从其他途径知道这个消息。”

"我根本没想到这些消息会是他发出的，更没想到居然不是发给你的。"

"华伦蒂的确不是很高调，没注意到她也是很正常的。她就是这样的人。"

摩甘满怀感激地看着安德。"这就是说你能理解我的做法了。"

我理解你是个偏执的、权力欲过强的白痴，安德心说。"当然了。"

"你不介意我把你姐姐请来吧？"

就这么变成"你不介意"了。不过安德也不打算让摩甘难堪。"求之不得。我也很好奇这里到底写的是什么。"

摩甘派勤务兵去请华伦蒂，随即在安德旁边坐下开始聊家常，刻意地讲了几个自己在训练时的笑话。摩甘从不曾进过战斗学校，他走的是"一步一个脚印的艰难道路"。很明显，他对战斗学校心怀不满，对这些不请自来的小鬼们爬到自己头上更是忌恨。

这就是这一切的原因吗？安德心想，他与摩甘的矛盾，正是出于学院毕业生和那些从底层爬上来的军官们之间的宿怨？

华伦蒂走进屋来的时候，安德正被摩甘的故事逗得哈哈大笑。"小华，"笑声未止，安德就对她说，"你得帮我们一个忙。"他尽快解释了一下，寄给她的邮件已经占据安塞波线路长达几个小时，阻碍了其他信息的发送。"这事搞得大家都很紧张，摩甘将军自然也很在意。如果你能在这打开邮件，跟我们说说里面是什么东西，大家都会轻松些。"

"我必须看着你打开它。"摩甘说。

"不行。"华伦蒂说。

两人互相盯着看了一阵。

"华伦蒂的意思是说，"安德说道，"她不想让你看到她的私人进程——这是霸主寄来的邮件，您应该体谅她的警惕。不过我保证她肯定会让我们知道信息的大致内容，而且一定会向您证实的。”安德转身看着华伦蒂，自嘲地笑了笑，耸了耸肩膀，“就当是为了我行吧，小华？”

安德知道姐姐一定能明白他的意思，会拿他们之间的关系开开玩笑，也让摩甘明白怎么才是对自己最有利的。华伦蒂自然地顺着安德的话说了下去：“为了你，木头脑袋。终端在哪？”

华伦蒂坐在桌子前摆弄了一会：“哦，只不过是半加密而已。指纹密码。随便谁只要把我的手指头砍下来就可以了。我会告诉彼得下次用全面加密系统，视网膜，DNA验证，心跳声纹什么的。这样谁要看邮件内容，至少得保证我活着。他也太不重视我了。”

她坐在那读了一阵，叹了口气。“真不敢相信彼得是这样一个白痴，还有格拉夫。这里没有什么需要加密发送的东西，也没有理由占用这么高的传输优先级，完全可以和普通资料一起分批打包传过来。邮件里只是一些关于地球上过去这几年发生的事件的报道和总结。大多数是战争，或者是战争的流言。”她看了安德一眼。

安德是真正的权威。几年前在战斗学校里时他就学过如何应对这种小型危机。“当然了，传输这些资料会花不少时间，而且一次是传输不完的。”安德说。

“我需要……我希望你们能够给你们的说法提供一些证据。”摩甘说。“你们应该理解，对任何有可能威胁到我的飞船、阻碍我们的任务的事，我都必须加以验证。”

“这才是最讨厌的事。”华伦蒂说，“我非常愿意给您看这些东西，事实上，我希望您能把这些资料放到图书馆去，让大家都能看到。对那些想知道地球上发生了什么的人，这应该是非常棒的参考材料。我真想现在就开始读。”

“但是呢？”安德说。

“但问题是这封信本身……”她看上去有点不大好意思。“我哥哥对您有一些不很恭敬的评价。我希望您能理解，安德和我从来没有和彼得谈到过您，他的所有话都只是自己的猜想。我保证，我和安德都对您抱有最高的敬意。”

说完，她把显示屏转到摩甘将军的方向，和安德一起看着摩甘读彼得的信。

读完之后，摩甘叹了口气，然后探身向前，双肘架在桌上，手扶前额。“呃……我，我真心表示抱歉。”

“没关系，真的。”安德说，“这是完全可以理解的误会。我很希望能和一位认真对待任何潜在威胁的船长一起航行，要是您认为失去通讯长达三个小时不是什么大事，我反倒会觉得不安。”

摩甘接过了橄榄枝。“我很高兴你能这么想，维京将军。”

“叫我安德就好。”安德说。

华伦蒂微笑着站了起来，“如果你们不介意的话，我就把解密之后的信息留在这了。不过请您保证之后会把资料下载到图书馆的电脑里——除了我哥哥的私信之外。”她转身朝安德说：“他说他爱我，想我，希望我告诉你给咱们的爸妈写信。爸爸妈妈都已经不再年轻了，收不到你的信他们很难过。”

“是的。”安德说，“船一出发我就应该给他们写信的。但我不想因为个人原因占用安塞波通讯。”他脸上带着伤感对摩甘说，“到头来结果却是这样。归根到底，彼得和格拉夫根本就不明白自己的位置有多么重要。”

“我会告诉我那个生物学上的哥哥，以后不要这样给我发消息。”华伦蒂说，“希望您不介意我用安塞波把这条消息发出去。”

两人开始向门口走去，摩甘满脸赔笑地跟在后面，一脸“能消除误会真是太好了”的表情。安德在门前转过身来。

“噢，对了，摩甘船长……”安德说。

“叫我昆西就好。”

“我不会这样的。”安德说，“虽说按军衔来说未尝不可，但如果任何人听到我这么称呼您，都会产生无法抹去的印象，一个十几岁的孩子对船长这样说话，只会显得缺乏尊重。船长的权威不容侵犯，这一点我们一定能达成共识。”

“你很聪明。”摩甘答道，“对我的位置你比我更加关注。你刚才有什么想说吗？”

“是的。我想和您说说演剧的事。我们在打算演出《驯悍记》，仅此而已。我会扮演卢森修，小华也有个角色要演。大家都很期待，但今天演出却被取消了，没有任何的解释。”

摩甘看上去有些迷惑：“如果只是读读剧本，那就去演好了。”

“当然会的，”安德说，“而且现在我们也征得了您的允许。但如您所知，一些参加演出的人邀请了船上的士兵来看，而取消演出已经伤害了大家的感情。这对士气是种损害，您觉得呢？我想您可以亲自做出种姿态来，向大家证明这事确实是一场误会，也可以弥补一下大家受伤的感情。”

“什么姿态？”

“我们会重新安排演出时间，您干吗不来看演出？和大家一起看看喜剧，笑一笑，应该是个好主意。”

“将军也可以演个角色，”华伦蒂说，“有人原来是要演克里斯多夫[①]……”

“我姐姐只是开玩笑的。”安德连忙说，“这是出喜剧，里面没有哪个角色符合船长的尊严。我只是建议您出席这次活动，可以只看前一

① 剧中的丑角之一。

半，然后就说您有事要离开。每个人都会理解的。同时，他们也会知道您的确关心他们的生活，关心他们在航行期间的状态。这会让他们更加服从您的领导，不管是在航程之中还是到达目的地之后。”

“到达之后？”华伦蒂说。

安德一脸无辜地看着她。“摩甘将军刚才在和我谈话时告诉我，在殖民地不会有人愿意听一个十几岁大的孩子的话，必须要有摩甘将军的权威做我的后盾，我才能做名义上的总督。我想从现在起就让他们看到摩甘将军，开始了解他，是势在必行的。这样他们才会信任他，而我们的领导地位也会更加稳固。”

安德生怕华伦蒂当场失去控制笑出声来，或是朝摩甘大吼。不过她没有。“我明白了。”

“这主意不错。我们现在就开始吗？”摩甘将军说。

“噢，现在不行。”华伦蒂说，“大家都太累了，都不在最好的状态。我们还是先去把事态平缓一下，向大家解释一下这是个误会，都是我的责任。然后再宣布您也会来出席表演，您很高兴演出能够照常进行，我们也很荣幸有机会向您展示学习的成果。每个人都会很高兴，也很激动。到时候如果您能让不在岗位的船员也都去看演出就更好了。”

“我不希望有任何事情破坏船上的纪律。”摩甘说。

华伦蒂立即答道：“如果您和他们在一起看演出，和他们一起欣赏，一起欢笑，那么我认为不会对大家有任何损害，只会对士气有帮助。准备这场演出我们也花了不少工夫。”

“这对大家都很重要。”安德说。

“好的，就这样吧。这事就交给你们了，我明天晚上七点准时到场，今天的演出本来也是打算这时候开始的，对吧？”

安德和华伦蒂向摩甘道别。他们出门时脸上带着微笑，开心地聊着天，门口的军官看到这一幕很是惊讶，同时也松了一口气。

两人直到回到起居室才松了口气。华伦蒂说："他是打算拿你当傀儡，自己在王座后面垂帘听政吗？"

"没有什么王座。"安德说，"这样一来也解决了我的很多问题了，你不觉得吗？到我们到达时，莎星上的人在那里耕种劳作已经四十年了，硬要一个十五岁大的小孩做他们的领袖本来就是件很艰苦的事。像摩甘将军这样的人，早就习惯了发号施令，习惯了别人的服从。到时候殖民地的人肯定会乖乖听他指挥的。"

华伦蒂盯着安德，好像在看一个疯子。安德的下嘴唇微微一撇——这是他在讽刺别人时常用的表情。安德希望她能够得出正确的结论，摩甘将军一定有办法听到他们之间的交谈，而现在一定在监听两人的对话。他们之间的谈话绝不是私密的。

"好吧。"华伦蒂说，"你只要高兴就好，我也没意见。"她在这一瞬间挤了挤眼睛，告诉安德她也没说实话。

"我已经受够了责任了，小华。"安德说，"在战斗学校，在艾洛斯，我就已经受够了。本来我就是打算趁这趟航行的时候交几个朋友，读读手头的这些书的。"

"最后你可以写篇作文：《记快乐的暑假生活》。"

"只要你的心充满欢乐，就永远都是明朗的夏天。"安德说。

"油嘴滑舌。"华伦蒂笑着说。

第十章

收件人:PeterWiggin@hegemony.gov/hegemon

发件人:vwiggin%Colony1@colmin.gov/citizen

主　题:你这个自大的浑蛋

你知不知道自己闯了多大的祸?知不知道把你的邮包用那么高的优先级发过来,会阻塞我们这艘船的全部安塞波通讯线路?某些人把这当成了对安塞波通讯的攻击行动,安德险些因此被扔进冬眠舱——如果那样的话,他会一直关在冬眠舱里,直到飞船返航回到地球。

还好我们把这麻烦解决了,你送来的这些资料还是很有用的。按照东方儒学的说法,你命中注定要生活在这样有趣的时代。请接着把后续的消息送来吧。不过拜托千万记得用低优先度传送,不要打扰飞船的正常通讯。另外告诉格拉夫,收件人不要写安德,就作为给普通的殖民者信件发送给我,而非给内定的殖民地总督。

看起来你现在的状况还不错。不过信件一来一回期间,可能局面就会发生变化了。太空旅行还真是遥远啊。

安德给爸爸妈妈写信了吗?我没法直接问他(事实上我已经问过他了,但没有得到任何回答),又不能去问爸爸妈妈。如果我问了,他们就会知道我让安德给他们写信,要是安德没写他们会感到伤心,而如果安德写了,又会降低他写的信的感情价值。

继续做个聪明孩子吧。无论谁都没法抢走你的智慧。

你曾经的傀儡
德摩斯梯尼

听说朗读会又可以继续举行了，阿莱桑德拉很是开心。妈妈的情绪几乎崩溃了，不过也只有和阿莱桑德拉两人在房间里时才会表露出来。她总是摆足一副努力不哭出声来的姿态。这本倒也没什么，让人受不了的是她在狭小的舱室里转个没完，开门关门都故意弄出很大声响，一有机会就把脚跺得山响，还时不时说出一些令人难堪的话来，比如：

“为什么我们总要跟在什么人屁股后面走呢？”

两人双陆棋下到一半，她又说：“在和男人的战争中，女人永远是失败者！”

接着她又隔着浴室的门发牢骚：“不管你的快乐有多简单，总有人要把它抢走来伤害你。”

“妈妈，他们不是针对你的。很明显，他们是冲着安德来的。”阿莱桑德拉试过和妈妈讲理，但总是徒劳。她要是这样回答，妈妈就会陷入无休无止的谩骂，无论如何都没办法让她改变主意。但片刻之后，她就会完全接受阿莱桑德拉的看法，甚至让人以为她一直以来都是这么想的。

但如果阿莱桑德拉不去回应妈妈那格式警句式的分析，风暴就将愈演愈烈。妈妈需要回应，就像其他人需要空气一样。对她不予理睬等于是要掐死她。她只好答复，只好参加这场紧张又毫无意义的交谈。就算妈妈已经接受了别人的想法，也不会承认自己改变了看法，而阿莱桑德拉也假装没有注意。

妈妈似乎从没有想到，阿莱桑德拉自己也很失望。她扮演比恩卡，和安德的卢森修演对手戏时，有种……怎样的感觉呢？那一定不是爱，她肯定没有坠入爱河。安德确实很友好，不过他对阿莱桑德拉的友好和其他任何人完全相同，也就意味着她对安德并没有什么特殊；她也不希望在别人对自己有所表示之前就率先表露爱意。不，阿莱桑德拉感觉到的是一种荣耀，虽然让她感到荣耀的是别人：妈妈表演的凯瑟丽娜技惊四座，而安德则被誉为是人类的拯救者。虽然他也有着不好的名声，比如杀死小孩的凶手，不过阿莱桑德拉并不相信这种说法，而且，这种传言也让安德更加迷人了。

一条信息发送到每个人的通讯桌面，告诉大家朗读会将在第二天晚上重新举行，而将军本人也将参加。这时失望就烟消云散了。

阿莱桑德拉马上想到：将军？这艘飞船上有两位将军，而其中的一位自朗读会开始筹备就一直参与其中。但这条信息中表示，只有一位军官能够拥有这样崇高的头衔，这样的轻蔑是有意为之的吗？加上那天晚上安德被用粗暴的态度传唤去见摩甘船长，这仿佛是另一个信号：安德真的如此不受尊敬？她开始隐隐为安德打抱不平了。

这时她告诉自己：我和安德·维京之间没有任何关系，也不该由我保护他的权利。我是被妈妈的瘾症传染了，就像她的计划、她的梦想真的实现了一样。安德并没有爱上我，而我对他的感情也不比那多多少。等我们到莎士比亚星上的时候，那里一定有不少这个年纪的女孩子，而安德也到了合适结婚的年龄了，我对他又算什么呢？

我到底做了些什么？干吗要参加这样一次远航？在我们的目的地，和我年龄相仿的人恐怕还塞不满一辆公共汽车呢！

阿莱桑德拉开始嫉妒妈妈的本领，她只要凭借着意志的力量，就能让自己快活起来。这已经不是第一次了。

朗读会时，她们都穿上了最好的衣服。本来启程时她们选择衣服的余地并不算大，不过在把签约金的剩余部分交给外婆之前，她们还是买了不少衣服。大多数衣物都是按照殖民部清单中的描述准备的：保暖用的衣物，准备应对寒冷又不算严寒的冬天；明媚而并不酷热的夏天劳动时的服装；还有至少一套可以穿很久的正式服装，以在特殊场合穿着。今晚的朗读会显然就是这样的场合了，而妈妈之前在首饰上花的那笔钱显然也是为此准备的。那些首饰都华丽得有些过分，而且一看就知道是批发货。妈妈还戴着炫目的头巾，看起来奢华得有些可笑，在阿莱桑德拉看来又透着穷酸与可怜。妈妈全副武装地出发了，而阿莱桑德拉只能努力尽量不要在她身边出现。

她们在演出开始之前的最后时刻到达了会场。阿莱桑德拉马上跑向了自己第一排的座位，而妈妈则信步而行，一路和所有人打招呼，相互握手，朝所有人奉上微笑。只有一人除外。

摩甘将军坐在第二排，几个官员坐在他身边，把他和大家隔开，不让任何人与将军接触。很显然，他认为自己的血统与众不同，不能让区区几名殖民者有机会和自己交谈。这是阶级带来的特权，而阿莱桑德拉一点都不羡慕这个。她只希望自己也能树起一条警戒线，不让任何不受欢迎的人有机会探查她的隐私。

让阿莱桑德拉感到恐慌的是，妈妈来到第一排之后，仍然在继续着她那盛大的入场仪式。她经过第一排的每个座位时都在和人打招呼，包括后面第二排上的军官。她是想要强迫摩甘将军和自己说话！

不，妈妈还有更糟糕的计划。她向将军两边的军官介绍着自己，和他们调笑着，但在经过摩甘本人座位时却丝毫没有停留，就像这个人并不存在似的。这是奚落！她居然在奚落他们这个小小的世界中最有权威的人！

阿莱桑德拉简直不敢去看摩甘的脸色，但也不能不去看。看到妈妈向他走来时，摩甘的脸上有种无奈的神色，他似乎不得不和这个女人说话了。但当妈妈在他脸前走过时，他脸上的冷笑僵住了，随即勃然大怒。妈妈是有意要给自己树敌的。她在想什么？这能有什么用吗？

但这时时间到了。主要演员都已经在台上就座，其他人都坐在了剧场的前排，轮到自己的角色时随时可以站起来转身面对大家。妈妈终于开始向舞台中间的座位走去。在落座之前，她仪态万方地朝观众们看了一眼，说道："谢谢大家来观看我们这场小演出。这出剧的背景设在了意大利，我和我的女儿就出生在那里。不过剧是用英语写成的，对我们来说这只是第二语言。我女儿说得很流畅，不过我说得还不好。所以，如果我有哪个音发得不对，请大家记住凯瑟丽娜就是个意大利人，她说起英语来一定也带着我的口音。"

这番话带着妈妈那标志性的口气，有点轻佻，又充满了欢快。这种语调曾让阿莱桑德拉不厌其烦，有时候她甚至想朝妈妈大吼，但现在却似乎充满了魅力。妈妈那短暂的讲话引得大家哈哈大笑，有些人还鼓起掌来。扮演皮图丘的那个演员显然已经被妈妈迷住了(虽然和他同行的还有他的妻子和四个孩子)，一边鼓掌还一边用意大利语喊着："好哇！好哇！"

就这样，演出开始了。虽然妈妈的角色要在第二幕才登场，但全场的目光都已经汇聚到了她身上。阿莱桑德拉用眼睛的余光看着妈妈，虽然场上的男人们还在做着介绍，和皮图丘讨价还价，不过她已经进入了全神贯注的状态。其他的演员一再提到美丽的比恩卡和凶悍的凯瑟丽娜时，阿莱桑德拉可以看到，妈妈的姿态已经开始起到了作用。随着在大家心目中的形象越来越明确，观众们总是时不时地朝她看来，而她总是摆出一副非常镇定的姿态。

但比恩卡不该是这样的，阿莱桑德拉想道。她还记得安德在排练时说过的话："比恩卡非常清楚自己对男人造成的影响力。"所以，当妈妈展示着凯瑟丽娜安静的一面时，比恩卡的任务就是表现得欢乐、幸福，引人注目。阿莱桑德拉微笑着，时不时向那些谈论着美丽的比恩卡的男人们送去秋波，显示出脸红害羞的样子。虽然阿莱桑德拉不算漂亮，不过这并不重要。正如妈妈一直教育她的那样，最平凡的女人也可以靠着展现自己变成明星，不必为自己最坏的特性感到羞愧。在扮演比恩卡的时候，她可以做在真实的生活中永远不可能做出的事——用开朗的微笑向全世界致意。

这时，一个想法如曙光般来到了她心里。妈妈也不是可以随着自己意愿随时变得高兴的，她只是个演员。她一直都把自己当成了演员，只是在为了观众而做出高兴的样子。我这一生中一直都在做她的观众。就算我不为她的演出喝彩，她也一样孜孜不倦地为我表演；而现在我知道为什么了。因为妈妈自己知道，一旦她进入了精灵女王的模式，除了她自己之外，就不可能注意或是思考其他任何事情了。

现在，精灵女王已经不见了，在她的位置上出现的是真正的女王。妈妈以帝王般的恬静姿态，看着劳工与廷臣们交谈着，而她知道，只要自己愿意，只要吹一口气，就可以让他们统统拜倒在舞台之上。

事实确实如此。演出进行到第二幕的时候，轮到凯瑟丽娜拽着比恩卡上场了，妈妈握紧了她的手。阿莱桑德拉摆出一副顺从而甜美的笑容，恳求妈妈把自己放开，赌咒说自己没有爱上任何人，而妈妈却紧紧地抓着她，心中仿佛有火在燃烧，阿莱桑德拉甚至真的感到了害怕，虽然只是短短的一瞬。就算在彩排的时候，妈妈也不曾表现得如此激烈。阿莱桑德拉开始怀疑以前妈妈是不是一直有所保留——虽然这并不是她的特长。不，这团火焰是观众激发的。

随着剧情的展开，妈妈越来越明显地表现出，引发她心中火焰的并不是全体的观众。凯瑟丽娜所有的台词都是关于父亲不公平的对待，以及男人们的愚蠢，而在她口中，这些台词都是冲着摩甘将军去的！这不是阿莱桑德拉的想象，每个人都可以看到。观众们起初都在偷笑，后来随着越来越多的包袱朝将军抖去，终于忍不住大笑起来。笑声的对象不止是台上的演员，还包括第二排正中的那个人。

只有摩甘自己并没有意识到。显然，当妈妈的眼睛正落在他身上时，他并没有想到这场表演（并不仅仅是那些台词）的目标只是他一个人。

演出进行得非常顺利。哦，卢森修的台词和以往一样无聊，但这并不是安德的错，他只是摊上了一个不那么有趣的角色而已。比恩卡也有着类似的命运。阿莱桑德拉和安德在剧本里是“幸福的一对”，而大家注意的焦点，所有的笑料和浪漫都发生在凯瑟丽娜和皮图丘身上。虽然皮图丘很努力地去表演，但大家的眼睛都被妈妈吸引去了。任他怎么叫喊，大家还是只对妈妈的脸庞和动作报以笑声。她的渴求，她的倦怠，她的绝望，以及最后完全洞察了皮图丘那疯狂的布局、决定与他周旋时那带着玩弄神色的顺从姿态，一切的感情都被妈妈用表情、姿态和语调诠释出来了。

这时阿莱桑德拉才知道妈妈表演得有多么棒。她真的太优秀了，而妈妈自己也心知肚明，这正是她建议搞这次朗诵会的原因！

她又想到：如果妈妈有这样的本领，为什么不去做个演员呢？她为什么没有成为舞台或是银幕上的明星，让我们过上富裕的生活？

答案很简单，她想明白了：阿莱桑德拉出生的时候，妈妈只有十五岁。

阿莱桑德拉意识到，妈妈生下她的时候，年纪也只有她现在这么大。她爱上了一个男人，或者说一个男孩，把自己交给了他，然后生下了一个孩子。对阿莱桑德拉来说，这是难以置信的，她在学校的时候从不曾对哪个男生有过这样的热情。

爸爸一定是个很出色的人。

抑或,妈妈只是不顾一切地要从外婆身边离开而已。这看上去更接近真相。妈妈不愿再等上几年,好让自己成为一名伟大的演员。她结了婚,拥有了自己的房产,生下了孩子——只是颠倒了一下顺序。而正是因为有我的存在,她再也无法用自己的天分铺就走向世界的道路。

我们本可以非常有钱的!

而现在呢?我们在前往一块殖民地,那里只有农民、纺织工、建筑工人和科学家,没有人有闲心关心艺术。等到了殖民地之后,他们再也不会有飞船上这样的闲暇时光了。那么妈妈在这里展露的才华又有什么用处?

演出马上就要结束了。华伦蒂扮演了一位智慧过人又充满热心的寡妇,她对这个角色了解得非常透彻。阿莱桑德拉一直对她的天才与美貌羡慕不已,希望自己也能拥有这些。不过今天,这份希望被另一种心情盖过了——平生第一次,她开始嫉妒妈妈,希望自己也能像她一样。有些不可思议,但事实确是如此。

妈妈从座位上站起来,向旁边迈了一步,开始最后的独白。她正对着舞台前方,也就是摩甘将军的方向,开始朗诵那抒写着女人对男人应尽的责任的段落。就像之前她所有尖刻的言辞都是对着摩甘讲出的一样,她的这番话中那甜蜜的言语,那恭顺的措辞,那优雅的仪态,那由衷的表白,那充满爱意与亲情的词句,也全是直视着摩甘的双眼念出来的。

摩甘被深深地吸引了。他的嘴唇微微张着,眼睛从不曾从妈妈身上移开片刻。当妈妈跪倒在地,念出那句“只要我的丈夫吩咐我,我就可以向他下跪,让他因此而心中快慰”的时候,可以看到有泪水在摩甘的眼中打转。泪水!

皮图丘咆哮着念出了他的台词:“那才是个好妻子！来,吻我,凯瑟丽娜！”

妈妈从容地站起身来。她并没有打算假扮出亲吻的姿势,而是在脸上做出一个女子打算亲吻自己的情人时所摆出的表情——而她的眼睛,自然仍是朝着摩甘的方向。

现在阿莱桑德拉明白妈妈在做什么了。她是想要让摩甘爱上自己！

而且她成功了。所有台词读完之后,观众们纷纷起立鼓掌,演员们则上前鞠躬,或是屈膝谢幕,摩甘干脆站到了第一排的座位上。掌声还没落下,他就走上了舞台,和妈妈握手。握手？不,他牢牢地抓住了妈妈的手,久久不愿放开,一直在念叨着表演是多么的精彩。

妈妈之前疏远的态度,还有入场时对摩甘的羞辱,统统都是她计划的一部分。她就是剧中的悍妇。摩甘之前蛮横地取消了朗读会,所以她要对他略施惩戒;但最终,她被驯服了,现在她完全属于他了。

摩甘邀请大家到军官的食堂去聚餐（在那之前他是严令禁止殖民者进入那里的),而整整一个晚上,他都在围着妈妈转。他的爱意显露得太明显了,有几个军官拐弯抹角地朝阿莱桑德拉提了出来。“你妈妈似乎融化了最坚硬的石头心。”有人说道。她还听到有两个军官交头接耳:“是我看错了吗？还是他的裤子已经鼓起来了？”

如果他们以为真是这样,那真是太不了解妈妈了。妈妈成年累月地教育阿莱桑德拉,要她对男人抱着小心。不要让他们这样,不要让他们那样……可以戏弄,暗示,或者许诺,但直到他们在婚礼上许下誓言之前,绝不要给他们任何便宜。妈妈在年轻时一定不是这么做的,而过去的十五年间一直在为此付出代价。现在她一定是在遵从着自己用悲哀换取的智慧,正用言语和微笑引诱着这个男人。她要让他为自己倾倒,而不是在自己身上得到满足。

噢,妈妈,你这玩的又是什么游戏啊?

你真的……难道真有可能……你真的被他吸引了吗?他是个仪表堂堂的男子,带着军人特有的齐整风度,而在你身边又丝毫不显得冷漠,不会令人感到疏远,就算对别人有些冷淡,显然也顺带着将你放在了和他同样崇高的位置上。

在一瞬间她看穿了真相:摩甘转身和另一个人说话(那是少数几个带着夫人一起参加航行的军官之一),一边说一边把手搭在妈妈的肩膀上,略略做出了一点拥抱的姿势。妈妈马上抬起手来,把他的手挡开了,不过与此同时,她带着一脸暖人心肺的微笑和摩甘说着话。她肯定是说了什么笑话,引得大家哄笑起来。她传达出了某种混杂的信息:不要触碰我,凡人;但我会将我的微笑赐予你。

你是我的,但我现在还不属于你。

妈妈希望我对安德·维京,那个“前途无量的年轻人”做的就是这个。但要我这样去拥有一个男人,还不如指望我学会飞呢。我永远只会恳求,而不会引诱;只能尽量举止得体,还远做不到端庄慈善。

安德朝她走了过来,说道:“你妈妈今晚真是太棒了。”

他当然会这么说了,每个人都在这么说。

“但我知道一些他们不知道的事。”

“什么事?”阿莱桑德拉问。

“我知道,如果说我的表演还有些可取之处,那就是因为你。我们这些扮演比恩卡的求婚者的人,所有这些喜剧情节,都是建立在观众们认同的基础上的,他们知道我们在追求你。你真是太可爱了,不会有人对此有任何怀疑。”

安德对她微微一笑,转身向他姐姐走去。

在他身后,阿莱桑德拉的呼吸开始发紧。

第十一章

收件人:vwiggin%ShakespeareCol@ColMin.gov/voy==PosIDreq
发件人:GovDes%ShakespeareCol@ColMin.gov/voy
主　题:你的桌子干净吗

我的桌面系统是完全无法入侵的,虽然飞船上的电脑每天都要尝试好几次,想要往上面装监听软件。另外,我想可能这艘船上的每个舱室、每道走廊、每间厕所甚至每张茶几都装上了监控线路,至少是窃听器。像我们这样的航行中,没有什么外力可以用来巩固船长的权威,权力交替的威胁是永远存在的,如果摩甘船长觉得有人会威胁到飞船内部的安全,那么他想要监督这个人的所有交流也是正常的,算不上妄想狂的症状。

非常不幸,不过不难预料,我就是这样的一个危险人物。我有着自己的权力,而这权力并不需要依赖他的意愿。他曾经威胁过我要强制我进入冬眠状态,直到飞船返航回到艾洛斯,那是八十年之后的事了。事实上,他确实是有能力做出这样的事的。就算他因此受到问责,也不会被治罪。按照军方的惯例,当船长认为飞船上正在酝酿政变或是阴谋时,大家往往倾向于信任船长的判断。就连我给这封信件加密的行为,也是非常危险的。然而除此之外,我们再也没有安全的交流方式了(你会注意到,和彼得不同,我采用的方法会要你活着解开密码,而不止是要求输入你手指的全息图像)。

我做的事肯定会让昆西崩溃的。每一天(按殖民地来说是每个月)我都在和代理总督科尔莫戈罗夫保持通讯,了解莎士比亚星上发生的一切事情。摩甘不知道我们到底在交流些什么，看到这些加密的通讯通过安塞波发送时也只有放行。

同时，我还会收到殖民地化学和生物学研究者所有的论文和报告。外星生物学家塞尔·摩纳奇是这颗行星上的林奈[1]与达尔文。他面对的是人类所发现的唯一一颗没有完全被改造成虫族生态环境的星球(当然是除了地球之外)，而他的工作是卓有成效的。他改造了生物的基因，将当地的动植物改造得能够供人类食用，找到了能够在这颗行星上繁荣生长的地球生物变种。没有他，我们也许会面临一个破败而贫困的殖民地；而现在，他们已经能够生产富余的食物，甚至可以让我们的飞船到达之后马上补充给养，重新起飞(如果主能保佑)。

如果摩甘将军感兴趣的话，这些学术性的文件他也都可以看到。不过看上去他并不在意。飞船上的外星生物学家都在冬眠当中，脱离相对论速度之后才会醒来，目前在这艘飞船上，我是唯一一个打开过莎士比亚殖民地外星生物研究文献的人。

现在你明白为什么我选择不进入冬眠了吧？我当时就有过预感，摩甘将军可能会等到自己完全控制了殖民地的局面之后再让我醒来，也许那已经是飞船抵达殖民地六个月之后的事了。当然这不在他的职权范围之内，但他确实有能力这样做。飞船上有四十名太空陆战队员，他们唯一的使命就是保证船长的意志得以实现，而其他船员的生命和自由都要看船长的心情。这样一来，又有谁敢来反对船长呢？

而现在，我所做的一切都有可能被解读成挑衅，摩甘将军的行为，以及他对我的威胁都证明了这一点。我不认为这是他

---

① 林奈是瑞典的植物学家、冒险家，首先构想出定义生物属种的原则，并创造出统一的生物命名系统。

的本意，他可能真的觉得飞船正在遭到攻击，但就此直接推断我该为当时的状况负责还是太匆忙了。而且他在恐慌之中所试图做出的解决方案，让人感觉攻击的对象乃是他的权威，而不是我们的飞船。我们现在已经在他的关注之下，交流中不能有任何词句表现出对他的嘲弄或是贬低，更不能质疑他做出的任何决定。

我也没有任何可以信任的人。虽然我对科尔莫戈罗夫总督可以百分之百地信任（他对我也一样），但我没法确定行星上的其他人会认为让一个十五岁的孩子做他们的总督是个很好的主意。这样一来，我就没办法预支将来作为总督时的权力了。所以对我来说唯一的办法，就是做出把昆西船长当成父亲的姿态，在各种场合都心甘情愿地听从他的领导。当你看到我不顾廉耻地对他曲意逢迎时，其实在精神上我已经进入战斗状态了。我会在他的鼻子底下调动自己的部队，将他们伪装成一队队平凡的农民。目前我的军队中只有你和我两个人，而这对我来说并不算什么麻烦，你只要继续假装什么都不知道就好。你和彼得过去好几年里一直是这样做的，不是吗？

这封信之后，也许我不会给你发太多其他的信件，只有在真正紧急的情况下才会和你这样联系。我不想让他开始猜测我们之间正在交流些什么。他有权没收我们的桌面电脑，强迫我们解密其中的所有内容。有鉴于此，希望你彻底删除这封邮件，我也一样。当然了，我会注意将这封信件拷贝一份，用最高的密级发送给格拉夫。万一有一天需要成立军事法庭，决定摩甘将军强迫我进入冬眠、把我送回艾洛斯是否正确，我希望这封信件可以当证据，证明在经过彼得那件事之后我的精神状态。

还有一种可能，摩甘会采取更加冒险的计划。他可能不会占据这艘飞船，而是自己待在莎士比亚星上，把飞船送回地球。就算艾洛斯上派人来镇压他的叛乱，等到后续部队到达的时候，他可能已经不在人世了，或者已经过于年迈，连逮捕的价值都没有了。

无论如何，我还是觉得他的本性并非如此。他是那种官僚系统中的生物，他需要的是势力，而不是管理能力。与此同时，根据我对他的判断，除非能在道德上站住脚，否则他是不会采取背信弃义的行为的。因此，在假定我劫持了安塞波通讯的时候，他才会让自己陷入狂怒，认定需要发动政变，剥夺我作为总督的权力。

但这些分析只能作用于他有意识的计划，对他下意识的欲望却没有用处。也就是说，他虽然认为自己只是对事态的变化做出了反应，事实上他只是在根据自己的需要去解读事态，给自己的所作所为找理由，而他自己甚至都不知道自己希望做出这些事来。这样下去，当我们到达莎星时，他总会有机会找到采取“紧急措施”的理由，让他在那里待上更长的时间，“迫使”他把飞船送回艾洛斯，自己留在殖民地。

我必须了解昆西的想法，这就是为什么我一直在接近托斯卡诺母女。对于未来的权力争斗，母亲显然对昆西更有信心，不过按她的想法，一定会在两边都投下赌注，无论最后谁做总督，她或是她的女儿总会嫁给最有权势的人。

那位母亲绝不会让女儿脱离自己的控制，然而如果我和她女儿结了婚，最后又名副其实地当上总督的话，这种事情是无法避免的。所以，无论是不是有意为之，那位母亲已经站到敌人的立场上了。不过至少在目前，她还是我了解昆西的精神状态的最佳渠道，毕竟她现在一有空就和船长待在一起。我必须了解昆西。将来我们能否保住性命，就看我能不能在他有所动作之前预料到了。

在这期间能和别人分担这些，对我来说已经是莫大的安慰了。在战斗学校期间，我所拥有的最接近朋友的同伴是豆子。然而我只能对他怀有一定程度的信任。自从很久之前，我们在北卡罗莱那的湖上谈话之后，这还是我第一次试着毫无保留地说出真心话。

噢，等等。那只是三年前的事，或者更短？时间真是令人困惑啊。谢谢你和我在一起，华伦蒂。我只希望这次旅行不会毫无意义，最后让我们在冬眠中返回艾洛斯，听凭八十年的人类历史就这样匆匆流过，而我们除了成为官僚制度的牺牲品之外一事无成。

安德

罗勒密无法猜测，在经历了那么多事、做出了那么多事之后，再次回到战斗学校对自己来说究竟意味着什么。

在失去了一切斗争的力量之后，余下的只有屠杀了。她向敌人投降了。心中那不断下沉的绝望告诉她，这一切都是她的错。不少人对她提出过警告：不要做得太过。这些人有些是朋友，有些原本也可以变成朋友。将侵略者赶出身毒，解放自己的祖国，这已经足够，不该对他们采取进一步动作了。

她犯下了历史上常见的错误，和拿破仑、希特勒、薛西斯[①]与汉尼拔一样，她觉得自己不曾被打败过，就意味着永远不会被打败。在打

① 波斯帝国的国王，大流士的继任者，残暴地镇压了埃及人民的起义。扎克·施耐德导演的电影《三百勇士》里他是反一号。

败了比自己更加强大的敌人之后,她就把这当成理所当然的了。

更糟糕的是,她对自己说,我相信了我自己的传说。我精心地把自己打造成了女神,但至少开始的时候我还记得,自己只是假扮成女神而已。

最后,FPE打败了她。同样来自战斗学校中的萨里文,她曾经的爱人,劝说她向彼得投降。起初她并不愿意,但她知道,自己要么立即投降,要么就等着所有忠于她的人被杀戮殆尽,其中的区别只是她自己的骄傲而已。而她的骄傲并不值得哪怕一名士兵为之献身。

“Satyagraha①,”萨里文对她说,“忍受必须忍受的吧。”

Satyagraha也正是她对自己的人民喊出的最后一句话。我命令你们活下去,去忍受这一切。

她挽救了军人们的性命,只身向萨里文投降,通过他,罗勒密见到了彼得·维京。

作为胜利者,维京显示出了自己的仁慈。至少比他的弟弟,传奇般的安德,在虫族战争中表现出的要仁慈得多。虫族也是这样看待安德的吗?把他当作死神之手,否认整个种族存在的价值?他们也有信仰的神祇吗?他们向谁祈祷,向谁膜拜,在面临毁灭的时候又去诅咒谁呢?也许像他们那样,直接从宇宙中销声匿迹,反倒是更容易的做法吧?

罗勒密活了下来。没人敢杀死她。全体身毒人仍然在崇拜着她,如果判她死刑,或是将她监禁,身毒将陷入无休无止的叛乱。没人能够管理这样一个国家。但如果她只是消失不见,那么她将成为传说中的女神,离开了尘世,总有一天将会归来。

所以她按照彼得他们的要求录制了录像,恳求身毒人民投票加

---

① Satyagraha是梵语,字面意义为“坚守真实”。甘地将这一思想进一步发展为所谓“非暴力不合作运动”。

入FPE组织，接受霸主的统治，同时请求军队停止反抗，解除武装。作为回报，身毒人民拥有了自治的自由。

韩楚的国家如法炮制，阿莱的故土也是纷纷效仿（她曾经与阿莱结婚，但后来却离开了他）。他们的努力多少起到了一些作用。

他们都接受了流放，不过罗勒密知道，只有她是罪有应得。

接受流放的军事领袖们都被指派做殖民地的总督。如果我当时就和安德一起接受这任命该多好，那样就不用回到地球，不会有那么多人流尽鲜血了！但她毕竟建立了引人注目的功绩：面对无比强大的侵略者，我为身毒争取到了自由；我将一个四分五裂的国家团结在了一起。正因如此，大家才认可了她治理的能力。她想道，正是因为我做出了那些可怕的事情，人们才对我报以信任，让我去为一个崭新的世界奠基。

在地球上她被囚禁了一段时间，在印度支那半岛过了几个月，然后是巴西的监狱。她被小心地看管了起来，不过也没有受到什么虐待。在那期间她开始变得烦躁，希望能够离开地球，开始一段新的生活。

但她没有预料到的是，殖民者用来集结的地点正是当年用作战斗学校的太空站。

仿佛是一场栩栩如生的梦境，她又回到了童年时待过的地方。走廊没有任何变化，墙上的颜色代码仍然起着作用，指引殖民者前往他们的宿舍。当然了，兵营已经改造过了，殖民者们不会忍受战斗学校中那拥挤的校舍和军事化的管理。零重力下的战斗游戏当然也不会再出现了。就算战斗室还有什么其他用途，也不会有人来告诉她了。

不过食堂的样子仍然没变，军官餐厅和士兵餐厅都在，只是她现在用的餐厅是学生时代从不曾进入过的教官餐厅。其他殖民者是不准进入这餐厅的，也只有在这里，她才能避开他们。在教官餐厅中，她周围全是格拉夫的殖民部派来的人。这些人都在小心翼翼地疏远着她，和她保持着距离。对此她既怀着感激，又有些愤愤不平。她猜测，这两种截然相反的反应源自这些人不同的动机。她知道，这些人想对她做出和善的表现，但这仍然让她觉得受到了伤害，好像自己是个传染病人一样，不得不被单独对待。如果她想交朋友，可能也不那么困难；也许他们正等着她去和他们谈话，好知道她是否希望与其他人交谈。她希望有人陪伴，但她无法跨越餐桌之间那短短的距离。她只有独自进餐，因为她并不知道自己是否还配进入人类的社交群体。

更令她感到痛苦的是，殖民者们仍然抱着崇拜的心情对待她。当在战斗学校的时候，她只是普普通通的一名学生。女孩的身份让她多少有些与众不同，而她也曾努力拼搏过，为自己争取地位，但她毕竟不是安德·维京那种传奇。当时她并不是领袖型的人物。只有到了后来回到身毒之后，在那些她理解的人、与她血脉相通的人当中，她的领袖才能才得以展现。

问题就出在，这块殖民地的移民绝大多数都是身毒人。他们都是自愿参加殖民计划的，而吸引他们的原因，恰恰正是罗勒密将担任新殖民地的总督。有人告诉她他们甚至需要抽签决定谁能前往殖民地。她来到殖民者之间，和他们交谈，想要了解他们，但却毫无用处。他们对她抱着敬畏之情，和她说话时要么变得张口结舌，要么就不由自主地开始打官腔，言语也变得疏远起来。她根本不可能和这些人进行真正的交流。

他们仿佛都在和女神谈话。

我在战争期间做得太好了，她对自己说。对身毒人来说，战败并不意味着失去了神的青睐，更重要的是她能够忍受失败。而她偏偏对此毫无办法。她在战败之际保留了尊严，而对他们来说，这让她看上去更加接近神了。

也许这会让她的治理变得容易一些，但也许这意味着当幻想破灭时，他们将会经受更多的痛苦。

一群来自海得拉巴的殖民者来向她请愿："新的殖民行星将叫作'恒河星'，以圣河的名字命名。我们对此并无异议。但难道就应该忘记我们这些南方人民吗？我们说的是泰卢固语，不是印地语，也不是乌尔都语。难道在新的殖民地中，就不能有一块属于我们的地方吗？"

罗勒密马上用泰卢固语和他们谈了起来。她早就知道，如果只会说印地语和英语，她是无法让全身毒人真正团结起来的，因此在这上也下了不少工夫。她说她会去了解一下其他殖民者的想法。

这是对她领导能力的第一次检测。她来到殖民者当中，挨个宿舍和大家谈话，看大家是否能够接受用海得拉巴首府的名字，将新世界的第一个村庄命名为"安德拉邦"。

大家都毫不犹豫地接受了她的提议。殖民星球将被命名为恒河，而第一个村子则叫安德拉邦。

"我们的官方语言仍然是通用语。"她说，"身毒那么多美丽的语言将被它掩盖，这让我感到心碎。但我们必须用同一个声音、同一种语言与彼此交谈。你们的孩子必须在家里学习通用语，把它当作自己的第一语言。你们也可以教他们学习印地语或是泰卢固语，但首先必须是通用语。"

"统治者的语言。"一位老者说道。其他人立即朝他吼了起来，要他对罗勒密保持尊重。

但罗勒密只是笑了笑。"没错，统治者的语言。我们曾经被英国人征服过，现在又是世界的霸主。但那也是我们所共有的一种语言。我们被英国人统治了那么长的时间，又和美国人打了那么多交道。而对其他人来说，如果他们不学会通用语，就根本没法参加这次航行。"

老人也和她一起笑了。"多亏你还记得，除了英国人和美国人，我们说这所谓‘通用语’的时间比任何人都要长。”

“身毒人民总是能够学会征服者的语言,然后把它变成自己的。我们的文学变成了他们的文学,而他们的也变成了我们的。我们用自己的方式说着这些语言,同时用他们的词句进行着自己的思考。我们就是我们,永远不会改变。”

她对身毒殖民者是这么说的。但还有其他殖民者,大约五分之一的殖民者不是从身毒来的。有些人选择这里是由于她的名声,她为自由而战的经历引人遐想。是她为身毒筑起了长城,有人因此把她当成了偶像。

也有些人是通过抽签被分配到恒河星的。这是格拉夫的安排,他要求来自身毒的殖民者不能超过总数的五分之四。在他的备忘录中对此进行了简短的解释:“也许有一天,一小群殖民者就可以单独建立起一处殖民地。但最初这批殖民地的法律中都规定,所有人类都是平等的公民。让这么多身毒人追随你已经是个冒险了。通常情况下,我们不会允许殖民地超过五分之一的人口来自同一个国家,但考虑到身毒的特殊政治局势,不得不开个特例。即使如此,我们还是收到了来自四面八方的要求:肯尼亚人、达尔富尔人、库尔德人、盖丘亚族人、玛雅人,还有许多民族都提出了要求,希望有一块属于自己的家园。既然我们给予了罗勒密的身毒人一块殖民地,为什么不给他们?他们是不是需要先挑起一场血腥的战争,才能够……如此这般。这就是为什么我必须派遣百分之二十的非身毒殖民者和你们一起前往,也是为什么我需要确保你把他们当作平等的公民对待。”

是,是,格拉夫上校,你尽可以这样安排。就算等我们到达恒河星,而你在几十光年之外,无法再对我们的行为有任何影响的时候,我也会恪守自己的保证。我会鼓励他们与身毒人通婚,并保证他们受到平等的对待。我会坚持确保英语——抱歉,是通用语——成为殖民地的官方语言。

但不管我如何努力,这百分之二十的移民仍然将被吞噬。再过六代,五代,或者也许只需要三代,来到恒河星的访客就会看到金发或红发的身毒人。他们的皮肤可能白皙或者黝黑,长着非洲人或者东方人的面孔,但他们会告诉你:“我是身毒人。”如果你不愿意承认,也只会沦为他们的笑柄。

身毒的文化太强势了,不是任何人能够驾驭的。我之所以能够治理身毒,就是因为我在遵从身毒人的方式,实现身毒人的梦想。我会成为恒河殖民星,或者说安德拉邦城的领袖,而我的办法就是教导身毒人假装忍受他们,与他们做朋友,而事实上我们将把他们融入我们的社会。他们很快就会意识到,在这个陌生的新世界中,只有身毒人才是本地人,其他人都只是外来者,除非他们也变得“本地化”,成为我们中的一员。这是无法阻止的。人类的本性,加上身毒人特有的顽固与耐心,决定了这一切。

不过,罗勒密仍然在战斗学校(也就是现在的中继站)和其他非身毒籍殖民者进行了一些接触。他们非常欢迎她。她讲着战斗学校口音的通用语,还能熟练运用学校的行话,这给她带来了不少好处。在战争之后,全世界的孩子都在学战斗学校的孩子说话,而她对这种讲话方式非常熟悉,很容易就吸引了小孩子和年轻人,大人们对她也颇有好感。语言拉近了她和其他人之间的距离,大家不再仅仅把她当成名人看待了。

当时的新兵(大家管他们叫菜鸟)所待的兵营现在也成了大家的宿舍,罗勒密在那里遇到了一个女人。那女人怀中抱着一个婴儿,坚持与她保持着距离。罗勒密并不是很介意,毕竟并不是每个人都喜欢她。但很快,随着前往兵营的次数越来越多,她很快看出妮切尔·菲尔斯疏远她并不是因为害羞,而是因为抱着敌意。

这女人激起了罗勒密的好奇心，她希望能更多地了解她的情况。但妮切尔档案中的生平经历非常简略，罗勒密不禁怀疑这是伪造出来的。这种情况也有很多，有不少人参加殖民的动机就是与自己的过去告别，把原先的身份抛在脑后。

和那女人直接交流是挺难的事。她经常用那副可人的面孔摆出若无其事的表情，简单地回答每个问题，如果不想回答的话就干脆什么都不说，扯动下颚露出牙齿，摆出机械的笑容。罗勒密知道，这笑容背后隐藏着愤怒。她不愿把妮切尔逼得太紧了。

不过当跟别人在妮切尔的耳力能及的范围内交谈时，她总会留意那女人的反应。从她的体态可以看出，每当提到霸主、彼得·维京、FPE尚在进行的战斗或是殖民局时，总会激起她的怒意。只要提到某些名字，她就会紧紧地抱住怀中的婴儿，像念咒语一样对孩子说着些什么。这些名字中包括安德·维京、格拉夫、萨里文，而效果最显著的则是朱利安·德尔菲奇，也就是豆子。

罗勒密在心里念了一遍这些名字，想看看自己有什么感性的反应。妮切尔·菲尔斯显然没有通过任何方式参加战争，罗勒密把她的照片拿给彼得手下的人看过，他们都表示没有见过此人。但她对最近发生的历史事件显然有着非常个人化的观点。

在航行准备期临近结束时，她偶然间试了另外一个名字。当时她在和一对比利时来的夫妇聊天，妮切尔也在附近。罗勒密用她肯定能听到的声音说出了“阿喀琉斯·弗兰德雷斯”的名字，谈到他是近来最著名的比利时人。不出所料，比利时夫妇认为这是对他们的冒犯，坚称阿喀琉斯并不是比利时人。罗勒密在安抚他们的时候，也在观察妮切尔的反应。

她的反应非常强烈。初看上去，她的动作和平时没什么不同：紧紧地抱着婴儿，用鼻子轻触着他的脸，对他喃喃低语。

不过罗勒密看出来了：她不是在轻嗅孩子，也不是在掩饰怒火。她看着孩子的表情充满着温情与幸福。她在微笑着，一遍遍地重复着“阿喀琉斯·弗兰德雷斯”这个名字。

罗勒密的心情乱了起来。她想走过去朝那个女人大喊：你怎么敢对那个怪物的名字如此崇敬！

但她也同样敏锐地意识到，自己也做出过不少怪异的行为。她和阿喀琉斯确实有所不同，但也有相似的地方。对她来说，强烈地抨击阿喀琉斯并不是明智的选择。需要搞明白的是，阿喀琉斯对那个女人有着某种亲密的吸引力，这又是怎么回事？

罗勒密离开了兵营，又进行了一番调查。阿喀琉斯的行动记录显示，他不可能在什么地方遇到过那个女人。她明显是美国人，罗勒密根本无法想象她会说法语，说得再烂也不可能。她没受过什么教育，和大多数美国人一样，她只会说一种语言，虽然错误百出，但说起话来嗓门仍然非常响亮。这孩子不可能是阿喀琉斯的。

但她必须要搞明白。那女人的行为明确表示，这种可能性还是存在的。

在批准菲尔斯母女登船进入冬眠之前，她提取了孩子的基因样本，和阿喀琉斯·弗朗德雷斯的基因进行了对比。

没有符合之处。他不可能是这孩子的父亲。

好吧，罗勒密想。这个女人很奇怪，她可能会是个隐患。不过现在没人能够处理这事。等我们远离地球之后，她对那个怪物的迷恋可能就会减退了。到时候，她也许就会接受其他人的友好。

也许她不会。她的这种攻击性的态度也许正是一种自我惩罚，通过拒绝与其他人建立友谊，她给自己制造出孤独的环境。无论是哪种情况，罗勒密都还应付得来。在数以千计的殖民者当中，一个女人能制造出多大的麻烦呢？妮切尔·菲尔斯并不是领袖型的人物。不会有人追随她，她也做不出什么事来。

罗勒密签署了文件，批准菲尔斯进入冬眠。不过经过了这一番耽搁，到格拉夫亲自来到空间站、向那些准备在清醒状态下度过航程的殖民者讲话的时候，母子二人还没有进入冬眠舱。现场只有几百名殖民者，大多数人还是希望在冬眠中航行。格拉夫的目的就是向这几百人申明，航行期间飞船船长有着绝对的权力，并向他们强调船长有权用最极端的手段惩罚违反规定的人。“如果飞船上的工作人员对你们提出任何要求，你们必须执行，而且必须立即执行。”

“否则呢？”有人问道。

格拉夫并没有生气。那声音听起来更像是受到了惊吓，而不是要挑战他的权威。“根据事态的变化，对船长权力的限制可能放宽，甚至包括决定船员的生死。而至于事态有多么严重，完全取决于船长本人的判断。对于船长的决断，任何人都没有上诉的机会。都明白了吗？”

所有人都表示听明白了。有些人甚至在最后时刻决定进入冬眠，并不是因为他们原本有意篡夺船长的权力，只是不喜欢在几年时间里一直被迫与掌握着如此大权力的人生活在一起。

会议结束时，现场一片嘈杂。有人朝前排的桌子走去，准备在最后期限之前进入冬眠。其他人则纷纷朝自己的宿舍拥去，还有些人集中在格拉夫身边——都是些名人的崇拜者，从某种意义上说，格拉夫的名声几乎和罗勒密一样响亮，而在此之前，大家还都不曾有接触他的机会。

罗勒密正朝冬眠者的登记桌走去，突然听到格拉夫那边传来一阵骚乱，许多人都大声地吸着气，纷纷发出惊呼。她朝那边看了过去，并不知道发生了些什么。格拉夫就站在那里，朝什么人微笑着，表情仍然非常正常。顺着围观众人的目光（事实上他们只是在偷偷瞟着），罗勒密看到一个女人正满腔怒火地推开旁人，离开格拉夫身边的人群，朝房间外走去。

不用说，那就是妮切尔·菲尔斯，怀中还抱着她的孩子兰道尔。

她的举动并没有怎么影响到格拉夫，只是让周围的人们觉得非常不悦。

但不管怎么说，妮切尔还是找到了机会去面对格拉夫。她的敌意转化成了行动，这真不是个好消息。

她为什么要这样明显地表露出对他的敌意？要说名气的话，我也……

我的名气也不小，但我是为什么获得这名气的？因为霸主打败了我，俘虏了我。而我曾经与之为敌的又是什么人呢？萨里文、彼得·维京，还有他们所代表的整个文明世界。这和那些反对着、痛恨着阿喀琉斯的正是同样一批人。

不用说，这正是她没有选择其他殖民队伍，自愿与我同行的原因。她觉得我既然被同样的敌人打败过，应该有着与阿喀琉斯类似的灵魂。她不知道，或者说至少她签字决定前往我的殖民地时并不知道，我与那些打败了我的人有着同样的想法。我曾经犯下了错误，需要别人阻止我。我不是阿喀琉斯。我和他没有任何共同之处。

罗勒密扮作女神的化身，借此获取权力，将整个身毒团结在了一起。她知道，如果女神因此想要对她施与惩戒，那么最好的办法就是让别人认为她和阿喀琉斯是同样的人——然后再因为这个原因喜欢上她。

幸运的是，有这样想法的只有妮切尔·菲尔斯一人，她不喜欢任何人，也没有和她交朋友。不管她有什么样的看法，也只和罗勒密一人有关。

我一直对自己这样说，罗勒密想，这是不是意味着，在我意识的最深处，那女人古怪的观点已经影响到我了？

当然是了。

Satyagraha。这，也是我必须忍受的。

第十二章

收件人：GovDes%ShakespeareCol@ColMin.gov/voy
发件人：MinCol@ColMin.gov
主　题：奇怪的会面

亲爱的安德：

是的，我还活着。每年我都要在冬眠状态下度过十个月，以持续观察项目的进展情况。若不是我有一位可以以生命托付的同事，这本是不可能的。根据精确计算的结果，等你们到达莎士比亚星的时候，我应该还在人世。

不过这次我给你写信，是因为你曾和豆子有过一段交情。附件中的文档是关于他基因方面的疾病的。我们已经知道，豆子的真名是朱利安·德尔菲克；当他还是枚胚胎的时候就被人绑架，进行非法的基因实验，而他是实验品中唯一的幸存者。在实验中他的基因被修改了，这让他拥有了远远超出正常水平的智力。同时，他的身体生长方式也受到了影响。他在童年时看起来非常瘦小（你认识的豆子就是这样），也不会有青春期的生长高峰，但他的身体将持续生长，直到最后死于巨人症。豆子不希望待在医院、在众人的同情中结束他的生命。他乘上了一艘光速飞船，踏上了探索的旅程。他将一直活下去，但无论从动机还是结果判断，他都已经永远离开了地球，不再是人类中的一员了。

我不知道有没有人告诉过你，豆子和佩特拉结了婚。虽然豆子害怕他的基因会遗传给自己的孩子，但他们还是提供了九枚受精卵。有位医生声称自己可以修复孩子们的基因缺陷,而他们也相信了那个骗子。佩特拉自己生下了一个孩子,但另外八枚受精卵被盗走了,就像豆子当时的情况一样,植入了几位母亲的子宫,而她们并不知道孩子的父母是谁。通过广泛而深入的调查,我们找到了七名丢失的孩子,而最后一位直到现在才被发现。

之所以现在向你说起这个,是因为前几天我遇到了个奇怪的人。那时我在埃利斯岛(我们给之前的战斗学校起的名字)。所有的殖民者各归其类,他们的飞船也各归其类——艾洛斯星目前的轨道位置已经不大适合发射飞船了,我们只好从离地球更近些的地方出发。

当时我正在给一批殖民者讲解航行中的事项,分享我的知识与智慧。那些人将前往一颗名为恒河星的殖民地。讲话结束之后,一位女士来到我跟前。根据口音判断应该是美国人。她什么话都没有说,只是朝我的鞋上吐了口唾沫,然后转身离开了。

这件事无疑引起了我的注意。对这样轻佻的女子,我总是很有兴趣的。我查了查她的资料,或者说,我通过在地球上的朋友了解了一下她的背景。结果表明,她报名参加殖民的时候用了化名——这事很平常,我们也不是很在乎,只要你没有侵害过儿童,也不是连环杀手,想扮成什么身份都可以。在参加殖民之前,她曾经和一家杂货店的副经理结婚,而这位丈夫完全无法生育。所以她身边的婴儿并不是她前夫的孩子,这事也不算罕见。然而这孩子也不是她的。

有件我一直羞于提及的事情。我曾经答应过豆子和佩特拉,不会在任何地方保存他们孩子的基因样本,但在寻找他们孩子的时候,我还是偷偷保留了一份记录的拷贝,希望有一天我有机会找到那个失踪的孩子。

不知为什么，这位女士，原名兰迪·约翰逊，化名为妮切尔·菲尔斯，怀上了豆子与佩特拉那个失踪的孩子。这个孩子同样患上了豆子的巨人症。他会非常聪明，但在二十岁上(或者更早的时候)就会因为生长过快而死。

而养育他的这位女士，出于某种原因，将朝我吐唾沫看作是非常重要的事情。个人而言，我并没有觉得受到了冒犯，但却很感兴趣。通过这一举动，我猜想，她可能和其他几位代孕的母亲不同，多少知道一些孩子的来历。不过更有可能的是，有人对她说了谎。不管是哪种情况，我都已经没法找她证实。等到我确认了这些信息的时候，她已经出发远航了。

她将前往恒河星殖民地。和你的殖民地一样，恒河星也将由一位战斗学校的毕业生领导。罗勒密出发时并不像你那样年幼，她于“后战斗学校时代”生活在地球上，将身毒从唐人手中拯救了出来，但在那之后又对侵略宿敌发动了反击。那场有欠考虑的战争中，命运并没有站在她那边。在掌权的最后时刻，她开始出现疯狂的自我毁灭倾向，甚至相信了自己策划的宣传。不过现在大家还是把她当作圣人。我们没办法决定，到底应该因为她带领自己的民族走向自由而给予她荣誉，还是该因为侵略其他的国家而对她提出控诉。所以我们只能任命她成为新的殖民地总督，而这将是第一个继承地球上某个特定文化的殖民地。大多数殖民者都是身毒公民，信仰本土宗教，不过也并非全部。

豆子的儿子一定会很聪明，像他爸爸一样，更何况他的妈妈也那么优秀。而兰迪也许会给他讲很多故事，这些故事可能会使他的性格向不好的方向转变。

我为什么要向你讲这些呢?因为恒河星将是我们第一次向未曾被虫族占领过的星球殖民的尝试。殖民者航行的速度将会略慢一些,在他们到达之前,外星生物学家们会在那里工作,使那颗星球变得适合移民生存。

如果你觉得治理莎士比亚星的生活很美满,已经决定在那里度过余生,那么这条消息对你来说可能没有任何意义了。但如果几年之后,你觉得做殖民地总督并非你的所好,我希望你能到恒河星一游。当然了,在恒河星殖民地建立之前,你要在莎星上度过五年甚至十年的时光,而前往恒河星的旅途又很长,等你到达那里时,殖民地已经建立了十四年(或者十九年)了。到那时,那个叫作兰道尔·菲尔斯的孩子已经长到了成年人的体型,或者更高大。他那超乎寻常的智慧可能已经让罗勒密无法控制,也许会对殖民地的和平与安全造成威胁。也许他已经建立了自己的独裁统治。也许他会通过自由选举成为新总督,将人民从罗勒密的疯狂下拯救出来。也没准他已经不在人世,或是已经变成了平凡的殖民者。谁又能知道呢?

和以前一样,选择权完全在你手中。我不会要求你做任何事,佩特拉和豆子也不会。但如果你对这事感兴趣,觉得比待在莎星上更有趣的话,不妨到那里一游。也许你可以为一位年轻的总督提供帮助。罗勒密非常优秀,但偶尔也会做出一些很愚蠢的决定。

无论如何,一切都无法事先知晓。如果你想对恒河星的局面有所影响,那么你离开莎星的时候,恒河星的殖民者还没开始从飞船上卸货呢!也许等你到了才发现,殖民地已经开始正常运作,你在那里完全无事可做。

你看,我又在为完全无法预料的事情做计划了。不过有时我会庆幸自己之前这样做过。当然,如果你已经决定,从今以后再也不做我计划中的一部分,我也能够理解。

你的朋友

格拉夫

又及:可能你的船长并没有告诉你,你离开地球五年之后,在我的强烈要求下,IF派出了一系列巡航飞船。那些飞船并非运送殖民者的庞然大物,它们只能装下少许的货物,我们希望这些飞船可以成为各个殖民地之间用来交易的工具。我们会安排这些飞船依次造访各个殖民地,每个殖民地每隔五年都会有一班飞船到访,而这些飞船将在巡游人类的各个殖民地之后回到地球。船员们可以选择完成整个航程,也可以在任何一个殖民地世界训练自己的接班人,然后留在当地,让这些人接替自己的位置。这样一来,不再会有任何人终其一生都被困在某个殖民地,也不会有人必须在某艘太空船上度过余生。不难猜想,志愿参加这项计划的人也不在少数。

维塔利·科尔莫戈罗夫躺在床上,等待死亡的降临。他已经开始有些不耐烦了。

“不要操之过急。”塞尔·摩纳奇说,“你会留下坏榜样的。”

“我并没有着急,只是有些不耐烦了。我想我是有权利拥有自己的感觉的!”

“而我感觉你也有权利拥有自己的想法。”塞尔说。

“噢,这人现在反倒开始有幽默感了。”

“是你自己决定在这张床上结束生命的,不是我。”塞尔说,“所以,黑色幽默也算合适。”

“塞尔,我叫你来是有理由的。”

“理由就是让我更加沮丧。”

“我死了以后,殖民地需要一位总督。”

“已经有一位总督从地球来了,不是吗?”

“严格来说,是从爱神星[①]来的。”

“呃,维塔利,我们都是爱神带来的。”

“引经据典,确实很有趣。我在想,再过多久,这里就再也没有人能够听懂这样用太阳系天文学和希腊神话的双关语开的玩笑了?”

“无论如何,维塔利,请不要告诉我你已经指定我出任下任总督了。”

“不会的。”维塔利说,“我只是要交给你一项任务。”

“一项年老的外星生物学家能够完成的任务。”

“肯定能的。”维塔利说。“那里有一封邮件,已经加密了。不,我不是要给你密码。邮件已经在安塞波通讯队列里了。我只是要你做这件事:等你完全确定我已经死了,在举行选举选出新的总督之前,把邮件发送出去。”

“给谁?”

“那封邮件知道自己是给谁的。”

“真是聪明的邮件。为什么不告诉它,让它等你一死就把自己送出去?”

“你能保证吗?”

“当然了。”

“我还希望你保证一件事。”

“我年纪已经大了。别指望我能一下子记住那么多保证的事情。”

---

① 爱神星又称艾洛斯星。艾洛斯是希腊神话中掌管性爱的神。

“如果他们选你当总督，你要接受这工作。”

“他们不会的。”

“如果他们选了别人，那也很好。”维塔利说，“但如果他们选了你，事实上除了你之外大家都是这么期待的，你一定要接受。”

“不。”

“这就是你为什么必须接受。”维塔利说，“正因为你不想担任这份工作，你才是最有资格的人。”

“没有哪个神志正常的人会想要这工作的。”

“但还有太多人渴盼它了，不是因为他们想做这样的工作，而是因为他们喜欢这份工作带来的荣誉、声望、地位。”维塔利笑了，然而笑声马上变成了一阵嘶哑的咳嗽。他挣扎着咽下一口水，胸口的痉挛渐渐平息下来，接着说道：“等我死后，肯定不会怀念这些东西的。”

“你的地位吗？”

“不，我说的是我的咳嗽。还有胸中不停发痒的感觉。哮喘。气胀。视线模糊，不管眼镜多好，光线多亮，都看不清东西。所有这些都是年老体衰的讨厌症状。”

“那么这糟糕的呼吸又算是什么？”

“这是一种巧妙的设计，让你在我死的时候会感到高兴。塞尔，我是认真的。如果其他人被选为总督，那一定是个觊觎这个职位的人，而当新总督到来的时候，他肯定不会愿意交出这位置的。”

“那是应该由他们决定的事情。从艾洛斯来的人，带给我们补给、仪器、专业人员，还有一位独裁者。”

“起初我也是个独裁者。”维塔利说。

“我们刚开始建立殖民地的时候，连活下来的希望都很渺茫。没错，是你让一切平稳地发展，直到我们找到了办法，让我们不被这颗星球上的东西杀死。但那些日子已经过去了。”

“不，还没有。”维塔利说。“我就直说了吧。前来这里的飞船上有两位将军。其中一位是我们将来的总督，另一位则是飞船的船长。猜猜看他们中哪一个认为自己将做这里的总督？”

“当然是船长了。否则你不会这样说的。”

“他是个官僚。一个善于钻营的人。在我们踏上航程之前我并不认识他，但我知道他那种人是什么样。”

“也就是说，飞船将带来我们需要的所有东西，顺便还有权力斗争。”

“我不希望这里发生战争。我不希望再流血了。我不希望新来的人需要在莎星上打败一位自负的代理总督。我希望我们的殖民地做好准备，欢迎这些新殖民者的到来，也同样欢迎他们带来的一切。我希望大家团结在那位在艾洛斯星上时就被指派为总督的人周围。在做出这项任命的时候，他们是知道自己在做什么的。”

“你知道他是谁。”塞尔说，“但你却从不曾告诉任何人。”

“我当然知道了。”维塔利说，“在过去的三十五年中我一直在和他通讯，从殖民飞船一起飞就开始了。”

“而你从没提起过他。那是谁？是我听说过的人吗？”

“我哪知道你听说过谁，没听说过谁？”维塔利说，“我是要死的人了，别烦我。”

“就是说你还是不会告诉我。”

“等到光速航行结束的时候，他会和你联络的。然后你就可以告诉大家他是谁了——不管他告诉你什么，你都可以告诉其他人。”

“但你不相信我能保守秘密。”

“塞尔，你确实不会保守秘密。你脑子里有什么就会说什么。你完全不懂得计谋。正因如此，你将会成为一位优秀的总督。如果有什么事是你不能一知道就告诉别人的，我就绝对不能告诉你。”

“我不会撒谎？好吧，那么我就不用答应你，我会接受总督的位置了。我肯定不会的。我不需要。他们会选择其他的人。除了你，没有人喜欢我，维塔利。我是个坏脾气老头，总是对周围的人吆三喝四，每个笨蛋助手都被我弄哭过。不管我为这个殖民地做过什么，都是很久之前的事了。”

“噢，闭嘴吧。”维塔利说，“你想做什么就做什么好了，我也一样。对我来说，就是去死了。”

“我也会死的，你知道。没准会比你还早。”

“那你可得抓紧了。”

“新的那位总督，他知道那些新来的人想在这里生活要付出什么代价吗？注射疫苗？定期食用改造过的猪肉，以在体内生成特定的蛋白质，饿死那些寄生虫？希望他们中没有素食主义者。想到那些新殖民者只要一离开飞船，就会在人数上超过我们，我就觉得有些不妙。”

“我们需要他们。”

“我知道。我们的基因库需要他们。农田和工厂需要他们。”

“工厂？”

“我们正在研究一座虫族留下的太阳能发电站。也许可以用它来驱动织布机。”

“工业革命！我们刚刚来到这颗星球三十六年！而你还说你最近没有为大家做任何事情。”

“不是我做的。”塞尔说。“我只是和李悌谈了谈，让他去试试。”

“哦，如果你只是那样的话，也就罢了。”

“说吧。”

“说什么？我想说的都说了。”

“你会说，说服别人尝试做每件事，正是你在过去三十五年间治理这殖民地的方式。”

“你已经知道的事不用我多说的。”

“不要死。”塞尔说。

“真让人感动。”维塔利说，“但你看不出来吗？我希望死。我的任务已经完成，能力已经耗尽。我离开家乡是为了战争。我们战斗了，胜利了。然后安德·维京打赢了虫族母星那场战争，这里所有的虫族都死去了。突然之间，我不再是一名士兵了。但我确实是名士兵，塞尔，不是当官的，更不是总督。然而我当时是司令员，发号施令的只能是我。那是我的职责，我只是尽了职责而已。”

“我可没你那么多职责。”

“我现在说的不是你，见鬼，你尽管做你想做的就是了。我说的是我自己。我现在说的，就是你在我那该死的葬礼上应该说的！”

“哦。”

“我不想做总督。我已经做好了充分的准备，准备在战争中死去。事实上，我对未来的思考绝不会比你更多。我们被派来这个星球，受过严格的训练，做好了准备要在虫族的殖民星球上生存，但我以为那应该是你的任务，你和其他的技术人员，而我只需要指挥战斗就行。虫族的部落会从山上攻下来，从我们脚下的土地中钻出来，而我需要和它们战斗——你根本不知道我做过什么样的噩梦，占领这颗星球，清扫虫族，坚守阵地。我害怕在这星球上我们的子弹根本就不够用。我以为我们都会死。”

“这么说安德·维京让你失望了。”

“没错。自私的小鬼。我是名士兵，但他从我手中抢走了我的战争。”

“因为这个，你爱他。”

“我尽了我的职责，塞尔，我尽了职责。”

“我也一样，”塞尔说，“但我不想替你尽职责。”

“我死之后,你会的。”

“你不会活着看到那一天了。”

“我对死后的生活还是抱有希望的,”维塔利说,“我不是科学家,所以可以说这话。”

“很多科学家都相信上帝。”塞尔说,“我们这里大多数科学家肯定都信。”

“但你却不相信我会看到你在做什么。”

“我更愿意相信,上帝对你会有更好的安排。另外,这里的天堂是虫族的天堂。我希望上帝会让你灵魂中活着的那部分回到人类的天堂中去。”

“或者地狱。”维塔利说。

“我忘了,你们俄国人都是悲观主义者。”

“这不是悲观。我只是想到我的朋友们待的地方去。想到我父亲的地方去,那个老浑蛋。”

“你不喜欢他?但你还是想和他在一起?”

“我想去揍那个老酒鬼一顿!然后我们就去钓鱼。”

“那肯定不是鱼类的天堂。”

“那会是每个人的地狱。不过还是会有好时光的。”

“就像我们现在的生活一样。”塞尔说。

维塔利笑了。“士兵们可不擅长神学。”

“外星生物学家也不擅长治理。”

“感谢你让我在死前看到这么多不确定的东西。”

“只要你高兴就好。现在,如果你不介意的话,我得去喂猪了。”

塞尔离开了,让维塔利自己躺在那里。维塔利开始考虑是不是该从床上爬起来,自己去发那封邮件。

不。他之前的决定是对的。他不希望再和安德有任何的交流了。

等安德收到邮件的时候,已经来不及回答了,这就是他的计划,是个不错的计划。安德是个聪明的孩子,善良的孩子。他会做他必须做的事。我不希望他征求我的建议。他不需要我的建议,但我如果给他什么建议的话,他一定会照做的。

第十三章

收件人:GovDes%ShakespeareCol@ColMin.gov/voy
发件人:GovAct%ShakespeareCol@colmin.gov
主　题:你看到这封信时我已与世长辞

亲爱的安德:

要说的话我已经放在标题栏里,就不绕圈子了。写下这些话时,我已经在体内感觉到了死亡的种子。我会安排好,等待这种子完全成长之后再发送这封邮件的。

我希望我的继任者会是塞尔·摩纳奇。他并不希望接受这份工作,但很多人喜欢他,而且每个人都信任他,这才是最重要的。等你来到这里之后,他不会紧握着权力不放的。不过如果继任的不是他,你就只能自己努力了,祝你好运。

你知道,我们这个小小的团体将会面对多么艰难的前景。在过去的三十六年间,我们在这里生活,结婚生子。殖民地的新一代居民已经大致恢复了平衡的性别比例,有些人的孙子辈都已经到了婚育的年龄。而这时,你们的飞船来了,这里的人口立刻增至原先的五倍,而最初的殖民者只占五分之一的比例。这是天翻地覆的变化。不过现在我觉得自己已经了解你了,而如果我的判断正确,我的人民将没有什么可害怕的。只要我们的生活习惯在这里有存在的意义,你就会让那些新来的殖民者习惯它们的。而如果地球上的生活方式更加合适,你会帮助我们的人去适应那种方式。

从某种程度上来说,安德,我们是同龄人。或者至少可以说，处于人生的同一阶段。我们早已把自己的家人抛在身后。在地球上看来，我们已经走进了敞开的坟墓，消失在人世了。对我来说，这已经是来生了，职业结束之后的工作，生命结束之后的生活。这是很美好的来生。这里就是天堂。忙碌，恐惧，胜利，最后归于平静。也许你也有同样的想法，我的朋友。不管你将在这里生活多久，希望你为这里的每一天感到高兴。

我从不曾忘记，我们的胜利都应该归功于你，是你，以及其他那些在战争中带领我们的孩子们，给了我们第二次生命。作为行将就木的人，我要再次向你表示感谢。

敬爱你的

维塔利·丹尼索维奇·科尔莫戈罗夫

"我不喜欢你对阿莱桑德拉做的那些事。"华伦蒂说。

安德正在读着什么东西。他抬起眼来问道："我做什么了？"

"你自己很清楚，你在想法让她爱上你。"

"我有吗？"

"别假装自己不知道！她看你的样子就像条饿坏了的小狗一样。"

"我可从没养过狗。在战斗学校的时候他们不准战队养吉祥物，那里也没有流浪狗可养。"

"是你一手安排她这样的。"

"如果我想让哪个女人爱上自己就能做到，我肯定会把这秘方打包出售的。用不着离开地球，我就能发大财了。"

"你并没让一个女人爱上你。你只是让一个在感情上有极度依赖倾向的、从没离开过别人保护的、害羞的小姑娘爱上了你，这简直是太容易了。只需要比别人对她好一点就行。"

"你说得对。如果我不这么自私的话，早该抽她几个耳光了。"

“安德，搞清楚你在和谁说话。你以为我没有看到吗？你一直在找机会夸奖她。在最无关紧要的事上征求她的意见。哪怕没有任何理由，你也会对她表示感谢。还有你对她的微笑。有人告诉过你吗？你微笑的时候连钢铁都会融化。”

“真是太不方便了，我们可是在太空飞船上。我以后会少笑点的。”

“你换上那副笑容的时候就像……就像驱动力场一样！那笑容，你脸上整个的表情，就像你要把灵魂从身体里取出来，放到她手中一样。”

“小华，我正在读一封很重要的邮件。你到底想说什么？”

“你到底准备把她怎么样？现在她已经完全属于你了。”

“没有任何人属于我。”安德说，“我连一个指头都没碰过她——字面意义上也是如此。我没和她握过手，没拍过她的肩膀，什么都没有做过。我们之间没有任何的身体接触。我没有和她调笑过，没有说过暧昧的话，连荤笑话都没开过。我甚至从没和她独处过。过去这几个月里，她妈妈一直在想法给我们制造独处的环境，但我从来没有过，甚至有几次我不得不不顾礼节地离开她的房间。那么这些行为中，到底是哪样让她爱上我的？”

“安德，我不喜欢你对我撒谎。”

“华伦蒂，如果你想要得到诚实的回答，就诚实地给我写封信吧。”

华伦蒂叹了口气，在自己的床上坐了下来。“真受不了了，希望这次航行赶快结束吧。”

“只要再过两个月多一点就行了。很快就结束了。你的书也写完了吧？”

“是的，而且写得相当不错。”华伦蒂说，“尤其要考虑到我几乎没有见过他们中的任何人，而你又不愿意帮我什么忙。”

“你问我的每个问题我都回答了。”

“但你不愿意评价他们任何人，不愿意评价学校，不愿意……”

“我的意见并不是历史。你作品的内容也不应该是‘安德·维京如何向他的姐姐华伦蒂讲述自己的校园生活’。”

“我参加这次航行并不是为了和你吵架的。”

安德盯着她，脸上摆出一副过度夸张的惊讶神色。华伦蒂抓起一个枕头朝他扔了过去。

“不过这次旅行还是值得的。”她说，“不管怎么说，我和你的相处总比之前跟彼得要好。”

“这简直是世界上最正常的事了。”

“但我对你很生气，安德。你不该玩弄女孩子的感情。除非你打算和她结婚，否则……”

“我不打算。”安德说。

“那你就不该让她有这样的想法。”

“我没有。”

“我说了你有。”

“不，华伦蒂，”安德说，“我做的一切正是她需要我做的，给她的也是她最需要的东西。”

“她最需要的就是你。”

“绝对不是。”安德在华伦蒂身边坐了下来，朝她靠过去。“如果你能帮我仔细观察一下其他人的话，对我就再好不过了。”

“我观察了每个人，”华伦蒂说，“我对每个人都会下判断。但你是我的弟弟。我必须对你有所指示。”

“而你是我姐姐。我应该挠你痒痒，挠到你哭出来，或者尿裤子，或者又哭又尿。”他试着朝姐姐伸出手去，不过没挠到她。华伦蒂抬起手来重重地在他胳膊上敲了一拳,安德嬉皮笑脸地叫了一声“哇哦”。华伦蒂知道他只是装出一副不疼不痒的样子来,实际上肯定很疼。他是自找的。他对阿莱桑德拉做的那些事真是太讨厌了，但他并不在乎。更糟糕的是,他以为自己能抵赖。真可怜。

整整一下午的时间里,安德都在想着华伦蒂说的话。他知道自己打算干什么,而且知道自己完全是为阿莱桑德拉考虑的,但他并没有料到那女孩真的爱上了他。这份感情本该是友谊、信任,也许还会带一点感激,就像兄妹之间的一样。但阿莱桑德拉并不是华伦蒂,她没法跟上安德的想法，也不会像小华那样，用跳跃性的思维得出结论——甚至得出的结论都不一样。她真的把握不住这种关系。

我到底会在哪里找到能和自己结婚的人呢?安德开始猜想。永远找不到,如果我把每个人都和华伦蒂比,那么永远都找不到。

好吧,没错,我知道是我让阿莱桑德拉动了心,我也很喜欢让她那样看着我。佩特拉就不会那样,任何人都不会。这感觉很好,会激发荷尔蒙,让人激动,很有趣。我十五岁了,我并没有有意误导她的想法,而且我从来,从来没有做过任何事,暗示我们之间有任何肉体上的吸引。就因为愿意让她喜欢我,因为我做了让她喜欢的事情,就该枪毙我吗?哪有这样的规矩?要么就完全无视她的存在,任凭她的面孔在空虚中憔悴,要么就要当场和她结婚?只有这两种选择吗?

但在他意识的深处,还有个问题在侵蚀着他:我是彼得吗?我会利用别人去实现我的计划吗?如果最后能带给她一线获得幸福的机会,我的本意如何又有什么区别吗?我并没有问过她,没有给过她选择,我是在操纵她。我在改变她的世界,让她去做出某种选择,用这种行为促使别人去做我希望他们做的事情……

那又怎样?还有其他的选择吗?难道要我听任事情发展,最后来上一句“啧啧，怎么弄成这样的”？我们不都在操纵别人吗？就算我们明着去问他们，征求他们的意见，难道我们没有努力造势，让他们按我们的想法去选择？

如果我告诉她我想要做的事情，她也很可能会和我一起做的。她会自愿这样做的。

但她有没有那么好的演技，不让母亲察觉？她妈妈会不会强迫她说出来？阿莱桑德拉仍然在妈妈的掌控之中，安德无法相信她可以在妈妈面前保守秘密，至少守不长久。如果她从游戏中出局，也不会付出任何的代价，处境仍然和现在没什么不同。但我会失去一切。难道我不该把自己也考虑进去吗，我自己的幸福，我自己的未来？如果万一我能比摩甘船长更胜任总督一职，难道我不该为那些殖民者考虑，尽力控制事态，让我，而不是他，成为殖民地的总督？

这仍然是一场战争，只是我们所用的不再是武器，而是言辞和笑容。我必须掌握我所拥有的力量，占据战场上的优势，面对更强大的敌人时，我要努力让局面抵消掉对方的优势。阿莱桑德拉是个活生生的人，但每名士兵都是，在这场宏大的对局中，每个卒子都是活生生的人。他们利用我赢得了一场战争，这次轮到我利用别人了。一切都是“为大局着想”。

但在所有这些道义上的理由之外，还有些其他的原因。他可以感觉到。一种期盼，一种渴求，一种欲望。那是他体内的猩猩人格，他和华伦蒂是这么说的。动物的本能让他在阿莱桑德拉身上嗅到了女性的气息。我选择了这样的计划，这样的工具，是因为那是最好的选择吗？还是因为这样的计划可以让我接近一个女孩，一个漂亮的女孩，期盼着我的爱慕的女孩？

也许华伦蒂说得完全没错。

但就算她是对的……又怎么样呢？我没办法收回之前对阿莱桑

德拉所付出的关注了。难道要我无缘无故地突然对她变得冷淡？那岂不是太做作了？

难道我就不能偶尔关闭大脑的思维功能，做只不长毛的猩猩，稍微留意一下可供选择的女性吗？

真的不能。

“你和安德·维京之间的那小把戏还要要多久？”朵拉贝拉问。

“把戏？”阿莱桑德拉反问。

“很明显，他对你有兴趣。”朵拉贝拉说，“他总是和你混在一起，我看到他对你笑的样子了。他喜欢你。”

“像喜欢自己的妹妹一样。”阿莱桑德拉叹了口气。

“他很害羞。”朵拉贝拉说。

阿莱桑德拉又叹了口气。

“别朝我叹气。”朵拉贝拉说。

“噢，在你身边我连喘气都不行了是吧？”

“别怪我捏住你的鼻子，往你嘴里塞饼干。”

“妈妈，我没法控制他做什么。”

“但你能控制自己做什么。”

“安德可不是摩甘船长。”

“对，他不是。他只是个小男孩。没有任何经验。可以给他指指路，帮帮忙，开开眼。”

“开什么眼，妈妈？你是说我该露点肉给他看吗？”

“亲爱的，我可心的精灵闺女，”朵拉贝拉说，“这不是为了你，也不是为了我。是为了安德·维京自己好。”

阿莱桑德拉翻了翻眼珠。毕竟她才十几岁。

“翻白眼可不是回答的方式，亲爱的可心精灵闺女。”

“妈妈，那些做出最可怕的事情的人都口口声声说是为别人好的啊。”

“但这件事上我是对的。你看，摩甘将军和我最近走得很近。非常非常近。”

“你和他上床了吗？”

朵拉贝拉扬起了手，差点挥了下去，不过她马上意识到了自己在做什么，及时控制住了自己。“噢，看啊，”她说，“我的手还觉得它属于你的外婆呢。”

阿莱桑德拉的声音有点颤抖。“你说你们走得非常非常近的时候，我在想你是不是指……”

“昆西·摩甘和我之间是成年人的关系。”朵拉贝拉说，“我们理解对方。我为他的生命带来了前所未有的光明，他让我感觉到了男人的安全感，这是你父亲——上帝保佑他——从不曾给我的。我们之前也有身体上的吸引，不过我们都是成熟的成年人了，能够控制好自己的冲动。不，我还没让他碰我一个指头呢。”

“那么我们到底是在这说什么？”

“像你这么大年纪的时候，我还不知道，”朵拉贝拉说，“冰冷的贞洁和生孩子之间还是有很大的距离的。其间的空间可以让你去暗示某个年轻人，欢迎他向你奉迎，不过也要有个限度。”

“这我很明白，妈妈。我在学校里见过穿得像站街女一样的女生，能露的全露了。我也见过一对对搂搂抱抱的。我们是意大利人，我是从意大利学校出来的，学校里每个男生都准备着长成意大利男人呢。”

“别以为拿你那些老套看法来惹我生气就能让我分心。”朵拉贝拉说，“过不了几个星期我们就要到达——”

“两个月可不是‘几个星期’。”

“八又不算很大的数。我们到莎士比亚星之后，有一件事是肯定的。摩甘船长不可能把殖民地交到一个十五岁大的孩子手上。那太不负责任了。他喜欢安德，每个人都喜欢，但在战斗学校里，他们每天都不过是在玩游戏而已。要管理殖民地，需要有领导经验的人。我提醒你，还没有人公开提到这事。不过我还是听到了一点风声，有的是暗示，有的是话里有话，有的是我……不小心听到的。”

“你是在偷听。”

“我就在那里待着，人又没法闭上耳朵。我要说的是，最好的结果就是让安德去当总督，不过要让他听从摩甘船长的建议。”

“在每件事上。”

“总比把安德放进冬眠舱运回地球好。”

“不！他不能那样！”

“船长已经这样威胁过了，而且可以看出来如果必要的话他会这样做的。现在想想这样的景象：安德和殖民者中一位漂亮的姑娘相爱了。他们想要结婚。他们订婚了。正好他未来的丈母娘……”

“恰恰是个脑子不清楚的女人，觉得她和她女儿都是仙女。”

“未来的丈母娘嫁给了，或者马上就要嫁给船长，而船长，比如说，恰恰要在幕后把握大权。除非安德真的找他麻烦，船长是不会，比如说，公开夺取权位的。不过安德不会给他找麻烦，因为他不需要。他那美丽而年轻的妻子会从妈妈那为他争取利益，而妻子的妈妈则会给自己的丈夫吹吹风，这样每个人都过得开心了。”

“换句话说，我嫁给他就是为了当间谍。”

“这飞船上就只有一对相亲相爱的人，永远不会有两位将军之间的冲突了。”

“代价就是要安德按照昆西的调子跳舞。”

“直到他自己变得足够老成，足够有经验。”

“他永远不会，至少在昆西眼里不会。”阿莱桑德拉说，“妈妈，我不傻，这计划牵涉到的任何一个人都不傻。你把赌注下在摩甘将军身上，赌他会获得权力，嫁给他你就成了殖民地总督的夫人。但因为你没法确定安德·维京不会获胜，所以就要我嫁给他。这样一来，不管哪边在这场小小的权力斗争中获胜，我们都可以捞回一票。我说的对吗？”

阿莱桑德拉用英语说出了“捞回一票”这个词，妈妈就抓住了这一点。“莎士比亚殖民地还没有钞票呢，亲爱的。”朵拉贝拉说，“到现在他们还在搞货物交换，还有配给制。对我们将要前往的殖民地你可没做足功课。”

“妈妈，”阿莱桑德拉说，“这就是你的计划，对吗？”

“简直没一句真话。”妈妈说，“我是个恋爱中的女人，你也是。别否认了！”

“我每时每刻都在想着他，”阿莱桑德拉说，“每天晚上都梦到他。如果这就是恋爱的话，恐怕要吃片药才能治好了。”

“你有这样的感觉是因为你爱上的那个男孩还没有意识到他自己的感情，不足以向你表白，甚至连他自己都没弄明白。这就是我一直想要告诉你的。”

“不，妈妈，”阿莱桑德拉说。“你一直在避免告诉我任何事。你想让我做，但又不想说出口的事，也就是勾引他。”

“我没有。”

“妈妈！”

“我已经说过了，给他点盼头和勾引他之间还有很长的路要走，中间会有磕磕碰碰什么的。”

“他不喜欢别人碰他。”

“他觉得他不喜欢，是因为他还没明白过来他爱着你。”

"哇哦,"阿莱桑德拉说,"你都没学过心理学,居然懂这么多。"

"仙女不需要学心理学。仙女生来就会。"

"妈妈！"

"你一直这么叫我,是怕我不知道自己的称呼吗？在这呢,亲爱的,我真的是你妈妈。"

"你这辈子就不能有一次说出真正的想法吗？"

朵拉贝拉闭上了眼睛。她从来不喜欢直话直说,但阿莱桑德拉是对的。这女孩实在太天真了,完全不明白自己说的是什么意思。她根本不知道情况有多紧急,行动有多重要,她甚至都不知道自己到底应该做什么。

坦诚相告是免不了的了。她得学着适应。

"坐下吧,亲爱的。"朵拉贝拉说。

"也就是说你打算来一段超级复杂的、自欺欺人的演讲了,"阿莱桑德拉说,"我得攒够力气才行。"

"你再这样下去,我就把你从遗嘱里划掉。"

"要这样威胁我,你得有什么我想要的东西留给我才行。"

"坐下,贫嘴的小丫头。"朵拉贝拉用演戏一样严肃的声调说。

阿莱桑德拉躺在床上。"我听着呢。"

"你就是不能听我的,是吗？"

"我一直在听,而你从来不要求,你只下命令。"

朵拉贝拉深吸了一口气,又慢慢地呼了出来。"如果你不能在接下来的四周里搞定安德·维京,把你们之间的关系确定下来,那几乎可以肯定,他就会被留在飞船上了。他会进入冬眠,有卫兵看着他,而摩甘将军则会下去视察殖民地的情况。但如果安德·维京是摩甘将军未来的女婿,那他肯定能踏上莎士比亚星,做他们的新总督。所以,你要么就去和那位名义上的总督、人类的救星订婚,要么就要永远和他分开，等你要嫁人的时候，就只能从当地的土包子里挑了。”

阿莱桑德拉闭上眼睛躺了好久，妈妈开始考虑是不是要泼她一杯水才能让她醒过来了。

“谢谢你。”阿莱桑德拉说。

“为什么？”

“因为你告诉了我你真正的想法。”阿莱桑德拉说。“不管你计划的是什么。我知道我做的事都是为安德好，但我才十五岁，妈妈。而我之前学会的所有事情就是学校里的坏女孩的那一套。我不觉得用那些对付安德·维京会有任何好结果。所以就算我想做你要我做的事，也不知道从何做起。”

朵拉贝拉来到女儿的床边，跪在地上，亲吻着女儿的脸颊。“你只要问我就好啊，我亲爱的女儿。”

第十四章

收件人:smenach%ShakespeareCol@colmin.gov
发件人:GovDes%ShakespeareCol@colmin.gov/voy
主　题:我们到达的时候

亲爱的摩纳奇博士:

我在航行中对您的工作进行过研究。我很钦佩您的研究成果,也充满了感激之情。维塔利·科尔莫戈罗夫提到过您,他对您的感情绝不仅仅是尊敬,用钦佩或是深厚的友谊也是无法形容的。虽然我并不像他那样了解你,但我已经看到了您的成就。当我和其他数千名殖民者到达莎士比亚星的时候,我们将看到一个运转正常的社会系统,而不是作为救护队来挽救破败的殖民地。当然了,这应当归功于莎星上所有的殖民者,但如果不是您治愈了这里的疾病,解决了蛋白质冲突的问题,也许我们到来的时候,这里已经不再有人活着了。

维塔利向我提到过,您在考虑接任总督的时候非常不情愿,但我看到的是您确实这样做了,而且在最近的五年中,您的管理也卓有成效。感谢您牺牲了自己的原则,接受了这份政治性的工作。我向您保证我自己也不愿意接受这份工作,但对我来说,是因为我已经没有其他地方可以去了。

我很年轻,也没有管理经验,和您一样,我一直是作为军人服役的。希望我到达的时候能够见到您,以便向您请教。同时也希望您能够帮助我完成四千名新殖民者与一千多老殖民者的同化工作,让他们能够在可以接受的时间内变成……莎士比亚星的居民。

我的名字是安德鲁·维京，不过大家大多都用我儿时的昵称“安德”来称呼我。既然当年您作为飞行员参加了这个星系的战役，您可能听到过我的声音，至少肯定听到过我手下某位指挥官的声音。对在军事行动中失去生命的飞行员，我表示深切的悲痛；我们当时并不知道自己的错误真的会使人失去生命，但这并不能减轻我们应负的责任。我知道，对您来说那已经过去了四十年，但对我而言，那场战争只是三年之前的事，而且它从未离开过我的脑海。我即将去面对参加过那场战斗的士兵了，而他们仍然记得那些因为我的错误而失去的生命。

我也将面对您的战友的儿子和孙子们。他们不会记得那场战争，对他们来说那已经是古代的历史了。他们并不知道我是谁，也不知道为什么他们会受到如此的轻蔑，居然会有人任命一位十五岁的男孩做他们的总督。

幸运的是，经验老到的昆西·摩甘船长将与我同行。他非常亲切地表示，除了领导这艘飞船之外，他愿意承担领导殖民地的任务，直到他离开殖民地为止。维塔利与我就领导与命令的意义进行过讨论，我们一致认为昆西·摩甘是属于和平与权威的年代的。您比我更明白，这对殖民地意味着什么。

对我们的到来为您的工作中造成的负担，我表示深深的歉意。在此提前向您致谢。

您忠诚的

安德鲁

收件人:GovDes%ShakespeareCol@colmin.gov/voy
发件人:smenach%ShakespeareCol@colmin.gov
主　题:非常不凑巧

亲爱的安德:

来函收到,对您周到的考虑表示感谢。我非常明白您所谓的"属于和平与权威的人"是什么意思。我希望能够有足够的设施来安排一场适合他的欢迎仪式。但我们中仅有的士兵也和我一样年迈了,而年轻一代已经没有理由去参加军事训练、学习军事技术。如果我们进行这样的尝试,恐怕您会看到很尴尬的结果。不管您打算为你们的到达准备什么仪式,都只能从您那边做计划了。我也曾经看到过您的表现,就像您在观察我的工作一样。我相信您能够泰然自若地处理一切事情的。

自从维塔利逝世之后,我很少有机会再使用"泰然自若"这个词了。可能是因为您即将接任总督(这会让我如释重负),我在和您交谈时会不由自主地换上和他谈话时的口气吧。

不幸的是,您到达的时候我恰好要出趟远门。这次出行非常紧急,我也计划了很长时间。我已经不再是首席外星生物学家了,但我在这个领域的职责仍然继续存在着。现在您来了,我也就有了机会,可以去探索南方的土地,之前还没有任何人曾经踏足过那里。我们的定居地选择在亚热带地区,当初是考虑到我们可能没有办法找到合适的燃料和居住地,在冬季不至于冻死。现在你们带来了地球上的蔬菜,有些可能需要温度较低的气候,我必须为它们寻找合适的生活环境。另外我还要探查本地的水果、蔬菜和植物,将来有可能派上用场。你们带来了交通工具，这样我们就可以在某种气候的环境中种植作物，再在其他地方消费。

出于某种您一定能够了解的原因，我认为一个碍手碍脚的老人并不像您所想象的那样有所裨益。当两个人同时被称为“总督”时，大家会倾向于选择他们更习惯的那一位。而新来的殖民者们刚刚从冬眠中醒来，他们很可能会遵循老人们的经验。我不在场是对您非常有利的条件。托罗，现在的首席外星生物学家，会为您介绍目前正在进行的项目。

您一定能够理解，我安排这次旅程，并不代表着我不愿意见您或帮助您。如果我认为我在场对殖民地更为有利的话，与领导着我们走向胜利的指挥官握手将是我最大的荣耀。除了我们这些老傻瓜之外，你还会找到许多敬仰你的人。如果他们到时候一时说不出话来，请对他们耐心些。

忠诚的

塞尔

塞尔静静地准备着他前往南方的旅行。徒步旅行。远征队当初从地球出发时并没有携带牲口，他又不愿意削减殖民地的交通工具数量。另外，虽然新的杂交食用作物已经散布到很广泛的地区了，但他计划的探索范围要远大于这种作物的生长气候。这意味着他需要携带自己的粮食。还好他吃得并不算多，而且他还可以带上六条新培育出的狗。这些狗经过了基因改造，可以适应这里的蛋白质。狗可以用来打猎，而且此后他会吃掉其中两条，把另外四条放生。这两对新生命将在整个大陆上繁衍。

把新的肉食生物放生到野外，塞尔知道这对当地的生态系统有多么危险。但它们不会把原生物种吃光，而且也不会对植物造成影响。在今后的探索与殖民过程中,如果能在野外找到可以食用、可以驯养的物种,会有很大的帮助。

我们在这里的目的不是像博物馆一样保存此地的生态系统。我们是来殖民的,目的就是把这世界转变成我们需要的样子。

虫族在地球上做的也是同样的事。只是它们的手段更极端:烧毁一切,然后再种上虫族自己的行星出产的植物。

但由于某种原因,它们在这里并不是这样做的。虫族在大约一个世纪之前席卷了东方大地,然后种上了自己的作物,而他在这里并没有发现那些植物。从基因上看,这里的动植物和虫族也相去甚远,似乎和虫族的变种们有着不同的祖先。虫族在这里定居的时候,应该还没有开发出它们在地球上所使用的转化技术。

在此之前,塞尔一直全身心扑在殖民地所需要的基因研究上。过去的五年里,他同时还担负起了管理殖民地的任务。现在,他终于可以到那未经探索的土地上去,学习新的知识了。

他可能没法走出太远,几百公里就是极限了。如果走得太远,没办法回来汇报他发现的东西,也就完全没有意义了。

绰号"老九"的托罗一边帮他收拾行李,一边不住嘴地说着,他一贯如此。带的设备太少,或是太多;食物不够,水带得太多了;这是为什么,那又是为什么……正是这种对细节的关注,才让他一直出色地完成了自己的工作,也正因如此,塞尔用幽默的态度包容了他的啰唆。

当然了,老九也有他自己的想法。

"把另外那个背包解开吧。"塞尔对他说,"你不能和我一起走。"

"另外哪个背包?"

"我可不傻。我决定不带的那些装备你都包进了另一个包裹,还准备了额外的食物,以及另一个睡袋。"

“我从不曾觉得你是个傻瓜。不过我也没傻到冒险让殖民地的两位顶尖外星生物学家同时外出的地步。”

“那么你另一个包裹是给谁的？”

“我的儿子，李白。”

“我一直不明白，你为什么要用一个疯狂的大唐浪漫诗人的名字给你儿子命名。干吗不用玛雅历史上的人物？”

“玛雅典籍中的人物都是用数字指代的，没有名字。他是个敏感的孩子，身子很壮。如果需要的话，他可以把你背回家来。”

“我还没老到那个地步。”

“他会的。”老九说。“前提是你还活着。如果你死了，他会在旁边看着，记下你的尸体分解的过程，然后把那些你的尸体上长出的细菌和寄生虫样本收集起来。”

“你还是在用科学家的方式思考，而不是个多愁善感的呆子。我很欣赏。”

“李白会是个很好的同伴。”

“而且他可以帮我带上足够的仪器，让这次出行更有用处。而你会留在这里，去应付殖民飞船上来的新人。”

“还要训练他们中的外星生物学家。”老九说。“毫无疑问，你已经告诉了安德，我会帮助他。但我不会，我有太多自己的事要干了，没空给新的总督当保姆。”

塞尔没有理会他的牢骚。他知道，如果安德需要老九帮什么忙的话，他一定会做的。“李白的妈妈知道他和我一起出发会高兴吗？”

“不会。”老九说，“但她知道，如果她不让李白跟你去的话，李白以后肯定不会再和她说话了。所以她只能给我们祝福了，不管是多是少。”

“那么，我们一大早就出发。”

“除非新总督禁止你走。”

“在踏上这颗星球之前，他还没有任何权力。现在他还没来到行星轨道上呢。”

“你看过他们的货物清单吗？他们带悬浮车来了。”

“如果我需要的话，会用无线电呼叫你们的。否则，不要告诉他们我们去了哪里。”

“幸好虫族已经把这行星上的肉食动物都干掉了。”

“有自尊的肉食动物不会吃像我这样的一团老骨头的。”

“我说的是我的儿子。”

“他也不会吃我的，除非我们把别的东西都吃完了。”

那天晚上，塞尔很早就上床睡觉了。和平常一样，睡了几个小时之后，他起来上厕所，这时他注意到安塞波的通讯灯亮了。有消息。

那不是我的问题了。

好吧，其实还是的。既然安德在着陆之前没有任何权力，那么塞尔就还是代理总督。地球上传来的任何信息他都要负责接收。

他坐了下来，发出信号，表示自己准备好接收了。

一共有两条信息。他先播放了第一条。邮件里的影像是殖民部长格拉夫的面孔，消息非常简短。

“我知道你计划在安德到达的时候离开村子。走前和安德谈谈。他不会阻止你的，放心。”

就是这样了。

另一条信息是来自维京的。维京的长相和他的年纪差不多，不过个子已经几乎快赶上成年人高了。在殖民地，像他这么高的青年都开始做成年人的工作了，在开会的时候也和成年人一样有表决权。这样说来，他的处境也许并不像塞尔之前想象的那么糟糕。

“收到这条消息之后，请尽快用安塞波和我联系。”安德说，“我们已经进入电波通讯范围了，不过我不希望其他人破译我们的通讯信号。”

塞尔半开玩笑地想了想，要不要把这条消息留给老九去答复，不过他还是打消了这念头。他的用意并不是避开安德，不是吗？他只是打算给安德让出舞台而已。

于是他发出了信号，申请进行安塞波连接。只过了几分钟，维京就出现了。殖民飞船已经停止了相对论速度航行，双方之间没有时间差。安塞波通讯几乎是即时的，甚至没有电波通讯产生的时滞。

“摩纳奇总督。”安德微笑着说。

“长官。”塞尔答道。他也想对安德微笑一下，不过……他是在和安德·维京通话啊。

“当我们收到消息说你要离开的时候，我的第一个想法是求你留下来。”

塞尔没有回答他。“我很高兴在货单上看到了各种家畜，以后奶、毛皮、蛋类和肉类都有保证了。它们是地球上的原生动物吗？还是已经经过了基因改造，可以适应这星球的植物的品种？”

“飞船启程的时候，你的研究已经有很好的前景了，但要经过实践证实。等实验有了结果，我们已经在路上了。所以我们所携带的所有动植物都是地球原生的品种。它们还处在冬眠状态，等我们着陆之后，就算飞船离开，冬眠状态也可以保持相当一段时间。应该有足够的时间为下一代家畜进行基因改造。”

“老九自己的项目也在进行当中，不过我相信他能抽时间对新来的外星生物学家们做技术培训的。”

“在你离开期间，老九仍然将是头号外星生物学家。”维京说，“最近几周我一直关注着他的工作——对你们来说是几年的时间。你对他的培训效果非常好,飞船上的外星生物学家们也期待着向他学习。不过他们也希望你能尽快回来,等着亲眼见到你。对他们来说,你是殖民地的英雄。这是唯一一个保存有非虫族基因动植物的星球。其他的殖民地需要研究的基因都是同一类型的，而这个星球的状况是独一无二的挑战，你以一己之力完成了他们共同协作才能够攻克的课题。”

“我,还有达尔文。”

“达尔文也是在别人帮助下才成功的。”维京说。“我希望你出行的时候把无线电打开。如果需要的话,我想征求你的意见。”

“你不会需要的。现在我要上床休息了,明天还有好多路要走。”

“我可以派悬浮车去,这样你就不需要携带太多的补给,也就可以探索更大的范围了。”

“如果这样的话,老殖民者们就会期待我很快回来。他们会等着我做决定,而不会听你的。”

“我可没法假装我们找不到你。”

“但你可以告诉他们,出于对我本人意愿的尊重,你们不会去找我。这是我的要求。”

“好吧。”安德说,“我会这样做的。”

已经没有更多要说的了。他们关闭了通讯,塞尔回到了床上。他很容易就睡着了。和平时一样,他在自己计划的时间醒了过来。离天亮还有一个小时。

李白正在等着他。

“我已经和爸爸妈妈说过再见了。”他说。

“很好。”塞尔说。

“谢谢你让我来。”

“我能阻止你吗？”

“能的，”李白说，“我不会违抗你的，塞尔叔叔。”所有孙子辈的孩子都这样称呼他。

塞尔点了点头。“那就好。你吃过饭了？”

“是的。”

“那么我们就出发吧。我要到中午才吃饭。”

走一步，再走一步，这叫作旅行。但每走一步都要睁大眼睛，就不能叫旅行了，而是对思维的重塑。你会看到之前从未曾看到过的东西，人类所从未目睹过的东西。你要用自己的双眼去看它们。由于之前所受的训练，你看到的将不仅仅是一丛丛植物，而是一株株特别的植物，填补着同样的生态位，但却又各有各的不同。

而假如你的眼睛已经经历了四十年的训练，对新世界生物的样式已经熟悉到了极点，你就会像第一次用显微镜看到微生物世界的安东尼·范·列文虎克[①]，像卡尔·林奈那样用科、属与种为生物命名，像达尔文那样根据不同的进化分支为它们分门别类。

这样一来，旅行的步伐肯定不会快了。塞尔不得不强迫自己，抓紧一切机会加快脚步。

“不要任由我在看到的每样新东西上停留太久，”他对李白说，“如果我的伟大探险结束在离家只有十公里的地方，那就太丢人了。至少我们要越过那道山脊才行。”

“我怎么能不让你停下？你一直在要我拍照，采样，储存样本，写

---

① 安东尼·范·列文虎克，荷兰显微镜学家、微生物学的开拓者，生卒均于代尔夫特。幼年没有受过正规教育。一六四八年到阿姆斯特丹一家布店当学徒。二十岁时回代尔夫特自营绸布。中年以后被代尔夫特市长指派做市政事务工作。这种工作收入不少且很轻松，使他有较充裕的时间从事他自幼就喜爱的磨透镜工作，并用之观察自然界的细微物体。由于勤奋及本人特有的天赋，他磨制的透镜远远超过同时代人。他的放大透镜以及简单的显微镜形式很多，透镜的材料有玻璃、宝石、钻石等。其一生磨制了四百多个透镜，有一架简单的凸透镜，其放大率竟达二百七十倍。

记录……”

“你可以拒绝我。告诉我让我赶快把这麻秆膝盖从地上抬起来，继续往前走。”

“从生下来起我就在被教育要服从长者，看他们怎么做事，向他们学习。我是你的助手，你的学徒。”

“你只是希望我们不要走得太远，这样我死了以后，你就不需要扛着我的尸体走太久的路了。”

“爸爸应该告诉过你，如果你真的死了，我应该呼叫村子请求帮助，然后留下来观察你的尸体腐烂的过程。”

“没错。我还在喘气的话，才需要你背着我。”

“你是希望我现在就开始背着你走吗？把你扛在肩膀上，这样你就不会每走五十米就发现一种新的植物属了。”

“对于一个知道尊敬与服从的年轻人来说，你还真会挖苦人啊。”

“只是刚开了个头而已。如果你愿意的话，我可以做得更好的。”

“很好。我光顾和你斗嘴了，走了这么远，我还什么都没注意到。”

“不过我们的狗找到了些东西。”

狗发现的是一种长角的爬行生物，在生态系统中的地位应该类似于兔子——长着硕大的牙齿，以树叶为食，平时只会跳来跳去，只有在被逼急了的情况下才会战斗。塞尔觉得这角并不像武器，太粗短了。他开始想象这些动物的交配仪式，也许它们会跳起来用头部互相碰撞，不过这样一定会把它们的大脑撞成糨糊的，它们的头骨太单薄了。

“也许可以看出生物的健康状态。”

“这些茸角？”

“皮质角。”塞尔说。

“我觉得它们会脱落下来长出新的。”李白说，“这些动物看起来像是会蜕皮的,不是吗?”

“不像。”

“我要去附近找它们蜕下来的皮。”

“那你可得找上一阵子了。”

“它们会把蜕下来的皮吃掉?”

“它们不会蜕皮。”

“你怎么能确定?”

“我不能确定,”塞尔说,“但这不是虫族带来的生物,而是本地土生土长的。我们还没看到这星球上有任何蜕皮的动物。”

两人就这样一路走一路谈着,越走越远。他们有时会拍照片,时不时地发现一些新的东西,就会停下来采集样本。不过他们一直在向前走着。塞尔确实有些老了,需要不时拄着手杖站上一会,不过还保持着相当的速度。李白有好几次想跑到他前面去,但当两人停下来做了短暂的休息之后,塞尔说时间到了、要继续出发前走的时候,他还是不禁发出了抱怨。

“我不明白你拿那根棍子干什么。”李白说。

“休息的时候我可以倚在上面。”

“但你走路的时候就要背着它了。”

“又不重。”

“看上去挺重的。”

“是用轻木做的,之所以叫轻木,就是因为它轻。”

李白掂了掂分量。只有一磅左右,不过很结实,表面粗糙,顶端很宽,有点像把手的形状。“我还是觉得拿着它会很累。”

“那是因为你背包里放的东西比我的要沉。”

李白懒得争这个了。

“第一个到地球的卫星上的宇航员可是轻松多了。”两人爬过一道山脊时，李白说。“在他们和他们的目的地之间一无所有，不会有任何东西诱使他们停下来去探查个究竟。”

“早先航海的人也是一样。他们从一片大陆到另一片大陆，完全无视驶过的海洋，因为他们没有工具，不能探索海中更深的地方。”

“我们就像西班牙的征服者，”李白说，“只是我们还没有踏上陆地就先把它们杀光了。”

“这到底是区别，还是相同之处？”塞尔说，“天花和其他疾病的传播速度可是比西班牙征服者还快的。”

“如果我们能和它们谈话就好了。”李白说，“我读过西班牙人的书，我们玛雅人应该是可以理解虫族的。哥伦布在书里写道，他发现的这些土著居民‘没有语言’，只是因为玛雅人不会说他的翻译官们所会的任何语言罢了。”

“但虫族是完全没有语言的。”

“或者只是我们这么想。”

“它们的飞船上没有通讯设备，没有用来传送声音和图像的东西。因为它们不需要。它们直接交换记忆，直接传输感知。不管它们用的是什么机制，肯定比语言要好。但也有不如语言的地方，就是它们无法与我们交谈。”

“这么说来，到底谁才是沉默的一方？”李白问，“是我们，还是它们？”

“双方都是沉默的，也都无法倾听。”塞尔说。

“如果能找到哪怕一只活下来的虫族，我真愿意付出一切。”

“但不可能只有一只。”塞尔说。“它们是群居生物。需要几百只，甚至几千只聚在一起，才能够突破临界点，具有智慧。”

“或者不是这样。”李白说。“有可能只有女王才有智慧。否则为什么女王一死，其他的虫族也都死了？”

“除非女王是中枢，是它们神经网络的核心，只有这样它们才会在它死亡之后陷入崩溃。但直到那之前，它们中的每一个都是独立的个体。”

“就像我说的，我希望我们能找到一只活的。”李白说。“这样我们就能确切地知道一些事情，而不是只能从几具脱水的尸体上猜测了。”

塞尔没有说话，不过他很高兴。在殖民地的下一代居民中，至少有一个是用科学家的方式思考的了。“我们保存下来的虫族比其他任何殖民地都要多。这里只有少数几种食腐动物以它们为生，所以虫族的尸体可以存留很长时间，一直保留到我们降落在行星的地表，将其中的一部分冷却了起来。我们已经开始研究它们的身体结构了。”

“但没有女王。”

“这是我人生的缺憾。”

“真的？你最后悔的就是这个？”

塞尔沉默了。

“抱歉。”李白说。

“没关系。我只是在想你的问题，我最后悔的事情，这算是什么话啊。我抛下了地球上的一切，为了挽救它而离开，后悔这个会有用吗？但来到这里之后，我做到了那些其他科学家所梦寐以求的事。我可以为至少五千物种命名，甚至可以为这个星球本地的生物圈创建全新的分类系统。这比其他任何虫族星球的科学家所能做的都要多。”

“为什么？”

“因为虫族把那些世界全都一扫而光了，然后用它们自己的动物和植物在那里建立了不完整的生态系统。只有在这个星球上，绝大多数物种都是在这个环境中进化的。这是唯一存在多样化的地方。虫族只为其他的殖民地带去了不到一千种物种。而它们的母星虽然可能有着更多样的物种,但已经不复存在了。”

“所以你并不后悔来到这里?”

“我当然后悔,”塞尔说,“但同时我也很高兴能在这里。我不愿意变成一个老废物,但同时也很高兴自己保全了性命。似乎对我来说,每一件后悔的事都有值得我高兴的事作为补偿。平均地算来,我没什么好后悔的。但同时也没什么好高兴的。完美的平衡,但这样算起来,我就不该有任何的感觉。我应该觉得自己并不存在。”

“爸爸说过,如果你得出了荒谬的结论,说明你已经不是科学家,而是哲学家了。”

“但我的结论并不荒谬。”

“你是存在的。我可以看到你,听到你。”

“从基因角度讲,我是不存在的。我游离于生命的网络之外。”

“也就是说,你一定要找到唯一的衡量标准,让自己的人生一无是处?”

塞尔笑了。“你还真是你妈妈的儿子。”

“不是我爸爸的?”

“当然是他们两个的。不过你妈妈和你一样,对这种牛屎一般没营养的话一点都不能忍。”

“说到牛屎,我还真希望能在这里看到头牛啊。”

飞船接近莎士比亚星了,正在迅速减速。船员们比平时都忙碌了一些。他们的第一项任务是泊入四十年前将舰队送达这里的那艘运输船。当时由于没有准备返航所需的补给,这艘飞船就悬停在殖民地正上方的同步静止轨道上,成为一艘巨大的卫星。在过去的几十年中,太阳能已经足够支撑飞船上的电脑和通讯系统运转了。

当时飞船上的成员,现在的殖民者们,把他们的战斗机当作着陆载具使用了。早年间殖民地所用的补给与装备都是给战斗机设计的，而且所有的战斗机都加装了安塞波系统。不过战斗机只能着陆一次，没有离开行星表面的能力。

摩甘将军的手下会修复运输船，将它重新投入使用。他们带来了新的通讯与气象卫星，计划将这些卫星安置在同步轨道上。接下来就是为老旧的运输船指派船长和船员，让它再次踏上航程。不是返航回往艾洛斯星，而是向新的殖民地飞去。

虽然有这么多的事务，但安德从不曾幻想摩甘本人会因为它们分散精力，疏忽了对安德行动的注意。摩甘是个谋定而后动的人，而像他这样一位“和平时代的人”如果整天踏着沉重的脚步徘徊又无所事事，那肯定是在准备出击了。

在莎星着陆这一关键时刻越来越近了，安德不能让摩甘有任何理由，怀疑自己正在谋划着什么。摩甘认为安德应该是个聪明而充满渴求的十五岁男孩，而安德也满足了他的期望。现在，他一定正等着安德宣布自己就任总督，这本是安德无可争辩的权力。而他也相信，安德一定会愿意让他做幕后的操纵者。

正因如此，安德才去征求摩甘的许可，使用安塞波与莎星上的外星生物学家们联络。“你知道，我一直在研究虫族的生态系统，现在可以和他们进行实时通讯了，我还有好多问题要问。”

“我不希望你拿这些事去烦他们，”摩甘说，“他们已经有太多事要做了，要在星球上做好准备。”

每个人都知道，除了给他们腾出场地来之外，地面上的人没有任何事情可做。摩甘会降落到地表，为飞船的返航征集所需的物资储备。不管摩甘会不会留在飞船上，飞船都是要返航回地球的。

“长官，外星生物学家们需要知道我们到底带了哪些草食动物，这样他们才能做好准备改造这些动物，让它们适应外星的蛋白质。这是一项非常巨大的工程，而在我们培养出新一代改造过的动物之前，大家都没有肉吃。你不知道他们有多么急切。我不会占用太长时间的，从艾洛斯上出发之后我就一直在研究我们的货单了。”

“我已经把货单发给他们了。”

事实上，安德早在出发之前就把货单发过去了，不过在这细节上纠结有用吗？“货单上写的只是类似‘牛’和‘猪’这样的货物，他们需要更多的信息。我有这些信息，可以发给他们，而且现在没有人在使用安塞波，长官。这真的非常重要。”安德差点说“真的真的真的”这样的话，不过还是决定不要扮嫩扮得过火，让摩甘察觉到什么。

摩甘叹了口气。“这就是为什么不应该让孩子去安排大人干活。你不会像大人那样懂得轻重缓急。不过……只要你保证，有船员需要使用安塞波时马上让出位子来，你就可以用它。现在我要失陪了，我还有真正的工作要做。”

安德知道，摩甘所谓“真正的”工作并不仅仅是着陆时在飞船边上举行的婚礼。在对朵拉贝拉·托斯卡诺的欲望驱使下(不过，他们之间是真正相爱的，是会彼此相伴白头到老的)，他答应朵拉贝拉让她以将军夫人的身份登上莎士比亚星，而不是普通的殖民者。

安德对此并没有意见。他不会从任何方面干涉这件事情。

他来到安塞波通讯室，直接把自己的消息发了出去。如果他从自己的电脑桌上连线，这条信息肯定会被破解储存起来，然后船长在闲暇的时候就会猜测里面的含义。安德曾经起过念头，想要关闭监视系统，这样就不会有人听到他和塞尔·摩纳奇之间的对话了，不过最后他还是决定作罢。飞船上的安全系统是IF的标准配置，这意味着光是战斗学校里就有相当多的孩子可以黑掉系统，把它破坏掉，或者像安德这样，进入系统里面去彻底地做上一番手脚。不过他还是不想冒这个险，万一摩甘想要看安德在安塞波通讯室里的这段录像，又发现这一个时间段的景象资料不见了,那就糟了。

他没有这样做,只是给格拉夫发了一条很短的消息,就现在这种局面向他请求了一些帮助。在他处理答应摩甘要完成的工作之前,还有一段短暂而宝贵的私人时间。

就像平时完全处于独处状态时一样,他把头枕在胳膊上,闭上了眼睛,希望小睡一会能让脑子清醒一些。

过了一会,他感到有人在轻轻地揉着自己的肩膀,一下子醒过来了。

"可怜的小家伙,"阿莱桑德拉说,"干着活就睡着了。"

安德坐起身来,她还在按摩着他的肌肉,从肩膀,到后背,再到脖子。安德感觉全身发硬,而她这样一按感觉好多了。如果阿莱桑德拉说要这样做,他一定会拒绝的,他不愿意两人间有任何身体上的接触;如果她是在安德醒着的时候过来做这种事,安德一定会缩起身子,他不喜欢让任何人觉得自己有权不经许可就触碰他。

但一觉醒来的时候有这样的感觉真是太好了,让他不想停下来。

"也不算干什么活,一点杂务而已。让大人们去做那些困难的事吧,我也得利用一下时间。"他下意识地应付着阿莱桑德拉。

"你骗不了我。"她说,"我不像你想象的那么蠢。"

"我并没有觉得你蠢。"他确实没有。她的资质还达不到战斗学校的标准,不过也算不上蠢。"妈妈要和摩甘将军结婚了,我知道你不喜欢这样。"

我为什么要管这事?"不,我觉得挺好。"安德说。"我觉得不管在哪里找到了爱情,都该随遇而安。你妈妈还很年轻,而且很漂亮。"

"她是很漂亮啊。"阿莱桑德拉说,"真希望我的身体也能变得像她一样。爸爸家的女人都太瘦了,一点曲线都没有。"

安德立刻明白了她来这里是做什么的。在给他按摩的时候谈到

“曲线”，这是再明显不过的暗示了。但他想知道为什么她要这样做。确切地说，想知道为什么是现在这样做。

“瘦也好，有曲线也好，只要在适当的环境下，每个人都会变得有吸引力的。”

“那么你的环境是什么呢，安德？你会被什么人吸引吗？”

安德知道她期待着什么样的答案。“你就很吸引人，阿莱桑德拉。不过你年纪太小了。”

“我和你是一样大的。”

“我也太小了。”安德说。他们之前就聊过这个话题，不过没有聊得很深。当时他们很庆幸彼此可以做好朋友，又不会带上任何性的色彩。显然，情况已经不一样了。

“我不知道。”阿莱桑德拉说。“在地球上，人们结婚越来越晚，但上床却越来越早了。把两者分开是不对的，我知道，但谁知道到底哪个走向是错的呢？也许我们身体的生物本能比所有那些迟迟不肯结婚的理由更聪明呢。也许我们的身体想让我们在年轻的时候就生下孩子，这样就可以和孩子一起长大了。”

安德在猜想这些话到底是不是她妈妈编出来的，可能不全是。阿莱桑德拉就是这么思考问题的。他们之间已经谈过许多社会与政治方面的话题，这样的想法是符合她思路的。

麻烦的是，虽然安德非常清楚正在发生什么事情，他仍然感到非常享受。他不想停下来。

但他必须停下。要么停下来，要么改变这局面。她不会一直这样揉他的后背的。

也不能简单粗暴地让她停下，他还有自己的角色要演。一定要让摩甘相信，安德被阿莱桑德拉迷住了。这样，只要和朵拉贝拉结婚，他就成了安德未来的岳父，这将是用来控制他的另一套杠杆。安德本计划用柏拉图式处理这一切。他和阿莱桑德拉待在一起的时间,花在她身上的注意力,都起到了作用。

直到现在,现在他们开始逼迫他了,而阿莱桑德拉只是他们的手段。安德不相信她会自己想出这样的方式。“你在想你妈妈和摩甘将军吗？”他说,“有点嫉妒？”

听到这个,她把手收了回去。“不,”她说,“一点也不。给你揉肩膀跟他们要结婚有什么关系？”

这时安德终于能把椅子转过来面对她了。她穿的……不大一样。没有特别明显的变化，和他之前在电视上看到的地球上所流行的性感时尚完全不同。她穿着的是安德之前见过的衣服,不过松开了一个纽扣。这是唯一的区别吗？也许只是因为她刚才一直在碰着自己,所以他开始用不同的眼光打量她了？

“阿莱桑德拉,我们别装了好吗？我们都知道刚才发生了什么。”

“你觉得是发生了什么？”她说。

“我睡着了,你则是做了你之前从没做过的事。”

“我之前一直没有过这种感觉,”她说,“我知道你担负着多沉重的担子。我是说,不止是殖民地的总督……还有之前的事。作为安德·维京的重担。我知道你不喜欢被别人碰,但不代表着别人不想碰你。”

安德伸出手去,碰了碰她的手,轻轻地用手指勾了勾。但就在这样做的同时,他也明白这是不应该的。但他控制不住自己的想法,而他脑子中的一部分说,这没什么危险的,碰碰手而已,人们总是这样做的。

是的,而且还有很多事都是人们一直在做的。脑海中另一个部分说着。

闭嘴吧。喜欢被阿莱桑德拉触碰的那部分说。

根据阿莱桑德拉的(或者是她妈妈的)剧本,接下来又会怎样？最坏的可能是什么？他们马上要来到一个殖民世界了，而繁衍是殖民最重要的目的。他喜欢这个女孩，而殖民地可供选择的女孩又不会太多；冬眠的乘客中和他年纪相仿的并不多，所以供他选择的只有殖民地本地的女孩了，而她们……她们不是从地球来的。

安德正和自己争论着，阿莱桑德拉轻轻地握住了他的手，朝他走了一步，靠在他身边。现在他可以感觉到她身上的体温了——或者是觉得自己感觉到了。她的身体碰到了安德的手臂，然后用另一只手，没有被他握着的那只，抚摸着他的头发。她开始拉着安德的手放在自己的胸口，然后在手背上按了按。不是朝胸脯上按，那样的话就太明显了，只是按在胸口上，让他感受着她的心跳。或者，手上传来的跃动只是自己的脉搏？

“在这次航行中，我开始了解你了。”她低声说，“不是那个著名的拯救了世界的男孩，而是这个十几岁的少年，这个和我一样年纪的年轻人。认真仔细，会为别人着想，充满着耐心。对我，对我妈妈都是这样。你觉得我看不出来吗？你从不愿意伤害任何人，冒犯任何人，也从不让别人接近你，除了你的姐姐。这就是你的未来吗，安德？你和你姐姐，组成一个不让任何人进入的小圈子？”

是的，安德想。我就是这样决定的。当华伦蒂出现的时候，我就在想：对，我可以让她靠近我。我可以信任这个人。

我不能信任你，阿莱桑德拉，安德想。你正在为别人的计划服务。也许你说的就是你的真心想法，也许你是真诚的，但还是有人在利用着你。你是一把瞄准了我心脏的武器。今天有人为你打扮过，有人告诉过你应该做些什么，怎样去做。或者，如果这些都是你自己学会的，那么你就远不是我能把握的了。我已经陷得太深了，我想做的事甚至要超过你想给我的。

不能让这事再继续下去了。

虽然他下定了决心，但安德还是不能跳起身来，像约瑟夫对波笛法的妻子那样说，退去吧，妖妇！[1]他必须让阿莱桑德拉自己停下来，这样在摩甘看来，就不会是他拒绝了她。摩甘肯定会看这段镜头的回放的。在结婚的前夕，可不能让摩甘看到安德彻底地拒绝阿莱桑德拉。

“阿莱桑德拉，”安德用和她一样轻柔的声音说，“你想过你妈妈那样的生活吗？”

阿莱桑德拉第一次开始迟疑，不知该怎么回答。

安德收回了手，在椅子的扶手上撑了一下，站起身来。他来到她身边，轻轻抱住了她。他觉得这时候自己应该吻她。

于是他就这样做了。他不是很擅长这个，不过令他宽慰的是她也不高明。场面有些尴尬，开始时没找到对方的嘴唇，不得不重新对上，而他们都不知道接下来应该做什么。奇怪的是，这个吻反倒打破了气氛，一吻过后，两人都笑了起来。“好吧，”安德说，“我们做到了。我们的第一个吻。至少是我的第一个吻，从没吻过任何人。”

“我也是，”她说，“第一次吻我想吻的人。”

“我们还可以继续做下去的，”安德说，“该有的我们都有了，我们可以把整件事情做完。我肯定。”

阿莱桑德拉笑了。

这就对了，安德想。笑才是正确的情绪。

“关于你妈妈，我真是这么想的。”安德说，“她当时就在你这么大的时候做了这些事，十四岁上就有了你，十五岁时把你生了下来。就是你现在的年纪。她和那个男孩结婚了，对吧？”

“而且他们过得很好。”阿莱桑德拉说，“妈妈告诉过我，许多次，

---

① 见《圣经·旧约·创世记》，埃及法老卫队长波笛法的妻子勾引约瑟夫，被后者怒斥。

说她与他在一起很快乐，说两人过得多么幸福，他们有多么爱我。”

你妈妈当然会这么说，安德想。她是个好人，她不会想告诉你那是多么可怕的噩梦，一个十五岁大的女孩要担上这么重的责任。

也许她确实过得很好，心中的另一部分说道。这部分对两人还靠在一起的那块身体非常敏感，知道他的手指还在轻轻碰着她衬衫的后背，缓缓地移动着，抚摸着衣服下面的皮肤与身体。

“你妈妈当时生活在一个比她更强势的人的统治之下，”安德说，“你的外婆。她想要自由。”

这话起了效果。阿莱桑德拉把他推开了。“你在说什么？你知道我外婆些什么？”

“只有你妈妈自己告诉我的事，”安德说，“是当着你面告诉我的。”

安德看得出她已经记起来了，她脸上的怒容也一闪而逝。但她并没有回到安德的怀中，安德自己也没有这个意思。两人相距半米时，他才能清醒地思考。如果离开一米远就更好了。

“妈妈和外婆一点都不一样。”阿莱桑德拉说。

“当然了。但你的一生都是和她在一起度过的，一直密不可分。”

“我没有想要离开她。”阿莱桑德拉说，“更不是想要利用你这样做。”但她脸上的表情却不是这么说的。她可能想到了什么，知道自己确实在利用他，记起了她这次前来就是受妈妈鼓动的。

“我只是在想，就算是在她假装生活着的仙女岛上……”

“你什么时候……”她打住了话头。当然了，朵拉贝拉已经不止一次地表演过她那仙女皇后的节目，只为了逗其他殖民者开心。

“我一直在想，也许很久很久之后，你会不愿意继续在她的仙女岛上生活下去。也许你的世界会比你想象出的地方更加的美好。这就是我一直在想的。她为你做了一个充满着爱的茧，但也许你想打破茧飞出来呢。”

阿莱桑德拉站在那里，用手捂着嘴巴，眼中涌出了泪水。“以每一位圣徒的名义，”[①]她说，“我……我只能做她要我做的事。我以为这全是我自己的主意，但其实是她的，我……我曾经以为你喜欢我，真的，但后来却没有成功，但来这里的主意是……我并没有离开她，而是在遵从她。”

“真的吗？”安德说，假装自己之前并没有猜到。

“她告诉我应该做什么，做到哪一步……”阿莱桑德拉一边解衬衫的扣子，一边流着泪。衬衫下面什么都没有穿。“她告诉我应该让你看到什么，碰到哪里，但一点都不能多……”

安德走到她身边，又一次抱住了她，不让她继续说下去。就算是在这情绪激动的时刻，他脑子里还是有一部分只在意这件衬衫，以及衬衫下面将要露出的东西，而不是关心正在脱衬衫的女孩。

“你在乎我的。”她说。

“当然了。”安德说。

“比她更在乎我。”她说。眼泪打湿了她的衬衫。

“也许没有。”

“我都不知道她到底在不在乎我。”阿莱桑德拉靠在安德胸前说，“我不知道对她来说我除了傀儡还是什么，就像她是我外婆的傀儡一样。也许妈妈留在家里不嫁人，不生下我的话，就是外婆给她讲仙女岛和美人的故事了。毕竟这故事都是她给妈妈讲的。”

还好，安德想道。虽然我心里有着冲动，生理上受到了干扰，但我做的还是非常正确的。摩甘应该会看到，就算从性的角度来入手，一样是没有用的。安德和阿莱桑德拉仍然在彼此接近，彼此维系——不

---

① 原文为意大利语。

管他想从中看到什么。游戏还没有结束。就算是恋情也完全在掌握之中。

“这间房间的门没法锁上。”安德说。

“我知道。”

“随时都可能有人进来。”安德还是决定不要告诉她在每间房间都有监视镜头的好，尤其是现在这间，没准正有人看着他们呢。

她听懂了安德的意思，离开了他身畔，重新扣上衬衫，一直扣到她平时扣的地方。“你把我看穿了。”

“不，”安德说，“我只是看到了你本来的样子。也许你妈妈并没看到。”

“我知道她没有，”阿莱桑德拉说，“我知道的。我只是……这只是……摩甘将军，都是为了他，她说她带我来这里是为了找一个有前途的年轻人，但她却找到了更有前途的老头子，这就是一切了。我只是她计划的一部分，不是吗？我……”

“不要这样。”安德说，“你妈妈爱你，这是不容置疑的，她觉得她正在帮你得到你想要的东西。”

“也许吧。”阿莱桑德拉苦笑着说，“或者这只是你心目中的仙女岛？每个人都希望我过得好，所以他们在我身边建起一块虚假的现实。是啊，我希望过得快乐，但不希望生活在谎言里！”

“我没有对你撒谎。”安德说。

她狠狠地盯着安德：“你想要我吗？哪怕一点点？”

安德闭上眼睛点了点头。

“看着我的眼睛说。”

“我想要你。”安德说。

“然后呢？”

“有很多我想要的事都不是我该有的。”

"听上去好像是你妈妈教你说的。"

"如果我是在妈妈身边长大的话,也许她会对我这么说。"安德说,"但事实上,当我决定要去战斗学校时,当我决定按那里的规矩生活时,我就明白了。每件事都有规则,就算没有人制订规则,没有人把它当作游戏,规则也是存在的。如果你想要让一切都顺利进行,最好是知道所有这些规则。除非你已经在玩另一种完全不同的游戏,遵守另一套规则了,否则就不要违背原先的那些。"

"你觉得那些规则有意义吗?"

"对我来说有的。"安德说。"我想要你,你也想要我。我很高兴能知道这些。刚刚那是我的第一个吻。"

"还不算坏,是吧?不算太坏吧?"

"这么说吧,"安德说,"我不排除再来一次的可能性。将来某个时候。"

阿莱桑德拉破涕为笑。

"我真的有事情要做,"安德说,"相信我,你叫醒我正是时候。我已经一点都不困了,你帮了大忙。"

她笑着说:"我明白了,是说我该走了。"

"我想是的,"安德说,"不过我会再见到你的。和平时一样。"

"是的,"阿莱桑德拉说,"我会表演得自然一点,不会太奇怪的。"

"做你自己就好,"安德说,"如果你一直在伪装自己,又怎么会真的快乐呢?"

"妈妈就是。"

"是什么?是假装?还是快乐?"

"假装过得很快乐。"

"也许你会过上快乐的日子,不需要再假装的。"

"也许吧。"她说完就离开了。

安德关上门坐了下来。抑制自己的欲望让他更加疲劳了。他想大声怒吼，恼火一位母亲怎么会派自己的女儿来做这样的事，恼火摩甘将军造成了这一切，恼火自己竟朝她撒这样的谎。“如果你一直在假装，又怎么能快乐呢？”好吧，他自己的生活肯定不是这句话的反例。他一直在假装，也从不曾快乐过。

第十五章

收件人：GovDes%ShakespeareCol@colmin.gov/voy
发件人：vwiggin%ShakespeareCol@colmin.gov/voy
主　题：别紧张，孩子

E：

你和A之间的事不值得惊讶，也不需要感到尴尬。如果欲望从不曾蒙蔽人类的头脑，就没人会结婚、醉酒，或是发胖了。

V

塞尔和李白已经走了两个星期，将近两百公里的路程。每一个能想到的话题他们都至少聊了两遍，到后来，大多数时候两人都只是默默无言地相伴而行，除非有什么急需他们开口的事情。

有时是简短的警告：“不要抓那根藤蔓，不安全。”

有时是学问上的探讨：“那个亮色的、青蛙一样的东西会是有毒的吗？”

“我不觉得，应该只是块石头罢了。”

“噢，颜色真是太艳了，我还以为……”

“猜猜总不是错。再说你又不是地理学家，怎么可能认得出石头呢？”

而大多数时候，身边只有他们的呼吸声和脚步声，崭新的世界正将它的声音、味道和景色呈现在第一次于其中穿行的人类成员面前。

不过走到两百公里时，就必须停止脚步了。他们非常小心地分配着食物，不过也消耗掉了一半给养。他们在水源旁边建了一个能长期居住的营地,找隐蔽的地方挖了厕所,然后深深地打下了几根桩子,支起了帐篷,帐篷里的地面也做了平整。他们要在这里住上一个星期。

一个星期,他们估计那天下午宰掉的两条狗身上的肉只能支持那么久。

剩下的狗中有两条还够聪明,从同伴的皮毛与尸体上推断出它们的人类主人已经不再可以信赖,塞尔为它们感到惋惜。两条聪明的狗逃走了,塞尔和李白不得不用石头把最后的两条赶走。

他们两人和殖民地的其他人一样,都已经知道了如何用熏制的方法保存鲜肉。他们只把一点点新鲜的肉烤熟了,然后留下火堆,用烟把余下的肉熏好,挂到了那些蕨类一样的树木的树枝上——或者是比较像树的蕨类。

他们在随身携带的卫星地图上大概画了一个圈,每天早上出发向不同的方向探索,看能找到什么东西。现在他们可以尽情地收集标本、拍摄照片了。新拍摄的照片都被上传到轨道上的中转飞船,储存在那里的大型计算机中。上传的照片和实验数据都是安全的,无论塞尔和李白身上发生什么,它们都不会消失。

但实体样本才是最有价值的东西。只要把样本带回殖民地,他们就可以用更精密的仪器进行长时间的研究,新殖民们飞船上的外星生物学家们带来了许多新式的研究设备。

这天夜里,塞尔躺在那里几个小时都没有睡着,回想着他和李白看到的东西,在脑中给它们归类,想试着理清这个世界生物学的头绪。

但第二天醒来的时候,他并不记得前一天晚上有过什么了不起的想法,到了早上也是一样。没有伟大的突破,只是日复一日地重复着以前做过的工作罢了。

我本该往北走，到丛林里去。

但要在丛林探索可比这里危险多了。我年纪大了，雨林会把我杀掉的。这片温带的高原比殖民地更接近极地，海拔也更高，所以气温比较低一些。我这样一个老头子只能在露天的地区行走，这样就不会有什么异常危险的东西阻挡或者袭击我了，至少在夏天是这样的。

第五天，他们找到了一条道路。

肯定不会弄错的。这当然不是什么平整的大道，这也难怪，虫族本来就不怎么修建大路，它们只会留下一些窄小的道路。那些小路也不是它们故意建的，而是几千只脚在同一条路线上来回行进的自然结果。

这就是一条踩出来的路。不过那是四十多年前的事了。这条路一定用了很久，有很多虫族从上面踩过，过了这么多年，虽然已经变得草木丛生，仍然用肉眼就能看出来，布满卵石的土地上有一道窄窄的、冲积河谷一样的地形。

研究动物和植被已经不那么重要了。虫族肯定在这里找到了什么有价值的东西。至少在接下来的几个小时里，考古工作比外星生物学更加重要。小路盘旋着通往山上，沿着它走了不远，就看到几个洞穴的入口。

“这些不是洞穴。”李白说。

“噢？”

“这些是隧道。挖成的时间并不太久，而且附近的土壤并没有像洞穴入口附近那样的变形。这些洞是当作通道用的。所有这些洞口的高度都是一样的，你看到了吗？”

“这高度真是该死，人类想要钻进去可是要吃苦头了。”

“我们来这里的目的不是这个，先生。”李白说，“我们找到了这地方，应该叫其他人来探索这隧道。我们来这里是为了活着回去，不是为了送死。”

“我必须知道虫族在这里做些什么。肯定不是耕种,附近的野地里也没有它们的作物留下的痕迹。没有种植园,连肥堆都没有。这里不是大型定居点,但却有着这么多行走的痕迹,而且都是沿着一条路线。”

“采矿?”李白问道。

“你能想出其他理由吗?隧道里一定有什么东西,让虫族觉得值得大费周折把它们挖出来。它们在这里挖了很长时间,一定挖出了很多。”

“不,数量肯定不多。”李白说。

“是吗?”

“就像地球上炼钢的情况一样。虽然人们的目的是把铁熔化炼成钢,而采煤的目的只是用来做燃料进行冶炼和铸造,但人类不会把煤运到铁矿去,相反,他们把铁运到煤矿跟前,因为炼钢需要的煤比铁多得多。”

“你的地理课分数肯定很高。”

“我父母和我都出生在这里,但我还是人类。地球还是我的家。”

“也就是说,不管它们从这隧道里挖出来的是什么,数量都不是很大,没有大到值得它们在这里兴建一座城市的地步。”

“它们的城市都建在有食物的地方,或者燃料。它们在这里挖的东西非常少,所以把那东西搬到城市里要比在这里建设一座城市处理它更加经济。”

“你长大以后肯定会做出番成就的,李白。”

“我已经长大了,先生,”李白说,“而且我已经有了些成就,不过还不足以让女孩子嫁给我而已。”

“你觉得地球上的经济史能让你吸引女孩子?”

"肯定不比那兔蛤蟆的茸角差，先生。"

"皮质角。"

"总之，我们要进去吗？"

塞尔点起一盏油灯，挂到手杖上。

"我还以为你那手杖头上那个开口只是装饰呢。"李白说。

"确实是装饰，"塞尔说，"而且树从地里长出来的时候就是那样子的。"

塞尔卷起了毯子，把剩下的食物中的一半装进背包，然后把实验设备也放了进去。

"你准备在洞里过夜？"

"如果我们找到什么了不起的东西，要想进一步探索的话，难道还要先从通道里爬出来？"

李白顺从地开始收拾。"在隧道里我们是用不着帐篷的吧。"

"我想应该不怎么会下雨。"

"就算如此，洞里也是会有积水的。"

"那我们就挑块干净的地方。"

"你觉得下面会有什么活物？这不是自然形成的洞穴，我不觉得里面会有鱼类。"

"会有鸟，还有其他生物喜欢黑暗的环境，或者觉得里面比较温暖、安全。也许有我们没有发现过的脊索生物、昆虫、其他虫类、菌类什么的。"

来到洞口，李白叹了口气。"这通道要是再高点就好了。"

"你个子长得高又不是我的错。"塞尔点亮了灯。里面用的灯油是他从野外找到的一种水果中榨出来的。他管那种水果叫莎星橄榄，不过两种植物之间没有任何相同的属性，不管是味道还是营养都天差地别。

殖民者们已经在果园中种植这种水果了，通过杂交育种，现在每年已经可以收获三次。除了榨油之外，果子没有任何其他价值，只能用来做肥料。不过这油烧起来倒是很干净，拿它做照明灯比给每间屋子都装上电线要好一些，尤其是在远离市中心的居民区。这是塞尔最自豪的发现，没有迹象表明虫族此前发现过它的用途。当然了，虫族是生活在黑暗中的。塞尔想象着虫族是怎样循着气味与声音，在这些隧道里高速行进的。

人类是从在树上建造住所的生物进化来的，而不是穴居生物，塞尔想到。虽然在过去人类曾经在洞穴里住了很长时间，但始终对洞穴心存怀疑。一看到深邃而黑暗的地方，我们就感到又刺激又恐惧。虫族不会允许任何大型肉食动物在这颗星球上生存，尤其是在洞穴中生存，因为它们自己就喜欢挖坑道、住洞穴。

如果虫族的母星没有在战争中被消灭，我们会学到多少东西啊！我们可以追溯另一种生命的进化路线，看它们如何发展出智能！

但还是那句话，如果安德·维京没有把母星炸掉，我们可能已经输掉了战争。那么我们就连研究这个世界的机会都没有了。这里的生物并没有进化出智慧生命，就算曾经有，虫族也已经把它们消灭了，顺便也把那些可能成为智慧生命的物种也一扫而空。

塞尔弯下了腰，半蹲着走进隧道。不过保持这个姿势是很难的，他已经太老了，背受不了。他甚至没法拄手杖，手杖的长度太长，在洞里立不起来。他必须把手杖举在手里，尽量把它竖起来，让灯油不会从杖头上挂着的小罐中洒出来。

过了一会，塞尔实在是没法用这个姿势坚持下去了。他坐了下来，李白也一样。

“这样下去不行。”

“我的背疼死了。”李白说。

“要是有炸药就好了。”

“说得就好像你会在这里用炸药一样。”

“我并没有说用炸药在道德上站得住脚，只是说比较方便。”塞尔把手杖连着杖头上的灯一起递给李白。“你比较年轻，出去以后恢复一下就好了。不过我得换个姿势。”

塞尔趴在地上试了一下，马上就放弃了。膝盖直接跪在岩石地板上实在是太疼了。最后他坐了下来，两手往前撑在地上，把重量都放在了手臂上往前爬去。这样走实在是太慢了。

李白也试了试匍匐前进，不过也很快放弃了。他手里拿着手杖，油灯就挂在手杖上，所以不得不半蹲下来弯着身子走。

“这样一趟下来我非残了不可。”

“我肯定不用听你爸爸妈妈抱怨我对你做了什么，因为我已经没打算活着出去了。”

突然之间，灯光暗了下来。开始塞尔以为是灯油要耗完了，但并非如此。是李白在前面站起了身，把杖子竖着举了起来，在隧道里投下了阴影。

不要紧，塞尔已经可以看到前面的石室了。那是一个自然形成的洞穴，钟乳石和石笋组成了柱子，支撑着天花板。

但这些石柱并不像石灰水正常滴落留下的积淀物形成的那样直上直下的形状。它们疯狂地扭曲着，缠绕在一起。

“不是自然的沉积岩。”李白说。

“不是。它们是制造出来的。不过这扭曲也不像是经过设计的。”

“随机分形？”

“我想不是。”塞尔说，“随机是真的，不过是自然的随机，不是分形。没有数学上的意义。”

“就像狗屎一样。”

塞尔站在柱子前看了看。这些柱子的形状确实像长长的狗屎，像是狗爬到高处屙出来的一样。柱子的材料坚硬又有弹性，仍然连在洞穴的顶上。

塞尔朝上看了看，然后从李白手中拿过手杖举了起来。

石室一直向远方延伸，似乎无穷无尽。一株株石柱支撑着弧形的洞顶，仿佛是古代的宗教场所，只是被融化了。

“这是复合岩。”李白说。

塞尔低下头，发现男孩正在用自带发光器的显微镜检查着石柱。

“看上去是和地面一样的矿物质。”李白说，“不过是颗粒状的。好像是从地上挖出来然后用胶粘在一起的。”

“但不是用胶。是镶嵌进去的？还是水合物？”

“我想是胶质。”李白说，“应该是有机物。”

李白拿回手杖，把油灯举到一根弯曲得最厉害的柱子底下，用火烤着横过来的一段柱体。柱子没有着火，但开始浸出液体，最后垂了下来。

“停，”塞尔说，“可别让这东西滴到我们身上。”

现在他们已经可以站直身子了，于是便继续向洞中走去。李白想出了主意，把他的毯子切成小块，沿着来路留在后面。他时不时地回头看一眼，检查他们有没有沿直线前进。塞尔也朝后看了一次，如果不是他们标明了来路，恐怕很难找到他们进来时的路口了。

“那么，告诉我这东西是怎么做出来的吧。”塞尔说，“洞顶和地面上都没有工具开凿的痕迹。这些柱子是地面上挖出的石头，混上胶质凝成的。那是一种黏合剂，不过相当牢固，足以支撑起这么大一个洞穴的穹顶。但我们没有看到任何的研磨设备，也没有看到装胶质的桶。”

“巨大的、以岩石为食物的虫子。”

“我也是这么想的。”塞尔说。

李白笑了,“我只是开玩笑罢了。”

“我可不是。”

“虫子怎么吃岩石?”

“用非常尖锐的牙齿,那牙齿一定长得很快。它们在岩石里钻行,把磨细的沙砾用胶状的黏液粘在一起排出体外,形成这些石柱,然后把自己绑在洞顶。”

“但这样的生物是怎么进化来的?”李白说,“岩石里没有养分,而要做到这些需要大量的能量。更不用提它们的牙齿需要什么材料了。”

“也许它们不是进化来的,”塞尔说,“看——那是什么?”

前面有什么东西在油灯的光线中闪亮着。

他们走近了一些,看到石柱上有闪动的光点,洞顶上也有。

但最明亮的东西却在地板上。

“这是……装胶水的桶吗?“

“不,”塞尔说,“这是一只巨大的虫子。甲虫,或者是蚂蚁,类似那样的东西。看这个,李白。”

走到跟前,他们逐渐看清那虫子长着六条腿,不过中间的那一对肢体看上去更像是用来抱紧柱子的,而不是用来行走或者抓握。前面一对爪可以用来抓握或者撕扯,后腿则可以用来挖掘和奔跑。

“你怎么想,这是两足生物?”塞尔说。

“六足或者四足,必要时可以用两足站立。”李白用脚轻轻推了推虫子,它一点反应都没有。一定已经死透了。他弯下腰,折了折后腿,然后是前腿。“攀,爬,走,跑,都一样出色,我是这么想的。”

“看上去并不像进化的结果,”塞尔说,“从解剖学上来说,一般虫子只会倾向于一种运动方式。”

“就像你说的,这不是进化出来的,是培育出来的。”

“为了什么?”

“为了采矿。”李白说。他把虫子的肚皮翻到上面,虫子的身体很沉,试了几次才成功。在光线的直射下,他们可以看得更清楚了。虫子的后背是一块坚硬的黄金硬壳,像甲虫的壳一样光滑,不过非常厚重,这至少有十公斤的黄金。

整个外骨骼长度有二十五到三十厘米,又粗又厚,闪闪发亮,背上覆着一层厚厚的黄金。

“你觉得这些东西是在开采黄金吗?”李白问道。

“用这样的嘴,这样的手,肯定是不行的。”

“但不管怎样,黄金已经在它们的体内了。它们把黄金贮藏在甲壳里了。”

“我想你是对的。”塞尔说,“但这只是成虫,已经到了收获阶段。我想,虫族需要的就是把这些成虫从矿洞里搬出去,摘掉它们的壳然后提纯。烧掉有机组织,只留下纯净的金属。”

“也就是说,吞下金子的其实是幼虫……”

“然后结成茧。”

“破茧而出的时候,身体外面就是一层金壳了。”

“就像是这样。”塞尔说。他又把灯高高地举起。现在离柱子很近了,可以看到半成型的虫子身上反射的闪光。它们的背部都埋在柱子里,前额和腹部覆盖着薄薄的一层黄金。

“这一排排的都是茧。”李白说。

“有机采矿,”塞尔说,“虫族专门养育了这些甲虫,就是为了采集黄金。”

“但为什么要采黄金?对它们来说黄金只是一种柔软的金属罢了。”

“也是种有用的金属。如果它们不止养了这一种虫子呢？它们是不是可以培养提取铁、白金、铝、铜之类的虫子？要是它们可以培养任何需要的虫子呢？”

“这样它们就不需要采矿的工具了。”

“不，李白。这些就是工具。同时也是精炼厂。”塞尔跪了下来。“我们来试试看能不能提取出些DNA样本来吧。”

“死了这么久的样本？”

“这些肯定不是这个星球上的生物。是虫族把它们带来的。它们肯定是虫族母星上的生物，或者是用母星上的生物培育出来的。”

“不一定，”李白说，“如果这样的话，其他殖民地应该早就已经发现类似的生物了。”

“我们用了四十年才找到它们，不是吗？”

“如果是混合物种呢？”李白说。“那样的话它们就只会在这个星球上出现了。”

塞尔已经完成了DNA的采样，比他想象的还要容易。“李白，这些虫子不可能是死了四十多年的。”

这时，虫子的尸体在他手中抽搐了一下。

“连二十分钟都没有，”塞尔说，“还有反射现象。它还没有死。”

“那也差不多要死了。它已经没力气了。”

“要饿死了，我想。”塞尔说。“也许它刚刚完成了变态发育，想爬到洞口去，爬到这里就要死了。”

李白接过样本，放进塞尔的背包里。

“也就是说这些金虫仍然活着？虫族停止给它们喂食之后，还活了四十年？这发育期得有多长啊？”

“不是四十年。”塞尔说。他站起身来，然后又弯下腰看着金虫。“这些在柱子里结茧的虫子应该还很年轻。很新鲜。”他站了起来，开始大步往洞穴深处走去。

洞穴里面的虫子越来越多了,很多都躺在地上,但和他们最早看到的那只不一样,许多虫子的壳都破了,里面的身体被掏空,只留下背部黄金的外壳。这些虫子的肢体被四处乱丢着,就好像是……

“像是被吐出来的一样。”塞尔说。“它们是被吃掉的。”

“被什么?”

“被幼虫。”塞尔说。“它们把成虫都吃掉了,因为这里没有别的东西可吃了。每一代都比前一代更小——看到那一只有多大了吗?它们在不断变小,因为每一代都只能以成虫的尸体为食。”

“而且它们都在往门口前进,”李白说,“想要到外面有养料的地方去。”

“从虫族不再来给它们食物之后……”

“它们的壳就变得太重了,没法走这么远。所以它们就来到尽量远的地方,然后幼虫吃掉成虫的尸体,继续向入口处光亮的地方前进,再结茧,然后生出下一代,每一代的个头都更小。”

李白停了一下,指着油灯问道:“它们是朝这盏灯来的吗?”

“也许我们能看到一只呢。”

“可以咬穿岩石的幼虫?啃下坚固的岩石,然后拉出这些石柱的虫子?”

“我又没说我想走近了看。”

“但你确实这样想。”

“好吧,是的。”

两个人都往四下看去,仔细检视着周围,看能不能看到洞穴里什么地方有东西在动。

“如果有什么比光线更吸引它们呢?”李白说。

“身体柔软的食物?”塞尔说,“别以为我没想到。以前带给它们食物的是虫族，现在也许轮到我们了。”

就在这时，李白突然站了起来。

塞尔握紧手杖。就在他头顶上方，一只长得像蛞蝓一样的幼虫紧贴在洞顶。它的嘴几乎已经伸到了李白的背包上。

“解开袋子，把它扔下来！”

“那是我们的样本！”

“我们随时可以弄到更多的样本！我可不想从这样的柱子里把你一点一点地挖出来！”

李白解开背袋，把背包扔到了地上。

背包马上消失在幼虫的嘴中了。他们可以听到金属发出的咯吱咯吱的碎裂声，那是幼虫的牙齿正在咀嚼金属设备。他们没有停下来看这一幕，而是转身向入口处跑去。走过第一只金虫的尸体之后，他们开始沿着地上的毯子碎块寻找回去的路。

“拿着我的背包。”塞尔说，一边走一边把它从背后解下来。“里面有无线电，还有DNA样本。从出口离开，然后用无线电求助。”

“我不会离开你的。”李白说。但他还是按塞尔说的做了。

“只有你跑得比它们爬得快，能够提前跑到洞口的。”

“我们还没看到它们能爬多快呢。”

“已经看到了。”塞尔说。他往回走了一会，手里举着灯。

幼虫离他们只有三十米左右了，而且正越爬越快。

“它们是追着灯光来的，还是我们来的？”李白也转过身，开始跑起来。

“也许是我们呼吸的二氧化碳，也许是我们脚步造成的振动，或者是我们的心跳。”塞尔把手杖递给李白。“拿着这个，赶快跑。”

“你打算干什么？”李白说道。他没有接过手杖。

“如果它们是沿着光追过来的，那你只要跑起来，它们就追不上你了。”

“如果不是呢？”

“那你就可以跑到外面去呼叫求助。”

“而这些虫子会把你当午餐吃掉。”

“我的肉太硬，里面的骨头也太多了。”

“它们连石头都吃的。”

“拿着灯，”塞尔说，“从这里出去。”

李白又犹豫了一下，不过最后还是履行了自己的诺言，服从了塞尔的命令。塞尔很是欣慰。

又或者，是因为他相信幼虫一定会跟着灯光走的。

李白猜对了。塞尔慢下脚步，眼看着幼虫朝他爬了过来。他可以看出，幼虫并不是直接冲他爬来的，而是绕过他朝李白爬去。李白开始跑，幼虫也开始加速。

它从塞尔身边爬过，直径足足有半米，像蛇一样在地上蜿蜒地爬动着。它的形状酷似洞里的柱子，区别只是横在地上，而且，不用说，正在朝前移动。

不等李白钻进隧道，它就会追上他。

“把灯扔掉！”塞尔喊道，“扔掉！”

有那么一阵子，塞尔可以看到灯光斜照在洞穴的墙壁上，就在那低矮的通道的入口旁边。穿过通道，就是外面的世界了。李白一定已经到了通道里。

幼虫无视了那盏灯，继续朝隧道中钻了进去，追在李白的身后。它不需要蹲下身子，也不需要弯腰前进，一定会很容易就逮到李白的。

“不，不！停下！”但他转念一想，如果李白听到我的话怎么办？“继续跑，李白！跑啊！”

与此同时，塞尔不出声地在脑中想道：停下来，回到这里！回到洞里来，回到你的孩子们身边！

塞尔知道这看上去像是在发疯，但这是他能想象出的唯一办法了。虫族是通过意念交流的，而这幼虫也是虫族的母星来的一种昆虫类生命。也许他可以和它讲讲话，用女王向虫族中的每一个工蜂和兵蜂们说话的那种方式。

讲话？真是太蠢了。它们没有语言。它们不说话的。

塞尔停下脚步，在脑中构想出一幅清晰的图像，一只金虫躺在洞穴的地面上，六条腿蜷曲着。想象这幅画面的时候，塞尔努力感到饥饿，或者至少回忆起饥饿时的感觉。或者说，他只是在体内寻觅着饥饿的感觉——毕竟已经有好几个小时没有吃饭了。

然后他在脑中的图画中让幼虫来到金虫旁边，围着它转圈。

虫子又一次从隧道中出现了。没有听到李白的惨叫声，幼虫没有抓住他。也许它只是来到了有阳光照射的地方，被刺得看不到东西，不得不回来。又或者它是在答复塞尔想象中的图像与感觉。无论如何，李白在外面都是安全的了。

当然了，也许幼虫只是决定不去理会那只逃跑的猎物，而是回来找这只在原地站着不动的家伙，要把他砌进另一根石柱中。

第十六章

收件人:GovDes%ShakespeareCol@ColMin.gov/voy

发件人:MinCol@ColMin.gob

主　题:应你的要求

握手密钥:3390ac8d9afff9121001

亲爱的安德:

如你所要求的那样，我把最高军事长官巴科西·吴睿的全息信息发送到飞船的系统中了,用的就是你之前在飞船的安塞波软件中安置的后门。如果你的程序能按之前讲的那样运行，那么它将接管整艘飞船的通讯。除此以外,我还附上了对摩甘将军进行处置的官方通告,你可以打印出来交给他。

希望他还足够信任你,能够让你有机会拿到这些东西。

在你删除这条信息之后,不会有任何痕迹表明它曾经存在过。

祝好运

海勒姆

摩甘将军已经和代理总督老九(这算是什么名字)联系过了。官方的代理总督匆匆离开，去进行莫名其妙的远足了——恰恰就在他需要公开进行正式权力移交的时候。那人一定是不愿意被从自己的位置上赶下来吧。某些人就是这么虚荣。

摩甘的执行官拉格里马斯准将已经确认，根据他们在轨道上观察的结果,殖民者们已经为他们的飞船建好了符合标准的跑道。谢天谢地,他们已经不需要那东西了。飞行器需要用轮子才能着陆的时候该多么无聊啊。

唯一让他感到担心的是,那个维京家的男孩会在飞船刚着陆的时候和他一起下去。他希望是由自己告诉这里的居民,他提前下飞船,替维京准备着陆有关的事宜。这样一来他就有机会向居民证明,维京不过是个十几岁大的孩子,还不懂怎么做一名真正的总督。

朵拉贝拉也同意他的想法,不过她提出:"要知道,这个殖民地的老人们都是在安德指挥下战斗过的飞行员和战士。他们如果看不到安德可能会失望,不过换个角度说,也意味着之后他们看到安德的时候会感觉更加兴奋。"

摩甘思考了一下,觉得让安德和自己同时下飞船对他来说还是利大于弊的。因此他把安德叫到了自己的办公室。

"第一次和殖民者们见面的时候,你可以给他们讲讲话,不过我想那不是必须的。"摩甘将军说。这是一次测验,看维京会不会因为从最开始就被迫保持沉默而动怒。

"不讲的话我也没有意见,"维京马上说,"我实在不大擅长演讲。"

"非常好,"摩甘说,"到时候现场会安排一些陆战队士兵,以防这里的人会搞什么乱子——这种事是没法预料的,他们之前的合作态度没准只是掩饰。他们已经在这里生活了四十年了,对四十光年之外的人强加给他们的管理者,也许会有人心怀不满。"

维京看上去很严肃。"我从没想到过这个。你真的觉得他们可能造反吗?"

"不,我不这样想。不过好的指挥官总是要防患于未然。你早晚也会养成这种习惯的,我敢肯定。"

安德叹了口气。"要学的东西真是太多了。"

“着陆的时候，我们会先放下登机梯，然后立即派陆战队员控制围墙。等到人们在登机梯下面集合完毕时，我们就出去。我会把你介绍给大家，说上几句话，然后你就回到飞船里，等我到定居地把你的住处安排好了你再出来。”

“Toguro。”维京说。

“什么？”

“不好意思，是战斗学校的行话。”

“噢，是这样。我从没上过战斗学校。”这小家伙是在提醒我，他去过战斗学校，我摩甘没有。不过这是值得鼓励的。维京表现得越孩子气，就越容易把他边缘化。

“华伦蒂什么时候能下来？”

“头几天我们不会让新殖民者们下飞船。我们必须保证一切都有序地进行。在准备好足够的房间和食物之前，我不希望让太多的新殖民者拥入殖民地。补给也是一样。”

“我们要空着手下去？”安德问道，听上去好像很惊讶。

“不不，当然不会了。”摩甘说。他还没从这个角度想过。如果他带上一些重要的补给品，肯定会表现得更受欢迎。“你觉得我们应该带什么，食物？巧克力？”

“他们的食物比我们要好，”安德说，“他们有新鲜的水果和蔬菜，那应该是他们给我们的礼物。不过我想他们如果看到悬浮车的话肯定会喜欢的。”

“悬浮车！那可是非常重要的技术。”

“反正悬浮车放在飞船上也没什么用处。”安德笑着说。“不行的话，就给他们一些外星生物学研究用的仪器吧。最好让他们看到，我们的到来对他们有多大的帮助。我是说，如果你担心他们对我们的到来心怀不满，那么就给他们一些真正有用的技术，他们会把我们当作英雄的。”

“当然了，我就是这么计划的。只是我觉得不该一降落就把悬浮车运下去。”

“有了悬浮车就可以把货物运到仓库所在的地方了。我想如果告诉他们，不需要他们用手——或者推车、或者别的什么——搬飞船上的货物，他们肯定会高兴的。”

“非常好。”摩甘说，“你已经开始进入领导的状态了。”这孩子确实很聪明，而老殖民者们在看到悬浮车和科技研究设备时，感谢的却是他摩甘。如果他有时间停下来好好思考的话，也能自己想出这些好点子来的。这孩子一直坐着不动在想事情，摩甘可花不起这工夫，总有人过来打扰他。而且就算拉格里马斯处理了所有大小事务，摩甘还要花时间和朵拉贝拉在一起。

她并不是个不识大体的女人。事实上，她对摩甘的支持让摩甘都感到惊讶。她从来不干涉他的任何事情，只要事情和她无关，就从不插嘴。她从没有抱怨过，始终在配合他的计划，总是微笑着鼓励他，体谅他，而从不提建议。

她会分散他的精力，这也未尝不是好事。当会议当中他感到不那么忙的时候，总会不由自主地想起她。这女人真的太完美了，她总是心甘情愿、急不可待地让他感到满足。摩甘只要想到什么，就会发现她已经在做了。摩甘发现自己开始不断地找理由返回办公室，而她每每都在那里等着他，看到他时总表现出高兴的样子，愿意听他说话。他讲话时，她的手就会搭在他身上，让他无法忽视她的存在，更无法提前离开。

摩甘听人说过，婚姻生活就像地狱一样。蜜月期只能持续一天，然后女人就会开始变得贪得无厌，顽固不化，叫苦连天。那些都是假话。

也许只有朵拉贝拉是这样的。不过就算如此,他也很高兴自己等到了现在,终于可以娶一个百万里挑一的、懂得如何让一个男人幸福的女人。

他坠入了爱河。他知道有人会在他背后开玩笑,有时在工作期间他会和朵拉贝拉约会上一两个小时,回到办公室时会逮到有人在窃笑。让他们笑好了!不过都是嫉妒而已。

“长官?”安德问道。

“嗯?哦。”又是这样,一边和人谈着话,一边就想到朵拉贝拉身上去了。“我还有很多事要考虑,这事就这么定了吧。八点之前到着陆舱去,我们会准时关闭舱门。早班的工人会把所有货物装上着陆舱。降落会花上几小时时间,飞行员是这么说的,不过这期间没人能睡成觉的。你今晚应该早些上床睡觉,充分休息。进入大气层时最好保持空腹,你知道为什么。”

“是,长官。”维京说。

“那么就解散吧。”摩甘说。

安德敬了个礼,转身走开了。摩甘几乎笑出声来。维京这孩子还没有意识到,就算是在他摩甘的船上,安德也是有着将军头衔的人。这意味着他有权在任何自己愿意的时候离开,而不需要像低级军官一样等着摩甘宣布解散。不过让他保持这种状态也好。虽然安德在摩甘之前就拥有了自己的将星,但这并不意味着摩甘必须假装对一个屁事不懂的十几岁小孩保持尊重。

摩甘琢磨这些的当口,维京已经回到了自己的房间,脱掉军装,换上了平民的衣服。这是出于为大家考虑。穿着统一军装的话还要佩戴表示军阶的徽章,这不会有任何好处,特别是安德的军装上代表着战功的勋章比摩甘还要多。摩甘在登陆舱门口遇到安德时点了点头,就回到了机舱前方自己的座位上去了。还有许多的通讯请求等着他批准。

起初登陆舱的飞行状态与平常的太空飞行并没有区别，轨道平滑，控制完美。但当他们进入行星的轨道，开始进入大气层时，登陆舱重新调整了飞行姿态，张开了一层用来隔离散热的护盾。从这时起，登陆舱就开始翻滚，路线也变得歪歪斜斜。飞行员之前就告诉过他们，“翻滚和偏航不能说明什么。但如果开始上下颠簸，那就是出问题了。”

等到登陆舱在距地面一万米左右的空中稳定下来之后，摩甘感到一阵恶心。不过可怜的维京啊，这孩子早已飞回他自己的房间了，肯定是难受得厉害。如果他忘记了早上不要吃饭的话，恐怕要吐上一阵子的。

着陆很是平稳，但安德并没有回到他的座位上。着陆时他仍然在自己的房间里。陆战队员报告说居民已经开始在登陆舱下面集合了，但安德还没有出来。

摩甘亲自来到房间门口，急切地敲了敲门。“维京，时间到了。”

“再过几分钟就好，长官。”维京说，他的声音听上去虚弱而略发颤抖。“真的。他们肯定会先忙着查看悬浮车，然后我们再下去，就可以接受他们的欢呼了。”

摩甘还没有想过应该先把悬浮车送下去，不过维京是对的。如果这些人能够先看到地球的先进科技带来的好东西，等到他走出舱门的时候，肯定会受到更热烈的欢迎。“他们不会一直盯着悬浮车看的，维京。等到该出去的时候，我希望你来和我一起。”

“我会的。”维京说。不过一阵干呕的声音却表明事实并非如此。

当然了，不管有没有感到恶心，发出干呕声总是能做到的。摩甘心头涌上一阵怀疑，而他也当即将这想法付诸行动。他没打招呼就打开了房门。

维京就在房间里，跪在厕所门前。他躬着身子，腹部一阵阵抽搐，发出又一阵干呕声。他已经脱掉了夹克和衬衫，蜷在门口的地板上——至少这孩子事先做好了安排，没有吐在自己的衣服上。“我能帮你什么吗？”摩甘说。

维京看了他一眼。从脸上的表情看出，他正努力控制着自己恶心的感觉。“我不会一直这样的。”他虚弱地说，努力挤出一丝微笑。“过几分钟就好了。”

然后，他就又把脸转向马桶的方向了。摩甘关上了门，强忍着没有微笑出来。之前对这孩子会不会合作的担忧也消失了。维京肯定赶不上他自己的入场式了，而这和摩甘完全没有关系。

自然，摩甘此后派去找维京的候补军官也没把他带回来，只带回一句话：“他说他会尽快过来的。”

摩甘考虑了一下要不要再派人去告诉维京，他的迟到不会影响摩甘发表自己的演说。不过还是算了，这点宽容的架势他还是摆得起的。再说，怎么看维京也不会很快准备好的。

莎星的空气沁人心脾，不过也透着陌生的感觉；有微风拂过，风中带着某种花粉的味道。摩甘非常清楚，哪怕是喘上口气，也有可能被吸血的虫子钻进体内，这种虫子早先险些毁掉了整个殖民地，但他们还是找到了治疗的方法。在需要接受第一次注射之前还有不短的时间。好多年来，这还是他第一次品味行星表面的空气。早在这次航行开始之前的六年，他就已经离开地球了。

不远处，可以看到热带草原上那种大树，零零星星地点缀在灌木丛之间。不过跑道两边的地上都种着庄稼。他意识到，殖民者们是在自己的庄稼地里为他们开辟出了这条跑道。对此他们肯定心怀不满，摩甘开始庆幸自己先把悬浮车卸下了飞船，这些东西应该能吸引老殖民者们的注意力，让他们不再介意登陆舱着陆时毁掉的庄稼。

聚集在此的殖民者之多让摩甘吃了一惊。他还大概记得,最早的远征军只有几百号人,而现在殖民者的总数已经超过了两千。原来军队里的女性数量本就相对比较少,但她们一定是像兔子一样频繁地生育着。

最重要的是,摩甘走出飞船的时候,每个人都在鼓掌。这掌声多半是送给悬浮车的,而不是他本人,不过他已经很满意了,至少还没有人反抗他。

他的助手已经安好了一套扩音系统,不过摩甘觉得应该用不上。围在这里的人很多,但大多数是小孩子,而且挤得很近。从登机梯顶部看去,让每个人都听到自己的声音应该不难。不过既然讲台已经安放好了,摩甘觉得如果不用的话会显得很傻。于是他大步迈上前去,双手按在讲台边缘。

“莎士比亚星殖民地的先生们,女士们,我带来了IF与殖民部对诸位的问候。”

他等着大家鼓掌,但……什么都没有发生。

“我是昆西·摩甘,太空军少将,这艘飞船的船长。我为这里的居民带来了新的殖民者,还有新的装备和补给。”

又没有人鼓掌。噢,他们都在认真听着,并没有表现出任何的敌意,但最多也只是点了点头,而且点头的人也并不多。看上去他们都在等待着。等什么呢?

等着维京。想到这个,摩甘感到像是咽下了一口苦胆汁一样。他们知道维京会来做总督,而且正在等着他。

好吧,他们很快就会发现维京到底是什么样的人,不是什么样的人。

这时,摩甘听到了登陆舱里传来的脚步声,有人正朝舱口跑来。维京对时间的估算还真是准,这个时候出现,在下面的人群看来简直是再自然不过的事了。

大家的注意力都集中到了维京身上，摩甘微笑着："让我为大家介绍——"

但他们并没有听到他的话。他们知道这人是谁。虽然经过了扩音器的放大，但摩甘的声音仍被掌声与叫喊声盖过了。他根本不需要说出维京的名字，周围的每一个人都在喊着他的名字。

摩甘转身向男孩做出欢迎的姿势，但看到维京已经穿上全套的军装，还是吃惊不小。他军服上的勋章多得吓人，摩甘胸前任何一块都要相形见绌。这实在是太荒谬了，维京自己也知道，他不过是在玩电子游戏而已，但他却佩戴着那场战争中为每一场战斗所颁发的奖章，还有在胜利之后所获得的勋章。

这个小浑蛋是故意要骗他的。先穿上便装，然后在洗手间里换上军装，只是为了在他面前摆摆傲气。之前恶心作呕的样子也是装出来的吗？就是为了给自己营造盛大的出场气氛？算了，摩甘摆出违心的微笑，不过这孩子早晚要为此付出代价的。也许将来连名义上的领袖地位都不该给他。

维京看到摩甘示意他到讲台后站在自己身边，却没有往那边走去。相反，他把一张叠起来的信纸递给了摩甘，然后走下扶梯，来到地面上。他马上就被人群包围了。人们高喊着"安德·维京"，然后开始七嘴八舌地说话，或是大笑起来。

摩甘低头看着信纸。打开之前，他看到背面安德用铅笔写道："飞船着陆的同时，你的指挥权就此结束。你的职权范围只到登机梯底层为止。"他还签了名，"维京将军"，这提醒着摩甘，船到港之后，安德的军衔是要比他还高的。

这个浑蛋孩子。他真的以为这声明在这种地方会有用吗？更高级别的掌权者还在四十光年之外，而摩甘手下还有一组经过正规训练的陆战队员。

摩甘展开了纸。那是一封信，来自军事长官巴科西·吴睿，以及殖民部部长海勒姆·格拉夫。

根据维塔利的描述，安德马上认出了绰号“老九”的托罗，径直向他走去。“老九！”他喊着对方的名字，“看到你真是太高兴了！”

在走向老九和他握手的路上，安德一直在注意观察着年老的男男女女。他们大多被年轻人围在中间，不过安德还是认出了他们，试着把他们与自己在飞船出发之前看到的年轻面孔一一对上号来。

幸运的是，他猜对了第一个人的名字，然后又猜对了第二个。他能叫得上对方的名字，以及军衔。这是他第一次与那些真正参加了战斗的飞行员们见面，气氛非常庄重。“终于看到你们了，真为你们感到自豪。”他说，“我等这一天已经等得太久了。”

大家很快就看出了安德要做什么。人群向后退去，将年老的人们留在前排，让安德可以看清他们的样子。许多人与安德握手的时候都哭了出来，几位年纪大的女士坚持要和他拥抱。他们想和安德说话，想告诉他些什么，但安德却始终面带着微笑，用另一只手打着手势：稍等一下，还有其他人要见呢。

他与每一位士兵握手，偶尔猜错他们的名字时，士兵们总会笑着纠正他。

在他身后，扩音器仍然沉默着。安德并不知道摩甘看了那封信后会怎么样，只是在登机梯下面不停地走动着。人群把他围得水泄不通，不让摩甘有挤到安德身边的机会。

和最后一位老人握完手之后，安德举起右手转过身来，示意大家靠拢到他身边，大家照做了(事实上他们早就聚了过来)。安德完全被人群围住了。“有些名字我没机会叫出了，有些人我无法见到。”接着，他按照自己的记忆说出了所有那些在战争中死去的人的名字。“我们失去了太多的同伴。如果我知道我的错误会造成什么样的代价,也许我会少犯一些的。”

有人哭出了声来,有人高声说道:“那并不是你的错。”

那之后,安德又一口气说出了一串名字,那些定居下来一周之内死去的殖民者。“借着他们生命的代价,也是靠着你们的英勇努力,才建起了这块殖民地。科尔莫戈罗夫给我讲过你们的生活,你们的成就。当你们在这块土地上与疾病做斗争的时候,我还是艾洛斯星上一个十二岁的小男孩。而那一次,在没有我帮助的情况下,你们也取得了胜利。”

安德把手举到面前,开始郑重地鼓起掌来。“向那些在太空中死去的人们致敬,向在这颗星球上死去的人们致敬!”

四周一片欢呼。

“向维塔利·科尔莫戈罗夫致敬,不论是在战争中还是和平期间,他领导着你们走过了三十六年的岁月!”又是一阵欢呼。“向塞尔·摩纳奇致敬,这位谦逊的人甚至不愿意面对今天这种场合他所应得的注目。”这次是欢呼声和笑声。“塞尔·摩纳奇将会教导我该如何为大家服务,而现在我来到了这里,他就会有更多的时间去处理他真正的工作了。”人们放声大笑,欢呼声也没有停止。

这时,在人群的背后,扩音器中传来了摩甘的声音。“莎士比亚星殖民地的先生们女士们,请原谅我的打扰。按照计划今天的行动流程不该是这样的。”

安德身边的人迷惑不解地朝登机梯上面的那人看了一眼。摩甘的声音还是很动听的,话里还带着点诙谐的成分。但他与正在发生的一切并没有什么关系,只是这场庆典中的闯入者。他没看到,安德正作为带领部队获胜的司令官,与他麾下的老兵们会面吗?这与昆西·摩甘又有什么关系?

他难道没读过那封信吗？

摩甘起初只能分出一半的注意力在信上。安德径直走向人群，把他气得半死。他在做什么呢？他真的知道这些人的名字吗？

但信件的内容开始吸引他的注意，摩甘开始全神贯注地读了起来。

亲爱的太空军少将摩甘：

前任最高军事长官切瑞纳格在退休之前曾经警告过我们，你有可能会产生某些误解，以为自己的职权在飞船到达莎星之后仍然有效。如果有这样的情况发生，他表示会负全部责任。对我们不得不采取的行动，在此表示抱歉。但您必须理解，我们不得不采取某些预防措施，以防您万一误以为自己的权力可以在行星表面行使，哪怕只有短短的一段时间。我们会小心谨慎地采取纠正措施，只有您，以及副船长安德·维京会知道，我们已经做好了准备，以处理您万一举止失当所造成的局面。

我们采取的纠正措施是这样的：您必须明白，从踏上莎士比亚星的那一瞬间起，维京中将就变成了维京总督，对于殖民地所有的有关事务，以及人员与物资的运输，他都有最高决策权。他的中将军衔仍然维持不变，因此在你的飞船之外，他是你的上级，而你应当服从他的领导。

您不应踏足殖民行星，应当马上回到飞船中去。您不应与殖民地的任何人见面。您应当保证您飞船上的所有货物与人员都严格遵照维京总督的要求，完好、有序地运往殖民地。您的所有行为都应向IF指挥部及殖民部公开，每小时都要通过安塞波与我们联系，报告您是如何贯彻执行维京总督的命令的。

我们认为您原本就打算这样做的。然而，由于切瑞纳格长官的警告，我们预计您可能会有其他不同的计划，并打算将其付诸实施。我们与您之间存在着四十光年的距离，所以我们有必要采取措施，以确保您可以成功完成任务，并开始以光速回航。

我们要求每隔十二小时，维京总督通过全息安塞波通讯与我们联系，确保您服从了他的命令。如果他没能向我们报告，或者在我们看来他受到了任何胁迫，我们都会激活您飞船上电脑中预设的程序。如果有任何人试图改写飞船上的程序，或者将电脑系统恢复至较早的备份，这程序都会被自动激活。

一旦程序被激活，这段程序会控制您的飞船及登陆舱上的语音和全息图像通讯，接通飞船和登陆舱上的每一台电脑显示器与扬声器，包括莎士比亚殖民地的安塞波通讯，告诉大家您被指控叛乱，让大家拒绝服从您的命令，将您逮捕之后以冬眠状态送回艾洛斯星，接受军事审判。

如果您没有打算做出任何不应有的行动，那么这封信的存在本身就是对您的冒犯，我们对此深表歉意。不过如果是那样的话，只要您的举止得当，就不会有任何人看到这封信件，而当您圆满完成任务、进入光速返航的行程之后，这封信件会自动从飞船的电脑上删除，不会在任何地方留下这次行动的记录。您的名誉不会受到任何损害，职业生涯也不会蒙上污点。

这封信的副本将同时发送给您的执行官员，瓦拉德·达斯·拉格里马斯。但只要维京总督向我们汇报您没有不轨行为，他就无法打开那份副本。

由于您的殖民飞船是第一艘抵达殖民地的运输船，您的行为将为整个IF树立榜样。我们期待着向全舰队通报您的优秀表现。

真诚的

军事长官，巴科西·吴睿

殖民部长，海勒姆·格拉夫

摩甘读完这封信，胸中充满着愤怒与担忧，不过最后还是改变了态度。他们为什么会认为，除了监督维京顺利地接手管理权之外，他还会有其他的企图呢？切瑞纳格又怎么敢说出什么让别人以为摩甘别有用心的话？

他会以非常生硬的口气发一封邮件，向他们表明自己的失望。他们不应该用这样毫无必要的专横手段对待他。

不，如果他回信的话，一定会被记录在案的。他必须保证自己记录的清白。作为第一位驾驶殖民飞船完成自己任务的船长，IF肯定会为他大张旗鼓地宣传，这将是他职业生涯中一项非常重要的成就。

他必须表现得像这封信不存在一样。

人们正在欢呼。摩甘读这封信的时候，他们就在一边欢呼，一边一次次地鼓掌。他往下看了一眼，发现他们已经完全把维京围起来了。没有人朝登陆舱、舷梯和摩甘将军看上哪怕一眼。摩甘观察着人群，可以看出每个人都在全神贯注地看着安德·维京，眼神里充满着忠诚与渴望。他所说的每一个词，都会让这些人欢呼、大笑或者落泪。

不可思议的是，他们居然爱着安德。

就算没有这封信，没有IF总部和殖民部的干预，自从安德·维京穿着全套军装出现在大家面前、叫出每一位老兵的名字、激起大家对死去的殖民者们的回忆那时起，在这场权力斗争中，摩甘就已被宣告失败了。维京知道如何赢得人心，他不需要依靠欺骗或是高压政策就能做到。事实上他所做的一切只不过是在每个人身上花了些心思，记住了他们的名字和长相。他所做的只是在四十一年前带领这些人走向了胜利。而那时摩甘还在负责着太阳系小行星带的后勤保障。

就我所知,这封信不过是在虚张声势,是维京自己写下的。他只是要让我分心,然后自己再去进行公关攻势。如果我下定决心去阻碍他,在背后开展工作,削弱人们对他的信心,摧毁他作为总督的名望,到那时我就可以取而代之……

维京在讲话中提到了代理总督的名字,大家又欢呼了起来。

不,摩甘没办法削弱这里的人对维京的信心。他们希望他来做总督。而对他们来说,摩甘什么也不是。他是一个陌生人,入侵者。这颗星球上再也没有什么IF了。他们并不在意权力的大小与军衔的高低。他们已经是这个殖民地的公民了,但殖民地建立时的传说仍然在流传。伟大的安德·维京,凭借着他的胜利,将虫族从这个世界的表面扫清,为他们这批人类开拓了新的土地,让他们能够前来定居。而现在,维京亲自来到了他们中间。这简直就像基督再临一样。摩甘现在已经毫无机会了。

他的副官们正专心看着他。他们肯定不知道信的内容,但他不知道自己在读信时有没有如愿在脸上做出无动于衷的表情。事实上,这样的表情对他自己来说也是非常有效的信号。摩甘向他们微笑道:"好吧,我们的剧本就演到这里。看上去关于今天的仪式如何进行,维京总督有他自己的打算。如果他之前能告诉我们一声就更好了,不过……小孩子玩玩恶作剧也没什么大不了的。"

副官们发出轻笑,他们知道摩甘肯定希望他们这样做。摩甘非常清楚,他们完全明白这时所发生的一切。这指的不是信中所提到的威胁,而是维京已经获得了完全的胜利。无论如何,摩甘都要做出这副姿态,表示一切都在按照计划进行,而他们也会配合摩甘的演出,这样飞船上的纪律才能得以维护。

摩甘转身来到麦克风前。趁着欢呼声与叫喊声稍稍平静下来一点时，他用友好的、玩笑般的口吻说道："莎士比亚星上的先生们女士们，请原谅我的打扰。按计划今天的行动流程不应该是这样的。"

人们纷纷转身面向着他，显然感到受到了打扰，甚至有点生气。他们马上又转回维京的方向，维京也正面朝摩甘站着，脸上并没有胜利者那满足的微笑，仍然保持着在飞船上一贯的郑重神色。这个小浑蛋。这一切都是他早已计划好的，但从来没有露出任何迹象。虽然摩甘查看过他在生活舱中所有的录像，甚至通过朵拉贝拉的女儿去监视他，这孩子却从不曾露出过马脚，连一秒钟都没有。

感谢群星，他会一直留在这个世界，不会再回到IF，成为我的竞争对手了。

"我不会花费你们太多的时间，"摩甘说，"我手下的人会马上开始将飞船上带来的装备卸下，陆战队员仍然会留在这里，协助维京总督处理他要做的事情。我会回到飞船上去，等待维京总督的指示，制订下一阶段从飞船上运送人员与物资登陆的计划。我在这里的任务已经完成了，谨向诸位所取得的成就表示恭贺，谢谢大家。"

人群中响起一两声零星的掌声，不过他知道大多数人都已经完全不再理会他了，只是等着他赶快讲完，然后继续用崇拜的眼神看着安德。

好吧。等我回到飞船的时候，朵拉贝拉就已经在那里了。他就要与这个女人结婚了，而这将是他所做过的最正确的事。

当然了，他没法想象她知道这消息后会做何反应。她和她的女儿将不再成为这里的殖民者，而是和他一起返航，回到地球。不过他们又有什么可抱怨的呢？殖民地的生活原始又艰难，而作为将军夫人，作为第一位将殖民者和物资送往殖民地的将军的伴侣，日子肯定就舒坦多了。而且朵拉贝拉一定能在社交圈里大放光彩的，这正是她所擅长的事情。而她的女儿也将进入大学,过上正常的生活。不,不能说正常,而是非常优越的生活。有摩甘的地位作为保障,她一定能够获得最好的机会。

摩甘已经转过身去,准备进入登陆舱了,这时他听到维京在身后叫他。“摩甘将军!我想这里的人们还不了解你为我们做了什么,但他们应该听一听的。”

格拉夫和吴睿那封信上的词句还历历在目，摩甘不禁觉得这话中带着讽刺与恶意。他本想径直走进登陆舱,假装自己根本没听到安德说话。

但这孩子毕竟是总督,而摩甘也要考虑自己接下来发布的命令。如果他不去搭理这孩子,在自己手下看来就是承认失败了,而且还是用非常懦弱的方式承认的。所以为了保持自己的尊严与地位,他只得转过身来,看看这孩子还有什么话好说。

“谢谢你,长官,感谢你安全地把我们送到了这里。不止是我,还有那些马上要来到这里,和这些最早的殖民者,以及出生在这里的人一起生活的殖民者们。您为这些人类远行的后代建立起了通往家乡、通往人类社会的通道。”

维京转身朝向殖民者们。“摩甘将军和他手下的船员,还有你们在这里看到的陆战队员们,来这里的目的并不是打仗,不是为了拯救人类,他们中也没有人会在敌人的手下丧生。但他们也同样做出了巨大的牺牲,与那些最早的殖民者们相比也丝毫不逊色。他们断绝了自己与自己所熟识、所深爱的那些人的联系，自愿被放逐到了时空当中,在群星间寻找新的人生。这艘飞船上的每一位殖民者,都已经放弃了他们所拥有的一切,希望能够与你们一起生活。”

殖民者们开始鼓掌,起初只有几个人,不过很快大家都开始鼓掌欢呼起来。这掌声与欢呼声是送给摩甘将军,送给陆战队员,还有飞船上那些未曾谋面的新殖民者们的。

见鬼，就在这时，维京家的这孩子朝他敬了个军礼。摩甘别无选择，只能向他回了礼，表示接受殖民地的人们当作礼物送给他的谢意与尊重。

然后，维京大踏步地走向登陆舱。他没有和摩甘说话，却径直走向了陆战队员的指挥官，叫出了他的名字。这孩子连摩甘的船员和陆战队士兵的名字都记住了吗？

“我希望你们和你们的同行们见见面。”安德大声地说道，“在最早的那次远征中指挥陆战队的人。”他把摩甘领到一位老人面前，双方互敬了军礼。转眼之间，仪式现场变得一片混乱，每一名陆战队员都被当地的老老少少们围住了。

摩甘这时已经明白，维京所做的一切都不是针对他的。他只是需要确保摩甘明白自己的地位。而在下飞船后的第一时间，他就做到了这点。他用那封信吸引摩甘的注意力，同时自己展开了行动。他知道每一位老殖民者的名字。他的举止非常得体。一位司令官在获得一场伟大的胜利四十一年之后，再次与战争中的老兵见面，恰恰应该是这样的。

但维京的主要目的还是控制这个群体的态度，控制他们对摩甘、对陆战队员、对飞船上的工作人员，以及，最重要的是，对新来的殖民者们的态度。借着大家共有牺牲精神，安德把他们融为了一体。这孩子还说自己不喜欢演讲。真是个骗子。他说的每一句话都恰到好处。在他身边，摩甘自己反倒像个新手。不，像个笨手笨脚的无能之辈。

摩甘回到登陆舱中，只是稍作停留，向手下声明，关于卸载货物的问题，要他们听从维京总督的意见。

然后他来到卫生间，将那封信撕得粉碎，揉成一团，然后冲进了马桶。信纸与打印用墨的味道让他感到一阵恶心，他干呕了两三次才勉强控制住自己。

然后他回到通讯中心，吃了顿午饭。正在这时，一位上尉军官带着两位本地人来到飞船，他们带来了大量新鲜的蔬菜和水果，正如维京所预料的那样。水果很美味，吃饱之后摩甘小睡了一会，直到副官把他叫醒，说货物的运输已经基本完成。他们带来了相当多的补给，包括优质的食材，以及新鲜的水，还打算和他们一起起飞，到轨道上的飞船去看看。

"维京家的这孩子会是位优秀的总督的，你觉得如何？"

"是的，长官。我也这样想，长官。"副官说道。

"我还以为他需要我的帮助才能尽快开展工作呢。"摩甘笑了，"不提了，我们现在就回去吧，现在我还有一艘飞船要照顾呢。"

塞尔小心翼翼地看着幼虫爬回洞中。它是跟着我来的，还是恰好转回了我来的路上？如果动动身子也许就能得到结论，但也许他稍有动作，就会把幼虫的注意吸引到他身上来。

"乖虫虫，"塞尔低声说，"来点好吃的风干狗肉怎么样？"

他把手往背后伸去，想拿出点食物来，却发现背包已经不在了。李白把背包带走了。

不过塞尔腰上还有个小袋子，他把每天步行所需要的食物都带在身边。他打开袋子，拿出了随身带的狗肉和蔬菜，朝幼虫扔了过去。

幼虫停了下来，轻轻地推了推地上的食物。塞尔不知道是不是意念图像起了作用，抱着试试看的想法，他又想象出一幅图景，把这块肉描绘成从死去的金虫腹部切下来的。这简直像变魔术一样，他想，我居然会以为我脑中的想法会影响这只野兽。但至少在他等着看幼虫是喜欢把肉撕成块吃还是囫囵吞下的这段时间里有些事情可想。

幼虫抬起身来，然后猛地把嘴扎进肉里，就像一条鲫鱼贴到了鲨鱼身上。

塞尔在想象中看到了这幅画面缩小后的样子。鲫鱼一样的生物，吸附到体形更大的生物身上，吸出它们的血——或者钻进它们的身体?

他想起了殖民地刚刚成立时那些致命的寄生虫。塞尔发明的血液添加剂消灭了它们。

这是一种混合类生物。一半产自这个星球,一半则源自虫族世界的基因。

不,不是“有机质”,而是虫族本身。它们的身体结构和虫族基本相同。但要把基因类型如此迥异的两个物种的属性融合在一种生物身上,需要非常有创造性、经验非常丰富的基因嫁接技术。最终培育出的物种应该有一半虫族的特性，好让女王可以与它们进行精神交流,像控制其他虫族一样控制它们。但它们毕竟与原本的虫族不同,它们的生命并不完全系于女王，这也正是为什么这个星球上的虫族女王死去时,金虫活了下来。或者也许它们原本就有专门用来挖矿的物种,与虫族女王之间的精神联系较弱,可能和这里的寄生虫基因融合了。它们长着异常尖利的牙齿,可以咬穿毛皮、布料、皮肤甚至骨头。但它们还是有智能的,或者说近似有智能。女王仍然能够通过精神控制它们。

或者我也可以。它是应我的召唤回来的吗?还是只是为了先吃掉比较容易得到的食物?

这时幼虫已经把食物撕成了碎片，连带周围的岩石地板都啃了个干干净净。这家伙真是饿了。

塞尔继续在脑中描绘着画面。这画面更加复杂了。塞尔和李白把食物带到坑道里喂给幼虫吃。在画面中,塞尔和李白在隧道中跑来跑去,把食物带了进来。许许多多的食物:树叶、水果、粮食、小动物。

幼虫朝塞尔爬了过来，在他身边绕了一圈，缠住了他的腿。这是蟒蛇的动作吗？它会像蛇一样绞断我的腿吗？

不，它没有收紧身躯，只是像猫蹭着人腿一样缠着塞尔。

接着它开始从塞尔背后推他的身子，把他往坑道的方向推去。

塞尔任它推着自己。幼虫明白了他的意思。他可以和它进行最基本的交流。

塞尔赶快朝隧道走去，先蹲下，然后坐在地上，准备像进来时一样爬出去。

幼虫从他身边滑过，在隧道口停了下来，好像在等着什么。

一幅图像在他脑中一闪而过：塞尔紧紧地抱着虫子。

塞尔抱住幼虫那干燥而有力的表皮，然后虫子开始向前移动。它小心地爬着，不让塞尔撞到墙上，但石壁偶尔还是会刮过他的身体，很疼，可能还流了血，不过伤口都不算深，也没有碰到骨头。也许虫族培育它们的时候就准备骑着它们在洞里进出，而虫族的身体在墙上剐蹭一下也没什么大不了的。

幼虫停了下来。这时塞尔已经可以看到外面的光线了。虫子一定也看到了。它没有继续往外爬，好像害怕见光一样，从塞尔身边经过，朝洞里退去。

塞尔爬出洞来，李白跑到他身边，抱住了他。“它没有把你吃掉？”

“没有，还搭了我一程。”

李白搞不明白他是什么意思。

“我答应它了，”塞尔说，“把我们的食物都给它。”

李白没有争辩。他跑着去拿回背包，把食物都给了塞尔。塞尔用衣服当篮子，包裹着食物。“短时间之内应该是够了。”

塞尔很快就把食物裹好了，然后又爬进了隧道。片刻之间，那条幼虫就出现了。塞尔抖开上衣，把食物扔在地上，幼虫急不可待地吞咽着。塞尔离洞口很近,半蹲着走了出来。

“我们需要更多的食物。”塞尔说。

“幼虫吃什么?”李白问,“草?树叶?”

“它把午餐包里的蔬菜吃掉了。”

“附近没有长什么可以吃的东西啊。”

“是我们不能吃,不是虫子。”塞尔说,“如果我没弄错的话,这虫子有一半是这里土生土长的,应该可以食用这里生长的植物。”

这一段野外生活中他们至少学会了如何分辨附近的植物。很快,两人就开始用衣服裹着块茎状的植物,交替往洞口运去,轮流把这食物喂给幼虫。

摩甘回到登陆舱里了,安德已经下达了命令,让船员开始从登陆舱卸下货物,而当地人则把货物装上悬浮车,运往仓库。这些人比安德更清楚如何指挥、如何执行任务,所以安德把事情都交给了他们,和老九一起朝外星生物研究站走去。塞尔的安塞波通讯器和其他通讯仪器都在那里。“我需要往艾洛斯星发一封邮件。”安德说。

在他写邮件的时候,李白的声音从无线电中传了出来。

“不,我不是你爸爸。我会叫他过来。”安德说。

没等他叫,老九听到了他说话的声音,也许是听到了广播里李白的声音,已经往这边跑来了。安德一边听着老九和他儿子通话,一边写完了邮件的最后几行。他刚把邮件发给格拉夫和吴睿,就听到老九说:“我们很快就到,会比你想象的还要快。”

老九对安德说:“我们需要派一辆悬浮车去找塞尔和李白。他们要没有吃的了。”

安德不敢相信塞尔做计划时会有这么严重的失误,做出如此愚蠢的事来。但他还没来得及说话,老九继续说道:“他们找到了一种动物，或者说是一种混合生物。生活在岩洞里。成虫形态的时候有六条腿，幼虫长得像巨大的蠕虫。它们可以咬穿岩石，但不会把岩石混进自己的新陈代谢过程中。那些虫子快饿死了，他们把所有的食物都喂给了它们。”

“真是个慷慨的人。”安德说道。

“悬浮车能开到那么远吗？大概有两百公里，地面也不算平整？”

“很容易。”安德说，“车子用太阳能充电，不过通常情况下，不考虑停下来充电，续航能力是五百公里左右。”

“真高兴你能在这时候到来。”

“这不是巧合，”安德说，“塞尔离开就是因为我来了，你还记得吗？”

“他本不必这么做的。”老九说。

“我知道，但我说过，他是个慷慨的人。”

他们花了二十分钟时间给两辆悬浮车装上了食物，让几名经验丰富的陆战队员驾驶着悬浮车出发了。安德把老九也带在了身边，两人都坐在了载重较少的一辆车上。

可惜的是，几名外星生物学家还没有从冬眠中醒来，否则他们为了竞争和安德同行的机会，肯定会不惜打出人命来的。不过安德会尽早安排他们来考察的。

一路上，老九把他从和儿子谈话过程中收集到的信息都告诉了安德。“李白不愿意跳过过程直接得出结论，他是个小心谨慎的孩子。不过从他讲的情况可以知道，塞尔认为他们发现的是一种结合了虫型生物与当地爬虫基因的生物，很可能和差点让第一代殖民全军覆没的血液寄生虫是同族。”

“你们定期注射药品就是为了控制这种寄生虫？”

“我们现在有更好的办法了。”老九说，“我们可以预防血虫，而不是依靠药品维持。不让血虫在体内扎根就可以了。一开始我们还没有意识到血虫问题的存在时,就已经被严重感染了,必须把它们从体内根除。不过我们这一代人都不需要注射了。你们也不需要,你会看到的。"

"那么虫型生物又是什么?"安德说。

"我自己也不大清楚。我没和李白谈太长时间,不过我觉得,他这个词的意思就像我们的生物学中'哺乳类'甚至'脊索类'动物与'人型生物'的区别一样吧。"

安德看上去有些失望。"请你理解,我对虫族的研究是有点过于着迷了。它们是我的老对手了,你明白吗?只要有任何能让我更加了解它们的办法……"

老九什么都没说,不知他到底是否理解了安德的说法。不管理解没有,他现在最关注的是他的儿子与导师。塞尔和李白现在已经没有了食物,而他们的科学发现足够在地球和所有的殖民地掀起波澜。

目前在行星附近的轨道上只有一颗卫星,也就是原来的运输船,所以没办法建立起全球定位系统。要等到摩甘带来的人员建立起同步轨道上的卫星网络,全球定位系统才能投入使用。而现在,他们只能依靠在着陆之前拍摄的地图,以及李白的描述中他们所走的道路了。那孩子的介绍非常准确,给安德留下了深刻的印象。他们没有错过任何地标,也没有拐错路,一点时间都不曾耽搁。

他们一路都在小心驾驶,不过也没花太多时间。收到李白的呼叫之后五个小时,他们就赶到了,当时天还没有黑,但白天的时间也不算太长了。他们驶进峡谷,看到了那些洞穴的入口。安德看到一个比他只大一两岁的年轻人朝他们挥手的时候感到很惊讶。不过为什么要为李白能称职地完成工作而惊讶呢?安德自己做成年人的工作不是已经有好几年了吗?

悬浮车还没停稳，老九就跳了下来，朝儿子跑了过去，紧紧抱住了他。安德是总督，不过这里还是老九说了算。他指挥着陆战兵在哪里停车，在哪里卸货。安德用眼色示意了一下，让士兵们服从他的指挥，然后也开始去帮忙了。他现在的个子已经很高，可以完成自己那份工作了，不过和两个经过陆战队训练的成年男人还是没法相比。一边干活，一边和他们找话题聊着天，安德提出了他在这次旅行中一直在想的一个话题。

“这样的一个世界，”安德说，“如果要离开它的话肯定会让人伤心的，不是吗？”

“对我来说不是，”其中一个人说，“这里的一切都太脏了。我宁可在飞船上啃着那难吃的食物度过一生。”

另一个没说什么，只是匆匆看了安德一眼，然后就移开了视线。这就是说他在考虑这事了。留下来。这正是安德准备和摩甘协商的事。有些船员可能会打算留在这里，如果因为安德阻挠了摩甘的计划，破坏了他们留下的机会的话，安德会感到遗憾的。不过还有时间，可以和摩甘做些交易。莎士比亚星上新出生的一代中，怎么也会有几个人向往着飞向太空，离开这个小小的村庄，去亲眼目睹广阔的世界。这正是航海时代的古老传统，马戏团也是这样做的。每到一个港口或者城市，他们都会失去几名成员，不过也总会有人脚底发痒，或者被梦想蒙住了眼睛，会加入他们的队伍。

一位老人从洞穴中出来了。他花了好一阵时间才站直了身子，和李白、老九谈了一会。李白和老九拖着一条装满树根与水果的滑橇往洞穴里走去。那座滑橇是老九坚持要放上悬浮车的。直到这时，塞尔·摩纳奇才第一次转过身来看着安德。

“安德·维京。”

“塞尔·摩纳奇。”安德说，“李白告诉我你在这里发现了巨型蠕虫。”

塞尔看了陆战队员一眼，他们已经把手放到身边的枪把上。“不需要武器。严格地说我们并没有和那些东西们交谈，但它们可以理解基本的图像。”

“不止一只？”安德问道。

“我们喂着那一只的时候又有两只出现了。我不知道它们的人口还是不是足够繁衍，不过总比一个种群里只有一只活着好。也比没有好。”

“李白提到过个词叫‘虫型生物’。”安德说。

“在对我们获得的基因样本进行扫描检查之前我还不敢确定。如果它们是真正的虫族，肯定已经死了。成虫身体外面长有甲壳，没有毛皮，而是长有外骨骼。它们与虫族在基因上的关系可能还不如狐猴和我们这样接近，也可能类似黑猩猩和人类的区别。但是安德，”塞尔眨了眨眼睛，“我和它说话了。不，应该说我觉得我和它说话了。我在脑子里描绘了一幅画面，而它做出了反应。然后它也给我发回了图像，告诉我怎样乘着它从隧道里出来。”安德看着塞尔身上那破破烂烂的衣服。“骑虫子很痛苦吧？”

“让人痛苦的是这条路，”塞尔说，“虫子骑着还行。”

“你知道我是来这个星球寻找虫族的。”

“我也是。”塞尔说，“找到它们，杀掉它们。”

“但现在我们却要开始了解它们。”安德说。

“我想我们在这里找到的是一把钥匙。也许它没法打开每一扇门，但至少可以打开什么东西。”他伸出手去搂过安德的肩膀，把他从其他人身边拉开。通常安德不喜欢别人搂着自己，这是对方表示他的地位高于自己的方式。但在塞尔身上他却没有感到这些，反倒更像是亲密的表示，甚至有点密谋的味道。“我知道这话不大好公开说，”他说道，“不过跟我直说吧，你现在是总督吗？”

“名副其实的总督。”安德说，“威胁已经不存在了，他回飞船上去了。非常合作，就好像他一直打算这样似的。”

“也许他确实是。”塞尔说。

安德笑了。“也许你发现的那只幼虫过一阵就该教我们微积分了呢。”

“它能从一数到五我就很开心了。”

那天晚上夜幕降临之后，大家围在篝火旁边，吃着李白的妈妈准备好的新鲜食物聊天。塞尔胸襟开阔，见多识广，对未来又充满着希望。“这些生物可以在新陈代谢中提炼黄金，然后把它们排出体外形成甲壳。也许这种虫子对所有的矿物都能起作用，又或许对每种金属都会形成不同的亚种。也许这里的虫子并不是最后一批活下来的，我们可能还可以找到铁矿、铜矿、锡、银、铝，我们所需要的任何东西。但如果以这里金虫的状况作为平均值，我们也许会找到已经完全死掉的矿虫，同样也可能找到数量庞大的虫群。要是这真是这个世界上最后一批活下来的矿虫，我才会感到奇怪呢。”

“我们会马上开始调查。”安德说，“这段时间里，飞船上的陆战队员会协助训练……这里的居民，在飞船离开的时候，他们就可以熟练地驾驶悬浮车了。”

老九笑了。“你想说的是‘本地人’，不是‘这里的居民’吧？”

“是的，”安德承认道，“差点说错了。”

“没关系的。”老九说，“虫族也不是在这里进化产生的，所以‘本地’只表示‘在这里出生’，我和李白都是这样的人。除了塞尔那一代的老人之外，大家都是。现在可以区分本地人和新居民，但一代之后，我们就都是本地人了。”

“你觉得我们应该用这个词吗？”

“莎士比亚星本地人,”老九说,“这就是我的身份。”

“希望我们加入部族的时候不需要搞什么歃血为盟之类的仪式才好。”

“不,”老九说,“给我们带来悬浮车的白人总是受欢迎的。”

“我是白人并不代表……”安德看到了老九眼里的笑意,也微笑了起来。“我有点太在意不去冒犯别人了,结果反把别人的话都当成了攻击。”

“你早晚会习惯我们玛雅人的幽默感的。”老九说。

“不,他不会的。”塞尔说,“没人能习惯的了你们。”

“每个人都可以,就是你不行,老家伙。”老九说。

塞尔和其他人一起笑了。交谈在继续着,陆战队员开始讲他们训练的故事,讲地球上的生活,以及整个太阳系中所建立的高科技社会中的生活都是什么样子。

安德发现塞尔正看着远处的什么地方,却错误地理解了他的意思。大家准备睡觉之前,安德找到塞尔问道:“你想过回去吗?回家,回地球?”

塞尔耸了耸肩膀。“不!我回去还能干什么呢?我所深爱的、所在乎的每一个人每一件事都在这里。”这时他又露出了若有所思的表情。“我只是感到无比的耻辱,我为什么没有在三十年、二十年,哪怕十年之前找到这个地方。我太忙了,光殖民地本身的事情就让我忙得停不下来。我很久之前就想做这样一次远行,而如果当时我就来了,也许还有更多的虫子活下来,我就有更多的时间可以投入这项工作了。年轻的朋友,我已经错过了机会!生命中可后悔的事真是无所不在。”

“但现在你找到了它们。你很高兴。”

“是的。”塞尔说。“每个人都会错过一些东西,也会找到一些东西。这是我所找到的。我已经没有时间可以浪费了。”然后他笑了笑。“我还注意到一件事,不知道是否重要,不过……那条幼虫没有吃我们找到的那只金虫。那只金虫还活着。而那些幼虫可是非常贪吃的。”

“它们只吃腐食？”安德问道。

“不,不。它们也吃乌龟。不是地球上的那种乌龟,是我们给这里的一种动物起的名字。它们喜欢吃活肉。但吃金虫就属于同类相残了,你明白吗？金虫是它们的父辈,这代表它们已经没有任何可以吃的东西了。不过幼虫还是会等到金虫死掉以后才吃的,你看到了吗？”

安德点了点头。他看得非常明白。这些幼虫对其他生命的权利抱有最基本的尊重。不管这些金虫到底是什么,它们都不仅仅是动物。它们并不是虫族,但也许它们能够给安德一个机会,让他可以进入虫族的意识,至少可以对它们有一些切身的体验。

第十七章

收件人:MinCol@ColMin.gov

发件人:Gov%ShakespeareCol@ColMin.gov

主　题:来一场不动声色的改革吧

亲爱的海勒姆:

作为总督,我受到了热情的欢迎。您在远方的干预与这里人民的热情一样功不可没。

我们现在正在根据修建房屋的工作进程,陆续从飞船上转移殖民者。我们已经把定居点扩展到四处,包括最早的米兰达①,以及后来的福斯塔夫②、波隆尼尔③和茂丘西奥④。早先有人很热心地想把一座村子称为凯列班⑤,但当人们开始策划在村里建立学校时,考虑到用什么形象代表自己的村子,这股热情也就消退了。

对各殖民地来说,本地人的自治都是无法避免的,而这进程开始得越早越好。这一点你是很清楚的,不是吗?派遣总督是出于善意,星际航行的花费又是天文数字(我是故意使用这个双关的)。这笔费用现在仍在由地球支付,而且估计未来也很难

① 米兰达是莎士比亚戏剧《暴风雨》中的角色。

② 福斯塔夫是莎士比亚笔下著名的喜剧角色,在戏剧《亨利四世》《亨利五世》《温莎的风流娘们》中均有出场。

③ 波隆尼尔是莎士比亚戏剧《哈姆雷特》中的角色,身为御前大臣,哈姆雷特女友的父亲。

④ 茂丘西奥是莎士比亚戏剧《罗密欧与朱丽叶》中的角色。

⑤ 凯列班是莎士比亚戏剧《暴风雨》中的角色。

收回成本。IF肯定无法强迫殖民地的民众接受他们所不喜欢的总督，至少不可能长期保持这种局面。

更好的情况是让IF的飞船担任殖民地间大使的角色，促进彼此间的贸易，让各殖民地之间保持友好关系，协助各殖民星球间货物与人口的流动，以此来补偿它们对各星球经济造成的负担。

作为以身作则的示范，我会将自己担任莎士比亚星总督的时限设为两年。在这两年期间，我将会主持莎星宪法的起草工作。我们将把宪法提交给殖民部，但不是为了征求批准(比如"如果您喜欢的话，我们将把它立为宪法"这样)，只是希望由殖民部来决定是否继续推荐殖民者前往莎士比亚星。这是你们权力的来源，你们可以决定新的殖民者是否应当加入已有的殖民地。

也许我们可以建立一个委员会，定期通过安塞波举行会议。每个殖民地将派出一名代表参加委员会，并拥有一票的投票权。委员会可以裁定每个殖民地是否适合成为大家的贸易伙伴。这样，如果一个殖民地建立的政府让大家难以忍受，各殖民地就可以将其孤立起来，不再与它进行交易，也不会向那里输送新的殖民者，但不会有谁试图发起荒谬的战争(战争，这又是一个用来强制推行政策的词汇)，毕竟光是前往另一个定居点，就要花费船员半生的时间。

这封信是否可以作为独立宣言呢？我想这些文字似乎还不足以成为后世的典范。它只是简单地表明态度：不管能否得到官方的承认，我们都已经是一个独立的殖民地了。这些在四十一年前幸存下来的人们已经完全可以自治了。如果能够得到新的补给、新的基因库扩充(包括植物、动物，以及居民)，他们会非常高兴，但这些东西也不是必不可少的。

从某种意义上说，所有的殖民地都是混同体。基因和文化传统上来说是人类的，但却用着虫族的建筑与设备。虫族的建筑质量很好，我们不需要清理地面，寻找水源，也不用考虑怎么处理污水，它们的下水道系统已经使用了几个世纪了。这是多么好的纪念馆啊！直到现在这套系统还可以让我们用来排污。要不是有虫族准备下的东西，再加上殖民地拥有塞尔·摩纳奇这样优秀的科学家，IF和殖民部恐怕早就要捶胸顿足了。

我衷心地希望，将来我们能够建立起一套系统，让每个殖民地每年都有飞船到访。也许在你我的有生之年没法看到这一天的到来，但这应该是我们为之奋斗的目标。

不过如果参考人类以往的历史，那么也许再过五十年，我们今天的宏伟蓝图就已经变得微不足道了。到那时也许每半年，每个月，甚至每周都有飞船起降。也许我们都可以活着看到那一天。

安德鲁

小孩子总是会有些没来由的奇思怪想。当阿莱桑德拉还在蹒跚学步的时候，看到她想做出些古怪的事情，朵拉贝拉只会轻声发笑。长到会说话的年纪以后，她开始根据自己那毫无规律的跳跃式思维提出各种问题，朵拉贝拉不禁有些相信她家的孩子真是仙女送来的了。

不过长到上学的年纪时，大多数孩子就开始变得理性化了。这不是因为老师或者家人，而是由于其他的孩子。如果一个孩子说话做事不符合其他孩子关于“正常”的标准，那么别的孩子就会嘲弄他，或是集体疏远他。

然而阿莱桑德拉却仍然能够给人惊喜。自从可怜的昆西因为在与安德的权力斗争中失利而一蹶不振之后，她完全恢复了这种脱线思维的能力。

“妈妈,大部分殖民者都已经醒来了,开始往莎星转移。我在几天前就开始收拾行李了。我们什么时候能走？”

“收拾行李？”朵拉贝拉说,“我还以为你只是突然喜欢把屋子弄整洁呢。我还想让医生来看看,你是不是得了什么古怪的毛病。”

“我不是在开玩笑,妈妈。我们是签过字要来这个殖民地的。现在我们已经到了,只需要再坐一程登陆舰,就可以到达莎星了。我们是签过协议的。”

朵拉贝拉笑了笑。女儿并不打算让她就这样糊弄过去。“我亲爱的女儿啊,”朵拉贝拉说,“我现在已经结婚了。嫁给了这艘飞船的船长。这艘飞船在哪,他就在哪。他去哪,我就去哪。而我去哪,你就要去哪。”

阿莱桑德拉站在那里一言不发,看上去好像要争辩什么。

但她并没有。“好吧,妈妈。也就是说我们还要过上几年清洁的室内生活。”

“我亲爱的昆西告诉过我,我们的下一站是另一个殖民地,离我们比地球稍近一些。只要飞上几个月时间就可以到了。”

“但对我来说还是一段乏味又漫长的航行。有意思的人都不在了。”

“你是指安德·维京吧,当然是了。”朵拉贝拉说,“我曾经希望你能吸引住那个前途远大的年轻人。但看来他还是决定把我们丢到一边了。”

阿莱桑德拉看上去很迷惑:“我们？”

“他是个非常聪明的孩子。他知道,只要强迫我亲爱的昆西离开莎士比亚星,就可以把你我一起送走了。”

“我可没这样想过，”阿莱桑德拉说，“为什么？如果这样的话我真要生他的气了。”

朵拉贝拉突然觉得有些不对。阿莱桑德拉接受这一切时太平静了。这不像她。而这样看来，她假装发小孩子脾气，抱怨着安德，看上去只是在模仿朵拉贝拉自己一贯幼稚的仙女口气。

“你打算做什么？”朵拉贝拉问道。

“打算？我还能打算什么，飞船上每个人都这么忙，地面上还有陆战队员呢。”

“你准备不经批准偷偷溜进登陆舱，趁我不知道的时候就跑到行星上去？”

阿莱桑德拉盯着妈妈，好像觉得她疯了一样。不过她平时就是这表情，所以妈妈也做好了她朝自己撒谎的准备。女儿没有让妈妈失望。“我当然不会了，我知道你肯定会准许我下去的。”

“不，我不准。”

“我们走了这么远，妈妈。”现在她终于听上去像是为自己而撒娇了，这时讲的话才可能是真心的。“我想至少也去玩一玩吧。我想和航行途中结下的朋友说声再见，想看看这里的天空。我已经有两年没见过天空了！”

“你这两年可一直是在天上的。”妈妈说。

“噢，这可真是个好答案。”阿莱桑德拉说，“这样一说我突然就不想到外面去了……真是太！好！了！”

但经阿莱桑德拉这么一提，朵拉贝拉发现自己也一样希望能到室外去走一走。飞船上的健身房里总是挤满了陆战队员和船员，虽然乘客每天也被要求在离心机上走上一段时间，但这毕竟不会给你到什么地方去过的感觉。

“这么说也有道理。”朵拉贝拉说。

“你是在开玩笑吧？”

“你觉得自己的话没道理吗？”

“我只是不认为你会觉得我有道理而已。”

“你伤害了我，”妈妈说，“我也是人类啊。我也希望看到蓝天白云。这颗星球上也是有云的，对吧？”

“我怎么会知道呢，妈妈？”

“我们一起去，”朵拉贝拉说，“我们母女两人，一起去向朋友们告别。自从离开莫诺波利之后，我们还没一起出过门呢。”

“我们没有朋友。”阿莱桑德拉说。

“我们当然有了，而且如果不和他们打声招呼就走的话，他们肯定会觉得我们没有礼貌的。”

“我想他们肯定每天都在琢磨呢，‘那个没教养的小姑娘阿莱桑德拉到底怎么样了？她一声不响就走掉了，都四十年啦！’”

朵拉贝拉笑了。阿莱桑德拉的话总是这么伤人。“我像仙女一样聪明的小女儿啊，要论牙尖嘴利，泰坦妮娅[1]都比不上你呢。”

“我以为从《驯悍记》以后你就不再读莎剧了呢。”

“我的一生都生活在《仲夏夜之梦》[2]里，但以前我一直不知道。”朵拉贝拉说，“对我来说，这就像是回家一样，而不是前往一个陌生的星球。”

“不，我是生活在《暴风雨》里的。”阿莱桑德拉说，“被困在一座小岛上，绝望地想要离开。”

---

① 《仲夏夜之梦》中的仙后。

② 《仲夏夜之梦》是莎士比亚创作的著名喜剧。整部戏剧情调轻松，总的来说就是一个“乱点鸳鸯谱”的故事。剧中有穿插了小闹剧当作笑料，即众工匠为婚礼所排的“风马牛不相及”的喜剧以及排戏经过。这部戏剧没有什么深远的社会意义与内涵。它所包含的，只是纯净的快乐，仿佛是一部戏剧的狂欢，中间也掠过一丝爱情所固有的烦恼，但亦是加以欢乐化和喜剧化的。

朵拉贝拉又笑了。“我会让你爸爸用一艘登陆舱把我们送下去，然后再乘另一艘回来。你看怎么样？”

“太棒了。谢谢你，妈妈。”

“等一下。”朵拉贝拉说。

“怎么了？”

“你回答得太快了。你到底想怎么样？你觉得你可以溜到树林里，一直躲在里面，直到我找不到你自己离开吗？绝对不可能，我亲爱的。不找到你我是不会走的，而没有我昆西也不会走。如果你想逃跑，陆战队员一定能找到你，追上你，然后把你拖回我面前。你明白吗？”

“妈妈！”阿莱桑德拉说，“我上次离家出走已经是六岁时候的事了。”

“亲爱的，就在我们离开莫诺波利之前几个星期你还从家里跑掉了呢，那次你是逃学去找你外婆了。”

“那又不是离家出走，”阿莱桑德拉说，“我又回来了。”

“那是因为你发现你外婆是撒旦家的寡妇。”

“撒旦是什么时候死的？”

“撒旦娶了她，你觉得他会不会因为这个自杀？”

阿莱桑德拉笑了。事情就是这样，你可以制定法律，但必须让人们欢笑着接受它，他们才会服从你。

“我们会到莎士比亚星上看看，然后就乘飞船回家去。这艘飞船现在就是我们的家了，你别忘了。”

“不会忘的，妈妈。不过还有件事。”

“什么事，亲爱的小仙女？”

“他不是我爸爸。”

朵拉贝拉想了片刻，却不知道女儿在说什么。“谁不是你的什么？”

“摩甘将军,”阿莱桑德拉说,“不是我爸爸。”

“我是你妈妈。他是我丈夫。那么你觉得他是你的什么,侄子吗?”

“他——不——是——我——爸爸!”

“噢,我真伤心。”妈妈说。“我还以为你会为我感到高兴呢。”

“我是为你感到高兴,”阿莱桑德拉说,“但我爸爸是个真正的人,而不是仙境的国王。他没有君临森林,他死了。随便你嫁给谁,他都只是你的丈夫,而不是我的爸爸。”

“我可不是嫁给随便哪个人。我嫁给了一个了不起的男人,而且以后还会和他生孩子的,所以就算你拒绝承认他是你爸爸,他也不会缺人来继承自己的产业。”

“我没打算要他的产业。”

“那你可得找个好点的丈夫了,”朵拉贝拉说,“你肯定不会想像我这样让自己的孩子在贫困中长大。”

“反正我不会管他叫爸爸的。”

“你总得称呼他什么吧,我也一样。讲点理吧,亲爱的。”

“那么我会叫他普洛斯彼罗,”阿莱桑德拉说,“因为他就是那个人。”

“什么人?为什么?”

“一个强大的陌生人,要把我们完全置于他的控制之下。你是爱丽尔,深爱着自己主人的魔灵。而我是凯列班,只希望能获得自由。”

“你才十几岁,早晚会长大的,到时候就不这么想了。”

“永远不会。”

“并没有自由这种东西,”朵拉贝拉有点不耐烦了,“只不过有时候你可以选择自己的主人而已。”

“那么好吧,妈妈。你已经选择了自己的主人,但我还没给自己选呢。”

“你还是觉得那个叫维京的男孩曾经在意过你？”

“我知道他在意我，但我没打算把自己的希望寄托在他身上。”

“你把自己送上门去了，亲爱的，但他就那样拒绝了你。就算你不觉得，这也是一种侮辱。”

阿莱桑德拉的脸微微一红，大步向门口走去。她突然转回身来，脸上带着真切的痛苦与愤怒。“你们看到了！”她说，“昆西把那些录了下来，你也看到了！”

“我当然看了。就算我不去看，他或者哪个其他的船员也会看的。你真觉得我会让他们色眯眯地看你的身体吗？”

“你让我到安德那去，就是打算让我在他面前脱光，而你知道他们会把这录下来的。你在看。你在看着我！”

“你并没有脱光，不是吗？就算脱了又怎么样呢？早在天使把你送来的时候我就见过你光着身子的样子了，你裹着尿布过日子的那几年也不知道看了多少次，你自己都不知道呢。”

“我恨你，妈妈。”

“你爱我，因为我一直注视着你。”

“而且安德也没有羞辱我。他没有拒绝我。他只是在拒绝你，拒绝你们让我表演的那个样子！”

“那你当时为什么还说——‘噢，谢谢你，妈妈！现在我就能得到我爱的男人了！’”

“我从没这么说过。”

“你对我说了谢谢，然后傻笑了一会，又说了一遍。你站在那里，任他跟你调情，就像站街拉客的妓女一样。在这过程中，我什么时候让你做违背你意志的事情了？”

“你告诉我如果我想要安德爱上我的话应该怎样做。但安德这样的男人是不会上你的当的！”

"男人?你是说小男孩吧。他没有上我的当的唯一原因,就是他在性方面还没有发育成熟,假如他喜欢的真是女孩的话。"

"听听你在说什么,妈妈。"阿莱桑德拉说,"一分钟之前安德还掌握着世界的生与死,还是我攀附上要人的唯一机会;一分钟以后他就变成了一个小基佬,让我蒙羞。你对他的评价只取决于他对你有没有用处。"

"不,我的小可爱。是取决于他对我的小女娃有没有用处。"

"好吧,他没有。"阿莱桑德拉说。

"正是我的观点,"朵拉贝拉说,"而你还要为这个和我拌嘴。把你的想法理理明白吧,我的小凯列班。"然后朵拉贝拉放声大笑起来,虽然她自己一点都不想笑。阿莱桑德拉也是一样。她为自己发出的笑声而恼火,为妈妈逗她笑而恼火。她跑出了房间,重重地甩上了门——或者说想甩上门,但自动气垫把门扇挡住了,舱门悄无声息地关上。

可怜的阿莱桑德拉。每一件事情都不顺她的心。

欢迎来到真实的世界,我的孩子。总有一天你会明白,我让昆西爱上我是我为你做的最好的事。我做的每一件事都是为了你,而我需要你做的就是做到你应该做的事情,抓住我为你争取的机会。

华伦蒂努力想带着正常而平静的心态走进房间,但一想到安德,就气不打一处来。这孩子要让新老殖民者里的每一个都能够看到他,向他问问题,去跟他聊天,聊天的内容可能还是两天前一次半个小时的采访中的,采访时安德已经困得快说不出话了,更别提记住自己说的是什么。但当一个与他有着那么密切关系的人想要找他的时候,他又凭空消失了。

就像他不愿意给爸爸妈妈写信一样。好吧,他并没有拒绝。他一直说自己一定会写,只是从来没有这样做而已。

在过去的两年中，他一直都在向她保证（只是暗示，并没有说出口），如果可怜的桑坦格罗家女孩真的爱上他的话，他不会接受的。而现在，她和她妈妈一起去行星表面了，说是去“看看风景”。很明显，那女孩只想看一道风景：安德·维京。而安德却不知哪里去了。

华伦蒂已经受够了。他确实可以表现得非常勇敢无畏，但一旦要求他做些不是完全必要的情感表露，就马上会变成另一番样子。他可以避开那姑娘，甚至可能在他看来这已经是足够明确的表示了，但他至少欠那姑娘一句话。他不必深情款款地与她道别，但至少应该和她说声再见。

她在外星生物学家的安塞波通讯室里找到了安德，他正在写着什么，很可能是一封信，寄给格拉夫，或是其他哪个与他们在新世界的生活毫无关系的人。

“你既然在这里，”华伦蒂说，“就没有任何理由了。”

安德抬头看着她，好像完全没听懂她的意思。好吧，这也许不是装的。他可能已经把那女孩完全从脑海里摒除出去了，所以根本不明白华伦蒂在说什么。

“你在看邮件，也就是说你已经知道有乘客申请使用登陆舱了。”

“我已经见过了所有的新殖民者。”

“还有一个没见过。”

安德扬了扬眉毛。“阿莱桑德拉已经不是殖民者了。”

“她在找你。”

“她可以去问任何人我在哪，他们都会告诉她的。这又不是秘密。”

“她没法问。”

“好吧，那又为什么说她在找我呢？”

“别玩这套傻把戏了。我还不至于蠢到以为你是个傻瓜，虽然你正表现得像个傻瓜一样。”

“关于傻瓜的部分我接受好了。你能说得具体点吗？”

“更傻了。”

“还得再具体点，亲爱的姐姐。”

“感情上的麻木不仁。”

“华伦蒂，”安德说，“你真的以为我不知道自己在做什么吗？能对我有点信心吗？”

“我以为你正在逃避复杂的感情冲突。”

“那么我为什么没有躲着你？”

她不知道是应该因为安德把话题转到她身上而感到恼怒，还是应该为他把和自己之间的冲突归为感情原因而欣慰。她甚至不知道他有没有这么在乎自己，觉得两人间有感情上的冲突——当然了，这些都是从他的角度来说。

安德看了一眼电脑上显示的时间，叹了口气。“好吧，和以前一样，你对时间的把握是完美的。虽然你可能都不知道有这回事。”

“如果你告诉我的话，我肯定会知道的。”

安德已经站起了身来，他已经比华伦蒂高了，这让她小吃了一惊。她已经注意到了安德在长个子，但还没意识到他已经超过了自己的个头。这肯定不是因为穿了厚底的鞋，安德正光着脚呢。

“小华，”安德轻声说，“如果你看到我说了什么，做了什么，那么肯定能知道发生了什么事情的。但你没有分析。你看到的只是一些看上去有问题的事情，然后就跳过了思考的部分，直接得出了结论：‘安德做得不对，我必须让他停下来。’”

“我当然想过！我分析过！”

“你会分析每件事，每个人。这也是为什么你写的战斗学校的历史这么的精彩、真实。”

“你读过我的书了？”

“你三天前就把这书给我了，我当然读过了。”

“但你什么都没说。”

“我读完之后这还是我们第一次说话，小华。动动脑子，好吗？”

“别用这种高人一等的口气跟我说话！”

“觉得别人高人一等可不是动脑子。”安德说。他听上去终于动了火，这也让华伦蒂感觉好了些。“不了解我的话就不要评判我，但你对我已经下了判断，又怎么能了解我？你觉得我对阿莱桑德拉不好，但我没有。我对她已经非常好了。我正在救她的命，但你却不相信我会做正确的事情。你甚至没有想过到底怎样做才是对的，就断定我不会那样做了！”

“你又在做我不知道的事吗？那女孩需要你——”

“需要我的是她的感情，而不是她本人。而且这并不是对她有利的做法。你觉得她面临的最大的危险就是感情受到伤害吗？”

华伦蒂感到正义的愤怒简直要喷涌而出了。他在说什么危险？除了安德，阿莱桑德拉还有什么需要？华伦蒂又错过了什么？

安德伸出双臂抱了抱她，然后从她身边走过，离开了房间，向屋子外面走去。华伦蒂别无选择，只有跟在他后面。

安德轻车熟路地穿过科学区中间那块方形的草坪。所谓科学区只是四座平房，里面住着几名科学家，研究生物学，以及其他能够让殖民地存续下去的技术。不过现在，自从飞船上的殖民者们着陆之后，这些房子已经挤满了人，安德已经要求船员中的负责人调整工作的优先级，先建几座科研用的房子。由于没有太多电力工具，施工时的声音并不算太吵人，不过还是能听到工头们高声呼喝的声音，有时是指令，有时是警告；还有斧子与锤头切削敲打时发出的声音。所有这些声音汇聚在一起，令人感到劲头十足。这声音代表着经过深思熟虑的、广为大家接受的变革。

安德真的知道桑坦格罗母女两人在什么地方吗？他显然正径直朝那个方向走去。而现在，华伦蒂开始思考这问题了(要我分析，是吧，安德)，她意识到安德一定是等着她们两个要结束在行星表面的参观、登陆舱马上就要离开时才去找她们的。这肯定不是最后一艘登陆舱，不过肯定是最后一艘载着陆战队员和船员以外的非必要乘客的飞船。

就算如此，他也把时间掐得太紧了。阿莱桑德拉已经站在登陆舱舷梯的底下了。她的身影看上去那么凄凉，妈妈则拉着她的袖子，催她赶快回到船舱里去。这时她看到安德向自己走来，挣脱了妈妈，朝安德跑过来。这可怜的姑娘，还能做得更明显些吗？

她伸出双臂冲向安德，安德主动抱住了她，这让华伦蒂很是满意。她甚至有点惊讶，安德正满怀怜爱地抚着她的肩膀。他这是什么意思？那姑娘又会把这当成是什么意思？安德，你真的完全没有想到吗？

当阿莱桑德拉朝安德扑来时，安德朝后退了一步，卸去了突然而至的冲量。不过他还是把脸贴到了她耳朵旁边。

“十六岁已经够年龄了，可以不经家长的允许，自愿加入殖民地。”安德轻声说。

阿莱桑德拉推开安德，用探寻的眼光看着他的眼睛。

“不，”安德说，“我们之间不会发生什么的。我并不是要你为我留下来。”

“那你为什么要让我留下？”

“我没有。”安德说，“我只是告诉你可以这样做。此时此地，我可以让你从妈妈那里获得自由。但我不是要取代她，不会控制你的人生，而是让你自己控制它。问题是，你真的想要这样吗？”

阿莱桑德拉的眼中涌出泪水。“你不爱我吗？”

“我关心你，在乎你。你是个善良的人，却不曾获得片刻的自由。你妈妈控制着你的一举一动。她用故事把你围绕起来，直到最后你对每个故事都信以为真，对她言听计从。你甚至都不知道自己想要什么。但在这里，在莎士比亚星，你可以自己找到答案。在那边，和你妈妈、和摩甘将军在一起的话，我不知道你还有没有机会知道。”

她听懂了安德的话，点了点头。“我知道我想做什么，我想留下来。”

“那就留下来。”安德说。

“你去和她说，求你了。”

“不。”

“如果我和她说的话，她总会找到理由，让我觉得自己是傻的。”

“不要相信她。”

“她会让我有负罪感。让我觉得我做了对不起她的事情。”

“你没有。换个角度讲，是你给了她自由。她现在可以全心全意跟摩甘生儿育女了，不用担心你的感受。”

“你连这个都知道？你知道她打算和他生孩子？”

安德叹了口气。“我们现在没时间谈这个了。你妈妈正朝这边走，登陆舱马上就要起飞了，而她希望你乘登陆舱回飞船去。如果你决定留下来，我会支持你。如果你还是愿意和她一起走，我也不会出手阻止你的。”

安德走开了，朵拉贝拉来到她身边。

“我看到他在干什么了。”妈妈说，“他许给了你任何你想要的东西，只是为了让你留下来，变成他的玩物。”

“妈妈，”阿莱桑德拉说，“你不知道你都在说些什么。”

“我知道的是，不管他许给你什么，都是谎话。他不爱你。”

“我知道他不爱我,”阿莱桑德拉说,“他告诉我了。”

看到妈妈这么吃惊真让人心头大快。“那么刚才的拥抱是什么意思？他还和你擦了鼻子？”

“他在我耳边说了话。”

“他都说了些什么？”

“只是提醒了我一些我已经知道了的事。”阿莱桑德拉说。

“等回飞船上再告诉我吧,我亲爱的仙女公主。他们已经等得不耐烦了,你要是回去晚了,你爸爸肯定会生气的。”

就在不到一天之前，阿莱桑德拉还告诉过妈妈，永远不要用她“爸爸”来称呼昆西,但妈妈已经又开始这样做了。一向都是这样,什么事情都是妈妈说了算,阿莱桑德拉永远别想改变她。相反,需要改变的总是阿莱桑德拉。不管妈妈要做什么,最终阿莱桑德拉都要按她说的做,总比一直和她争论下去容易。妈妈会让她明白,什么都按她说的做才是最省事的方式。

我只有在她背后的时候才敢违背她。在她看不到我的时候,在我能假装她不知道的时候。我一直生活在对她的恐惧当中,虽然她并不是像外婆那样的怪物。或者……或者她确实是那样的,但我从不曾违背过她,也就无法知道了。

我并不是非要和她一起走。我可以留下。

但安德并不爱我。我在这里又有谁呢？没有谁是我真正的朋友。我在航行期间认识几个人,但他们都是为了讨好妈妈才和我搭话的。他们会谈到我,不过也只是在我面前,因为妈妈提到我才会这样。和我说话的时候,说的其实也都是妈妈希望他们说的话。我没有朋友。

安德和华伦蒂是仅有的把我当成是我自己看待的人。而安德却不爱我。

他为什么不爱我呢？我做错了什么？我很漂亮,也很聪明。当然没有他或者华伦蒂那么聪明，但没有人能和他们比，就连地球上也没有。他说过他想要我，在飞船上的时候。他想要我，但却不爱我。对他来说我只是一具身体，其他什么都不是。如果我留在这里，一直都会记得这事。

“我亲爱的小仙女，”妈妈又开始扯着她的袖子了，“来我这里吧。我们要在群星之间航行了，那是多么幸福的事啊！你可以和见习军官一样得到最好的教育，你爸爸已经答应过我了。等你长到了合适的年龄，我们已经回到地球了，你就可以去上真正的大学，在那里你会认识别的男人，这个讨厌的、自我中心的小孩有什么好。”

妈妈都要把她往飞船那边拖了。一直都是这样。妈妈总让她觉得自己不得不按照她的计划行事，其他任何方式都是不对的。没有人像阿莱桑德拉这样了解妈妈。

但是，阿莱桑德拉想，妈妈却不了解我。她了解的只是她自己心中我的那个疯狂的影像。她那仙女魔童一般的女儿。

阿莱桑德拉回头望去，寻找着安德。他就在那里站着，面无表情。他怎么能这样做？他就没有感情吗？他会想我吗？会叫我回头吗？会求我留下吗？

不，他说过他不会的。他告诉我……这是我自己的选择……我是否愿意……

我愿意和妈妈一起走吗？

妈妈正在拖着我，但没有用太大的力气。她一直都在说服我自己走出每一步，而我也一直在按她说的做。就像是老鼠跟着哈默林的笛声[①]跳舞一样。她的音乐闯进我的脑中，然后我就跟着这乐声起舞，一直到了……到了这里，到了这道舷梯上，而且还在往飞船走去。

---

① 德国童话中的花衣魔笛手，用笛声帮助哈默尔恩城的居民解除了城市中的鼠害，却没有拿到市民们许诺的报酬，于是又用笛声拐走了城市中所有的小孩。

如果回去,我的一生都要在她控制下生活了。我还会成为她与昆西的孩子的对手,最后会变成让人讨厌的人。到那时又会发生什么?她对我的态度会改变吗?就算不会,也只是因为我会遵从她要我做的每一件事。

阿莱桑德拉停了下来。

妈妈的手从她胳膊上滑脱了。她并没有真正抓着她,只是轻轻地握着她的手。

"阿莱桑德拉,"妈妈说,"我知道你回头看他了。但你看到了吗?他不想要你。他甚至没有叫过你。这里没有任何属于你的东西。但在那边,在星星中间,有我对你的爱,有我们共同拥有的魔法般美丽的世界。"

但她们共有的世界中存在的并不是魔法。那是一场噩梦,只是妈妈一直管它叫作魔法而已。而现在,那个"美丽的世界"里又有了新的人,妈妈要和那个人同床共枕,生儿育女。

妈妈不止是在对我撒谎,也是在对她自己撒谎。她并不是真的想要我到那里去。她找到了自己的生活,只是假装不会因为这个改变任何事而已。事实上是,妈妈真正急不可待要做的事是摆脱我,这样才能继续过自己幸福的日子。在过去的十六年中,我一直是她的负担,把她拖在地面上,不让她做任何她梦想的事情。现在,她找到了自己梦想中的男人,至少是可以给她梦想中生活的男人。而我已经在挡着她的路了。

"妈妈。"阿莱桑德拉说,"我不会和你走的。"

"你会的。"

"我十六岁了,法律上说我可以自己决定要不要加入殖民地。"

"别胡扯。"

"这是真的。华伦蒂·维京加入殖民的时候只有十五岁,她的父母也不想让她来,但她还是做到了。"

"这就是他朝你撒的谎吗?听上去又勇敢又浪漫,但你以后就变成孤身一人了。"

"妈妈,"阿莱桑德拉说,"我一直都是孤身一人。"

这话让妈妈往后缩了缩。"你怎么能这样说?你这个忘恩负义的小浑蛋!我一直和你在一起,你并不孤独啊。"

"我一直是孤独的。你从来都不曾和我在一起,而是和你那亲爱的天使一样的小仙女在一起。那不是我。"

阿莱桑德拉转过身朝舷梯下面走去。

她听到了妈妈的脚步声。不,是感觉到了妈妈的脚步。舷梯在她脚下微微颤动着。

她感觉到了妈妈在身后推了她一把,推得很用力,让她失去了平衡。"滚吧,小贱货!"妈妈喊道。

阿莱桑德拉拼命站住了脚,但她的身体还在往前冲,脚步跟不上了,她感到自己正朝前栽去,舷梯看上去那么陡峭,她肯定会重重地摔在地上,手臂一定没法撑住身体……

所有这些想法都在刹那间一闪而过,但她并没有撞到旋转而下的舷梯上。身后伸过一只手,抓住了她的胳膊。抓住她的人并不是妈妈,妈妈还在台阶顶上,刚刚推了她一把的地方。是阿克巴少尉。他的脸上透着关切与和善。

"你还好吗?"扶着她站起来之后,他问道。

"这样就好!"妈妈喊道,"把那个不知好歹的鬼带回来吧。"

"你愿意和我们一起回到飞船上去吗?"阿克巴少尉问。

"她当然愿意了。"妈妈已经来到阿克巴身边。阿莱桑德拉看到了妈妈脸上神色的变化,已经从刚才那个一边尖叫,一边管她叫小鬼、小贱人的女人变回了仙女皇后。"我亲爱的小仙女只有和妈妈在一起的时候才会感到幸福。”

“我想我希望留在这。”阿莱桑德拉柔声说，“你能帮我吗？”

阿克巴少尉朝她弯下身子，像安德之前那样在她耳边轻声说道：“我希望能和你一起留下来。”然后他又站回了军姿。“那么再见，阿莱桑德拉·托斯卡诺。祝你在这个美丽的世界中有幸福的人生。”

“你在说什么！我丈夫会因为这个把你送上军事法庭的！”妈妈从他身边跑过，朝阿莱桑德拉追来，一只手向前探着，就像死神那瘦骨嶙峋的手掌。

阿克巴少尉抓住了她的手腕。

“你怎么敢这样？”她嘶声喊着，呼出的气体直接吹到了阿克巴脸上。“你这是叛变！你给自己签下了死刑书！”

“摩甘将军会赞成我的，我阻止了他的妻子违反法律的行为。”阿克巴少尉说，“我允许这位自由的殖民者行使她的权利，实践她在条约中的承诺，留在殖民地上。将军会赞同我的行动的。”

妈妈把脸凑到少尉的脸旁，阿莱桑德拉似乎看到她把脸上的点点雀斑凑到了他嘴上，鼻子上，下巴上。而他纹丝不动。“不是这样的，你这傻瓜。”她说，“事实上是你想要在飞船上一间昏暗的房间里强暴我。”

有那么一瞬间，阿莱桑德拉感到奇怪，为什么会发生这种事情？妈妈为什么从来没有提到过？

她马上就明白了：这事从没有发生过。妈妈说这话只是为了威胁阿克巴少尉，她会朝摩甘撒谎。而且她很清楚，妈妈最擅长的就是这个，因为她自己都会相信自己的谎言。

但阿克巴只是微微一笑。“朵拉贝拉·摩甘女士忘记了一件事。”

“什么事？”

“你的一举一动都有录像的。”阿巴卡放开了妈妈的手腕，温柔地将她推上了舷梯顶。

阿莱桑德拉情不自禁地发出一阵短促而尖厉的笑声。

妈妈转过身来，怒火中烧，看上去和外婆那么像。“是姥姥，”阿莱桑德拉说了出来，“我还以为我们把她留在地球上了，但看啊，我们还是把她带来了。”

这是阿莱桑德拉所能说出的最狠心的话了。她的声音很平静，但妈妈却痛得愣住了。但这却是简单的事实，阿莱桑德拉并不是要伤害妈妈，只是在意识到这一点的时候脱口把真相说了出来。

“再见了，妈妈。”阿莱桑德拉说，“祝你和摩甘将军子孙满堂，幸福美满。希望你会。希望如此。”阿克巴扶着她走下最后几级舷梯。

安德就在那里。她的注意力全放在妈妈身上的时候，没有注意安德正在往这边走来。他最终还是来接我了。

她和阿克巴来到了舷梯底下。这时她注意到，安德根本就不曾踏上舷梯。

“阿克巴少尉，”安德说，“关于摩甘将军你犯了个错误。他会相信那女士的话的，就算是为了哄她也会的。”

“恐怕你是对的，”他说，“但我还能怎么办呢？”

“你可以辞去军职。不管是按照真实时间还是相对论时间计算，你的服役期都已经到了。”

“我不能在航行途中辞职。”阿克巴说。

“但我们并不在航行途中。”安德说，“你现在身处霸主治下的航空港，而负责管理这里的则是总督，也就是我本人。”

“摩甘不会允许这事发生的。”阿克巴说。

“不，他会的。”安德说。“他会遵从法律，因为正是同样的法律赋予了他在航行期间的绝对权力。如果他为了你违背法律，那么其他人也可以违背法律来反抗他。他知道这一点。”

“如果他不知道的话，你马上也会让他知道了。”

直到这时，阿莱桑德拉才意识到录音机仍然在记录着他们的谈话。

“是的。所以你不需要面对激怒摩甘夫人的后果。你的所作所为完全是正当的。这里是米兰达市，而你会受到一位正直诚恳的人所应得的所有尊重。”安德转过身去，朝着下面挥了挥手，“这座城市并不算大，但你们看，至少要比飞船大得多了。”

确实如此。阿莱桑德拉头一次意识到这地方有多么广阔，有足够的地方让你摆脱那些不喜欢的人，让你划出一片属于自己的空间，可以说任何事而不用担心别人听到，可以去思考自己的问题。

我做出了正确的选择。

阿克巴少尉跳下了舷梯，阿莱桑德拉也一样。在舷梯顶上，妈妈正吼着什么，但阿莱桑德拉完全没有听懂那声音是什么意思。她听不出妈妈到底讲的是什么，虽然肯定是某种语言中的句子。

她再也不必听她说什么了，也不必理解她是什么意思。她不再生活在妈妈的世界中了。

第十八章

发件人:MinCol@ColMin.gov

收件人:Gov%ShakespeareCol@ColMin.gov

主　题:意料之外的殖民者

听说莎士比亚星殖民地的事情进展顺利,我非常高兴。并不是前往每处殖民地的后来人都能够被成功地吸收同化。我们收到了九号殖民地的请愿书,要求我们不要再向他们派遣新殖民者和新的总督。简单地说,他们宣告独立了,比你们独立的程度还高(他们还引用了你的宣言,称既然莎士比亚星可以不再接受来自地球的总督,他们也就有权决定是否接受新的殖民者。所以从某种意义上来说,这局面是你造成的,不是吗)。

不幸的是,他们发布宣言之前,我已经向他们的行星派出了一艘飞船。飞船上有数千名殖民者和一位总督,还有大量的补给物资。他们比你们的飞船出发得略晚,不过现在离家也有三十九光年了。他们前往的那场聚会却取消了。

但莎士比亚星离他们所在的航线并不算远,而现在,趁一切还来得及,我们可以让他们脱离光速、转变航向,在大约一年之后到达你的行星。

这些殖民者对你来说将完全是陌生人。他们有自己的总督,而你不认识他,甚至都没有听说过他。我想最好的解决方法就是让他们建立自己的定居地,你可以指导他们,为他们提供医疗和补给上的帮助,不过最好让他们自己管理。

你已经将你的殖民地划分成四个村落,而他们所建立的定居点会比任何一个村落都大。吸收这批殖民者比你们的飞船刚到达的时候的同化工作要困难得多。我建议你和他们组建一个包含两块殖民地的联邦，而非将他们并入你们的行政系统。或者，如果你愿意的话，可以建立五座城市的联邦，不过这样的话联邦中的新老移民投票时就会有四对一的比数，这可能会引发新的问题。

如果你告诉我不要把他们送去，我会遵从你的意愿。我可以让他们保持航向，也可以让更多的船员进入冬眠，直到我们正在进行转化的殖民星球准备好接受他们的到来。

如果说有人能扭转乾坤，劝说他所在的殖民地接受这些新来的人，那就非你莫属了。

随信附上完整的信息，包括船员们的个人简历，以及飞船上货物的清单。

海勒姆

发件人：Gov%ShakespeareCol@ColMin.gov

收件人：MinCol@ColMin.gov

主　题：Re：意料之外的殖民者

亲爱的海勒姆：

我们会为他们的居住地寻找合适的位置，在他们到来前准备好住处。我们会把他们安排在虫族的城市附近，这样他们就可以利用虫族留下的设备，开垦虫族的田地，就像我们之前做的一样。既然你提前一年通知了我们，我们就有时间在他们的田地和果园里种上人类改造过的当地作物，或是经过基因改造的地球作物。莎士比亚星殖民地的人们就此进行了投票，他们以极高的热情接受了这一计划。我很快就会出发，为新殖民者们选择一块合适的居住地。

安德鲁

在艾博拉十一年的生命中，只有一件事是真正重要的：安德·维京的到来。

在那之前，工作就是他生命的全部。殖民地的孩子们要做力所能及的工作，而艾博拉很不幸地拥有一双巧手。早在学会说话之前，他就学会了解开绳结、再按原样系好。等到他力气够大，拿得起成人用的工具的时候，早已经看懂了机器怎么运行，还知道如何修理或者改造它们。他知道能量是如何在各种金属部件之间流动的。别的孩子还在玩乐的时候，他就开始工作了。

他的爸爸老九一直为自己的儿子而骄傲。艾博拉也感到很骄傲。作为一个孩子，每当成年人的工作中需要自己的帮助时，他都特别开心。他比最年长的哥哥李白要小很多，哥哥跟塞尔叔叔一起发现了金虫，但是是他帮助大家开通了通往洞穴的有轨推车。人们可以乘车进出洞穴，从殖民地把食物带给幼虫，再从洞里把含有黄金的尸体运出来。

在同龄人中他没有朋友，因为没有那么多时间和这些孩子在一起。不过当同龄孩子一起去游泳、去果园爬树，或是用木头做成的玩具枪互相射击的时候，他还是会流露出渴望的表情。

他这种样子只有妈妈韩娜看到了。有时她会要他放下手中的工作，去和其他孩子一起玩。但已经太晚了。就像雏鸟被小孩拿在手中玩弄过就沾染上了人类的气息，和成年人一起工作过的艾博拉也被打上了印记。其他孩子对他没有什么怨恨，只是不把他当成孩子中的一员罢了。他要是走到孩子堆里,其他孩子都会觉得别扭,就像是成年人坚持要跟他们一起玩游戏一样,最后弄得大家都不愉快。其他孩子还会偷偷告诉艾博拉,他玩小孩的游戏玩得很烂。在他很小的时候曾经和其他孩子一起搭过积木,别的孩子把他搭的建筑弄倒时,他哇哇大哭,但其他孩子却不明白:搭起积木不就是为了推倒的吗?要不还搭它们干什么?

而安德·维京的到来,对他有着重要的意义:安德·维京是总督,但他的年龄却很小,只是和李白一样大而已。成年人和安德说起话来,给人的感觉是安德就是他们中的一员。不,安德的地位比他们还高。他们找安德为自己解决问题,将彼此的争端拿到安德跟前,要安德为他们做出评判。他们会听安德的解释,问他问题,最后接受安德的想法。

我也和他一样,艾博拉想。机械方面的问题大人们会拿来问我,而其他问题就去问安德。他们会站在那听我解释,他们会按我说的办法去解决问题。安德和我过着同样的生活,我们都不是真正的小孩,都没有自己的朋友。

不过,当然了,安德有他的姐姐,但她是个奇怪的隐居者。除了夏天早上、冬天下午会出来散步以外,她整天都在屋里待着。大家说她在写书。成年人中的科学家们都在写书,把写出来的东西发往其他的世界,然后再去读对方送回来的论文或者著作。但她所写的并不是科学,而是历史,是过去。那些东西有什么用呢?光是现在就有那么多的东西去发现,有那么多的工作要做。安德肯定不会对这种东西感兴趣的。艾博拉甚至没法想象他们之间会怎么交谈。“今天我批准了卢和阿马托的离婚。”“那是几百年前发生的事吗?”“不是。”“那我就不感兴趣了。”

艾博拉也有兄弟。李白对他很好。每个人对他都很好。但没人和他玩。其他的兄弟之间都玩得很好。

这也没什么。艾博拉并不喜欢“玩”，他想做的是真正的、有意义的事。在修理机械、搭建器具的时候他感受到的快乐，丝毫不亚于其他孩子在假模假样的打仗、互相把对方推倒在地之类的游戏中获得的。而现在，妈妈已经告诉他，他不必再去学校了，这样他就不再会因为学不会读书写字被一次次地羞辱了。空闲时间里，艾博拉都在跟着安德。

维京总督注意到了艾博拉。他经常会来跟艾博拉谈话，有时候会给他解释些东西，也经常问他问题。不过更多的时候，他只是让艾博拉跟着自己。其他大人在和他谈什么要紧的事情时会朝艾博拉瞟上几眼，好像是在问安德为什么要让这个小孩子跟着他。每当这时，安德都对他们这没有说出口的问题视若无睹，他们就会继续说原来的事情，假装艾博拉并不在跟前。

当安德出发远行，为下一艘星际飞船带来的殖民者寻找合适的着陆点和居住地时，就没有人再过问为什么艾博拉要跟着他了。不过爸爸还是把他拉到一边叮嘱了一番。“你的责任很重，不准做任何危险的事情。如果总督出了什么状况，你要做的第一件事就是用卫星电话报告给我。我们会追踪你的位置，然后立即派出援助。除非我们通知你，否则不要试着自己处理任何问题。明白了吗？”

艾博拉当然明白。对爸爸来说，他只不过是安德带着的后备通讯器。妈妈对他的价值看得就更重一些了。“不要和他争论。”妈妈说，“先听话，再跟他讲。”

“当然了，妈妈。”

“你现在说当然，但你从来不会听话的，艾博拉。你一直觉得自己知道别人要说什么，但你必须让他们说出来，因为有时候你可能是错的。”

艾博拉点了点头。“我会听安德的,妈妈。”

她翻了翻眼睛(如果其他孩子朝她翻眼睛的话,她肯定会大喊大叫的),然后说:“是啊,我相信你会的。只有安德才足够聪明,知道得比我的艾博拉还多!”

“我觉得我什么都不知道,妈妈。”怎么才能让她明白呢,让艾博拉烦躁的是那些自以为懂得机械、事实上却一窍不通的大人们;而其他的时候,他根本就不怎么说话。不过很多时候大人都自以为明白机器出了什么问题,事实上却错得一塌糊涂,所以他和大人交流的时候大多数都是他在纠正他们,或者完全不去理睬他们。但他们和艾博拉聊的只有机器,这方面艾博拉远比他们懂得多。但安德和他在一起时从来不提机器的事情。他会和艾博拉谈其他很多事情,不管什么事艾博拉都听得津津有味。

“我会告诉李白,让他把和阿莱桑德拉的婚期推到你回来之后的。”妈妈说。

“我不在乎。”艾博拉说。“他们不用等我。结婚那天晚上又用不着我帮他什么。”

“有时候你就是欠人抽你耳光子,艾博拉。但安德却能容忍你。那孩子是个圣人,圣·安德烈[①]。”

“圣·安德。”艾博拉说。

“他的教名是安德鲁。”妈妈说。

“但让他成为圣人的名字却是安德。”

“我儿子还是个神学家。而你还说自己什么都不知道!”妈妈摇了摇头,好像很烦他的样子。

艾博拉一直不明白为什么会有这种争论,也不知道为什么到最

① 西班牙语,说的就是安德鲁。

后大人总是摇着头从他身边走开。艾博拉总是很认真地考虑大人的意见(除了在机械方面),但他们为什么不能也这样对艾博拉?

只有安德会认真地对他。而接下来的几天,甚至几周,他都会和安德一起度过。只有他们两个。

他们往悬浮车上装了三个星期的给养，虽然安德认为他们不会走那么久的时间。李白前来送他们,阿莱桑德拉紧紧地贴在他身上,就像蘑菇一样。李白说道:“最好别让安德烦你,艾博拉。”

“你只是在嫉妒,因为他带的是我而不是你。”艾博拉说。

阿莱桑德拉说话了，就像会说话的蘑菇一样。“李白哪都不想去。”不用说,她的意思是:李白已经完全离不开她了,一秒钟都不行。

李白仍然面无表情。艾博拉知道,虽然他已经完全被这个女孩迷住了,但相比和她在一起,他还是更希望和安德一起出行。妈妈以为艾博拉总是多嘴,但他这时却一言不发,他甚至都没朝李白眨眼睛,只是做出和李白一样面无表情的样子。这是他们玛雅人在一个人面前表示对他的嘲笑的方式，不过这样不会显得无礼，也不会挑起战斗。

对艾博拉来说,这趟旅程是全新的经历。当然了,最开始他们只是在悬浮车上驶过村子附近的田野。这块地方他很熟悉,然后他们离开米兰达,一路向西,驶上了通往福斯塔夫的道路。这条路也不陌生,艾博拉的姐姐阿尔玛出嫁之后就和她丈夫住在那里。那个傻大个西蒙,他总是一个劲地挠小孩子的痒,直到他们忍不住尿了裤子,然后再嘲笑他们,说他们像婴儿一样。路过福斯塔夫时,安德只是停下来跟村长打了个招呼,没有多做停留就继续朝前走去。这让艾博拉松了一口气。

第一天晚上,为了避免夜间的强风,他们在一道长满青草的溪谷中宿营。深夜里,强风带来了暴雨,但他们已经钻进了舒适的帐篷。不等艾博拉要求，安德就给他讲起战斗学校的故事，还有他在战斗室里做过的游戏。那些其实不是游戏，而是训练和考试，看他们是不是适合做指挥官。“有些人生下来就是做领袖的，”安德说，“他们有一种特别的思考方式，不管他们是不是愿意做领袖都一样。而有些人毕生都在渴求着权力，却没有领导的能力。真是可悲。”

“人们为什么总想做自己不擅长的事呢？”艾博拉试着不考虑自己的阅读障碍，想象自己变成学者的样子。真是太古怪了。

“领导是件奇妙的事情。”安德说，“每个人都看得到，但他们却根本不明白到底是怎么运作的。”

“这个我懂，”艾博拉说，“大多数人对机器也是这样。但他们总是想要自己动手去修，结果把机器弄得更糟糕了。”

“这样想你就能明白了，”安德说，“他们看到的不是领袖们在做什么，而是每个人都尊重优秀的领袖。他们也希望得到这样的待遇，但却完全不明白应该如何赢得这种注意与尊重。”

“每个人都尊重你啊。”艾博拉说。

“但我几乎什么都没有做过。”安德说，“所以我就去学习其他人的工作，至少也要做到可以在工作中帮上他们的忙。毕竟我自己的工作其实并没什么可做的。作为一份全职工作，领导这殖民地实在是太简单了。”

“只是你觉得简单吧。”

“可能是吧。”安德说，“但是，哪怕在我和其他人一起干活的时候，我也是在履行总督的职责。因为这总能让我了解他们。你没办法去领导一群你完全不认识的人，至少你要了解他们。比如在战争里，如果你根本不知道你的士兵能做什么，又怎么能带领他们作战，还想打胜仗呢？对敌人也是一样的。你必须了解你的敌人。”

艾博拉躺在黑暗的帐篷中，思考着安德的话。他想的时间太久，其恍惚间似乎还做了个梦，梦见安德坐下来和虫子们谈话（只有新来的人才管它们叫虫族），还和它们交换圣诞礼物。不过也许是他在醒着的时候想象出来的。至少说出这句话时他是醒着的："这就是为什么你花了那么多时间和金虫在一起吗？"

安德可能也是在想同样的事情。他并没有像那些不耐烦的大人一样回答他，比如"你在说什么啊"之类的话，因为他知道艾博拉的思绪是沿着刚才的交谈继续着的。事实上，安德的声音听上去困困的，艾博拉不知道是自己的话把他叫醒了，不过安德还是很清楚自己在说着什么。

"是的。"安德说，"我已经很了解虫族女王了，可以打败它们。但我还是了解得不够，不知道它们为什么让我取得了胜利。"

"它们任由你取得了胜利？"

"不，它们和我的战斗非常激烈，不想让我获胜。但它们还是聚集到了一起，所以我可以在一场战斗中把它们全部歼灭。而且它们知道我有可以歼灭它们的武器的。它们比我们更理解那武器，因为那是我们从他们手中获得的。我们并不理解那武器背后的科技。但它们还是那样做了。它们聚集在了一起等着我。我不明白。所以……我试过和金虫的幼虫交流，想知道虫族女王到底在想些什么。"

"李白说没有人比你更了解它们了。"

"他是这么说的？"

"他说其他人都必须费尽力气，才能把一幅模糊的画面送到金虫脑子里，或者是从它们那里得到画面。但你第一次就成功了。"

"我还不知道这事有那么难呢。"安德说。

"他们只是在你不在场的时候说过。李白和爸爸也提起过。"

"有意思。"安德说。听上去他并没有觉得受到了夸奖，也不像是做出谦逊的样子。安德似乎真的觉得自己在与金虫交流时表现出的非凡天赋只是件非常平常的事情。

不过艾博拉能够理解。如果你天生就擅长什么事情,也就不会为这事感到自豪了。就像不会有人傻到会为长着两条腿、会说一种语言,甚至能够自己屙屁屁而自豪一样。

由于他是和安德在一起,艾博拉毫无顾忌地说出了自己刚刚想到的东西,安德笑了起来。“没错,艾博拉。有些事是你需要努力才能成就的,这才是你值得骄傲的事情。但另一些事是你天生就会的,那就是你生活的方式。我以后要是引用你的话你会介意吗?”

艾博拉还不大明白安德所谓的引用是什么意思。他是在准备写学术论文吗?还是给某人写信?“想用就用吧。”艾博拉最后说。

“也就是说……我特别擅长和金虫交流,这很不寻常。”安德说,“我不知道为什么。不过那并不是谈话。更像是它们在给你展示它们所记得的事,同时在其中加上感情。比如,这是我记得的食物的样子,再加上饥饿的感觉。或者是同样一幅食物的图像,然后加上强烈的恐惧感,表示这是有毒的食物,或者我不喜欢它的味道,或者……你明白我的意思的。”

“只是不通过语言描述。”艾博拉说。

“完全正确。”

“我看机械的时候也是这样的。”艾博拉说,“我必须要寻找合适的词汇,来把它描述给其他人;但我只要一看到机器,就完全明白了。可我不觉得机器是在和我说话。完全没有这样的感觉。”

“它也许没有在说话,”安德说,“但这不意味着你没法去听。”

“对!没错!就是这样!”艾博拉几乎是喊了出来。他的眼里充满了泪水,但自己并不知道为什么。或者……他确实是知道的。之前没有哪个成年人能够明白他说的感觉。

“我曾经有个朋友,我想在他眼里战争就是这样的。我必须去思考事情的前前后后，如何安排兵力之类，但豆子一眼就可以看穿。他根本没有意识到其他人需要很长时间才能明白他看到的东西，甚至有些人永远不能。对他来说一切都是那么明显。”

“豆子？这是个名字吗？”

“他是个孤儿。那是他在街上混时的名字。他一直不知道自己真正的名字，直到后来有人开始真正关心他，调查他的生平时才发现，他还是胚胎的时候就被绑架了，经过了基因改造，才成了这样的天才。”

“噢，也就是说他其实并不是真正的天才了。”艾博拉说。

“不，艾博拉。我们都是基因造就的人。基因给了我们什么能力，我们就真的拥有什么能力。基因是每个人的起点，虽然他的基因是经过专门改造的，改造这基因的科学家因此还犯了罪，但这并不意味着他的基因与我们这些通过在父母的基因中随机选择的有什么不同。我也是经过专门塑造的。虽然不是运用非法的科学技术，但我的父母选择彼此时，很重要的原因就是他们都是非常优秀的人。我的哥哥姐姐也都很聪明，但他们并不是IF真正需要的，所以IF要求他们生育第三个儿子。这是不是意味着我就不是真正的我了？那么如果我的父母并没有生下我，我又会是什么样子？”

艾博拉感到这对话变得难以理解了。这让他感到昏昏欲睡。他打了个哈欠。

于是安德就用了个他能听懂的比喻。“就是你说的，如果一个水泵根本不是个水泵的话，它又会是什么呢？”

“那真是傻透了。水泵就是水泵，如果它不是水泵，就什么也不是了。”

“这么说你就明白了。”

艾博拉低声说出下一个问题：“也就是说你和我爸爸是一样的，

不相信人有灵魂了？”

“不，”安德说，“对于灵魂我一无所知。我只知道当我们活着的时候，活在自己身体里的时候，我们只能做到身体允许我们做的事。我的父母都相信灵魂。我认识的一些人也百分之百地相信。他们是很聪明、很善良的人。所以说，我不够了解它并不代表我就能够确定它不存在。”

“听上去像是爸爸说的话。”

“你看，他并不是怀疑灵魂的存在。”

“但妈妈说话的时候……她说她可以从我的眼睛里看到我的灵魂。”

“也许她真的可以。”

“就像你可以透过一只金虫的幼虫，看到它正在想着什么？”

“也许吧。”安德说，“但我其实看不到它到底在想些什么。我能看到的只有它们强行放到我脑子里的东西。我试过把我的思想放进它们的脑子里，但我不觉得这样的行为有任何意义。我想通过思维来进行交流的能力只有幼虫才有。它们把想法塞进我的脑子，然后从我脑中取走我展示给它们的任何东西。但我自己并没有做任何事。”

“既然你什么都没有做过，那么你为什么比其他人做得更好呢？”

“要记住，你的爸爸和李白并不知道我到底做得怎么样。如果我真的比其他人做得好，那也是因为金虫比较容易进入我的思想。”

“为什么？”艾博拉说，“为什么一个在地球出生的人类的大脑反倒让金虫觉得更容易进入呢？”

“我不知道。”安德说，“这也正是我来这个世界所需要搞明白的事情之一。”

“这不是真的。”艾博拉说，“你来到这里并不是为了搞明白你的大脑为什么会更容易让虫子进入、理解你到底在想些什么，你来这里之前甚至都不知道自己有没有这样的能力！”

安德笑了。“你是忍不了任何的‘库索’的，对吧？”

“‘库索’是什么？”

“Mierda，”安德说，“就是狗屎。”

“你对我说谎了吗？”

“没有。”安德说，“是这样的。在艾洛斯上与虫族交战的时候，我做过好多梦。我都不知道自己在进行战斗，但当时我确实是在战场上。我梦到一群虫族正在解剖我。但它们切开的不是我的身体，而是我的记忆，然后把它们像全息相片一样展示出来，想从里面看出点什么。我为什么会有那样的梦，艾博拉？我打赢了那场战争，然后发现我是和虫族女王作战，而不是电脑的模拟程序，或者我的老师。在那之后，我回忆起那些梦境，才开始想到这些问题。它们是不是在努力尝试了解我，就像我在理解它们一样？那些梦是不是因为在某种层面上，我已经注意到了它们正在进入我的思想，想要吓阻我。”

“哇，”艾博拉说，“但如果它们能够看穿你的思想，为什么不能打败你？”

“因为我的胜利不是来自思想。”安德说，“这是件很奇怪的事。我一直在考虑战争，这没错，但我没法像豆子那样看待战争。我看到的是人，是我手下的每一个士兵。我知道那些孩子们能够做什么，所以我会把他们放到各自的环境中，告诉他们我要他们做什么，让他们去做出决定，而我则信任他们的决定能够达到我的目的。我并不知道他们会做什么。所以就算进入了我的思想，虫族女王也不会知道我的计划，因为我是没有计划的，它们也不可能利用思想来对付我。”

“这就是你为什么要那样思考？为了让它们没法看穿你的计划？”

“我当时并不知道那游戏是真的。只是后来才想到的这些事，想去理解这些事。”

“但如果那是真的,也就是说你一直在和虫子,我是说虫族,还有虫族女王们交流了。”

“我不知道。也许它们正在尝试,但一直没有达到效果。我肯定它们没有往我脑子里塞进任何东西,或者说那东西不够明显,没能让我理解。而它们从我的思想中得到了什么?我不知道。也许从来没有得到过。也许我梦见它们的原因只是我一直在思考着它们。如果真的面对一位虫族女王,我又会做什么?如果那些模拟是真正的战斗,虫族女王又会想些什么?我一直在考虑这些问题。”

“爸爸又会怎么想?他是很聪明的人,他对金虫的了解要比任何人都多。”

“我还没和你爸爸谈过这个。”

“噢。”艾博拉仔细思考着。

“艾博拉,”安德说,“我还没对任何人提到过这事情。”

“噢。”艾博拉被安德的信任感动得说不出话来。

“我们睡觉吧。”安德说,“我希望等到天亮的时候,就可以完全清醒地出发上路了。新殖民地的选址一定要在悬浮车几天的行程之外。等我们找到了大致地区后,我还要标记一些特定的地点用来建筑,还要给他们的太空舱寻找降落的地点,诸如此类的工作。”

“也许我们还能找到另一个金虫洞呢。”

“也许吧,”安德说,“或者是其他的金属。比如你之前找到的那个铝土岩矿一样。”

“铝虫已经都死了,但这不意味着我们没法找到其他活着的虫子,对吗?”艾博拉说。

“我们找到的也许是唯一的幸存者。”

“但爸爸说这几率并不大。他说如果塞尔叔叔和李白找到的恰恰就是活得最长的金虫,那也太过巧合了。”

“你爸爸不是数学家，”安德说，“他是不相信概率的。”

“这是什么意思？”

“塞尔和李白找到了活着的金虫幼虫所在的山洞。正因如此，他们找到这个虫洞的几率，在这个宇宙的因果律中，就是百分之百。因为它确实发生了。”

“噢。”

“但我们并不知道这里到底有多少虫洞，也不知道它们都在哪里。能不能找到虫洞只是概率问题，是我们的猜测。要进行数学上的概率分析，我们还没有足够的数据。”

“我们已经知道有另一个山洞了，所以也不是什么都不知道。”艾博拉说。

“但根据我们已经有的数据，一个山洞里有活着的金虫，另一个里是死了的铝虫，这能得出什么结论？”

“结论就是我们找到下一批虫子的时候死和活的概率是相同的。爸爸是这么说的。”

“但这并不是真的。”安德说，“因为在塞尔和李白找到的那个山洞里，虫子们也没有在迅速繁殖。它们几乎已经要死完了。而在另一个山洞中，虫子已经死完了。这样算来概率又是怎样的？”

艾博拉努力思考了一会。“我不知道。”他说，“这要取决于它们的种群有多大，还有它们会不会愿意像金虫那样吃掉上一代的尸体，也许还有其他我还不知道的东西。”

“你的思考方式已经像个科学家了。不过现在，请用睡着了的人的方式思考吧。我们明天还有好多事要做呢。”

第二天他们走了一整天，而在艾博拉看来走过的地方并没有什么区别。“这些地方有什么不好吗？”艾博拉说，“虫……族们在这里耕种，过得还不错，那么为什么不在这里设立着陆点呢？”

“太近了。”安德说，“没有足够的空间让新来的人们发展出他们自己的文化。离得这么近，如果他们对福斯塔夫的生活感到嫉妒，很可能就会把那里占领的。”

“他们为什么会这样做？”

“因为他们是人类。”安德说，“尤其是，他们知道我们所知道的每一件事，我们能做的事他们都会做。”

“但他们还是和我们一样的人啊。”艾博拉说。

“不会太久了。”安德说，“现在各个村子已经各自独立了，福斯塔夫人会开始为福斯塔夫的利益着想。如果他们一直觉得我们是他们的上级，就会对米兰达心怀不满，也许他们会自愿与新来的人站在一边。”

艾博拉想了大概有十秒钟。“那样又有什么问题？”

这次安德也想了一阵子，然后才答道：“啊，你是说福斯塔夫和新来的人结盟这件事。好吧，我不知道这样到底有什么问题。我只是想让所有的村子，包括新的这个村子，尽量能够离得远些，好让每个村子发展出自己的传统与文化。离得足够远的话，他们就不会争夺其间的同一块资源。但还要让村子离得足够近，才能够彼此通婚与交易。我希望能找到一个最完美的距离，让各个村子之间不会打仗，至少在一段很长的时间里不会。”

“只要你做我们的总督，我们就一定会赢的。”艾博拉说。

“我在意的不是哪边赢。”安德说，“爆发战争本身就是非常糟糕的事了。”

“但你打败虫族的时候不是这么想的！”

“的确不是。”安德说，“当人类的生存面临危机时，你没有别的办法，只能去在意胜利。但在这个星球上的殖民者之间如果爆发战争，我为什么要在意哪一边赢？无论如何都会有杀戮，有人失去生命，有人悲痛欲绝，都会带来痛苦的记忆与战争的种子。而战争的双方都是人类，所以无论如何，失败的都是人类。失败，然后是更多的失败。艾博拉，有时候我会祈祷，你知道吗？因为我的父母向上帝祈祷。我会同上帝讲话，虽然我不知道关于他的任何事。我向他请求，求他让战争结束。”

“战争已经结束了。”艾博拉说，“在地球上，霸主已经统一了整个世界，那里再也不会有战争了。”

“是啊。”安德说，“但如果地球上的人类最终得到了和平，但我们却在莎士比亚星上开始新的战争，那么岂不是太可笑了？”

“霸主是你的哥哥，对吗？”艾博拉问道。

“他是华伦蒂的哥哥。”安德说。

“但她是你姐姐啊？”艾博拉说。

“他是华伦蒂的哥哥。”安德说道。他的脸色变得阴沉了，艾博拉没有追问他到底是什么意思。

两人出行的第三天，太阳离西方地平线还有两掌高的时候(时钟和手表上的时间在这里已经没有意义了，因为它们都是按照地球上每天的时间计时的，而没有人喜欢根据地球上的小时和分钟给莎士比亚星上的每一天划分时间表)，安德终于在一座小山顶上停下了悬浮车。从这里可以看到宽广的峡谷，谷底有虫族过去的果园，还有生长了四十多年的树木。附近的山上有隧道的入口，一座座烟囱意味着附近曾经建有虫族的工厂。

“这地方和其他地方没什么不同。”安德说。就这样，他们为新的殖民地选择了位置。

两人支起了帐篷，安德做好了晚饭。然后两人一起走进峡谷，钻进其中几个洞穴看了看。这里不是虫族的居住地，当然也就没有虫子，但隧道里有些他们从没见过的机械。艾博拉希望马上开始研究，搞清楚它们到底是什么，但安德说："我保证你会是第一个查看这些机器的人，不过现在还不行，今天晚上不行。这不是我们的任务。我们是要在这里建设殖民地的。我得找出在哪里开辟田地，哪里有水资源，也意味着我们要找到虫族的下水道系统。我们得看看能不能把虫族的发电设备重新启动起来。这些都是塞尔·摩纳奇那一代人做过的事，那时你还没有出生呢。不过不用过太久，我们就会有时间来研究这些虫族的机器了。到那时候，相信我，他们会要你一连几天，甚至几周在这里工作的。"

艾博拉想要像小孩子一样缠着安德，让他答应自己，但他知道安德是对的。于是他接受了安德的许诺，跟着他继续在暮色中向前走去。

他们回到营地的时候，天已经黑了。两人躺下睡觉时，天空中只余下了模糊的亮光。在睡前的谈话中，安德要艾博拉告诉自己父母讲给他的故事。爸爸的玛雅族传说，妈妈的东方故事，还有他们都知道的天主教《圣经》。艾博拉一直讲到眼皮打架，然后两人就都睡着了。

第二天，安德和艾博拉开始划分田地，设定道路，在安德随身带的全息地图上记下每一处设施的位置，这些标注将自动上传到卫星上的电脑中。没必要用卫星电话和爸爸联系了，这些信息会自动发给他，他会看到我们这边的工作情况的。

到了下午，安德叹了口气说："要知道，这活实在是有点无聊。"

"真的吗？"艾博拉带着点挖苦说道。

"哪怕奴隶也应该有时间放放风的。"

"哪怕谁？"艾博拉觉得这应该是学校里讲的东西，但因为他不认字，已经很久没去学校了。

“这个词的意思你不知道？你不会明白我是多么高兴的。”

好吧，只要安德高兴，那么艾博拉也就高兴了。

“下面这一个小时，我们做自己想做的事吧。”安德说。

“比如呢？”艾博拉说。

“怎么，你是说要我来决定你觉得做什么事情有意思吗？”

“你打算做什么？”

“我想看看那河是不是适合游泳。”

“那太危险了，你不该自己去的。”

“如果我淹死在这里，就打电话让你爸爸来接你。”

“我可以自己开悬浮车回家，你知道的。”

“但你没办法把我的尸体装到车上。”安德说。

“不要说这种事！”艾博拉说。他本想让自己听上去很生气，但他的声音却在发抖，就像害怕了一样。

“我游泳游得很好的。”安德说，“我是要做个实验，看这水会不会让我生病。而且我只会在没有水流的地方游，这下可以了吗？你也可以和我一起游，如果你愿意的话。”

“我不喜欢游泳。”其实他从来没学过游泳，游得也不好。

“那么——不要去山洞里，也不要去摆弄那些机器，好吗？”安德说，“那些机器有些吓人。”

“只是因为你不了解它。”

“是的。”安德说，“但如果出了什么问题怎么办？如果我把你残缺不全，或是被烧焦了的尸体带回你爸爸妈妈那里又会怎样？”

艾博拉笑了，“也就是说，我可以放任总督去死，但你不能让一个傻小子被杀。”

“完全正确。”安德说，“因为我要为你的安全负责，而你的责任只是在我死去的时候报告给村里。”

就这样，安德回到悬浮车上，带上了检测水质的仪器。艾博拉知道，不管怎么样安德都会去检测河水的。他并不打算休息，只是想让艾博拉休息一下罢了。好吧，这游戏两个人都可以玩。艾博拉可以趁这段时间爬到远处的山脊上，看看山坡那边有什么东西。这工作早晚是要做的。安德在河里游泳的时候，艾博拉可以自己在地图上标注。

这段路比艾博拉想象的要长。远处的山坡看上去很近，但那是骗人的。不过爬得越高，就越容易看到安德所在的地方。他确实是在游泳，艾博拉想，不知道安德能不能看到自己。他回过头去挥了几下手，但安德没有朝他挥。可能因为在安德看来他只是一个小点了，因为在他看来安德也不比小点大多少。或者是因为安德并没有朝这边看，那样也好，那就说明安德相信他，知道他不会搞砸什么事情，把自己弄伤，或者迷路。

爬到山顶之后，艾博拉终于知道为什么他身后峡谷里的河道这么宽了。两座山之间有一道灌溉用的大坝，宽阔的河面其实只是大坝后面的一片池塘罢了。水位的落差并不算大，还有几道一直开着的水闸，将河水分流到三条水渠里。其中一条是原先的河道，另外两条都是河道以北稍高一些位置上挖出来的运河。在河道以南还有几条河道，不过里面一点水都没有。艾博拉可以清楚地看到灌溉效果的区别。河流两边的植物都很茂盛，但北边长着的都是树木，南边则都是草地和低矮的灌木。

但当艾博拉看着布满青草的南岸时，他可以看出那边的地形有点古怪。那里原本该是平坦的冲积平原，就像他身后安德所在的谷地里一样，但事实上他下面的平原上却有好多土丘。它们肯定不是自然形成的。

那一定是虫族自己修建的。但修建这些东西是为了什么？

细看之下，可以分辨出更多的看上去像人造的东西，四散分布在下面。那些看上去也不像是普通的虫族建筑。是一些新的、陌生的东西。虽然已经长满了青草和藤蔓，但仍然可以看出它们的形状。

艾博拉爬下斜坡。他没敢跑下去，因为这边的地形并不熟悉，他可不想在这里扭伤脚脖子，变成安德的负担。他来到最大的一座人造圆丘前。圆丘侧面很陡，但上面长满了青草，所以爬上去并不是特别的难。艾博拉爬到坡顶，才发现里面是一处凹地，中间还有积水。

艾博拉沿着坡顶走了一阵，看到另一个方向延伸出两道山脊，就像是人伸出的两条腿一样，中间形成了一道越来越宽的峡谷。转过身去，他看到了另外两道低矮的山脊，可以看成是手臂。而在头应该在的地方，一块巨大的白色岩石反射着太阳的光，仿佛是一具头颅正在扫视着这个世界。

它的形状像一个人。不是虫族，而是人类。

他感到全身一阵颤抖，是因为恐惧，担忧，也是兴奋。这样的地方本是不可能存在的。但它就在眼前。

他听到有人叫着自己的名字。抬头向上看去，安德正开着悬浮车从峡谷中驶上山坡，寻找着自己。他挥了挥手，叫了起来："嘿，安德！"

安德看到了他，开着悬浮车驶过了他刚刚爬过的那陡峭的山坡。"来这上边！"艾博拉喊道。

安德爬到了斜坡上。由于他的个子比艾博拉高得多，也重得多，路上踩坏了不少草地。艾博拉指着那酷似人类身体的人造山丘说道："你能相信这个吗？"

显然安德并没有艾博拉那种感觉。他只是看了一眼，什么话都没有说。

"就像是一个巨人死在了这里。"艾博拉说，"然后土盖住了他的尸体。"

艾博拉听到安德猛地抽了一口气。他知道安德也看到了。

安德四下看了一眼，一言不发地指向了一片较小的建筑群，那些建筑外面长满了藤蔓。他拿出双筒望远镜，久久地凝视着那个地方。“这不可能。”他低声说。

“怎么了？那是什么？”

安德没有回答。他沿着山坡延伸的方向走了过去，爬上巨人的“头”。艾博拉跟着他爬下巨人的脖子，来到它的脸颊上。“肯定是有人建造了这里，”艾博拉刮了刮白色的石头表面。“看这个，这不是岩石，而是水泥。”

“我知道。”安德说，“它们是为我建起的这地方。”

“什么？”

“我认识这地方，艾博拉，虫子们为我建起了这地方。”

“虫子们早在爷爷奶奶到达这里之前就死完了。”艾博拉说。

“你说得对，这是不可能的。但我有我自己的想法。”安德把手放到艾博拉的肩膀上。“艾博拉，不要跟我一起来。”

“你要去哪？”

“那边。”安德指了指，“可能会有危险。如果它们真的那么了解我，建起这么一处地方，就有可能是……”

“是它们给你设下的陷阱？”

“因为是我杀了它们。”安德说。

“那就不要去，安德。别去做它们想让你做的事情。”

“如果它们真的是要报仇的话，艾博拉，我并不介意。但也许不是，也许这是它们所能做到的最接近与我们交流的事情——给我写了一张便条。”

“但它们根本不知道怎么读、怎么写。”这是爸爸说的。那么它们怎么会知道留便条这回事的？

“也许它们死后就学会了。”安德说。

“好吧，如果你真的要去什么地方的话，我肯定不会在这鬼地方待着。我要和你一起去。”

艾博拉说出“鬼地方”这词时安德被逗笑了。“不，你年纪太小了，不能……”

“得了吧！”艾博拉生气地说，“你是安德·维京，不要告诉我一个十一岁的孩子不能干什么！”

于是两人一起坐上悬浮车，来到了第一片遗迹跟前。安德停了下来，两人下了车。那是一些金属搭建的结构，被藤蔓覆盖了。现在艾博拉可以看出来，这是秋千和滑梯。米兰达也有这些东西，不过比较小，只是给小孩子用的。但谁也不会把它们误认成其他东西。

然而虫族是没有小孩子的，它们有的只是幼虫。虫族不大可能用得上秋千和滑梯。

“它们是按照人类的东西做出来这些的。”艾博拉说，“它们真的从你脑子中读到了东西。”

“这只是一种解释。”安德说。然后他们又乘上了悬浮车，继续朝前走去。安德好像知道路应该怎么走。

他们来到最远的一处建筑前。那是一座墙壁厚实的塔，周围是低矮的围墙，不管是塔还是墙都已经长满了藤蔓。接近塔顶的地方有一扇窗子。

“你知道这东西在这？”艾博拉说。

“这曾经是我的噩梦。”安德说，“是我在幻想游戏中的记忆。”

艾博拉不知道“幻想游戏”到底是什么，但他知道这地方代表着虫族在安德的噩梦中解剖他时所取出的一些东西。

安德走下悬浮车。“别跟着我过来。”安德说，“如果我一个小时之后还没回来，就意味着这里有危险，你必须马上回家，把一切告诉大家。”

“去你的吧，安德。我会和你一起去的。”艾博拉说。

安德冷冷地看了他眼。“给我闭嘴，艾博拉，否则我就拿泥巴把你的嘴堵上。”

这话像是在开玩笑，语调也像，但他的眼神却不是在开玩笑。艾博拉知道他是认真的。

于是艾博拉待在悬浮车里，看着安德朝那座城堡（如果真的是城堡的话）跑去。他从塔外面爬了上去，钻进了窗户。

艾博拉待在那里，先是目不转睛地盯着塔的窗户，盯了很久。然后他开始不时地瞟一眼悬浮车上的时钟。最后他的注意力开始分散了，开始观察鸟与昆虫，草地上的小动物，还有天上飘过的云。

所以在安德从塔里出来的时候，艾博拉并没有看到，等看到安德的时候他已经在朝悬浮车走过来了。他把外套卷成一团，夹在胳膊底下。

但那并不只是一团布。外套里面包着什么东西。艾博拉没有问安德找到了什么。他明白，安德如果想让他知道的话，一定会告诉他的。

“我们不会把新殖民地安排在这里了。”安德说。

“好的。”艾博拉说。

“我们回营地去吧。”

他们又找了五天，从最开始发现的地方朝东南方向走了很远，找到了一处适合建殖民地的地方。那是一座规模更大的虫族建筑，有着更多的田地，还有每年降雨量的记录。“这地方很好，”安德说，“气候更温暖，土地也更加肥沃。”

他们用了一个星期时间设计新的殖民地。然后就到了回家的时候。离开殖民地之前，他们躺在空地上（晚上待在帐篷里已经太热了），艾博拉终于问出了心中的问题。他问的不是安德从塔里拿出了什么，这种问题他是永远不会问的。但他问的问题更加深刻。

“安德,它们到底是什么意思？为什么要为你建造那个地方？”

有很长时间,安德一句话都没说。“我不会把全部事实都告诉你,艾博拉。因为我不希望任何人知道。我不希望别人知道我们在这里找到了什么。希望有人到达那里的时候，那里的东西都已经腐朽倒塌了。但就算不是这样,也没有人能够明白那些东西的意义。在遥远的未来,可能不会有人相信是虫族造出了那些。他们会认为那地方是人类殖民者建造的。”

“你不需要告诉我任何事。”艾博拉说,“我也不会告诉任何人我们找到了什么。”

“我知道你不会的。”安德说。他犹豫了一下。“我不想对你撒谎,所以我只能把事情中真实的部分告诉你。我找到答案了,艾博拉。”

“什么答案？”

“我的问题的答案。”

“你能告诉我问题是什么吗？”

“你不会问那样的问题的。我会向上帝祈祷,保佑你永远都不会知道那问题是什么。”

“但那消息确实是留给你的。”

“是的,艾博拉。它们留下了便条,告诉我它们是为什么而死的。”

“为什么？“

“不要问,艾博拉。这是我自己的责任,真的。我一个人的。”安德伸出一只手,抓住了他的胳膊。“我不想听到任何传言,说安德·维京到这里来的时候找到了什么东西,好吗？”

“不会有的。”艾博拉说。

“你是说在十一岁这个年纪,你已经打算好把一个秘密带到坟墓里去了？”

“是的。”艾博拉毫不犹豫地说。“不过我希望那一天不要这么快就来。”

安德笑了。“我也是。我希望你能活得很久很久。”

“我会用我的一生保守你的秘密的,虽然我不知道那秘密到底是什么。”

安德回到家的时候,华伦蒂正在写《虫族战争史》的倒数第二卷。他在自己的桌子跟前坐下，就在她桌子的正对面。华伦蒂抬头看着他。安德机械地笑了笑,然后开始打字。

安德骗不了她。他脸上的笑容是装出来的,但笑容背后的幸福感却是如此的真实。

安德真的感到了幸福。

他是去为新殖民地选址的,但路上究竟发生了什么?

他没有说。她也没有问。安德感到很幸福,这对她来说已经足够了。

第十九章

收件人:jpwiggin%ret@gso.nc.pub,twigging%em@uncg.edu

发件人:gov%ShakspeareCol@MinCol.gov

主　题:老三

亲爱的爸爸妈妈:

有些事情已经是无法改变的了。在你们看来,家里第三个、也是最小的孩子与你们断绝了音讯,整整四十七年。对我来说,先是在战斗学校度过了六年时光,那期间我的生活只有一个目的,就是毁灭虫族;获得胜利之后的那一年里,我得知自己杀死了两个孩子,毁灭了整整一个智慧种族(而我甚至还未曾真正了解它们),而我每犯一次错误,都有人在几光年之外的太空中丧生;在接下来的两年中,我一直在太空航行,却从来无法把我对任何事情的真实想法告诉任何人。

这期间我一直想弄明白,你们赋予我生命到底有什么意义?你们生养了一个孩子,同时明知自己签下了契约,只要政府要求,就要将他抛弃——这是不是有点像龙佩尔施迪尔钦[①]的故事?童话里的主角恰好偷听到了矮人那秘密的名字,才不必兑现自己的承诺,将自己的孩子交给矮人。但在我身上,宇宙却不曾发生如此的巧合。当龙佩尔施迪尔钦找上门来的时候,你

① 格林童话中的小矮人,一个姑娘与他订下契约,要他用魔法帮助自己,自己则将将来生出的孩子交给他。后来姑娘嫁给了国王,生下了王子,矮人找上门来的时候她却悔约了。矮人用名字和她打赌,她靠着偷听来的名字赢了矮人,留住了自己的孩子。

们把一个孩子交了出去。那就是我。

这也是我自己做出的决定,不过六岁时我到底知道些什么已经很难想起了。我当时觉得自己已经可以自主做出决定了,也不觉得自己的决定有什么问题。但现在回想起来,我却不知道自己到底为什么做出这样的选择。部分原因是想要逃离彼得的威胁与压迫,华伦蒂不能真正阻止他,而你们两个似乎根本不知道孩子之间发生的事情;部分原因是想要拯救我所认识的人们,尤其是一直守护着我的华伦蒂,不让他们成为虫族的口中餐。

也许是希望自己最终能够变得重要起来。也许是因为这是一条充满挑战的道路,我希望自己能够战胜其他孩子,成为伟大的司令官。也许是希望离开原来的世界,在那里,每一天都有人提醒我,我是违法生育的产物,是不受欢迎的,是被人鄙视的,我让自己的家庭花费了更多原本属于这个世界的资源。

也许是在你(妈妈)哭泣的时候,或是你(爸爸)指点天下的时候,我感觉自己的离开会对这个家庭产生积极的影响。你们不再会受到指责生育了额外的孩子,却不曾遭到法律的惩罚。自从把监视器取走之后,就更没有这样做的理由了。我仿佛可以听到你们在对别人说:“政府批准我们生下他,就是为了让他参加军事训练,而到了该参军的时候,他却拒绝了。”

我的存在只有一个目的。而当那一时刻到来时,我想,除了去实现我被创造出来的目的之外,没有更合理的选择。

我做到了,不是吗?在战斗学校我打败了其他所有的孩子,虽然我自己并不是最好的战术家(豆子才是)。我带领着我的战队和许多飞行员(后者是在我完全不知情的情况下)取得了战争的胜利,但在至关重要的时候,又是豆子帮我度过了难关。我从不曾因为需要别人帮助而感到惭愧。那任务对我来说太重大了，对豆子也是，对其他每个孩子都是。但我的角色就是带领他们，从每个人身上挖掘出最优秀的一面。

但当赢得胜利之后，我还是没法回家。一方面是由于格拉夫上了军事法庭，一方面是国际局势。有那么多国家都在恐惧，如果美国让伟大的战争英雄指挥地球上的部队会怎么样？

不过我要承认还有其他的原因。我知道了我的哥哥和姐姐都在写文章，是他们用某种巧妙的方式让我没法回到地球。彼得的理由我是可以猜到的，只不过是我们儿时的关系正常发展的结果罢了。他没法和我在同一个世界上生存，至少当时是不可以的。

但我还有不能理解的事情。我只是个十二岁大的男孩，人生中最多的时间是在艾洛斯上度过的。我被禁止回到地球，而我的同胞手足却站到了那些不愿让我回家的人一边。我看遍了新闻，却从没有看到我的父母发表的声明，希望当权者能够让他们的孩子回家，哪怕一次都没有。我没办法回家，而据我所知，你们也没想要来看我。

与此相反，华伦蒂来到这里之后，总是在用直接或者间接的方式示意我，由于某种原因，给你们写信反倒是我的义务。在我们航行的这两年间(对你们来说则是四十年)，华伦蒂每次和你们通讯之后都要和我说，告诉我我应该给你们写信，我必须这么做。我明明知道你们的信件可以直接寄给我，不比寄给华伦蒂更难，但在这么长的时间里，我从没有收到过你们的消息。

我在等待。

现在，你们已经很老了。彼得已经快六十岁了，整个世界都在他统治之下，他所有的梦想都变成了现实，但似乎在实现梦想的过程中有过太多的噩梦。从新闻报道中，我知道你们几乎一直在他身边，为他和他的目标工作。你们面对媒体发表过支持彼得的声明，在危急时刻勇敢地站在了他的身边。你们是令人钦佩的父母。你们知道应该怎样做这样的人。

而我仍然在等待。

直到最近，我找到了一些问题的答案。这些问题与你们没有什么关系，但让我明白了，我们彼此之间这种沉默有一半是我的责任，我不愿意再等待下去了，于是就给你们写了这封信。我仍然不明白，为什么打开这扇门变成了我的义务。离开家的时候我还是个不用负什么责任的六岁大的小孩，而当我们之间的通讯从不可能变成可能之后，为什么在我们之间重建联系的责任一下子全部落到了我的身上？

我觉得可能是因为我让你们感到了羞耻。与我的“胜利”一同出现的是杀人的丑闻，因为这个，你们宁可不再记得我。这样的话，我又有什么资格要求你们承认我呢？杀死史蒂生的时候我还是居住在你们屋檐下的孩子，你们不能将这事情归罪于战斗学校。为什么你们不愿为创造了我而承担责任，为养育了我六年而承担责任？

我觉得可能是你们觉得我的成就太过于伟大，如果坚持强调我们之间的关系，可能会让你们显得趋炎附势。你们一直在衷心地等着我，等我邀请你们来到我身边。但与此同时，你们却从不曾对彼得敬而远之，而他的成就却显然比我的更加伟大。是他给整个世界带来了和平！我得出的结论是，敬畏绝不会是你们的理由。

于是我只能认为，你们已经把家庭拆开了。华伦蒂被分配到了我的身边，扮演着家长的角色；而你们则把自己分配到了彼得身边。其他人负责训练我，教我拯救世界，但又有谁来训练彼得，提防他，在他做出过分的事情、变成暴君的时候阻止他呢？这时就需要你们的存在了。这就是你们人生的意义。华伦蒂把她的生命交给了我，而你们把你们的生命给了彼得。

但如果你们是这么想的话，我觉得你们的决定也是错误的。华伦蒂和我记忆中的一样优秀，一样聪明。但她并不能理解我，也不知道我需要什么。她不了解我，也就没办法完全信任我，这简直要让她发疯。她不是我的妈妈，也不是我的爸爸，只是我的姐姐，但她却被派来（也许是她自己把自己派来）担任母亲的角色。她已经尽了最大的努力。我希望她没有因为自己争取来参加这次航行而太过后悔。为了和我在一起，她付出的牺牲实在是太大了。我真害怕她最后发现为我所付出的一切完全不值得。

我并不知道你们现在的样子，一对八十岁的老夫妇。我所记得的是三十岁出头的一对父母，每个人都有着杰出而繁忙的工作，养育了三个杰出的孩子。这些孩子都曾经一度在后颈上安装着IF的监视器。总会有人观察着我的一举一动。我同时也属于其他的一些人。你们从不曾认为我是完全属于你们的孩子。

但我确实是你们的孩子。我的心灵中，我所拥有的能力中，我所做的每一个决定中（哪怕我根本不曾意识到自己做出了这决定），我对宗教的感情当中（我知道你们在秘密信仰的宗教，只要一有时间我就会去研究），都有着你们所留下的痕迹。对我生命中许多无法解答的事情，你们就是最好的解释。

我有能力把这些事完全隔绝在思想之外，这样才能去做其他的工作。这种能力应该也是从你们身上传下来的，因为我觉得你们也一定是这样对待我的。你们把我放在一边，如果我想要再次获得你们的注意，就只能直接去找你们要了。

我见过父母与子女之间痛苦的关系。我看到过希望控制自己子女的父母，也见过忽视子女的父母。他们中有的犯下了严重的错误，深深地伤害了自己的孩子，有的则会原谅做出了蠢事的孩子。我在他们身上见到过高尚与勇气，也见到过极端的自私与盲目。更有甚者，我可以在同一对父母身上、在他们对待同一个孩子的时候看到所有的这一切。

我现在能够理解的是：没有什么比做父母更为艰难的了。人类所有的关系中，没有什么能像父母与子女之间这样，有可能建立伟大的成就，也有可能造成可怕的灾难。虽然有无数专家都就此写过文章，但对于如何判断某个决定是好是坏、是否会对孩子造成可怕的影响，没有人有任何概念。没有人能够完成这项工作，又不犯任何错误。

由于某些你们完全无法控制的原因，我成了你们眼中的陌生人；又由于某些我完全无法理解的原因，你们并没有做出任何努力来到我身边，把我带回家去，或是向我解释你们为什么没有（抑或不应）这样做。但你们却让我的姐姐来到了这里，而没有让她陪在你们身边。这是一份贵重的礼物，是她和你们联手送给我的。就算她现在会觉得后悔，她的牺牲也同样是高尚而无私的。

这就是为什么我写下了这封信。不管我多努力地让自己变得自立自足，事实上我都达不到这种境界。我读过许多心理学与社会学的书，在过去的两年中也见到了足够多的家庭。我知道在人的一生当中没有什么能替代父母，更离不开他们。我在十五岁上取得的成就，哪怕放到人类历史当中比较，强过我的也只有屈指可数的几位伟人。就算现在我自己去读我的人生记录，也可以清楚地得出这样的评价。但我却无法相信。当我审视自己内心的时候，我看到的只是生命的毁灭者。虽然我阻止了一名暴君篡夺殖民地的统治权，帮助一位年轻的女孩将自己从专制的母亲手中解放了出来，但在意识的深处，还是一直有一个声音对我说："因为你的指挥失误，好几位飞行员在宇宙中丧生，与他们相比这算得了什么？两个年轻的小孩子死在你的手中，他们虽然让每个人都觉得讨厌，但也没有更多的罪过，与他们相比这算得了什么？你屠杀了一整个种族，却从不曾去理解是否有将它们斩尽杀绝的必要，与它们相比这又算得了什么？"

有些事情只有父母能够提供给我，这对我如此的重要，我不会羞于向你们索取。

对妈妈，我想知道我是否仍然属于你，仍然是你的一部分，我想知道我永远不会独行。

对爸爸，我想知道我，作为一个独立的人，是否为自己赢得了在这个世上的一席之地。

就让我引用在你们的生命中非常重要的文字吧。妈妈，我想知道你是不是一直在注视着我的生命，"把这一切的事存在心里。"[①]爸爸，我希望你能够对我说："好，你这又良善又忠心的仆人……可以进来享受你主人的快乐。"[②]

不，我不认为我是耶稣，你们也不是上帝。只是由于巧合，我相信每个孩子都要接受圣母所赐予的一切；而《圣经·新约》中的上帝则向我展示了父亲在孩子的生活中所应该起到的

---

① 见《圣经·新约·路迦福音》，玛丽亚听牧羊人转达天使关于耶稣基督降生的预言。
② 见《圣经·新约·马太福音》。

作用。

这其实是很讽刺的事:是我自己要求得到的这些,因而反会对你们的回答产生猜疑。所以我请求你们,不但要将这些礼物给我,还要让我相信你们确实是这样想的。

而与此相对,我会告诉你们:我能够理解,你们无法让我作为孩子待在身边。我知道在任何情况下,你们都会做出你们认为对我最好的选择。就算我不同意你们的选择(我想得越多,可能就会越不同意),也会相信,如果知道的情况不比你们更多,那么不会有任何人能做出更好的决定。

看看你们的孩子们吧:彼得在统治世界,而且看上去他选择了流血最少的道路。我摧毁了人类最惧怕的敌人,而现在则在一处小殖民地做总督,做得还算不坏。华伦蒂则是无私与博爱的典范,她写下了极为优秀的历史著作,足以重塑人类对过往的看法,而且还在继续写作。

我们是这一代孩子中最优秀的,而我们的基因全部来自你们,在抚养我们的过程中你们又面对了极为严峻的难题。根据我在华伦蒂身上看到的, 还有她告诉我的关于彼得的情况,我觉得你们已经做得很好了,而且你们从不曾去试图插手干涉他们的生活。

而我,这个早年就离开家庭,又从不曾回返的浪子,一样可以感到自己的生命与灵魂中有你们的指纹的存在。每当我在其中找到你们作为父母留下的痕迹时,总会感到愉快。很高兴能做你们的儿子。

对我来说,自从能够给你们写信至今不过只有三年。很抱歉我需要用这么久才能把自己的思想与心灵整理清楚,才能说出连贯的话来。而对你们来说,时间已经过去了四十一年。我相信，你们一定是把我的沉默当成要求你们也表示沉默的讯号了。

现在我在远离你们的地方，但至少我们又开始以同样的速度经历时间的流逝了。我的一天就是你们的一天，我的一年就是你们的一年。作为殖民地的总督，我随时有权力使用安塞波通讯；而作为霸主的父母，我想你们也有同样的机会。当我在航行期间，你们可能需要花上几周时间去写回信，对我来说却只过去了一天。而现在，不论你们花多少时间去写，我都会花同样的时间等待的。

致以我的爱、歉意与希望

你们的儿子，安德鲁

华伦蒂来到安德跟前，手里拿着打印出来的几页纸。那是安德写的那本小书。“你管它叫什么？”她问道，声音微微发抖。

“我不知道。”安德说。

“你在想象虫族女王的一生，从它们的角度看我们的战争。你在构想它们整个的历史，在假设如果虫族女王能够说话——”

“那不是想象出来的。”安德说。

华伦蒂坐在桌角上。“你和艾博拉去给新的殖民地选址的时候找到了什么？”

“我找到的东西就在你手里，”安德说，“自从虫族女王让我杀掉它们之后，我一直在寻找的就是这个。”

“你是要说，你在这个行星上发现了一群活着的虫族？”

“不，我没有。”安德说。从技术角度来讲他说的是实话。他找到的是唯一的虫族。而冬眠期的茧真的能称作“活着”吗？如果你找到了一枚蝶蛹，你会说自己找到了“一群活着的蝴蝶”吗？

也许会吧。但我别无选择，只能向每一个人撒谎。如果让人知道还有哪怕一只虫族女王活在这个世界上，知道它活在一只茧中、随时可以破茧而出，知道它腹中还有着数百万枚可以孵化的虫卵，它容量惊人的大脑中储存着所有虫族女王的记忆，储存着几乎将人类灭绝的技术的种子，以及更多的、可以用来制作更可怕的武器的知识——如果让人类知道这一切，这枚茧还能生存多久？要是有人想保护这枚茧，他又能活多久？

“但你一定找到了什么，”华伦蒂说，“正因为这样，你才如此肯定，你写的这些不仅仅是优美的文字。它们是事实。”

“如果我可以告诉你更多的事情，我肯定会的。”

“安德，你究竟有没有把所有事情都告诉过别人？”

“有人有过吗？”

华伦蒂伸出手去，握住了安德的手。“我想让地球上的每个人都读到它。”

“他们会在乎吗？”安德心中有希望，也有绝望。他希望自己的书能让一切改变，但也知道它并不会改变什么。

“有些人会的，”华伦蒂说，“这就足够了。”

安德轻轻地笑了。“那么我把它交给出版商，然后把书印出来，再然后呢？我可以在这里收到版税的支票，兑换以后——在这里我们究竟能买什么？”

“我们需要的任何东西。”华伦蒂说，两个人都笑了起来。然后，华伦蒂正色道：“不要署名。”

“我也在想是不是该这样。”

“如果人们知道这是你写的，出自安德·维京的手笔，评论家会花费毕生的精力对你进行精神分析，而对这本书本身则不置一词。最后得出的结论肯定是，你写出这本书，只是因为你的良心想要偿还你之前犯下的罪行。”

“这对我已经足够了。”

“但如果这本书以匿名的形式发表，人们才会读出它真正的价值。”

“人们会认为这是小说的。会觉得这是我编出来的。”

“不管怎样都会有人这样想，”华伦蒂说，“但这本书读起来并不像虚构的。它给人真实的感觉。会有人这样认为的。”

“也就是说我不该署名了？”

“不，名字还是要署的，”华伦蒂说，“人们谈论这本书的时候，总要给他们一个引用的出处。这也是我为什么还在用德摩斯梯尼这个名字。”

“但没有人知道，这个德摩斯梯尼就是彼得统治世界之前的那个煽动家。”

“你来起个名字吧。”

“‘洛克’怎么样？”

华伦蒂笑了。“现在还是有人这样称呼彼得的。”

“要不就管这本书叫《讣告》，然后署名是……什么好呢，‘送葬人’？”

“倒不如叫《悼词》，你可以叫‘葬礼上的死亡’。”

最后，安德决定书名就叫《虫族女王》，而签名则是“死者代言人”。通过匿名而无法追踪的方式，他和出版商取得了联系。他坚持要求出书时不要加上任何的版权标志。出版商感到无法接受，但安德越来越坚持这想法。“在封面上加上一条说明，告诉读者可以随意复制这本书，但你们的版本是最好的，人们可以随身携带，在书上写写画画做笔记之类。”

华伦蒂感到很好笑。“你知道你在做什么吗？”

“什么？”

“你是要他们像对待《圣经》一样对待你的书。你真的觉得人们会这样读它吗？”

“我不知道人们会做什么，”安德说，“不过我确实认为这本书中有着某些神圣的东西。我不希望拿这个去赚钱。再说我用钱能干什么呢？我希望的是每个人都读到它。我希望每个人都知道虫族女王是什么样的，知道我们消灭它们的时候失去的是什么。”

“我们是为了拯救自己，安德。”

“不。”安德说，“只是我们自己认为这样而已。如果有人能做出评判的话，也应该会得出这样的结论。但我们真正做出的事是毁灭了一个种族，而它们拼命地想要与我们和解，想要理解我们。只是它们无法理解我们的话语和语言。这是它们第一次有机会发出自己的声音。”

“太晚了。”华伦蒂说。

“所谓悲剧就是这样。”安德说。

“而虫族悲剧的根源[1]是……沉默？”

“它们悲剧的根源是傲慢。它们认为只要一个星球上不存在它们所能够认知的智慧，它们就可以随意地改造这星球。而它们鉴别智慧的标准是通过心灵彼此交流。”

“就像金虫和我们交流的方式那样。”

“金虫那种交流只不过是几声嘟哝而已。”

“你找到了一只虫族。”华伦蒂说，“我问你，你是不是找到‘一群’虫族的时候，你说没有。但你找到了一只。”

---

① 悲剧的根源：直译为悲剧性缺陷（Tragic Flaw，又称 Hamartia）。亚里士多德的《诗学》中提出，所有悲剧都源自其主人公的某种缺陷，包括无知、错误、偶然的愚行等，这种缺陷使得整个悲剧的产生无法避免。

安德没有说话。

“我不会再问你了。”华伦蒂说。

“那就好。”

“而那只虫族——只有它一个了。”

安德耸了耸肩。

“你没有杀掉它。它也没杀掉你。它给你讲,不,是向你展示了它的所有记忆,你把这段记忆写到了书里。”

“作为不打算再过问的人,你的问题还真多啊,小姑娘。”安德说。

“你竟敢用这种口气和我说话?”

“我已经是个五十四岁的老人了。”安德说。

“就算把你算成是五十四年前出生的,你也只有十六岁大。而且,不管你是多大年纪,我永远比你大两岁!”

“等下一艘殖民飞船到达的时候,我会乘它离开。”安德说。

“我早就猜到了。”华伦蒂说。

“我没法在这里待下去。我必须远走高飞,离开每一个活着的人类。”

“飞船只会从一个殖民地飞往另一个殖民地,而且飞船上总有人类的。”

“但航行是要花时间的。”安德说,“如果我继续这样旅行下去,总有一天可以把这个时代的人类全部抛在身后的。”

“那可是一段漫长而孤独的旅程。”

“除非我要独自一人去走。”

“你是在邀请我吗?”

“和我一起走吧,直到你失去兴趣为止。”安德说。

“这才像话。”华伦蒂说,“现在的你既然已经不再沉溺于自己的忧虑之中,应该是个好一点的旅伴了。”

“这可不一定。”安德说，“我以前还打算每次航行的时候都进入冬眠呢。”

“你想错过路上的朗读会吗？”

“出发之前你能写完你的书吗？”安德问道。

“也许吧，至少这一卷肯定能完成。”

“我以为这是最后一卷了。”

“倒数第二卷。”华伦蒂说。

“你已经写下了虫族战争的每一个方面，现在你正在描写的是最后一次战斗了。”

“还有两个结没有解开。”

安德闭上了眼睛。“我想我这本书解开了其中的一个。”

“是的，我想把它放在我的书最后一卷的末尾。”华伦蒂说。

“反正又没有版权，”安德说，“你想怎么做都可以。”

“你想知道另一个结是什么吗？”华伦蒂说。

“我想是彼得吧，他在战争之后统一了整个世界。”安德说。

“这和虫族战争的历史有什么关系？”她说，“最后一个结是你。”

“这是个戈耳狄俄斯之结。不用解开，用剑划开就好。”①

“我要把你写进去。”

“我不会看的。”

“那好。”华伦蒂说，“我也不会给你看的。”

“不能等等再写吗？”安德想说：等到我死之后。但他没有把这话说出口。

---

① 小亚细亚古国佛里几亚国王戈耳狄俄斯曾经用绳在战车上系了一个极其复杂的结，供奉在宙斯神庙中。有神示说能够解开这个结的人就可以成为整个东方世界的主人。亚历山大大帝远征至此，挥剑将结斩开。

“也许可以等上一阵，”华伦蒂说，“看看再说吧。”

现在安德的每一天都被新殖民地的事务占满了。要选择飞船降落的地址，要保证四个村子里庄稼的产量足够供新殖民使用，这样新来的人如果前两年，甚至三年都没法成功收获，也不至于要饿肚子。“我们还需要货币。”安德说，“现在我们彼此全都认识，大家也习惯了这种临时的共产主义社会。但为了让交易能够正常进行，我们需要用来交易的中介物。”

“李白和我找到了金虫，”塞尔·摩纳奇说，“既然有了金子，就不难做货币了。”

艾博拉把一台榨油机改装成了硬币压模机，一位化学家制作出了一种合金，保证让货币在流通的过程中不会把金子磨掉。一位年轻的天才画师给塞尔·摩纳奇画了肖像，一位年长的女士则凭着记忆画出了维塔利·科尔莫戈夫的样子。塞尔坚持要把科尔莫戈夫画到面值较小的硬币上。“因为这将是他们经常见到的面孔。最伟大的人永远会出现在面值最小的货币单位上。”

他们开始练习使用货币，这样等到新殖民者们降落的时候，物价就已经稳定下来了。一开始还闹了不少笑话，比如“五只鸡不等于一头牛”。大家不想把硬币称为“五块”和“一块”，而是管它们叫“塞尔”和“维塔”。“让该归塞尔的归塞尔，不过要留着维塔。”“塞尔有塞尔的聪明，维塔有维塔的愚蠢。”

安德想努力把货币的价值和霸主发行的国际货币挂钩，但华伦蒂劝住了他。“就让它自己决定自己的价值吧，最后的交易价值肯定会在与其他星球的贸易中确定下来的。”于是这些货币的价值就开始在宇宙的这个角落中浮动起来了。

第一版《虫族女王》起初卖得很慢，但后来越卖越多。虽然由于彼得的FPE组织（这是他为自己新的国际政府起的名字）使用通用语作为官方语言，地球上的人现在都在学它了，但这本书还是被翻译成了许多种语言。

与此同时，免费的版本也开始在网上流传。有一天，莎星一位外星生物学家收到的邮件中附加了这本书的电子档。她把这本书介绍给了米兰达的居民，打印出许多份分给大家看。安德和华伦蒂没有说什么。当阿莱桑德拉把一份打印稿递给安德的时候，安德看了一遍，又还给了她。“写得太棒了，不是吗？”阿莱桑德拉问。

“嗯，我想是的。”安德说。

“就是这样么，这种冷冰冰的口气，这种无动于衷的态度？”

“我还能说什么呢？”安德说，“这就是我啊。”

“我想这本书改变了我的生活。”

“希望是变得更好了。”安德说。他看了一眼阿莱桑德拉那微微隆起的腹部，“比这个改变还大吗？”

阿莱桑德拉笑了。“我现在还不知道，一年以后会告诉你的。”

安德没有告诉她，再过一年，我就已经在遥远的太空船上了。

华伦蒂写完了倒数第二卷的作品，发表的时候，她把《虫族女王》的全文附在了最后，还加上了一条注解：“我们对虫族的了解太少了。作为一名历史学家，笔者无法从它们的角度讲述这场战争。笔者在此附上一段艺术性的想象作品。虽然没有办法证明其真实性，但笔者愿意相信，这就是历史的真相。”

不久之后，华伦蒂找到了安德。“彼得读了我的书。”她说。

“有人读你的书真是太好了。”安德说。

“他给我发了消息，是关于最后一章的。他说——‘我知道那是谁写的。’”

“他猜对了吗？”

“是的。”

“他还真是聪明啊。”

“他被感动了，安德。”

“看上去人们很喜欢那篇文章。”

“不止是喜欢，你知道的。我给你读读彼得是怎么说的：‘如果他能为虫族代言，那么就也能为我代言。’”

“那是什么意思？”

“他希望你写他。写他的一生。”

“我上次见到彼得的时候才只有六岁，而在那之前几个小时，他还威胁说要杀掉我。”

“你是在拒绝吗？”

“我是说我会和他谈谈，看看会发生什么。”

通过安塞波，他们每次可以聊上一个小时。彼得已经快六十岁了，医生开始担心他虚弱的心脏，而安德还是个十六岁的少年。但彼得还是原来的样子，安德也是，只不过两人对彼此已经没有了愤怒。也许是因为彼得已经得到了他梦想中的一切，而安德并没有阻挡他，或者，在彼得看来，并没有超越他。

在安德心中也是如此。“做每一件事的时候，”安德说，“你都很明白自己在做什么。”

“那是好事还是坏事？”

“没有人可以哄着亚历山大去征服波斯。”安德说，“若非如此，我们怎么会称他为‘大帝’呢？”

彼得把自己的一生都讲给了安德，每一件他认为值得提起的事情。安德只用了五天时间就写出了短短的一本书，名字叫作《霸主》。

他将书稿送了一份给彼得，在旁边注道：“由于这本书的作者是

‘死者代言人’,直到你死后它才会出版。”

彼得回信道:“这一刻不会太远了。”但在给华伦蒂的信中,他倾吐了自己的心声,告诉她自己感到完全得到了理解,而这有多么重要。“他没有掩盖我做过的任何坏事,但他却平衡了我的功与过。他看到了我人生的全景。”

华伦蒂把信给安德看了,“平衡!有人知道恶行与伟绩孰轻孰重吗?五只鸡可不等于一头牛啊。”

第二十章

收件人:MinCol@ColMin.gov

发件人:Gov%ShakespeareCol@MinCol.gov

主　题:那份工作还在吗

亲爱的海勒姆:

从莎士比亚星殖民地的角度考虑,如果这次星际飞船离开时,我搭乘飞船离开,可能是最好的结果。此外我有我自己的原因,不过恕我不在信里详谈了。自从新殖民到达这里之后,我参与了殖民地整个的建设过程。现在这些殖民者已经和以前大不一样了。等到载着新殖民的飞船到达的时候,和我一起到来的人们也被称为"老殖民者"了,而那些和虫族交战过的老人们则被称为"原住民",不过并没有哪个通用语的词汇可以把他们及他们的后代,以及跟我一起来到这里的人区分开来。

如果我继续留下来,新的殖民总督和我都将是殖民部指派的官员。如果我离开,让四个殖民村落选出的委员会接替我的位置,由他们选举出来的主席与村长负责日常工作,就会对新的定居点的总督形成一种无法抗拒的推动力,让他在两年的任期年满之后离开主管的位置,像我一样把位置让给大家选出的村长。

等到新来的飞船到来的时候,老殖民者们已经为他们种出了足够多的庄稼,但盖好的房子应该只有需要数量的一半。这也是我的安排,这样新殖民者们就可以和他们一起盖好剩下的房子。他们应该知道,为自己盖这些房子需要做多少工作,进而对老殖民者为他们做了这些工作而心怀感激。与此同时，两批殖民者经过这段时间的共同工作，彼此也就不再陌生了。不过我还是把他们安排到了离原先的定居点比较远的地方，这样也就更能够达到你之前所说的各自独立发展的目的。不能把他们彻底分开，否则村落之间联系与通婚的机会就会太少，而现在，为了这个世界未来人口的健康，基因的交融比文化更加重要。

人口的储备……我们现在真的要像牧羊人一样关注自己的身体状况了。塞尔叔叔会是第一个放声大笑的，不过他也会说这比喻完全正确。我们首先是哺乳动物，然后才是人类，如果我们把这个忘了，那么那些让我们之所以成为人类的东西，很快就会被饥饿的兽性所压倒。

我已经在尽可能地研究关于罗勒密的事情了，包括她所参加的战争。多么令人惊叹的女人啊！按照战斗学校的记录，她只是个普通的学生（当然是在那样卓越的群体里）。但战斗学校所在意的只有战争，而不是革命，更不是民族的生存；你们的考试也不会检测出一个人是不是想要成为神的化身。如果考试中包括这样的项目的话，我想你们找到的可能是彼得，哪怕是在他还是个孩子而不是世界统治者的年纪。

说到彼得，我已经和他谈过话了，可能你已经知道了这事。我们没有彼此写信，而是通过安塞波进行了交谈。看到他已经到了六十岁出头，真是令人喜忧参半。他的头发已经变得灰白，脸部的线条更加鲜明，身体也长胖了一些（不过体形保持得很好），而责任已经在他脸上留下了皱纹。他不再是我所知道、所憎恨的那个孩子了。但这个人的存在并不能将我记忆中的那个男孩抹去。他们在我脑中已经成了两个不同的人，只是恰巧拥有同样的名字而已。

我突然发现自己非常羡慕这个人，甚至有些爱慕他了。他所面对的每一个选择，都和我曾经面对的一样艰难，但他却始终睁着双眼面对现实。在做决定之前他就清楚地知道，自己的决定会使许多人丧生。然而他心中却长存着比他自己（以及我，以及华伦蒂）所预料的更多的恻隐之心。

他给我讲了他的童年，我在战斗学校的时候，他就已经下定了决心，要想获得成功，就必须让人们相信，他是和我一样可爱的孩子（我想他只是在开玩笑，但并非如此。我觉得我在战斗学校中留下的名声与"可爱"相去甚远，但在彼得心里，我还是他所记得的在家时的样子）。所以从那之后，他每次做决定时都会思考，一个善良的人会怎样做，然后就按照这做法去行事。现在，关于人类本性，他已经有了非常重要的领悟。如果你的整个一生都在假装做一个好人，那么就没办法将你和真正的好人区分开了。最不可救药的伪善最终也会变成真正的善良。彼得已经把自己变成了一个好人，虽然他走上这条道路的动机远称不上单纯。

这也让我对自己充满了希望。现在我只需要找到一项工作，好让我把之前所担负的重任放下。管理殖民地是一项既有趣又有价值的工作，但并没有起到我希望的作用。每次从梦中醒来时，死去的虫族、死去的士兵和死去的小孩子都会在脑中浮现；或者，我会记起我就是彼得曾经的样子。当这些都离我而去之后，我才能做回我自己。

我知道，我的这种精神状态会让你感到困扰。不过这毕竟是你应负的责任，不是吗？可以确切告诉你的是，我所担负的责任有一半是我自己造成的。你、马泽，还有其他负责训练、利用我和其他孩子的军官们，你们都只是在做自认为必须做的事情，而且得到了很好的结果。对我来说，你只是一名司令官，你手下的士兵在战场上幸存，但却落下了终身的残疾。在那之后，士兵们仍然要为自己的生活负责。而讽刺的是，你真正应该对他们说的话是：你活下来不是我的错。如果你死在战场上，就不需要面对这些伤口。你的一部分生命被交还给了你自己，使它变得残缺的是你的敌人。我的任务是让你的死亡或者受伤不会白费，而我已经做到了这一点。

这就是我在这里的士兵身上学到的东西。他们仍然记得死去的同伴，仍然怀念自己在地球上的生活、永远无法再谋面的家人、永远只能在记忆里和睡梦中造访的土地。但他们并没有责怪我。他们为我们共同奋战的经历而自豪。几乎每个人都单独和我说过，“我想那是值得的”，因为我们赢了。

所以我要对你说，不管我所担负的东西有多么沉重，都是值得的，因为我们赢了。

也正因如此，我要感谢你对我的警告。我知道那本叫作《虫族女王》的小册子正在流传，但和你不同，我不觉得这本书毫无意义。我想那个死者代言人说的话有几分可信，不管到底是不是他虚构出来的。我们可以假设虫族女王真的像死者代言人的书中所说的那样高贵而善良，但在战争中它们并没有告诉我们它们改变了想法，没有告诉我们它们为做下的一切感到后悔。这书无法改变事实。我们不会因为它而感到蒙羞，但这并不代表我们不需要负相应的责任。

有一个疑问是我一直无法证实的。我一直在想，虽然每个虫族的个体都依赖于女王，一旦女王死去，每个士兵和工人也都会马上死亡，但这并不意味着它们都只是单一的器官，也不意味着女王完全不必考虑每个个体的需求与意志。而由于作为个体的虫族都是非常愚蠢的，所以女王也就无法给它们讲解微妙的概念。

有没有可能，那些虫族女王真的是拒绝继续战斗下去，像真正的和平主义者一样，任由我们将它们屠杀？那样的话，个体虫族的生存本能会不会给它们力量，让它们能够反抗主人的意志，继续战斗下去？那样的话我们还将继续战斗下去，只不过虫族已经不再拥有一致的指挥，也不再有真正的智力。而与此相对，每个虫族世界上的虫族都会反抗它们的女王。哪怕是暴君也必须尊重手下兵卒的意志，因为没有了他们的服从，他的权力也就不复存在。如果你要问的话，这就是我对虫族女王，以及关于其他事情的看法。你想听我的看法，我也同样想把它们说出来。在战争中，你就是我的虫族女王，而我就是你手下的虫族。我曾经有两次想要拒绝你的控制，豆子每次都及时地介入，把我又关回枷锁之中。但我所做的一切都是源于自己的自由意志，像一个优秀的士兵、仆人甚至奴隶一样。暴君所应当做的不是强迫，而是说服那些不愿服从他的人，告诉他们服从的结果要比反抗更好。

所以如果你希望把下一艘到达的飞船派往恒河殖民地，我很愿意去看看能不能帮罗勒密做点什么，解决豆子那个被绑架的孩子，以及他那位奇怪的母亲造成的问题。她朝你吐口水这一举动其实并不能证明她不正常，有几百人（至少曾经有）愿意排队做这样的事情。我感觉罗勒密有可能会没办法应付她，毕竟她的殖民地有那么多的身毒人，她的每一个决定都会被当成对非身毒裔移民的不公。如果兰道尔·菲尔斯真的像他爸爸那么聪明，如果他妈妈从小教育他要痛恨那些阻挡了阿喀琉斯统一世界大业的人们（其中当然也包括罗勒密），那么这正是兰道尔的契机，让他有机会摧毁她，夺取她的权力。

虽然在IF，甚至殖民部中都不乏有人相信，殖民地上所发生的一切都不会威胁到地球，但我很高兴你意识到情况并非如此。如果在一块殖民地发动武装叛乱，也许会在地球上激发数以百万(甚至十亿)计的人的联想。也许《虫族女王》也会起到推波助澜的作用。如果煽动民众的人足够聪明，就会把已经消失的虫族女王作为自己的幌子，利用读者的情绪，强调地球对各个殖民星犯下了多么大的错误，亏欠他们多少东西。听上去确实不够理智，但在历史上却不乏这样的先例，民众会跳过毫无逻辑的思考过程，直接做出判断。

就算你已经无法(或者不打算)把我送往恒河星，我也会搭上那艘飞船的。所以我希望这次航行能把我带到个有趣的地方去。华伦蒂还没有决定是不是要和我一起走，不过由于她一直在忙于写历史书，和这个殖民地并没有什么联络，无论是感情方面还是社会方面。我想她会和我一起来的，毕竟这里没有任何东西值得她抛开我留下来。

你的终身工蜂

安德

阿喀琉斯来到小屋跟前。罗勒密总督就住在这里，以显示她崇高的清贫。她总是宣称自己住的是最简朴的房子，但事实上并没有必要用泥砖砌墙、茅草搭顶，光是这附近就有不少建造精良的木头房子。罗勒密的每一步行动都是经过精心计算的，用来增强她在身毒殖民者中的威望。然而这一切都只能让阿喀琉斯对她更加轻蔑。

“我是兰道尔·菲尔斯，”他对站在房子外面的那位罗勒密的“朋友”说。罗勒密总是说：“我的朋友喜欢待在这里，帮我挡下一些客人，好让我有时间冥想。”但她的“朋友”们一样可以去食堂吃和其他人一样的饭菜，在收获时也可以拿到满额的粮食，所以实际上，他们是领着工钱在为她工作的。他们的身份是警察，或者卫兵，每个人都知道这一点。不是这样的，身毒人总是说，他们真的是志愿者，除了在这里站岗之外，他们每天都会去干活，而且劳动量也是满额的。

满额的劳动……对身毒人来说确实如此。天气已经有点热了，大多数身毒人都在田间躺着休息，而其他人需要把他们这份活也做了。

难怪我的爸爸，伟大的阿喀琉斯，带领着唐人征服了身毒。总要有人教他们怎么工作。但没有人能教会他们怎么思考。

罗勒密正坐在屋子里，用手摇着一台纺织机。为什么要这样？因为甘地当年就是这样做的。恒河星已经有了四座珍妮机，还有两台电力织布机，备用元件足够这些机器用上一百年，到那时候他们肯定已经造出新的机器来了。在家里纺织是完全没有意义的。当年甘地之所以如此做，是为了抗议英国的电力织布机使得身毒人失去工作。罗勒密这样做又有什么意义呢？

“兰道尔。”她说道。

“罗勒密。”他答道。

“谢谢你能来。”

“没有人能够违抗我们亲爱的总督的命令。”

罗勒密抬起眼看了看他。“但你总是能找到办法违抗我。”

“那是因为你的权力是不合法的。”阿喀琉斯说，“早在我们的殖民地成立之前，莎士比亚星就已经宣布独立了，然后开始选举两年一届任期的总督。”

“我们也是这样做的。”

“他们选的总是你，”阿喀琉斯说，“一个被殖民部指定的人。”

“这就是民主。”

“民主是因为我们的选举桌都被身毒人围起来了，真的是围起来。而你则一直在扮演着圣女的形象，以此来奴役他们。”

“你还是有挺多的时间读书的嘛，”罗勒密说，“居然连‘奴役’这个词都知道了。”

她还真容易上套。“你为什么觉得有必要阻止人民自学知识？”阿喀琉斯问道。

罗勒密那和善的表情没有变化。“你为什么觉得每件事都和政治有关？”

“如果每个人都不去管政治政策，让你一个人做决定，是不是就合你意了？”

“兰道尔，”罗勒密说，“我带你来这里并不是因为你在鼓动那些非身毒裔的殖民者。”

“但那正是我来这里的原因。”

“我可以给你一个机会。”

阿喀琉斯是相信她的，罗勒密一直都在竭力退让，这也许也是身毒人心目中女神的特质之一。“你是打算给我派一个有名无实的官衔，来满足我的自大吗？”

“你一直在说，你被这个世界困住了，从不曾去过其他地方，结果一生都生活在身毒人的统治下，被身毒人的文化包围着。”

“你的探子们报告得挺准确吗。”

他原以为这样说就可以转变话题，让罗勒密开始辩解那些给她报讯的人并不是探子，只是普通的公民，他们有权参加公共事件，并在事后讨论。但看上去她已经懒得再聊这些了，就像阿喀琉斯自己一样。而且，很明显，她还有更重要的事要宣布。

“大约再过一个月，会有艘星际飞船前来这里。”罗勒密说，“是从莎士比亚星殖民地来的。飞船会带来一些植物样本，都经过了成功的杂交与基因培育，可以大大提高我们的农业产量。这次到访非常重要。”

“我可不是农民。”阿喀琉斯说。

“飞船到来之后不会一直留下，不久就会离开。”

这时阿喀琉斯已经猜到了她为自己准备的是什么了，假如说她真的是提议，而不是强制的流放的话。“去哪里？”

“这次我被明确告知，飞船将返回地球。准确地说是地球附近。它会把在莎士比亚星的作物样本，以及我们微不足道的贡献，提供给地球科学家去检测、繁殖、研究，然后将所有的研究结果与各殖民地分享。其中有一些能够适应复杂气候环境的高产量农作物还会在地球种植。”

“他们会用你的名字命名其中一种吗？”阿喀琉斯问道。

“而我将给你一个机会，让你去亲眼看看那广阔的世界。现在身毒的人口只占地球的四分之一，而且那里有很多地方可以让你一辈子都看不到身毒人。”

“我讨厌的并不是身毒人。”阿喀琉斯平静地说。

“哦？”

“我讨厌的是自以为是的极权政府，却要假装出一副民主的样子。”

“身毒人在这里确实是多数。少数服从多数，这就是民主的定义，不管是不是自以为是。”罗勒密说。

“而地球也正处在邪恶独裁者的统治之下。”

“管理地球的是由人民选举出的国会，而代表国会的则是人民选举出的霸主。”

“为了建立这霸权，他们杀害了……”

“杀害了一个你误以为是你父亲的人。”罗勒密说。

这句话如同一柄大锤重重地打在阿喀琉斯胸口。一直以来，他都和妈妈保守着这个秘密。没有人听到她用他秘密的真名称呼他：阿喀琉斯。在人前她一直管他叫兰道尔，只有在非常秘密的场合，妈妈才会叫他阿喀琉斯。他也只是在自己心中这样称呼自己。

但罗勒密还是知道了。她是怎么做到的？

“我亲眼见过你所谓的父亲冷血地杀害其他孩子。”罗勒密说。“他杀害了我最好的朋友，而我的朋友从不曾招惹过他。”

“你说谎。”阿喀琉斯说。

“哦？你有证人可以反驳我吗？”

“他肯定是被激怒的。他是想要统一世界，重建和平的人。”

“他是个精神病人，杀害了每一个曾经帮助过他，或者看到过他毫无反抗能力的样子的人。”

“并不是每个人。”阿喀琉斯说，“至少他让你活了下来。”

“我没有帮助过他，也没有阻止过他。我待在他看不到的地方，最后从他身边逃脱了。然后我就开始奋斗，将我的国家从他所施加的残暴统治之下解救出来。”

“阿喀琉斯·弗兰德雷斯当时正在为世界重塑和平，而你却在他刚刚建立起和平的国家掀起了战争。“

“而你毫不犹豫地承认了，你相信他是你的父亲。”

“我想关于这个我妈妈知道的比任何人都清楚。”

“你妈妈只知道别人告诉她的事。因为她是代孕者，而不是你基因上的母亲。有人将你的胚胎植入了她的体内，而那人对她撒了谎。然后她把那个谎言传给了你。你只是又一个被阿喀琉斯绑架了的人，直到今天还在被他的谎言禁锢。你是他最后一个、也是最可悲的受害者。”

根本没来得及思考，阿喀琉斯的手就挥了起来。这一拳打得并不算重。以他的个头和力气来说，并不算用了很大的力气。

"我被攻击了。"罗勒密平静地说。

她的两位"朋友"冲进小屋,抓住了阿喀琉斯的胳膊。

"我指控兰道尔·菲尔斯袭击总督。考虑好做伪证所面临的处罚,兰道尔,你是否承认你攻击了我?"

"多么可笑的谎言啊。"阿喀琉斯说。

"我就知道你会这样说。"罗勒密说。"这间屋子里有三台不同角度的摄像机,它们会证明我的指控,也会证明你做了伪证。等到法庭判你有罪之后,兰道尔,我会建议对你处以流放,去地球。相比恒河星,你肯定会更喜欢那里的。你妈妈可以和你一起走,也可以留下,完全取决于她的选择。"

她在把我当成鱼耍,阿喀琉斯心想。我父亲是绝不会这样做的。羞辱,无法容忍的攻击,我父亲就是生活在这样的环境中,而我也应该像他一样。

"如果公开全部的录像,每个人都可以看到你是如何激怒我的。"

罗勒密平静地站了起来,来到他身边,把嘴凑到他的耳边。"如果把全部录像都公开的话,"她说,"每个人都会看到你以为你父亲是谁。直到现在,那个人都还被全世界当作是邪恶的化身。"

她退后一步,继续说道:"你可以自己决定,是公开全部的录像,还是经过剪辑以后再公布。"

阿喀琉斯知道,她正等着自己去威胁她,夸下令自己蒙羞的海口,不过他清楚录像机仍然在工作。

"你就是这样操纵小孩子的,我明白了。"阿喀琉斯说,"我只有十六岁大,而你激怒了我。"

"啊,是啊,十六岁。按这个年纪你的块头算大的了,不是吗?"

"大心脏,大头脑,都和我的个头一样大。"阿喀琉斯说道——这是他标准的回答。"要记住,总督阁下,把我困住是一回事,把我打倒可是另一回事。”

他转过身去，等着那些人来抓住他的胳膊。“朋友”们把他的胳膊用力扭到身后，然后挤在他身边，和他一起朝小屋外走去。阿喀琉斯猛地停了下来：“你们知道，如果我愿意的话，可以把你们像苍蝇一样甩开的。”

“噢，是啊，菲尔斯先生。但我们来这里只是为了做证人。否则的话，就不会只是这样象征性地扭着你了。”

“而且你们希望我在镜头前把你们中的某一个打倒在地。”

“我们希望所有的男人和女人都可以一起生活在没有暴力的世界。”

“但你却不介意做暴力的受害者，只要你可以用它来构陷甚至摧毁你的敌人。”

“你是我们的敌人吗，菲尔斯先生？”

“我希望不是，”阿喀琉斯答道，“但你的女神希望我是。”

“噢，她并不是女神，菲尔斯先生。”他们大声笑了起来，好像听到了什么荒唐的想法。

阿喀琉斯一边往外走，一边策划着下一步的举动。她一定会利用人们心目中爸爸的形象来鼓动人们反对他的。他不觉得她会为自己保这个密。她是对的，只要把他和伟大的阿喀琉斯联系在一起，肯定就会让他的形象受到永久的玷污。

如果我爸爸被当成是历史上最邪恶的男人，那么我一定要找一个更加邪恶的人，来和她扯上关系。

至于罗勒密所说的，妈妈只是个代孕者这件事，兰道尔是绝不会让她的谎言离间自己母子之间的关系的。如果自己对妈妈的身份有一丝一毫的怀疑，也会让她伤透心的。不，罗勒密，我不会让你把我当作武器，去伤害我妈妈的。

第二十一章

收件人:AWiggin%Ganges@ColLeague.adm
发件人:hgraff%retlist@IFCom.adm
主　题:欢迎回到人类的世界

当然,首先我要为你父母的辞世表示哀悼。不过我听他们说过,你曾与他们通过信了,在他们逝世之前,这也算了结了你们彼此的一大心愿。而你兄长的死则更令人惊讶。他的年纪不算太老,但心脏已经耗尽了力量。不要在意那些愚蠢的流言,每当伟人死去之时这种东西总会出现。我亲眼目睹了尸检。虽然他一直过着健康的生活,但心脏已经很虚弱了。一切都发生得很快,一个血凝块在他睡梦中结束了他的生命。他死去时无论体格还是权势都尚在巅峰,这也算是种不坏的告别方式。我希望你能读一读那本关于他生平的书,那本书的名字叫作《霸主》,作者似乎与《虫族女王》是同一个人。随信将书稿文档附上。

你应该已经在从莎士比亚星航向恒河星的路上了。而在你冬眠期间,我身上发生了件很有趣的事:我被解职了。

我并没有预见到这事(相信我,在我冗长的生命当中,我并没有预见到太多的事情。我之所以能活下来,能够做到今天这一切,靠的只是迅速的应变能力),不过我早该想到的。如果你每年有十个月在冬眠中度过的时候,就会有副作用产生:你的手下与上级都会把你醒来的时间视作干扰。那些对你无比忠诚的人要么隐退,要么开始通过其他途径追求自己的事业,要么就被使手段赶出办公室。很快,你周围的每个人都只会对自己、对自己的事业,或是对某个希望取代你地位的人效忠了。

我每次醒来的时候,每个人都会表现得无比尊敬。他们总会给我报告,我上次醒来时所做的所有决定是如何被执行的,或是给我解释为什么没有执行成功。

但醒来三次之后,我就应该发现他们的解释已经开始变得没有说服力,而执行我命令的行动也变得没有效率。我当时就应该看出,虽然我已经在官僚主义的这锅酱汤中搅和了许多年,但它终于开始在我身边凝固了。我应该看得出,由于长期的缺席,我的权力已经开始被削弱。

只是因为我醒着的时候没有任何乐趣,所以也就没有意识到这些。从效果上来看,我冬眠中的那几个月与度假没什么区别。我是在试图通过不参与事务来延长自己的工作期限。为什么我会觉得这是个好主意呢?

有这样的想法纯粹是由于自大,安德。而这种办法不会有效果,这种情况也无法持续。我上次醒来时,发现自己的名字已经不在办公室门上了。我被列进了IF指挥部的退休名单,而且为了在伤害之余再羞辱我一次,他们只给了我上校职位的退休金。至于殖民部方面的退休金,就更没有必要提了。我不是从殖民部退休的,而是被开除的,因为我没能完成工作的职责。他们列出了冬眠期间我没有参加的会议,加在一起长达数年时间,还说我冬眠时从不曾请过假;他们甚至旧事重提,拿出古老的军事法庭审判记录,证明我有“一系列玩忽职守的行为”。所以……我是因故被开除的,只能拿一半上校的退休金了。

我想他们认为我在任期之内肯定没少中饱私囊,但那从不是我踏足政界的目的。

不过我本来也就不是很在意物质生活。我就要回地球去了，在那里我还有一小片产业，而且肯定每年都按时交了税。我可以在爱尔兰一个美丽的地方过平静的退休生活了。在我早年周游世界、寻找可以在战斗学校里利用或者毁灭的孩子的时候，我就爱上了那里，在那里买了一片土地。现在那里没有人知道我是谁，或者说，我曾经是谁。我比我那昭著的恶名活得还要久长。

不过退休对我还是有一点不好的，我再也没有使用安塞波的特权了。就连这封给你的信也是用最低的优先级发送的，可能需要几年时间才能发出去。不过计算机不会遗忘，哪怕有人报复心强到不愿意让我向老朋友们说声再见，计算机也不会被他们利用。这套系统的安全是我亲自负责的，而且IF和FPE的头头们也都明白维持通讯网络独立的重要性。四年之后，当你的飞船抵达恒河星，你从冬眠中醒来的时候，就会看到这封信了。

我写这封信有两个目的。首先，我希望你知道，我明白、也会记得，我和这个世界亏欠你很多。五十七年之前，早在你启程去莎士比亚星之前，我就为你筹集了一笔资金。包括你在战争期间的薪水（是以上将的军衔追领的）；在战争结束后的冲突中，地球方面出于感激为你和你的战队募集的现金捐款；以及你作为莎士比亚星总督的薪水。我把这笔钱分成六份，通过具有良好信誉的投资渠道作为共有基金储存了起来。

我用我能找到的最好的软件对这笔资金进行定期审计。告诉你件有趣的事，那个软件是用幻想游戏的核心程序改建的（在战斗学校里我们管它叫"思想游戏"）。软件程序能够不断地监视自身的运行状况，以及所有的数据源与输出模组，并根据新的信息对自身程序进行改编。为了保障你的利益，当然仅仅是从财政方面，它应该是最好的选择了。如果让人来管理财务，也许会力不能及，或者会尝试挪用款项，或者年迈死亡，只能找一个更差的人来接替他。

这笔款项的利息会不断增长，你可以随时取用，在成年之前你是不需要交纳任何税款的。由于许多孩子参与到了太空航行当中，现在已经有了相关的法律，规定航行期间年龄的增长将按照飞船上的相对时间来计算，而冬眠期间则完全不计入年龄。不管将来时光的沧桑如何变幻，我已经尽我的所能为你的未来铺好了道路。

这也就是我写这封信的第二个目的。我是个老人了，之前我曾以为，自己可以操纵时间与生命，看到自己的计划开花结果。我也以为我做到了。我不断地牵着线绳，而大多数的傀儡都完成了自己的舞步。我比我所认识的大多数人活得都长，也比我所有的朋友活得都长。

除非你也算是我的朋友。我一度已经觉得你是了。希望我没有越过应有的界限，因为我现在向你提出的是作为朋友的建议。

我重新读了你那封要求我送你去恒河星殖民地的信。在读到"我有我自己的原因"这句时，我意识到你可能是想像我利用冬眠一样，利用光速旅行让自己生活得更加长久。而对你来说，你应该不是想要看到自己的计划最终实现，我甚至不知道你有没有什么计划。我想，你应该是希望用几十年，甚至几个世纪的时间，来隔开你和你的过去。

我觉得这是很聪明的想法。前提是你是想要等到你的名声都已经消逝，在某处隐姓埋名地生活，结婚生子，重新回归人类社会。你身边的人们绝对无法想象他们的邻居，安德鲁·维京，会与历史上那个拯救了人类世界的安德·维京有任何关联。

但我害怕你是想要把自己和所有的一切隔开。我怕你以为自己可以躲开你(无意间)所做下的一切,也就是在我那场不幸的军事法庭审判中所被利用的那些事。我怕你想逃避的是那些死去的人,史蒂生,邦佐·马利德,还有数以千计的人类,以及数以十亿计的虫族。你是为了我们,在不可能获胜的境地里,干净漂亮地赢下了那场战争。

你不能这样做,安德。它们会始终伴随着你。就算这个世界已经忘记了这些事,它们也会清晰地印在你的脑子里。面对着想要伤害你的两个孩子,你保护了自己,而且非常成功。如果你没有那样做,你还能获得后来的伟大胜利吗?面对着那些不会言语的敌人,那些为了得到自己想要的东西可以视人类生命如无物的异族,你保护了人类,保护了我们的世界,保护了我们的家园、人类文明的成就以及地球这颗星球的未来。那些你要为之责怪自己的事情,我却要为它们而赋予你荣誉。拜托你,在你自我谴责的时候,请让我的声音也在你心中响起吧。看看你能不能权衡两方面的轻重。

你仍然是以往的样子:做担负一切责任的那个人;做预见到一切后果,然后采取行动保护别人的那个人;当然,这也是你本来的样子。这样一个人是不会轻易向自己肩上的重担投降的。

但不要把星际航行当成一种毒品,不要用它来寻求遗忘。我可以用切身经验告诉你,如果只是间或对人类社会进行短暂的访问,那样的人生根本不能叫作人生。只有在成为社会的一分子时,我们才是真正的人类。当你刚刚进入战斗学校的时候,我曾经试着孤立你,但却没有成功。我在你身边布满了敌意,你却把你大多数的敌人与对手都变成了朋友。你不计回报地把自己会的每一件事教给了他们,培育了那些已经被我们这些老师放弃了的学生,而他们当中有些人在自己身上找到了伟大的潜质,做出了杰出的成就。你也成了他们的一部分,他们毕生都把你记在了心里。在我们应做的工作上,你完成得比我们更好。

你的战队都爱着你,安德,他们对你的忠诚连我都感到羡慕。我有许多朋友,但他们中没有人有这些孩子对你的那份热情。他们中的每一个人都愿意为你而牺牲。因为他们知道,你也愿意为他们而死。我也从莎士比亚星殖民地收到过报告,包括塞尔·摩纳奇、托罗和他的儿子李白、艾博拉,还有其他那些甚至根本没见过你,却生活在你为他们准备的地方的殖民者。我可以告诉你,这些人都爱着你,尊敬着你,而他们中的每一个都认为你是他们所在的集体中最优秀的人,是他们的恩人与朋友。

我对你说这些,是因为我怕当年教你的第一课正是你学得最好的一课:你永远都是孤独的,没有人能够帮助你,如果有什么必须做到的事,也只有你自己去做。我无法与你意识最深处的那部分讲话,只能和最顶层这部分交谈,而正是这一部分在过去的这些年中滔滔不绝地和我交谈、和我通信。我希望你可以听到这段话,将它传递给你脑中的每一块地方,虽然它们可能不会相信:

你是我所认识的,最不孤独的人。你的心永远将所有许可你爱他们的人包含在其中,甚至包括许多不让你去爱他们的人。你一手建立的所有这些集体,它们的交汇处就是你的心灵。他们知道你会把他们留存在那里,而他们将彼此同在。而你所给予他们的礼物,却没有人能够给你。我害怕这是因为我那邪恶的工作做得过于成功，在你的心中筑起了一堵墙，不让你知道你到底是谁，到底是什么人。

看到那个死者代言人写的那本愚蠢的小册子所获得的影响，我感到出离的愤怒——那本是你所应得的。人们已经将它变成了一种信仰，甚至有自封的死者代言人擅自来到别人的葬礼，讲述死者的“真实故事”。这简直是无法忍受的亵渎，谁能够知道别人的真实故事？我已经在遗嘱中写明了，绝不准这种装腔作势的家伙出现在我的葬礼上——假如真的还有人舍得给我办葬礼的话。你拯救了这个世界，却从不曾被允许回到自己的家。而这个江湖骗子只是编造了一部虚假的虫族历史，然后为你的哥哥彼得写了一段辩护的文字，就被人们当成宗教去信仰。人类真的已经没有什么指望了。

华伦蒂就在你身边。把这封信给她看看，看她会不会证实我所说的每一个字都是真的。等你读到这封信的时候，我应该已经不在了，但许多认识你的人（比如战斗学校的学生，包括你的战队中的大多数）都还活着。他们已经年老了，但他们中每一个人都还记得你。我还会偶尔和佩特拉通信，她已经守了两次寡，但她的心灵仍然惊人地乐观与积极。她还在和每个人保持着联系。他们，我，还有华伦蒂都可以证明，你是属于人类的，这种归属甚至比大多数人所能够想象的更加深刻、更加完满。

想法让自己相信吧，不要再在相对论空间中那深不可测、幽暗无光的深渊中去躲避人生了。

我的一生中有过不少成就，但最伟大的成就是发现了你，认识到了你的特质，并且没有让你在拯救世界之前就被毁灭掉。我只希望在那之后能够治愈你。但现在，需要你自己来完成这成就了，或者是华伦蒂。或者是你的孩子，你将来某一天一定，一定要有的孩子。

这是我个人最后悔的事情。我从不曾结过婚，也不曾有过自己的孩子。与此相对，我偷走了许多人的孩子，然后训练他们——不是抚养他们。说什么“把整个人类都当作自己的孩子”是很容易的事，但那与和一个孩子一同生活在家里，倾尽自己的全力让他学会如何过上幸福、完满、善良的生活，是完全不同的事情。从不曾用你的双臂抱起一个孩子，不曾让他坐在你的膝上、在你的屋子里奔跑，不曾感到一个孩子的手臂环绕着你，不曾听到他的声音、看到他的微笑，而正是你亲手把这微笑放到了他的心中——一定，一定不要过这样的生活。

我自己就不曾有过这样的时刻，因为我并没有这样对待那些被我绑架到战斗学校的孩子们。我不是任何人的父亲，不管是通过生育还是收养。结婚吧，安德。生下你的孩子，或者收养一个，哪怕去借——不管要付出什么代价。但不要过像我这样的生活。

我成就过伟大的事业，但现在，在人生的终点，我却不觉得幸福。我希望当时就放任未来自己照顾自己，希望自己不曾在时间中跳跃着前进，而是停下来组建家庭，然后在适当的时候，在子孙的环绕中死去。

看到我是如何向你吐露我的心了吗？有时候，你也可以把我当成你战队的一员。

原谅一个老人的多愁善感吧，等你到我这个年纪的时候，你就会理解的。

当我握有权力时，从不曾像对待儿子一样对待过你。但我一直像爱儿子一样爱着你，而在这封信中，我可以任凭自己用自己希望的方式对你说话了，我想如果我有儿子的话，我也会像这样对他说话的。我想对你说：做得好，安德。今后，你一定要幸福。

海勒姆·格拉夫

IF殖民部

旅行将近结束时，安德从冬眠中醒来了。他发现华伦蒂的模样变化很大，不由得吃了一惊。

“我说过，写完我的书之前我是不会冬眠的。”看到他的表情，华伦蒂说。

“你不是在整个航行过程中都醒着吧？”

“确实是的。”华伦蒂说，“不像我们第一次航行那样，两年时间走了四十光年。这次是十八光年的路程，只花了十四个月。”安德心算了一下，她说得没错。加速和减速用掉的时间总是一样的，而受相对论效应影响的时间则由航行的距离决定。

“不管怎样，”他说，“你已经是女人了。”

“你居然注意到了，真让我受宠若惊啊。不过我还没能让这艘飞船的船长爱上我，还真是有点失望呢。”

“洪船长的夫人和家人都在飞船上，这可能会对他造成一点影响吧。”

“人们早晚会明白，成为星际旅行者并不一定要放弃生命中的一切。”华伦蒂说。

“来做道算术题——我还是十七岁，而你已经快二十一岁了。”

“我已经二十一岁了，以后你可以把我当成是华姑姑了。”

“我不会的。”安德说。“你的书写完了吗？”

“我写了一部莎士比亚星殖民地的历史，直到你到达的时候为止。如果你一直醒着，我是肯定完成不了的。”

“因为我会坚持要你按照事实写？”

“因为你不会允许我查看你和科尔莫戈罗夫的全部通讯记录。”

“我的通讯记录可是经过双重密码加密的。”

“噢，安德，你是在跟我说话呢。”华伦蒂说，“你以为我会想不到你在用‘史蒂生’和‘邦佐’做密码吗？”

“我可没有就这样直接用它们的名字当密码。”

“对我来说没什么区别，安德。你觉得没人了解你，但我却能猜出你的密码。这说明我至少在密码上是你的知音吧？”

“这说明你是个小偷，”安德说，“我已经等不及要看你写的书了。”

“别担心。我没有提到你的名字。在引用他的邮件的时候，我都只写了日期，以及‘给朋友的一封信’。”

“你还真为我着想啊。”

“别发火。我已经十四个月没有见过你了，我很想你。别让我改变主意。”

“我昨天才见过你，而在那之后你就偷走了我的密码。别以为我会忘了这个。你还偷走了什么？”

“没什么了。”华伦蒂说，“你的行李还锁着。我还没变成强盗。”

“我什么时候能读到你这本书？”

“等你把它买下来，下载完就可以了。放心，你买得起。”

“我一分钱都没有。”

“你还没读过海勒姆·格拉夫的信吧。”华伦蒂说，“他给你发了一笔可观的退伍抚恤金，可以随意使用，而且在你成年之前是不用交税的。”

“也就是说你不止是看了和研究材料有关的东西了。”

“我要是不去读信的话，怎么会知道里面有没有我要的数据呢？”

“所以说，为了写这本书，你要去读人类历史上所写下的每一封信了？”

“只要读第三次虫族战争后一号殖民地建立以来的就可以了。”她亲了亲安德的脸颊，“早上好，安德。欢迎回到这个世界。”

安德摇了摇头。“不要叫我安德了。在这里不要。我是安德鲁。”

“嗯？那干吗不叫‘安迪’或者‘德鲁’？”

“安德鲁。”安德重复了一遍。

“好吧，你最好先跟这里的总督说一声，因为她发的邀请信是给‘安德·维京’的。”

安德皱了皱眉头。“我们在战斗学校里并不认识。”

“我想她是觉得她认识你，毕竟她和你的战队里过半的人都很熟悉。”

“是因为她的军队在地球上被他们打败了吧。”安德说。

“这也算很熟悉了，不是吗？就像格兰特和李[①]一样？”

“我想格拉夫应该告诉过她我会来这里的。”

“你的名字也在客运单上，同时上面还写着你之前曾经在莎士比亚星做过两年的总督。全人类里面符合这条件的安德鲁·维京也没有几个了。”

“你到行星上去过了吗？”

“还没人去过。我跟船长说过，让我先把你叫醒，让你乘第一艘登陆舱下去。当然了，他很愿意为伟大的安德·维京做任何事。他是我们那一代人，在你获得最终胜利的时候他就在艾洛斯星上。他说他在走廊里见到过你，不止一次。”

安德回想了一下冬眠之前和船长那次简短的会面。“我没认出

① 美国南北战争中的将领，格兰特率领北军，李率领南军，双方在结束战争的会谈中对彼此非常尊重、友好。

他来。”

“他也没指望你认出来。他是个好人，比原来的那个什么船长要好得多。”

“昆西·摩甘。”

“我还记得他的名字，只是不想提到他，也不想再听到他。”

安德洗了个澡。冬眠之后身上留下了许多泡沫，做动作的时候身上的皮肤也在噼啪作响。这肯定对身体不好，他一边用力擦洗一边想着，皮肤却拒绝为他提供疼痛的感觉。不过格拉夫每年要冬眠上十个月，但他却仍然健壮。

他还给我发了一笔退休金。对我还真好啊。但我可没法想象恒河星在用霸主发行的货币，就像莎士比亚星有了自己的货币一样。不过一旦星际交易开始进行，也许FPE的货币也会有些购买力吧。

擦干身子，穿上衣服，安德把行李从存储室中拿了出来。他回到华伦蒂那间有锁的起居室，华伦蒂自己已经知趣地离开了。安德打开了箱子，里面装着整个宇宙中最后一位虫族女王的茧。

有那么一会，安德有些害怕，怕她在这次旅途中死掉了。但是没有。他把茧握在手中几分钟之后，一幅图像在他脑子中闪现了。或者说是一系列图像迅速闪过——几百位虫族女王的脸，甚至几千位，闪得太快了，安德没法一一认出它们。就像是醒来的时候，或者说意识重新启动的时候，虫族女王记忆中所有的祖先都在脑中闪过，然后纷纷退回幕后，这才让她控制她自己的思想。

那之后她和安德之间发生的事情其实算不上交谈。不可能是。但当安德回想起来的时候，他感觉和交谈没什么区别，而且完全是用语言进行的。他的大脑回路似乎并没有记住两人间交换的一切(那些直接的、图形化的记忆)，而是将它翻译成了符合人类思维的交流语言。

“这就是我的新家了吗？你会让我出去吗？”她问道——或者说，

她显示出一幅在洞穴深处凉爽的空气里破茧而出的画面，然后加上了疑问(或者是请求)的感觉。

“太快了。”安德说,而在他的脑中这些都只是语句,至少是用语言表达出的成型的概念。“人们都还没有忘记过去的事。他们会感到恐慌。只要被他们看到,他们一定会立刻杀死你,或是你的孩子。”

“更多的等待。”她说,“永远在等待。”

“是的。”安德说,“我会尽我所能,尽量经常在星际间航行,去往尽量远的地方。五百年,一千年。我不知道在我能够将你安全地带出来之前还要过上多久,更不知道到时候我会身处何方。”

她提醒安德,在这种时间旅行中,自己是不受相对论效应的影响的。“我们的思维方式和你们的安塞波是同一个原理。我们永远与宇宙的真实时间联系在一起。”她从安德的记忆中找到了几幅钟表的图像。代表她自己的时钟的那幅图像上太阳不断地东升西落，南北起伏,显示一天天、一年年的飞逝。虫族女王从不将时间划分成小时、分或者是秒，由于她的孩子——虫族——的存在，每一件事都是永恒的。

“很抱歉你必须体验航行中度过的所有时间,”安德说,“但你却希望我在航行中保持冬眠,这样我才能够活得足够久,为你们找到新家。”

冬眠。她用虫族的蛰伏来表达这个概念。“但你从冬眠舱里出来的时候还是一样的。一点都没变。”

“我们人类不会在茧中变型。我们只有在醒着的时候才进行新陈代谢。”

“所以对你来说,这次睡眠并不是重生。”

“不是。”安德说,“而是短暂的死亡。生命之火的熄灭,只留下灰烬中一点点亮光。我甚至都不曾做梦。”

“而我所做的只有做梦。”她说，“我梦到了我的人民的全部历史。她们之前是我的母亲，现在也是我的姐妹，因为我能够记得她们做过的每一件事。”

为了表达这个，她画出了华伦蒂和彼得的形象，表示“姐妹”。而当彼得的面孔出现的时候，记忆中传递出了恐惧与痛苦。

“我已经不再害怕他了。”安德说，“也不再恨他了。他其实是个很伟大的人。”

但虫族女王并不相信他。她画出安德通过安塞波看到的老人的图像，将之与安德记忆最深处彼得的样子放在一起。相差实在太大了，根本不像同一个人。

安德没法否认这点。作为霸主的彼得不是那个怪物彼得了。也许他从来都不是。也许两种形象都只是幻觉。但作为怪物的彼得却深藏在安德最深的记忆中，而他可能永远没法将这个形象删除。

他把茧放回隐藏的地方，加上锁，然后把它放到行李箱中，准备一起带到星球的地面上去。

罗勒密来迎接登陆舱了，而且她很快就表明，自己这种谦逊的姿态完全是因为安德。她要亲自到登陆舱来和安德谈话。

安德并不觉得这是好的信号。和华伦蒂一起等罗勒密上船的时候，安德对姐姐说：“她并不想让我来这里。她想让我回飞船上去。”

“等等看她到底要做什么吧。”华伦蒂说，“也许她只是想知道你来这里是做什么的。”

罗勒密出现在他们面前时，比安德在电视中看到的战争中的那个女孩要年长多了。她先是花了一两年时间反思战败的原因，然后又在殖民地做了十六年的总督。这都是要敲着丧钟逼人死的工作。

“谢谢你能让我这么早与你见面。”她说。

“你能亲自来迎接我们，实在是让我们感到无比的荣幸。”安德说。

“我必须来见你，”她说，“必须赶在你在殖民地露脸之前。我发誓，我还没有告诉任何人你要来这里。”

“我相信你。”安德说，“但从你的话来看，似乎人们已经知道我在这里了。”

“不，”她说，“目前还没有这样的流言。天神保佑。”

哪个神？安德心想，或者说，既然她被大家当作女神，她是在感谢自己吗？

“格拉夫上校……呃，我不知道他当时的头衔到底是什么了，总之对我来说他一直是格拉夫上校。格拉夫上校告诉我他要你来这里，因为他预计到某一对母子会出问题。”

“妮切尔·菲尔斯斯和兰道尔。”安德说。

“是的。”她说，“恰好在战斗学校时——或者叫埃利斯岛，不管是什么名字了——我也注意到了他们。我能理解他的关注。我所不理解的是，为什么他会认为你能比我更好地处理他们的问题。”

“我不确定他是不是这么想的。也许他只是想给你提供一些资源，如果是这样的话我还有点头绪。他们惹出什么麻烦了吗？”

“那位母亲患有妄想症，过着隐居生活。”罗勒密说，“但她工作很努力，而且虽然她对自己儿子有种强迫症般的保护欲，两人之间也没有什么反常的关系。比如说，她从不曾把他抱在自己床上睡觉，自从他长大以后，也就没再给他洗过澡。没有任何危险的信号。他婴儿时个子很小，就像个玩具娃娃一样，但他很小的时候就学会了走路和说话，那时的年龄真的非常让人惊讶。”

“他的个子一直很小，”安德说，“直到十几岁的时候才进入了正常生长的速度，但那之后就一直不停地长高。我想他现在应该已经是个巨人了。”

“整整两米高，而且没有停下来的样子。”罗勒密说，“你怎么知道这个的？”

“因为我知道他的父母是谁。”

罗勒密吸了口气。“格拉夫知道他真正的父亲是谁，但他没有告诉我。如果他不告诉我所有的信息，我又怎么能处理这种事情？”

“抱歉，但我有必要提醒你，”安德说，“你那时候并不是很受信任。”

“确实不是。但我想如果他要我当总督的话，总要给我……好吧，那些都已经是过去的事了。”

安德在想，格拉夫是不是也已经是过去的人了。格拉夫的名字不在他可以进入的任何档案中，而且他现在的安塞波使用权限也和之前不同了，不再是殖民地的总督那个级别。虽然还可以做一些更深入的调查，但他实在没有这个时间了。

“让你毫不知情不是格拉夫的本意。他把情况告诉了我，让我来判断是否应该告诉你。”

“而你也不信任我？”她的声音听上去是在调侃，但也带着苦涩。

“我并不了解你。”安德说，“你和我的朋友打过仗。你将你的国家从侵略者手中解放了出来，但自己却发动了复仇的侵略战争。我不知道应该如何处理这些信息，所以我需要真正了解你之后再做决定。”

自从三人碰面以来，华伦蒂还是第一次开口。“你为什么没有告诉任何人安德要来？发生了什么事？”

罗勒密充满敬意地转身对她说：“我和兰道尔·菲尔斯之间长久以来一直在斗争，这也是其中的一部分。”

“他不还是一个孩子吗？”

罗勒密苦笑道：“战斗学校出来的孩子之间真的会说出这种

话来？”

安德轻笑了几声。“事实确实如此。你们斗了多久了？”

“到他十二岁的时候，他就已经成了一位早熟的……演说家。那些老殖民者和身毒人以外的殖民者们都开始投入他的阵营。开始大家只是把他当成个聪明的小宠物，但现在他已经渐渐变成一位精神领袖，一个……”

“一个罗勒密。”安德说。

“他在那些人心中的地位和我在身毒殖民者中的相差无几，确实如此。”罗勒密说，“我从没有自称是女神。”

“我们还是不要争论这些旧事了吧。”

“我只是想让你知道事实。”

“不，罗勒密。”华伦蒂又一次开始插嘴，至少罗勒密的表情显示她是这样想的。“你精心编造了女神的形象，而当人们问到你的时候，你都是用似是而非的话否认他们。‘女神难道会在地上走路吗？’‘女神怎么会像我这样经常犯下错误？’最令人发指、最有欺骗性的一句则是：‘你自己觉得呢？’”

罗勒密叹了口气。“你真是毫无仁慈之心。”

“不，”华伦蒂说，“仁慈之心我是有的，只不过是毫无风度。”

“你说得对，”罗勒密说，“他的很多手段是从我身上学的，比如如何控制身毒人，如何让他们崇拜我。他那边的人并没有共同的信仰，也没有相通的传统，但他却为他们树立了信仰，因为每个人都读过那本邪恶的书——《虫族女王》。”

“那本书为什么邪恶？”安德说。

“因为那书中全是谎言。谁能知道虫族女王有什么样的思想，什么感觉，什么记忆，又打算做什么？但结果，那些毫无主见的傻瓜们看了那书之后，反倒把虫族当成了悲剧性的角色。”

安德笑了。“真是聪明的孩子。”

“什么？”罗勒密看着安德，一脸的不相信。

“我想你告诉我这些，是因为他已经让那些人们相信，他正是虫族女王的继承人。”

“这实在是太荒谬了。尤其是，我们这颗行星是第一个没有虫族文化废墟的人类殖民地。”

“那么他是如何做到的？”安德问道。

“他声称身毒人，占殖民地人口总数百分之八十的大多数，只不过是要重建他们在地球上所有过的文明。而他和跟随他的那些人则是在试图创造一些新的东西。他大胆地将自己的运动叫作‘恒河原住民运动’，他说我们这些身毒人就像是闯进其他世界的豺狼，将本地人的文化毁灭，然后偷走他们所建设的一切。”

“而人们相信了这些话？”

“非常奇怪，”她说，“相信他的人并不多，大多数非身毒殖民者只不过想继续生活下去。”

“但有些人却相信了他。”

“有几百万人。”

“殖民地人口都没有那么多。”华伦蒂说。

“他不止是在愚弄本地的居民，”罗勒密说，“还通过安塞波把文章发回了地球。恒河原住民运动在地球上很多大城市中都有分会，甚至身毒都有。有几百万成员，像我刚才说的那样。”

华伦蒂叹了口气。“我在网上看到过，人们提到他们的时候只是说‘原住民运动’，不过我没注意到他们。那运动是从这里发起的？”

“他们将《虫族女王》视为《圣经》，而把虫族当作是精神上的祖先。”罗勒密说。“在地球上，他们的信条恰恰与兰道尔在这里宣传的相反。他们认为应该废止FPE，因为它消除了地球上‘本原的’文化。他们拒绝说通用语，对当地本土的信仰表示出强烈的归属感。”

“而在这里，兰道尔则因为你们身毒人做了同样的事表示强烈谴责。”安德说，“谴责你们维护地球上带来的文化。”

“是的。”罗勒密说，“但他说这两者没有什么不一致的。这里并不是身毒文化的发源地。这是一片全新的土地，他和他的‘恒河原住民’正在开创这个世界本土的文化，而不是复制地球上陈腐的文化。”

安德笑了。

“对你来说这是很好笑的事。”罗勒密说。

“并不好笑。”安德说，“我只是觉得格拉夫真是个天才。虽然他不像在自己战斗学校训练出的那些孩子那么聪明，但……早在兰道尔还是妈妈怀中的婴儿时，他就知道他们会惹出麻烦的。”

“他还派你来救我？”她说。

“我不觉得你需要人救。”安德说。

“我确实不需要。我已经处理好了。我激得他在我的家里攻击我，然后用录像机录了下来。我们已经对他举行了庭审，判处他流放。他就要回地球了，任何希望跟随他的不满分子都可以和他一起走。”

安德摇了摇头。“你难道没想到，这正是他希望你做的事吗？”

“这当然是。不过只要我不用再对付他，就不需要在乎这些了。”

安德叹了口气。“你不能不在乎，罗勒密。如果他在地球已经有了支持者，当他被从自己生长的世界流放回地球时，你种下了一粒种子，它可能会掀翻FPE，让地球变回彼得·维京不久前才终结的那个充满了战争与仇恨的、悲惨而混乱的世界。”

“这已经不是我的问题了。”罗勒密说。

“我们这一代人已经不再掌握权力了，罗勒密。”安德说，“除了几个偏远的殖民地之外。彼得已经死了。他的继任者只是个尸位素餐的废物。你觉得他会是兰道尔·菲尔斯的对手吗？”

罗勒密犹豫了一下:“不会。”

“如果你让一个人感染上了病毒,明知他的身体无法抵抗,那么你算不算谋杀了他?”

罗勒密将脸埋在手中。“我知道。”她说,“我试着假装不知道,但我真的知道。”

“我所不明白的是,”华伦蒂说,“为什么刚刚见到我们时,你的第一句话就表示你还没告诉任何人安德来了。这很重要吗?”

罗勒密抬起眼来。“因为从那次审判开始,他就在利用你。他将自己与他以为的那个父亲联系在一起了。”

“能说具体点吗?”华伦蒂说。

“他称你为‘屠异者安德’,他说你是人类历史上最可怕的战争罪犯,因为是你屠杀了所有这些星球上的原住民,然后派强盗前往这些世界,夺走了原住民的房屋与土地。”

“不难预料。”安德说。

“彼得则被叫成了‘屠异者的兄弟’,他曾经想要消除地球上所有的本土文化。”

“噢,天哪。”安德说。

“而阿喀琉斯·弗兰德雷斯已经不再是怪物了,那只是屠异者派的宣传手段而已。他是唯一起身反抗安德和彼得的罪恶计划的人。他想要在战斗学校里阻止你,所以你的朋友把他送回地球,把他关进了精神病院。当他从里面逃了出来,开始组织力量,阻止霸主变成统治世界的独裁者时,彼得手下的宣传机器还在诽谤着他。”罗勒密叹了口气。“讽刺的是,在这过程中,他一直做出很尊重我的样子。我被他塑造成了英雄,独力对抗屠异者军队,包括韩楚、佩特拉、阿莱,他们都在为你而战。”

“而他却攻击了你。”

“他说他是被激怒的。那都是我设下的圈套。像他那样的个头，如果他真的想要伤害我的话，我已经是死人了。他只是想要唤醒我，因为我相信了如此可怕的谎言。他的追随者接受了这解释。或者说，他们并不在意这解释是不是真的。”

“还真是不错，就算我在冬眠的时候，也会有人觉得我是有用的。”安德说。

“这可不是玩笑。”罗勒密说，“现在整个网络上，他的修正派观点正在被越来越多的人接受。格拉夫那次无谓的军事法庭审判被炒得越来越热了。还有那两个……欺负人的孩子的尸体。”

“噢，我猜得到是谁。”安德说。

“在你离开登陆舱之前，你有必要知道这一切。他还不知道你来到了这里，也不是特意选在这个时候攻击你的名声。我想是因为我借用了阿喀琉斯的名字代表恶人，他就决定用你的名字来盖过阿喀琉斯。如果没有那本充满着谎言的《虫族女王》，他也不会为自己那套不知所谓的理论找到如此丰沃的土壤。”

“他说的每件事我都做过，”安德说，“那两个孩子死了。虫族也都死了。”

“但你并不是个杀手。你知道，我读过那些审判记录。我当时也在战斗学校里，和那些认识你的人谈过话。我们都知道大人们是怎样扭曲我们的生活，控制我们的行为的。我们都知道，你的自我保护行为是符合所有军事条例的。”

就像每一次别人想为安德脱罪时一样，他没有发表任何评论，而是把话题转移开了。“好了，罗勒密。我不知道的是，在现在这种情况下，你希望我怎么做。”

“你可以回到飞船上，然后离开。”

“你希望我这样做吗？”安德说。

“他不是来这里接替你的工作的，”华伦蒂说，“他不会威胁你的地位。”

罗勒密笑了。“我不是要摆脱你的兄弟，华伦蒂。我很欢迎他留下。如果他能留下，那么我肯定会需要他的帮助与建议。为了我自己的话，我很高兴让他来这里。兰道尔也一定会把他的仇恨转到你身上，他别无选择。我会求你留下来。”

“很高兴你提了出来，”安德说，“我会接受的。”

“不，”华伦蒂说，“这样的话会引发暴力冲突的。”

“我向你保证，我不会杀掉任何人的，华伦蒂。”安德说。

“我说的是有人打算用暴力来对付你。”

“我说的也是这个意思。”安德说。

“如果他要煽动一群暴徒，疯狂地……”

“不。”罗勒密说，“你不需要担心这样的事情。我们会全方位保护你的。”

“没人能一直保护谁。”华伦蒂说。

“噢，我想罗勒密的人一定能把工作做好的。”安德说，“如我所说，我接受你善意的邀请。现在，我们从这艘船出去，到港口看看吧，怎么样？”

“如你所愿。”罗勒密说。“很高兴你能来，不过我还是得对你提出警告。而且只要这艘飞船还在，你随时都可以走。你不会希望兰道尔把他的怒气发泄到你身上的。他说起话来颇有一套。”

“只是说话么？”安德说，“也就是说他没有暴力行为了？”

“到目前为止。”罗勒密说。

“那么我就是安全的了。”安德说，“谢谢你赋予我的崇高荣誉。请你告诉大家我来了，而且我确实就是那个安德鲁·维京。”

“你确定？”罗勒密问。

“疯子总是对自己的想法特别确定。”华伦蒂说。

安德笑了，罗勒密也轻轻地笑了笑——但笑声里却带着紧张。

“我会邀请你今晚与我共进晚餐，”罗勒密说，“不过我总在人前做出少食的样子，而作为身毒教徒，我的伙食全都是素食。”

“听上去很棒。”华伦蒂说。

“告诉我们时间和地点，我会去的。”安德说。

双方又寒暄了一阵，罗勒密就离开了。

华伦蒂转身朝向安德，脸上又是悲哀又是愤怒。“你带我来这里就是为了看着你死掉？”

“我没有带你去任何地方，”安德说，“是你自己来的。”

“你没回答我的问题。”

“每个人都会死，华伦蒂。爸爸和妈妈死了。彼得死了。格拉夫现在可能也已经死了。”

“你忘了我有多了解你，安德。”华伦蒂说，“你已经决定要去死了。你决定了要激怒这个孩子，要他杀掉你。”

“你为什么会这么想？”

“看看你用来做密码的名字，安德！你不能带着那份负罪感生活！”

“不是负罪感，小华。是责任感。”

“不要强迫那孩子杀了你。”华伦蒂说。

“我不会强迫任何人做任何事的。这样行了吗？”

“我真应该留在家里，看着彼得是怎么征服世界的。”

“噢，不是的，华伦蒂。我们在时空之中的轨道可是有趣多了。”

“我不会像你这样在睡梦中过完这辈子。我还有其他的工作。我要写下我的历史著作。我不会被求死的愿望压倒的。”

“如果我真的想死的话，当时在战斗学校的澡堂里就已经让邦佐·马利德和他的朋友们把我的脑浆打出来了。”

“我了解你。”华伦蒂说。

“我知道你会这么想的。”安德说,“如果我死了,你会认为这是我自己选择的。但事实比这复杂得多。我不想死,但我也不害怕冒死亡的危险。有时候,为了胜利,士兵必须把自己的生命置于危险之中。”

“这不该是你的战斗。”华伦蒂说。

安德笑了。“这一直都是我的战斗。”

第二十二章

收件人:VWiggin%Ganges@ColLeague.Adm/voy
发件人:AWiggin%Ganges@ColLeague.Adm/voy
主　题:如果我死了

亲爱的小华:

我并不想死。我希望能活下去,不过如果我能,你也就不会收到这封信了。要是我能在和他见面后活着回来,就会输入命令,阻止这封邮件的发出。

情况就是这样的。这封邮件附件的解锁密码是你六岁时最喜欢的玩具动物的名字。打开它时,如果你手里有什么东西,请把它握牢。如果你有什么好的想法,那就照你的想法处理这封信;但如果没有,就把它重新打包,用我的名字发给莎士比亚星上的艾博拉·托罗,附上一条消息:"这是我那天找到的东西,请不要让人把它破坏。"

不过你应该不需要做这些,因为按照我的一贯作风,我还是会赢的。

爱你的
总是向你要求过多、总是神神秘秘的弟弟
"终结者"安德
(或者,现在应该叫我"被终结者"了)

由于星际飞船上的殖民者并不多，安德拉邦许多居民对它的到来根本无动于衷。当然了，所有人都看到了登陆舱的降落。船员将为数不多的货物运下登陆舱，又往上面装了许多补给品，弄得喧闹无比。但这些都已经是大家很熟悉的事情了，人们很快就失去了兴趣，回去忙自己的工作了。有人听说总督罗勒密亲自前往登陆舱访问，不过在他们看来也只是为了表示友好，很少有人知道正常的规章流程应该是什么样子，更没多少人在意，所以也就不知道罗勒密的行为其实是不符合惯例的。少数几个知道的人也认为，之所以没有让客人上门拜访她，是罗勒密的性格所致，或者是她摆出的低调姿态。

直到那天晚饭时分，有人看到两个陌生人前往罗勒密的住处（阿喀琉斯和追随他的恒河原住民组织称这里为“总督府”），才引起了大家的兴趣。一个十几岁大的男孩，一个二十岁出头的年轻女子。为什么这艘飞船上的乘客只有他们两个？为什么罗勒密要给他们特别的荣誉？他们是新来的殖民者，还是政府官员，或者是……其他什么人？

这艘飞船会将阿喀琉斯带走，让他为袭击总督的“罪行”接受流放。自然而然的，阿喀琉斯希望了解与飞船有关的一切，希望能够破坏他们的计划。这些客人很不寻常，他们不请自来，又没有任何解释。这一定意味着他们的出现至少会令罗勒密蒙羞，甚至有可能利用他们阻止她的行为，如果一切顺利，甚至可能将她彻底打败。

阿喀琉斯的支持者们用了两天时间去接近飞船的船员，最后有人弄到了货物清单和乘客的名字。华伦蒂·维京，学生。安德鲁·维京，学生。

学生？

阿喀琉斯根本不用查资料也能知道，这艘飞船的上一站是莎士比亚星殖民地。而在它到达莎星的时候，那里的总督还是安德鲁·维京，已经从IF退役的将军，也是IF在第三次虫族战争中最负盛名的指挥官。在那之后他经历了两次相对论速度的光速航行，这也就解释了他为什么还是个男孩。男孩吗?他的真实年龄只比阿喀琉斯大一岁而已。

维京个子不矮,不过阿喀琉斯比他更高;他很有力气,但阿喀琉斯更强壮。维京被战斗学校选中是因为他的聪明,而阿喀琉斯还从未遇到过在智力上能和自己较量的人。罗勒密是战斗学校的精英,但她忘记的事阿喀琉斯都记得一清二楚，阿喀琉斯注意到的事她却往往视而不见。她只能提前想两步,阿喀琉斯能想十步。而她已经是与安德关系最近的盟友了。

阿喀琉斯已经学会了如何隐藏自己的智慧，学会了如何待人接物,让别人觉得自己在用平起平坐的姿态对待他们。但他很清楚,他比其他任何人都更敏锐、更聪慧、更深刻、更精明,而且也知道如何利用这一点。作为遥远殖民地上的一个小男孩,他只有最低的安塞波通讯权限,但不是已经在地球上掀起了一场声势浩大的政治运动了吗?

就算是聪明人也需要运气。维京在这时到来显然就是运气的一种。维京肯定还不知道,他来到了伟大的阿喀琉斯的儿子所居住的星球上,而杀掉阿喀琉斯的正是安德的兄弟。当小阿喀琉斯(大家还是管他叫作兰道尔)开始攻击安德鲁·维京的名声、给安德贴上“屠异者”的标签时,他还并不知道,只过了一个月,这个安德鲁·维京居然就来罗勒密的家里共进晚餐了。

拍到罗勒密和安德在一起的照片并不难。从网络上找到霸主彼得在安德现在这个年龄时的照片也很容易。阿喀琉斯在网上把他们的照片放在一起,任谁都能看出这两人是兄弟,两人长得实在是太像了。然后放出的是安德和罗勒密在一起的照片,这样每个人都可以看到,彼得的兄弟正在和恒河星那个欺压本地人的总督交往。

判决流放罗勒密的正是彼得本人,但不必在意这个。阿喀琉斯解释说那是明显的欺骗,罗勒密一直都是彼得阴谋的一部分。如果还有人怀疑的话,那么她正在和安德来往这一事实就是证明。

现在，阿喀琉斯可以把自己的流放粉饰成罗勒密和她的维京主子们策划的阴谋了,安德的姐姐也在飞船上呢。他们把我流放了,这样在恒河星上就没有人再起来反对安德的种族屠杀，以及对原住民的压迫了。

这故事还要一个星期才能传到地球，不过负责传输信息的计算机是不会有立场的,罗勒密也无法阻止自己送出这些消息。而在恒河星本地,这些故事和照片都可以立即上传到网上。

阿喀琉斯兴奋地等待着,很快大家就开始注意维京的一举一动。他所说所做的每一件事,都在印证着阿喀琉斯的指控。就连那些身毒人,虽然之前觉得阿喀琉斯可疑,对他充满敌意,但现在也被图片说服了,知道他没有撒谎,开始怀疑到底发生了什么事情。

你要为此付出代价的,罗勒密。你攻击了我的父亲,还借他来攻击我。你想要流放我,希望我那总给人惹麻烦的妈妈跟我一起消失。好吧,我会攻击安德·维京,然后通过他来攻击你。而你又这么好心地邀请他做你的贵宾,恰恰就在对我最为有利的时候。

在他公开给安德加上屠异者的标签之后，阿喀琉斯走出了下一步棋。这一次,他找了一名枪手(也是他支持者中比较聪明的一位,至少能写出条理清晰的句子),伪装成反对派提出指控,声称罗勒密的计划是让安德·维京在回地球的路上杀掉兰道尔·菲尔斯。兰道尔本应被送去流放,但大家以后就再也见不到他了。

兰道尔·菲尔斯是受害者，不仅仅是因为维京对罗勒密的授意，更是霸主策划的阴谋。他必须被消灭,至少人们是这么说的。但我们并没有找到切实的证据,所以我们只能把它当成是谣言,或者说只是假设。但又该怎么解释维京一次又一次与罗勒密的秘密会晤?

而当大家向兰道尔·菲尔斯本人发问时,兰道尔则表示罗勒密是个聪明人，如果她真的打算对菲尔斯不利，那么肯定不会公开和维京交往。所以他没有什么可担心的。

但我们仍不禁怀疑：罗勒密是不是正希望菲尔斯这样想，好让他放松警惕？她会不会坚持要让他进入冬眠，好让维京（正好他也在飞船上）确保他再也不会醒来？事后说这是一场事故就再容易不过了。

菲尔斯太勇敢了，毫不考虑自身安危。他的朋友比他更担心他自己的安全。

这次阿喀琉斯的攻击终于让罗勒密给出了回应，而这回应也正合他的心意："安德鲁·维京来到这里只是出于巧合。他乘飞船朝这里出发的时候，兰道尔·菲尔斯还是个襁褓中的婴儿，而恒河星殖民地还没有建立。"

"这显然又是非否定性的否定。"阿喀琉斯的枪手写道，"罗勒密说维京来这里是出于巧合，但她没有说过，兰道尔·菲尔斯在'流放'途中的生死是不是要仰仗维京的慈悲？或者可以断言，那将是他的死亡之旅？"

殖民地的人们分成了两派，展开了激烈的讨论。阿喀琉斯高兴地看到，甚至已经有身毒人站在他这边，呼吁："不能把兰道尔和安德放在同一艘飞船上"；"维京不是曾经杀掉过两个孩子吗"；"兰道尔犯下的罪并不足以判处死刑"。

民间的呼声越来越强烈，要求对兰道尔·菲尔斯实施减刑，并把他留在恒河星。与此同时，甚至有人开始讨论是不是以反人类罪逮捕安德·维京。阿喀琉斯出面反对，事实上却是把这些意见变得众所周知。"法律规定的起诉期限显然已经过去了，包括对异族所犯下的可怕罪行。自安德·维京将所有虫族女王斩尽杀绝已经过去了六十一年，现在又有哪家法庭有司法权，可以对这行为进行审判？"

到了这时，地球方面已经开始要求把阿喀琉斯（以及为他代笔的人)的所有文章都用最高的安塞波带宽权限发回地球。在那边,已经有人要求IF逮捕安德鲁·维京,把他押回地球受审,同时民意调查显示,有人甚至要求为谋杀虫族女王向安德讨回公道。持这种观点的人数不多,但却在不断地增加。

终于到了兰道尔·菲尔斯和安德·维京面对面的时候了。

这并不难安排。阿喀琉斯的支持者一直在关注维京,而当某天早上他、他姐姐和总督一起沿着长河的河岸散步时,阿喀琉斯出现在了那里,只有他一个人。

罗勒密看到他的时候身子僵住了。她想要拉住安德,但安德大步朝阿喀琉斯走去,同时还伸出了手。“我一直想见你,菲尔斯先生。”他说道,“我是安德鲁·维京。”

“我知道你是谁。”阿喀琉斯说道,声音里带着几分轻蔑和几分欣喜。

“噢,我可不觉得。”安德说。他显得比阿喀琉斯更高兴。“我也想要见到你,但我想总督不会希望我们见面。我知道你也在等着这一刻。”

阿喀琉斯想说,你都知道我些什么?但他知道这正是维京想让自己说的话,维京想要决定这场交谈的走向。所以他反问道:“你为什么想要见我?我想你才是更有名的那个吧?”

“噢,我们都已经够有名了。”安德毫不掩饰他的笑意,“我是因为我做的事,你则是因为你说的话。”

安德的脸上还是带着微笑。是在嘲笑他吗?

“你是想引得我做出什么不理智的行为吗,维京先生?”

“请叫我安德鲁。”

“那是基督教中圣徒的名字。”阿喀琉斯说,“我更喜欢用那个臭名昭著的战争犯的名字称呼你……安德。”

“如果有办法让虫族女王回到人世，”安德说，“让它们恢复往日的荣光与力量，你会这样做吗，菲尔斯先生？”

阿喀琉斯马上就意识到这是个陷阱。读了《虫族女王》为一个已经消失的种族掬一把泪是一回事，但希望它们回来却是另一回事。如果这样说了，报纸的头条一定会写《原住民运动的领袖愿意让虫族回归》，然后再配上东方诸国被虫族洗劫时的照片。

“我不想沉迷于假设。”他说道。

“但你却不介意假设我计划在飞回地球的途中，在你冬眠的时候杀了你。”

“这不是我说的，”阿喀琉斯说，“我当时还为你说过话，他们在文章里也引用了。”

“正是你‘为我’说的话让大家注意到了这指控。”安德说，“别以为我这么好骗行吗？”

“谁会想要骗你这样一个天才？”

“好了，我们争论的时间够长了。我只是想看看你。”

阿喀琉斯夸张地原地转了个圈，让安德能从各个方向看到他。“看够了吗？”

安德眼中突然涌出了泪水。

他这又是演的哪一出戏？

“谢谢你。”安德说。然后他就转回身去，回到姐姐和总督身边。

“等等！”阿喀琉斯说。他不明白安德最后这流泪是怎么一回事，这让他不知所措。

但安德并没有停步，也没有回头。他走到另外两人身边，她们也转过身，和他一起沿着河岸朝城市走去。

阿喀琉斯是有意碰上安德的，他安排了长焦镜头和拾音器记录两人会面的场景，打算用这段录像来做宣传。他本想刺激安德，让他说出什么不经考虑的话,或是全盘否认自己。哪怕激得安德有一丝怒意也算成功了。但安德却是那么镇定,根本不去上他的当,而最后那副真情流露的样子可能是他准备好的,也可能是即性发挥,但阿喀琉斯却想不明白这到底是什么样的陷阱。

无论从哪方面来看,这场会面的效果都不尽如人意。他也没法给手下解释,为什么他们费尽心力搞来的录像不能用来宣传。所以他只好任由他们把录像贴了出去,然后等着另一只鞋落下来。

地球上的人也不知道该怎么对待这些录像。评论者自然注意到了安德眼中的泪水,然后引发了怀疑。原住民运动的支持者声称这是鳄鱼的眼泪,是肉食者为它口中的猎物流出的眼泪。但有些人却看到了不一样的东西。“安德看上去并不像他应该扮演的角色——杀手、怪物。他看上去只是个和善的年轻人,面对这显然是事先策划好的会面他有些茫然。视频结尾部分那声名狼藉的泪水,在我看来似乎带着某种同情,甚至可以说,他对面前的挑战者怀有爱意。这段视频里,想挑起争斗的到底是谁?”

这真是太糟糕了,但这只不过是许多声音中的一种。阿喀琉斯在地球上的支持者马上回答:难道有谁敢挑战屠异者安德?敢这样做的人都是什么下场?

阿喀琉斯一生之中的所有事情都在他的掌控之下,就算有突发情况,他也可以冷静地分析,随机应变,从中学到更多的东西。但这一次,他却不知道自己该学到些什么。

“我不知道他要做什么,妈妈。”阿喀琉斯说。

她拍了拍他的头。“噢,我可怜的小心肝,你当然不知道了。你是这么的无辜。就像你爸爸一样。他也没看穿他们的诡计。他相信了萨里文那个浑蛋。”

阿喀琉斯并不喜欢她这么说。“不该由我们来可怜他,妈妈。”

“但我确实可怜他。他有着那么伟大的天赋，但到头来，却是他信任人的天性让他遭到了背叛。这是他悲剧的根源，他太仁慈、太善良了。”

阿喀琉斯已经研究过父亲的一生，他看到的只有力量与强硬，敢于做一切必须之事的决断。怜悯和信任这种天性并不是伟大的阿喀琉斯身上明显的特质。

不过既然妈妈愿意，就让她把父亲当成是个感情化的人吧。再说，她不是还“记得”伟大的阿喀琉斯曾经到她家去过，和她睡过觉，让她怀上了儿子吗？但在他小时候，妈妈还不是这么说的，她说的是有中间人安排，在她的子宫里植下了阿喀琉斯宝贵的精子。从这件事（还有许多其他前后说法不一的记忆）上他已经知道，妈妈并不是个可靠的证人。

但她却是唯一知道他真正名字的人，而且她对他有着毫无保留的爱。他可以和她说任何事情，不需要有什么顾虑。

“那个安德·维京，”他说，“我看不穿他。”

“你无法理解恶人的思想，我为你感到高兴。”

但在阿喀琉斯自己开始宣传之前，她从来都没有说过安德是恶人。她根本不理会安德·维京的存在，因为安德未曾与她亲爱的阿喀琉斯·弗兰德雷斯为敌，与他作战的是安德的哥哥。

“我不知道该拿他怎么办了，妈妈。”

“不过你总会为你父亲报仇的。”

“安德没有杀他。”

“安德是个杀人犯。他罪有应得。”

“但不该死在我手上，妈妈。”

“伟大的阿喀琉斯的儿子理当亲手杀死怪物。”妈妈说，“没有比你更适合的人了。”

“那么他们会称我为杀人犯的。”

“他们也是这么称呼你爸爸的,”她说,“你难道比他强吗?”

“不是的,妈妈。”

妈妈似乎认为讨论可以就此结束了。但他却有些不知所措。妈妈的意思是想让他杀人吗?

“就让霸主最亲近的血脉为杀死我的阿喀琉斯付出代价吧,”她说,“让维京这个姓氏,让那可怕的血脉就此消失。”

哦,不,她又进入血族复仇的情绪。好吧,是他把她引到这话题上的,不是吗?他很明白,现在自己要做的就是听她说话。

“我不想做杀人犯,妈妈。”

“为你父亲复仇并不算谋杀。你以为你是谁,哈姆雷特吗?”

她一刻不停地说着,都是些滔天的罪行只有用血来洗清什么的话。“彼得·维京真够聪明,趁我们还在飞船上航行的时候就因为心脏病死掉了。”她说,“但他的弟弟和妹妹却自己送上了门来。是命运把他们送到了你手中,你怎么能错过?”

她又不停气地说了下去。

通常妈妈说这些话的时候,阿喀琉斯都只是随便听听,但这次这些话都深深埋进了他心里。他确实感觉是某种凶险的命运将安德·维京在这里带到了他身边。这与理性不符,但除了数学外没有什么是真正理性的,甚至数学都不一定是。在真实的世界里,总会有非理性的事情,有看上去不可能的巧合,因为根据概率,这些巧合发生的几率非常小,但也不是完全没有。

阿喀琉斯没有忽视妈妈的话,而是在想:应该怎么安排,才能让安德·维京死去,又不用我自己杀掉他?

由此出发,他开始思考更巧妙的计划:我已经把安德·维京的名誉毁掉一半了,应该怎样才能完全摧毁他?

杀掉他只会让他变成烈士。但如果能激得维京再杀掉一个人，杀掉另一个孩子，那么他就彻底完蛋了。这将成为他的惯例。他感觉到了对手的存在，引诱对方攻击自己，然后在自我防卫中杀掉对方。他已经这样做了两次，两次都逃脱了惩罚，但包庇他的人已经不在了，那些人几乎已经全部死去了。留下来的只有事实。

我能让他再一次做出那样的事情吗？

他把自己的想法告诉了妈妈。

“你在说什么？”

“我要让他再杀掉一个人——一个十六岁的年轻人，不过不管长得多高，他仍然是个孩子——那么他的名声就永远毁掉了。他们会把他送上法庭，而这次一定会给他定罪，没有人会相信他三次都是出于‘自我防卫’杀人的！这样的下场远比杀死他的肉体更有毁灭性，我会永远毁掉安德这个名字。”

“你是说你会去要求他杀了你？”

“妈妈，没有人曾经要求安德杀了自己。他们只是给安德提供一个借口，然后他就会自己完成剩下的事情了。”

“但你呢？你会死吗？”

“像你说的，妈妈。为了摧毁父亲的敌人，任何牺牲都是值得的。”

妈妈跳了起来。“我生下你不是为了让你随意抛弃自己的生命！你比他高半头，和你比起来他简直是个侏儒！他怎么可能杀了你？”

“他是受过训练的士兵，而且那只是不久之前的事，妈妈。我又受过什么训练呢？农民，机械师。对一个拥有着超常的个头、智力与力量的青年，这是多么奇怪的工作啊！我没有经历过战争，也没打过架。除了很小的时候，我必须和别的孩子打架，让他们再也不敢踢我，自那以后，我就再也没和人打过架了。“

“你爸爸和我生下你，不是为了让你像他那样死在一个维京家的人手上的！”

“事实上爸爸是死在了一个姓德尔菲奇家的人手上。准确地说，是朱利安。”

“德尔菲奇，维京，只是同一枚硬币的两面。我不准你让他杀了你。”

“我告诉过你，妈妈，他会有办法的。他就是这样的人。他是个战士。”

“不准！”

他用了两个小时才让妈妈冷静下来，其间少不得忍受她又哭又叫的吵闹。他知道邻居一定会听到，还少不了猜测一番。不过最后他还是让她去睡觉了。

他回到自己的办公桌前，用电脑给维京发了一条消息：

我觉得我可能误会了你。我们能了结这一切吗？

他本以为要到第二天才能收到回复，但还没等他下线，回复就来了：

你希望在哪里见面？什么时候？

真的就这么简单吗？

时间和地点并不重要。只要让罗勒密和她手下的人没法来阻止他们就行了。不过需要有足够的光线，才能拍下录像。如果不能记录下一切，那么他的死又对父亲有什么好处呢？维京可以随心所欲地扭曲事实，不会让自己和这起谋杀扯上关系的。

两人约下了时间地点，阿喀琉斯下了线。

然后他坐在原地，浑身发抖。我到底做了什么？那是真正的安德·维京啊。我刚刚为自己设下了死局。我比他高，也比他壮，但死在他手上的两个孩子也是一样。虫族女王更加强大，但看看它们得到了什么下场。安德·维京从不曾失败过。

而这正是我生命的意义。这正是妈妈把我从小养大的意义。我的存在就是为了证明父亲的清白。为了打倒霸主，为了摧毁彼得·维京做下的一切。好吧，也许这是不可能的，但至少我可以打倒安德·维京，只需要让他杀了我，让这个世界看到这一切的始末。妈妈会为我悲伤，但不管怎样，悲伤都已经融进了她的血液中了。

如果维京真的这么聪明，他一定会猜到我的计划的。他不会相信我突然改变了主意。我又怎么能用这么明显的计划去欺骗安德·维京呢？他一定会猜到，我打算把一切都拍摄下来了。

但也许他不觉得自己会杀了我。也许他以为我是他能够轻松对付的对手，不需要杀掉我。也许他会觉得我个子虽大，但脑子却不灵光，根本不知道怎样出拳。

又或许，我真的比他还要聪明。不管怎么说，他和异族的军队打了整整一场战争，却从不曾怀疑过那并不是电脑游戏，和他对战的也不是自己的老师。这不是很蠢吗？

我一定会去的。我要看看到底会发生什么。我为死亡做好了准备，但也要用我的死亡彻底打倒他。

第二次见面是两天以后，太阳刚出来的时候，位置则选在一堆垃圾箱后面。没有人会来到这里，这里的味道足以让人避开，而每天用来做肥料的垃圾要到放工时才运来。

阿喀琉斯的朋友们事先在附近布下了许多摄像机，可以录下两人说的每一句话。安德可能会猜到这点，毕竟阿喀琉斯已经把之前的录像放在网络上了。但就算他转身离开，也可以拍下他大发雷霆的样子，用来攻击他。假如安德根本就没有发火，那就不用这段录像好了。

之前的一天里，阿喀琉斯想过好多次，他是不是可能死去。每一次他都在想象自己突然听到这消息时的样子。有时候听起来很好笑，阿喀琉斯这么强壮,比安德要高得多,还有着那么多的支持者。有时候听上去却觉得这事既无法避免又毫无意义,我为什么要这么傻,只是为了摆出姿态就虚掷自己的生命?

但到天黑的时候,他意识到:我做这些不是为了父亲,也不是因为妈妈把我养大,只是为了复仇。我是为了整个人类。人类历史上那些可怕的罪犯都不曾面对过审判。他们有的得享天年,有的被宽大地判处了流放,有的在面临自己的败局之时选择了自杀。

做安德·维京的最后一个受害者是值得的。不是为什么家庭恩怨,而是因为这个世界应该看到,像安德·维京这样的罪犯不应该逍遥法外。他们最终总会恶贯满盈,面对正义的审判。

而我将会是他最后一个受害者,我会用自己的死来打倒屠异者安德。

他脑中的另一部分说,别把你自己的宣传信以为真了。

另一部分说,活下去!

但他回答那些声音:关于安德·维京,至少有一件事是可以确定的,那就是他无法忍受失败。而这正是我对他下的诱饵,我会让他直面失败,他则会用尽全力避开他。等他杀死我之后,才是真正失败的时候。这是他的致命伤,我们可以用这种手段来操纵他。

在他思想最深处有一个问题逐渐浮现出来,他不得不面对:这难道不意味着,一切都并非是他的错,他别无选择,只能将敌人一一摧毁?

但阿喀琉斯立刻把这无关紧要的疑问压了下去。每个人都是基因与后天培养的产物,都是一生中各种随机事件后果的结合。"谁的错"和"该怪谁"都不过是幼稚的概念。重要的是安德那邪恶的行为,以及,除非有人阻止他,否则他将继续自己的恶行。就像现在这样,他将永远生存下去,偶尔在某个地方出现一次,然后引发更多的麻烦。

但我将结束这一切。这不是复仇,而是预防措施。而有了安德这个例子,其他的怪物们也许就会停止自己的恶行,不会像他这样频繁地杀戮,或者像他这样杀掉如此多的生命。

安德从阴影中走了出来。"嗨,阿喀琉斯。"

过了半秒钟,阿喀琉斯已经往前走了半步,才意识到安德正在用这个名字叫他。

"这是你私下用来称呼自己的名字。"安德说,"在你的梦里。"

他怎么知道的?他到底是什么人?

"你不可能进入我的梦。"阿喀琉斯说。

"我想要你知道,我已经向罗勒密请求过了,让她减轻你的刑罚。这艘飞船离开的时候,我一定会坐它走的,但我不打算回地球去。"

"我想你也不会。"阿喀琉斯说,"地球上的人正高呼着要喝你的血呢。"

"只是一阵子而已,"安德说,"这种事来得快去得也快。"

似乎他并不知道这种局面正是阿喀琉斯造成的。

"我还有其他差使要做,把你流放回地球只是浪费我的时间而已。我想我已经让她相信了,FPE不会赋予总督权力,让他们把自己不喜欢的殖民者赶回地球去。"

"我不害怕回地球去。"

"这正是我害怕的事,你做出这些事的目的就是为了被送回地球去。'求求你们,不要把我扔到荆棘地里去!'[①]"

"他们在战斗学校里还给你读雷默斯大叔的睡前故事?"阿喀

① 这是雷默斯大叔整理的美国民间故事中的典故。一只兔子捉弄了狐狸一番之后被狐狸抓到了,它苦苦哀求狐狸:"你怎么处置我都行,哪怕吃了我也好,但千万不要把我扔到草地上去!那里的荆棘扎得我生不如死!"狐狸上了当就把兔子扔向草地,兔子马上逃掉了。

琉斯说。

“那是在我去战斗学校之前的事了。你妈妈有给你读过这些故事吗？”

阿喀琉斯发现自己正被安德引开话题。他坚定地回到原来的主题上。

“我说过，我不怕回到地球上去。”阿喀琉斯说，“我也不相信你会为我向罗勒密请愿。”

“你想相信什么是你的事，”安德说，“你的一生都被谎言包裹着，谁能指望在真相最终到来的时候，你能认出它来呢？”

来了。他开始嘲讽阿喀琉斯，希望激怒他采取行动。安德所不知道的是，阿喀琉斯来这里就是为了让他激怒自己，然后再让安德为了“正当防卫”而杀了他。

“你是说我妈妈是个骗子？”

“你就没想过自己为什么会长这么高吗？你妈妈个子不高。阿喀琉斯·弗兰德雷斯的个子也不算高。”

“我们永远没机会知道他能长多高了。”阿喀琉斯说。

“我知道你是为什么长到这么高的。”安德说，“这是基因上的原因。你在一生当中都会以同样的、稳定的速度长高。小时候个子很小，然后长到正常的个头，不过这时其他孩子都突然开始迅速发育，你会落后他们一些。但他们的生长会停止，你却不会。你会一直长下去，最后因为这个而死。你现在十六岁了，也许到二十一二岁的时候，你的心脏就会无法提供如此庞大的身体所需要的血液了。”

阿喀琉斯不知道该怎么对待这样的话。他到底在说什么？在告诉我我会在二十岁出头就死去吗？这算是哪门子的咒语，难道他想这样让敌人失去镇定？

但安德还没有说完。“你兄弟姐妹中有人也有类似的情况，有些却没有。我们之前不知道你会怎么样，没法确定，但直到我看到了你，发现你已经变成了一个巨人，就像你爸爸一样。”

“不准你说我父亲！”阿喀琉斯说。同时，他想道：我为什么这么害怕他说的话？我为什么这么愤怒？

“但我还是很高兴见到了你。虽然你的生命短得令人悲哀，但我看到你的时候，尤其是你这样转过身去嘲笑我的时候，我仿佛在你身上看到了你爸爸和妈妈的样子。”

“我妈妈？我和我妈妈长得一点都不像。”

“我指的不是生养了你的那位——代孕的母亲。”

“这么说，你是想用和罗勒密一样的手段来激怒我攻击你了。”阿喀琉斯说，“不过这不管用的。”虽然这样说，但安德的话确实起到了效果，他也很愿意向安德倾泻愤怒。因为他必须让别人相信，是安德激得他攻击自己的。这样在安德杀死了他之后，每个人都可以从录像中看到，那并不是真正的正当防卫。他们会明白，安德每一次都不是在正当防卫。

“我知道。你爸爸是战斗学校里的孩子中最优秀的，甚至比我还要优秀，你知道吗？每支战队都知道，你爸爸更聪明，反应更快。但他对我一直很忠诚。直到最后一刻，看上去已经没有任何希望的时候，他也知道应该怎样做。事实上是他告诉了我应该怎样做。但他把一切功劳都留给了我。他是那么的慷慨。他才是真正的伟人。当我知道他的身体背叛了他的时候，我的心都碎了。就像你的身体背叛了你一样。”

“背叛他的是萨里文，”阿喀琉斯说，“杀死他的是朱利安·德尔菲奇。”

“而你的母亲，”安德说，“是她保护了我。当时我被安排进了一支军队，军队的指挥官恨我入骨，然而是她把我护在羽翼之下。我依赖着她,信任着她。而在人类所能达到的极限之内,她从不曾让我失望过。当我听说她和你父亲结婚时,我非常高兴。但那之后你父亲去世了,而你母亲嫁给了我的哥哥。”

听明白这话之后,愤怒使得阿喀琉斯几乎看不到东西了。“佩特拉·阿卡尼亚?你是说佩特拉·阿卡尼亚是我妈妈?你疯了吗?她是第一个设计陷害我父亲的人,是她引诱我父亲……”

“得了吧,阿喀琉斯。”安德说,“我敢肯定,你在十六岁之前就已经意识到了,你妈妈是个疯子。”

“她是我妈妈!”阿喀琉斯脱口喊道,然后才意识到了什么,用较弱的口气说道:“而且她也没有疯。”

事情不该是这样的。他在说些什么?在搞什么把戏?

“你真的很像他们。相比起来像你爸爸多一些。我看到你的时候,就像看到了我最好的朋友,豆子。”

“朱利安·德尔菲奇不是我爸爸!”阿喀琉斯难以控制自己的愤怒。他的心脏正在狂跳,这才是他事先所预料到的情况。

只是除了一件事。他的脚似乎已经定在了地面上。他没有继续攻击安德·维京,只是站在那里想着他的话。

就在这时,华伦蒂·维京从装着化肥的箱子后面跑了出来。“你在做什么?你疯了吗?”

“这里发疯的人多了。”安德说。

“马上离开这里,他不值得你这样。”

“华伦蒂,”安德说,“你不知道你在做什么。如果你插手这事,不管以什么方式,你都会毁了我的。你不是了解我吗?我什么时候骗过你?”

“你一直都在骗我。”

“有些事我没告诉你,不等于骗你。”安德说。

“我不会让这事发生的。我知道你打算干什么。”

“我不想惹你，但你什么都不了解。”

“我了解的是你，安德，比你自己更了解。”

“但你不了解这个孩子，他一直用一个怪物的名字称呼自己，因为他觉得那个疯子是他爸爸。”

阿喀琉斯的愤怒刚刚消散了一阵，但现在又重新汇聚了。“我父亲是个天才。”

“这概念不矛盾。”华伦蒂轻蔑地说，然后她对安德说，“这样没法把他带回来的。”

“现在，”安德说，“如果你爱我的话，就什么都别说了。”

他的话就像一条鞭子。虽然声音不大，但却尖厉而精准。华伦蒂缩了缩身子，就像被安德打了一拳似的。她张了张嘴想要回答。

“如果你爱我。”安德又说。

“我想你弟弟是要告诉你，”阿喀琉斯说，“他有自己的计划。”

“我的计划，”安德说，“就是告诉你你到底是谁。朱利安·德尔菲奇和佩特拉·阿卡尼亚过着躲躲藏藏的生活，阿喀琉斯·弗兰德雷斯一直在派特工找他们，想要杀掉他们，尤其是佩特拉。因为他曾经由于自己那病态的幻想，对佩特拉产生过欲望。”

阿喀琉斯的怒火又涌了上来。他很高兴地接受了。华伦蒂的到来差点把一切都毁了。

“他们一共培育了九枚受精卵，交给了一位可以信赖的医生。那医生向他们保证，他可以除掉你身上这种基因缺陷，也就是巨人症。但他是个骗子，你现在的状态也证明了这一点。事实上他在为阿喀琉斯工作。他偷走了那些受精卵。佩特拉生下了其中一个孩子，我们后来找到了另外七个由代孕母亲生下的婴儿。但海勒姆·格拉夫认为，他们能找到这七个人也是出于阿喀琉斯的计划，这样就会让负责寻找孩子的人觉得他们的办法是有用的。格拉夫非常了解阿喀琉斯,他肯定用他们的办法肯定没法找到最后一个婴儿。后来你这个妈妈朝海勒姆·格拉夫唾了一口,引起了他的注意。他开始调查你妈妈的过去,发现她的名字并不是妮切尔·菲尔斯,而是兰蒂。通过DNA记录的比对,他发现你的基因和她没有任何相同的地方。你并不是她基因上的孩子。"

"你说谎,"阿喀琉斯说,"你说这些只是为了激怒我。"

"我说这些是因为这是事实,因为我希望能解放你。其他几个孩子都已经找到了,送回了他们父母身边。他们中有五个的基因是正常的,没有患上你这种巨人症,这五个孩子全生活在地球上。贝拉、安德鲁(我得承认,这孩子是用我的名字命名的),'老三'是朱利安,还有佩特拉和拉蒙。你的兄弟姐妹中有三个是巨人,他们现在肯定已经不在了:安德、辛辛纳图斯、卡萝塔。但他们没有找到你,而且已经放弃了寻找。他们还没给你取名字,但你的姓是德尔菲奇。我认识你的父母,我深深地爱着他们。你不是怪物的孩子,你是所有人中最优秀的两个人的后代。"

"朱利安·德尔菲奇才是怪物!"阿喀琉斯大喊着,一拳朝安德的胸口打去。

让他惊讶的是,安德并没有躲避。阿喀琉斯的拳头重重地打中了目标,安德仰身倒在了地上。

"不!"华伦蒂喊道。

安德平静地站起身来,又一次面对着阿喀琉斯。"你知道我告诉你的是真话,这就是你为什么如此愤怒。"

"我愤怒是因为你告诉我,我是杀死我父亲凶手的儿子!"

"阿喀琉斯·弗兰德雷斯杀掉了每一个对他表示善意的人。一位帮助他治好了腿部残疾的修女。为他的腿做手术的大夫。当他在鹿特丹的街头流浪时收留了他的姑娘，他假装爱上了她，结果却把她勒死，尸体扔进了莱茵河。为了杀掉你父亲，他炸掉了他们全家住的房子。他绑架了佩特拉，想要引诱她，但佩特拉却看不起他。佩特拉深爱的一直是朱利安·德尔菲奇。而你是他们两个的孩子，你的生命代表着他们的爱与希望。”

阿喀琉斯又一次冲向安德，但他故意放慢了速度，让安德有足够的时间挡住他，对他发起反击。

但这次安德还是没有避开。他硬吃了这一拳，这次是朝着胃部的重重一击，他又倒在了地上，重重地喘着气，发出干呕的声音。

然后他又站起来了："我比你更了解你自己。"

"你才是谎言之父！"阿喀琉斯说。

"不要再用那个虚假的名字称呼自己了。你不是阿喀琉斯。你爸爸是个英雄，是他把世界从那个怪物手中拯救了出来。"

阿喀琉斯又打了他一拳，这一次他慢步走上前去，拳头重重地砸在安德的鼻子上，打碎了他的鼻梁骨。血从安德的鼻孔中喷涌而出，几乎在刹那间染红了他前胸的衬衫。

华伦蒂叫出了声，安德摇晃了一下，然后跪倒在地。

"来打我啊。"阿喀琉斯嘶声说。

"你还没明白吗？"安德说，"我是不会对我朋友的儿子出手的。"

阿喀琉斯又照着他下巴上踢了一脚，安德朝后倒去。这不是在那些可笑的电影中看到的决战，英雄和大魔头互相挥出致命的拳头，然后对手再从地上爬起来。安德身上真真切切是受了重伤的，他的动作变得迟缓，失去了平衡。攻击他是很容易的事了。

他没打算杀我，阿喀琉斯想。

他突然感到一阵轻松，大声笑了起来。

接着他想：到头来这还是妈妈的计划。我为什么会以为自己会让他杀了我？我是阿喀琉斯·弗雷德里斯的儿子。他真正的儿子。需要杀人时我就可以杀人。我可以终结这罪人的生命，一劳永逸地为我的父亲、为虫族女王、为他所杀掉的那两个孩子报仇。

阿喀琉斯又在安德的肋骨上踢了一脚。肋骨发出断裂的声音，连华伦蒂都听到了。她发出一声尖叫。

“嘘……”安德说，“本就该是这样的。”

然后安德翻了个身，蜷缩着，身上的疼痛让他开始低声哭泣。但他仍然努力站了起来。

而他的双手还插在衣兜里。

“你可以把你正在录的带子毁掉，”安德说，“不会有人知道你杀了我。他们不会相信华伦蒂的。你可以声明是出于自卫。大家都会相信你的——你已经让他们恨我、怕我了。当然了，你必须杀了我，才能让自己活下来。”

安德想要死？死在阿喀琉斯手上？“你到底玩的是什么把戏？”

“你假想中的妈妈把你养大，就是为了给她幻想中的爱人、你那假冒的父亲报仇。动手吧，完成她生养你的目的，成为她想要你成为的人。但我绝不会对我朋友的儿子出手，不管你相信了多少谎言。”

“那么你就是个傻瓜了。”阿喀琉斯说，“我会这样做的。为了我的父亲，也为了我妈妈，为了可怜的史蒂生，还有邦佐·马利德，为了虫族，为了整个人类。”

接下来，阿喀琉斯开始用力地挥拳，对着安德的肚子再来一拳。再朝他脸上打一拳。安德已经倒在地上不动了，他再朝安德身上踢两脚。“你对史蒂生就是这样做的吧？”他问道，“你一次次地踢着他，报告上是这么写的。”

“孩子，”安德说，“我朋友们的孩子。”

“求你了！”华伦蒂恳求道。但她并没有前来阻止他，也没有呼喊求助。

“现在,你去死吧。”阿喀琉斯说。

再往他头上踢一脚就够了。如果不够就再来一脚。人类的大脑没办法承受颅骨中如此强烈的震荡。要么死,要么脑部严重损伤。屠异者安德的生命就是这样结束的。

他走向维京那仰卧在地的身体。安德的鼻子被打碎了,流出的血遮住了眼睛,但他仍然在朝上看着阿喀琉斯。

不知是什么原因,虽然愤怒仍然在脑中回荡,但阿喀琉斯却没有踢他。

他只是站在那,一动不动。

“阿喀琉斯的儿子一定会这样做的。”安德低声说。

我为什么不杀了他?难道说到底我还是个懦夫吗?我是个不肖子?安德说得没错,只要有必要,爸爸一定会杀了他的,毫不怀疑,毫不犹豫。

就在这一刹那,他明白了安德话里真正的意思。妈妈被骗了。她一直相信自己的孩子属于阿喀琉斯·弗兰德雷斯。在他成长的过程中,她一直在向他撒谎,告诉他他是自己的儿子,但她只是个代孕母亲。现在他已经足够了解妈妈了,足以看出她讲的每个故事都不是事实,而是她按照自己的需要编造出来的。为什么他之前一直没有看出这么明显的事情,没有发现她说的每件事都是谎言?因为她从不曾停止过,一刻都没有。她塑造着他的世界,不让任何与之相悖的证据出现在他面前。

老师就是这样操纵着孩子,让孩子为他们去参加战争。

阿喀琉斯明白,他一直都明白。安德·维京打赢了那场战争,但他根本不知道自己在战斗。他将一个种族杀戮殆尽,却以为自己只是在计算机上玩游戏。妈妈用同样的办法,让我相信阿喀琉斯是我的父亲,让我继承了他的名字,担当起实现他的命运、为他的死复仇的责任。

用谎言把孩子围在中间,他就会紧紧抓住谎言,像抓住泰迪熊玩具一样,或者像抓着妈妈的手。更可怕的是,谎言越黑暗,孩子就越会深信不疑,只有这样才能够忍受那谎言。

安德说过,他宁可死也不愿向自己朋友的儿子出手。而他并不是像妈妈那样的疯子。

阿喀琉斯。他不是阿喀琉斯。那只是妈妈的幻想。全都是。他知道妈妈是个疯子,但他还是生活在她的噩梦之中,按她的想法扭曲着自己的生活,将这噩梦变成现实。

"我的名字是什么?"他低声说。

安德在他脚下低声回答:"不知道。德尔菲奇。阿卡尼亚。他们的脸。和你的一样。"

华伦蒂已经来到了他们身边。"求求你,就这样结束了行吗?"

"我知道。"安德低声说,"你是豆子的孩子。佩特拉的孩子。你绝不会杀我的。"

"绝不会什么?他打碎了你的鼻子。他本是可以杀掉你的。"

"我是这么打算的。"阿喀琉斯说道,罪恶感涌遍了他的全身。"我是打算在他头上踢上一脚了结他的。"

"而这个傻瓜一定会让你这样做的。"华伦蒂说。

"有机会。"安德说,"五分之一的概率能杀掉我。胜算不低了。"

"求你了,"华伦蒂说,"我背不动他。带他去看医生,求你了。你有力气的。"

阿喀琉斯弯下腰去扶起安德。这时他才发现自己的手疼得这么厉害,才想到自己挥拳时花了多大的力气。

如果他真的死了呢?我现在已经不希望他死了,但如果他真的就这样死掉了呢？

他背着安德，沿着崎岖的道路快步前行，华伦蒂不得不一路小跑才能跟上。他们来到医生家门前时，比医生准备前往诊所的时间还早许多。医生看了安德一眼，马上把他抬进屋里，做了急诊检查。“我看得出谁打输了，”医生说，“但赢的人是谁？”

“没有人赢。”居然是阿喀琉斯说出了口。

“你身上可没挂彩。”医生说。

阿喀琉斯把手伸了出来。“这里挂彩了。人是我打的。”

“但他一拳都没打过你。”

“他根本都没有试过。”

“而你就一直打他？打成这样子？你算是什么……”医生没有说下去，转身干起活来。他脱掉安德的衣服，看见他肋部和腹部的淤伤，低声咒骂着，轻轻地摸着骨头断掉的地方。“断了四条肋骨。还有很多处骨折。”他又抬头看了阿喀琉斯一眼，这次脸上带着愤恨的神情。“滚出我的家。”

阿喀琉斯站起身来。

“不，”华伦蒂说，“这些都是受伤的这人自己的计划。”

医生哼了一声。“哦，是吗，他是打算让自己挨上这么一顿揍？”

“或者让自己死掉。”华伦蒂说，“不论发生了什么，他都会满意的。”

“这一切都是我的计划。”阿喀琉斯说。

“只是你觉得这是你的计划。”华伦蒂说，“从头开始都是他在控制着你。这是我们家族的天赋。”

“我妈妈也在控制着我，”阿喀琉斯说，“但我并不是非听她的不可。是我做了这一切。”

“不，阿喀琉斯。”华伦蒂说，“是你妈妈训练你做出了这些事。是阿喀琉斯对她撒的谎让她做出了这些事。而是你……阻止了他们。”

阿喀琉斯感觉身体一阵抽搐。他呜咽着跪了下来。“我不知道自己该叫什么了，”他说，“我痛恨她告诉我的名字。”

“兰道尔？”医生问。

“不……不是。”

“他知道自己叫阿喀琉斯。她是这样叫他的。”

“我应该……怎样挽回这一切？”他问道。

“可怜的孩子。”华伦蒂说，“安德自己在过去的几年里也一直在寻找着答案。我想，对他来说你也是答案的一部分。我觉得，他是让你来代替斯蒂尔顿和邦佐·马利德打他的。唯一的区别是，你是朱利安·德尔菲奇和佩特拉·阿卡尼亚的孩子，你内心的深处有东西在阻止着你杀害别人，不管它是冷是热。又或者，这与你的父母无关。只是因为你是被一位你明知精神不正常的母亲养大的。你同情她，正因如此，你才不愿意去改变她幻想中的世界。也许这就是答案。也许这就是你的灵魂。上帝将它包裹在你的身体里，最终长大成人。不管是什么原因，你最后停下了。”

“阿卡尼亚·德尔菲奇。”他说。

“这是个好名字。”华伦蒂说，“医生，我弟弟能活下来吗？”

“他脑袋上挨了几拳，”医生说。“看他的眼睛。肯定有强烈的脑震荡，也许更糟糕。我们必须带他去诊所。”

“我来背他。”阿喀琉斯，不，阿卡尼亚说。

医生抽了抽嘴角。“让打人的人去背挨打的？不过我不想再耽误下去了。你们这场……是决斗吗？还真会挑时候。”

他们沿着大路走向诊所，几个早起的人迷惑不解地看着他们，其中一个凑了过来，但医生挥手让她走开了。

“我想让他杀了我的。”阿卡尼亚说。

“我知道。”华伦蒂说。

“他对那些孩子做的事，我以为他会再做一次。”

“是他故意让你以为他会还击的。”

“他说的那些事，和我知道的全不一样。”

“但你相信了他。当时就相信了他。你知道那是真的。”她说。

“是的。”

“然后你就发狂了。”

阿卡尼亚的喉咙里发出了介于呜咽与咆哮之间的声音。他不是故意的，甚至都不明白是怎么回事。就像冲着月亮嗥叫的狼一样。他只知道这声音在他身体里，必须让它出来。

“但你是没法杀掉他的，”华伦蒂说，“你不是傻瓜，不会以为你杀掉了IF的信使之后可以一直躲下去。”

“我们到了，”医生说，“不过我真的不敢相信，你居然在安慰一个把你的弟弟打成这样的人。”

“噢，你不知道吗？”华伦蒂说，“他可是屠异者安德。不管别人对他做了什么，都是他应得的。”

“没有人应当被打成这样。”

“我该怎么挽回这一切？”阿卡尼亚说。这次他说的已经不是安德的伤了。

“没办法挽回。”华伦蒂说，“这是已经注定的事情，一切的源头都是那本书——《虫族女王》。就算你没有说出来，也会有其他人的。人类既然已经开始意识到，将所有虫族女王尽数毁灭是一个悲剧，那么就一定要找出一个人来背负这罪责，这样其他人就可以在良心上得到赦免。有没有你，这一切都会发生。”

“但确实是我让它发生的。我必须说出真相，我一定要承认我是……”

“不,并不一定。”她说,“你必须做的事是过你的生活。你自己的。安德的生活会有他来过。”

“那你呢?”医生说道,声音里又添了几分讽刺。

“噢,我也会和安德一起过他的生活的。那比我自己的有趣多了。”

第二十三章

收件人：ADelphiki%Ganges@ColLeague.Adm,PWiggin%ret@FPE.adm
发件人：EWiggin%Ganges@ColLeague.Adm/voy
主　题：阿卡尼亚·德尔菲奇，拥抱你的母亲；佩特拉，拥抱你的儿子

亲爱的佩特拉，亲爱的阿卡尼亚：

从许多角度来说，这封信来得太晚了。但在真正需要它的人看来，它来得正是时候。佩特拉，这是你最后一个孩子；阿卡尼亚，这是你真正的母亲。让他把他的经历讲给你吧，你也可以把你的故事讲给他听。格拉夫很久之前就做了基因测试，测试结果是无可置疑的。他从没有告诉过你，因为他没办法让你们团聚，我想他是觉得这只会让你更加伤心吧。他也许是对的，但我觉得，如果知道真相意味着悲伤的话，这份悲伤也是理应属于你的。你们曾经的生活已经过去，而现在，看看能为彼此的人生做些什么吧。

我要对你说的就是这些，佩特拉。他是个很好的孩子。虽然养大他的人是个疯子，但在紧要关头，他的表现仍然不愧是豆子的儿子，你的儿子。除了通过你之外，他可能永远没有机会了解自己的父亲了。但佩特拉，我在他身上看到了豆子长大后的样子。他有着巨人的身体，和一颗温柔的心。

与此同时，朋友们，我的旅程仍将继续。这是我一直打算要做的事，阿卡尼亚。我有我自己的使命，你并没有让我偏离方

向。只不过在我的伤长好之前，他们是不能让我冬眠的。冬眠期间伤口是没法愈合的。

爱你们的

安德鲁·维京

多纳尔特海边的一间小房子门前，一位年迈老人正跪在地上料理着花园。放眼望去，可以看到爱尔兰那荒凉的海岸。欧康纳开着悬浮车，给他送来了食品和邮件。老人缓缓地站起来，招呼他道："进屋里来吧，我这里有茶。"

"我不能待太久。"欧康纳说。

"你从来都不愿意在我这多待。"老人说。

"啊，格拉夫先生，"欧康纳说，"这倒是真话。我从来都没法待在这里。不是我不愿意，但还有好几家等着我把给你的这些东西给他们送去呢。"

"而且我们之间也没有什么好说的了。"格拉夫微笑着。准确地说，是不出声地大笑着。他那虚弱的胸膛一起一伏。

"有时候是你没什么话可说，"欧康纳说，"而有时候是我没时间喝茶。"

"我以前可是个大胖子，"格拉夫说，"你能相信吗？"

"我以前可是个年轻人。"欧康纳说，"但没人相信这个。"

"好了，"格拉夫说，"和你聊得很开心。"

欧康纳笑了笑，但并没有留下来。帮老人把东西放好之后，他就离开了。

这样一来，格拉夫打开华伦蒂的信的时候，就只剩下他自己一个人了。

读着华伦蒂的来信，就像是听她在用自己的声音说话一样。这是她身为作家的天赋。现在她已经不再是彼得逼着她扮演的德摩斯梯尼了，完全恢复了她自己的风格，不过仍然在用同样的名字写着她的历史著作。

这是一部她永远不会出版的历史。格拉夫知道，他将是唯一的读者。而他的体重又在不断地下降，虽然速度很慢，但身体正在无法阻挡地一天天虚弱下去。华伦蒂花了这么多时间，把这些记忆放进一颗大脑中，而这大脑的主人只能保存上那么短的时间，然后就会带着这些记忆一起深埋地下。想到这些，他不禁为华伦蒂感到遗憾。

但她还是为格拉夫写下了这些。格拉夫很感激。他看到了安德在飞船上与昆西·摩甘的较量，看到了那个可怜的女孩自以为爱上了安德的故事。还有金虫的故事，安德告诉了他一些，但华伦蒂写作的时候参考了更多人的意见，其中包括安德所不知道的事情，或者是故意没有告诉他的事情。

还有恒河星上发生的事情。罗勒密的工作做得不错，这让他备感欣慰。她也是个伟大的人，虽然由于她的骄傲，大半个国家化为了灰烬，但在那之后她以一己之力教会了身毒人民，如何将自己从征服者手中解放出来。

最后一段是关于安德和那个叫作兰道尔·菲尔斯的男孩的事情。他曾经自称阿喀琉斯，而现在的名字则是阿卡尼亚·德尔菲奇。

读完之后，格拉夫点了点头，烧掉了来信。是华伦蒂要求他这么做的，因为安德不希望这封信会留在地球上的某处。“我的目的就是被忘却。”她引用安德自己的话说道。

看来可能性不大，但格拉夫没法预测，人们记忆中的他到底是好还是坏。

“他觉得他终于挨到了那顿揍，按照史蒂生和邦佐想要的方式。”格拉夫对着茶壶说。“这孩子是个傻瓜，整个脑袋都傻透了。史蒂生和邦佐可不会停下来。他们不是豆子和佩特拉的孩子。安德必须明白这个。这个世界上确实存在着邪恶、罪行,还有各种各样的愚蠢、卑劣无情的人……我不知道我是其中的哪一种。"

他轻抚着茶壶。"甚至没有哪个灵魂会聆听我的声音。"

他小口地抿着,直到茶包彻底完成自己的任务。茶很淡了,不过他并不太介意。事实上这些天来他已经很少在意什么事了,唯一希望的是自己能够不停地吸入空气,又不至于太过痛苦。

"早晚是要有人说的。"格拉夫说。"那可怜的傻孩子。和平主义只有当对方不愿意滥杀无辜时才会有用。你要有多幸运,才能每次都遇上这样的对手呢?"

佩特拉·阿卡尼亚·德尔菲奇·维京在自己的儿子安德鲁家里做客。安德鲁和妻子拉妮住在一起,同住的还有他们两个最小的孩子,也是他们家最后两个还留在父母家的孩子了。这时,她收到了安德的信。

来到房间里的时候,一家人正在打牌。佩特拉挥舞着手中的信,以泪洗面,却说不出话来。

"谁死了?"拉妮喊道,但安德鲁看到母亲脸上的神情,紧紧抱住了她:"她不是在伤心,拉妮。她是在高兴。"

"你怎么知道的?"

"妈妈伤心的时候会把手里的东西撕碎的。这封信只是揉皱了,被泪打湿了。"

佩特拉轻轻地拍了拍他,不过终于笑了出来,能够开口说话了。"读出来吧,安德鲁。大声地读出来。我们最后一个孩子找到了。安德帮我们找到了他。噢,如果朱利安能知道就好了!如果我能再和朱利安说话就好了!"接着她又哭了起来,安德鲁开始读信。这封信很短。

但安德鲁和拉尼自己也有了孩子,他们很清楚这对母亲意味着什么,他们也和佩特拉一起哭了起来。十几岁大的几个孩子感到很不开心,他们离开了房间,走的时候一个孩子对他们说:“等你们能控制住自己了,再叫我们回来吧。”

“没有人能够控制自己的一切,”佩特拉说,“在命运的王座面前,我们都只能乞求。但命运有时还是慈悲的。”

将兰道尔·菲尔斯带往流放地并不是这艘飞船的任务,所以它也就没必要沿着最短的航线前往艾洛斯星了。飞船会绕一个弯,在相对论时间下多度过四个月,而在真实的时间中则是六年。不过很明显,IF总部和船长都并不在乎这点时间,船长很愿意把这两名乘客送到他们想去的地方。就算IF总部已经没有人知道安德鲁·维京和华伦蒂·维京是何许人,船长还是知道的。他会向上级解释绕路的原因。船员们也知道他们是谁,记得他们做过些什么,不介意送他们一程。

住在独立的包间里,华伦蒂一边写着关于恒河星殖民地的历史,一边照料着安德。安德也逐渐恢复了健康。

“我看了你写的那封傻兮兮的信。”有一天,她对安德说。

“哪一封?我写了好多呢。”安德答道。

“那封你觉得我应该在你死了之后读到的信。”

“让你看到它又不是我的错,医生当时给我做了全身麻醉,把我的鼻子扳正,把骨头碎片从不该在的地方拔了出来。”

“你是想让我忘掉我读到的东西吗?”

“干吗不呢,反正我是忘光了。”

“你没有,”她说,“你只是要躲开自己的坏名声,不是吗?这次航行的目的就是这个了。”

“我还在享受我姐姐的陪伴呢,她简直是专业的包打听了。”

“这一次,你可是故意要我把那邮件打开的。”

“小华,”安德说,“我有问过你的计划吗?”

“你没必要问。我的计划就是跟着你走下去,直到我自己厌倦了为止。”

“不管你觉得你知道些什么,那些都是错的。”

“除非你给我解释清楚,否则就只能一直错下去了。”

过了一小段时间,安德说:“小华,你知道吗?有那么一刻,我觉得他真的会杀了我的。”

“噢,可怜的小东西。知道自己下错了赌注你肯定很绝望吧。”

“我之前以为如果最后的时刻到来,如果知道自己死到临头,对我来说应该是种解脱。所有的一切都不再是我的问题了。总会有人来收拾残局的。”

“没错,那就是我。真感谢你没有把一切都扔给我。”

“但当他转过身来想要了结我的时候,我知道他打算朝我的脑袋上踢上那么一两脚。因为脑震荡,我的脑子里已经是一团乱麻,但我知道那会要了我的命的。当他走向我的时候,我却一点都没有感到解脱。我想站起身来,如果我能的话,肯定已经站起来了。”

“然后逃跑,如果你还有脑子剩下的话。”

“不,小华。”安德伤心地说,“我想站起来抢先杀了他。我不想死。不管我觉得自己有多么该死,死亡能带给我怎样的平静,或者至少能让我忘掉一切。那一刻,我脑子里并没有这些。我只是在想:活下去。活下去,不管需要付出什么。就算要杀人,也要活下去。”

“哇,”华伦蒂说,“你居然发现了生存的本能。其他人在多少年前就已经知道了呢。”

“有些人是没有这种本能的,或者说展示本能的方式不同。”安德说,“他们会用自己的身体挡住爆炸的手雷,或者是钻进燃烧的房屋救出婴儿，而我们则会授予他们勋章。当然了，是在他们过世之后，但这毕竟也是一种荣誉。”

“他们也有本能，”华伦蒂说，“但他们更在意其他的一些东西。”

“我不是。”安德说，“我并不在意别的东西。”

“你任由他殴打你，打到你没法还击。”华伦蒂说，“直到你知道自己已经没法伤害他的时候，你才让自己感受到了生存的本能。不要再跟我胡扯了，不要告诉我你还是那个杀死了其他孩子的恶棍。你用巧妙的方式输掉了战斗，以此证明你是可以胜利的。你做到了。已经够了。不要再去挑起战斗了，除非你真的想赢。答应我，好吗？”

“我做不了什么保证，”安德说，“但明哲保身我总是懂的，还有更多未竟的事业等着我呢。”